Aléa Torik

Das Geräusch des Werdens

Aléa Torik

DAS GERÄUSCH DES WERDENS

Roman

Osburg Verlag

Erste Auflage 2012

www.osburgverlag.de

Lektorat: Ulrich Steinmetzger, Halle (Saale)
Herstellung: Prill Partners producing, Berlin
Umschlaggestaltung: Toreros, Lüneburg
Satz: Dörlemann Satz, Lemförde
Druck und Bindung: GGP Media GmbH, Pößneck
Printed in Germany
ISBN 978-3-940731-75-3

Berlin am Meer

Marijan saß auf einem Stuhl einen halben Meter unter der Meeresoberfläche. Er spürte einen Anflug von Panik. Musste er als Nächstes ein- oder ausatmen? Oder etwas dazwischen? Konnte man unter Wasser ersticken? Ertrank man? Musste man das tun oder konnte man es einfach unterlassen? Er wollte schreien, aber er konnte den Mund nicht öffnen. Es war warm. Ihm war kalt. Er schwitzte. Er fror. Er erstickte und ertrank. Das war ein erbärmlicher Zustand und das Erbärmlichste war, dass Leonie meinte, es sei lediglich Lampenfieber und er stürbe nicht wirklich.

Es wird sicher kein Mensch kommen, um sich die Fotografien anzuschauen, die hier an den Wänden hingen. Vielleicht hingen die dort gar nicht. Wozu Fotos aufhängen, wenn keiner kommt, um sie sich anzuschauen? Da es die Fotos eines Blinden waren, konnte man auf ihnen sicher nur das sehen, was Blinde sehen, nichts nämlich. Um sich das anzuschauen, musste man aber nicht herkommen. Möglicherweise würden sie auch im Laufe des Abends von den Wänden fallen, eins nach dem anderen, achtundzwanzig splitternde Geräusche. Später würden er, Leonie und der Galerist zwischen den Scherben sitzen und sich wundern, dass niemand gekommen war. Die beiden würden sich wundern, er hatte es ja vorher gewusst.

Marijan fühlte sich elend und krank. Er wollte ins Bett gehen. Er wollte mit Leonie ins Bett gehen. Diesen Vorschlag hatte er bereits gemacht, als sie ihn abholte.

»Wir könnten zu mir hochgehen und miteinander schlafen«, hatte er vorgeschlagen.

»Nein, können wir nicht«, hatte sie geantwortet.

»Schade.«

»Das finde ich auch.«

»Warum machen wir es dann nicht? Ich hätte da so eine Idee, ziemlich akrobatisch und auch ein kleines bisschen pervers«, hatte Marijan noch einen Versuch unternommen.

»Solche Ideen habe ich dauernd.«

»Ach ja?«

Auf dem Weg in die Galerie sprachen sie nicht viel. Es war noch warm, aber man spürte bereits den Abend. Sie wollten gegen sieben Uhr ankommen, eine halbe Stunde später war Einlass. Die offizielle Eröffnung war dann um acht.

Die Galerie »Berlin am Meer« lag in einem Innenhof. Man ging von der Straße durch eine Hauseinfahrt, die Schritte hallten von allen Seiten. Marijan hatte das Gefühl, seitlich an der Wand oder kopfüber an der Decke entlang zu gehen. Man überquerte einen gepflasterten Hof und betrat über zwei Stufen den Ausstellungsraum. Dort war ein kleines Podest errichtet worden. Er war in den letzten Tagen mehrfach hier gewesen, um ein Gefühl für den Raum zu bekommen. Die Fotografien hingen in großen Rahmen hinter Glas. Er hatte sie berührt, aber nichts dabei empfunden. Wer war eigentlich auf die absurde Idee gekommen, dass er bei der Ausstellungseröffnung etwas sagen sollte?

Als sie ankamen, führte Leonie, die noch etwas mit dem Galeristen besprechen wollte, Marijan zu einem Stuhl. Sie ging wieder in den Hof zurück. Er hörte die beiden miteinander reden. Dann hörte er sie nicht mehr.

Leonie und er kannten sich jetzt seit beinahe einem Jahr. Sie waren, nachdem sie sich kennengelernt hatten, einige Tage gemeinsam durch Berlin gezogen. Jeden Morgen waren sie losgefahren, ins Grüne oder ins Blaue. Die Farbe war Marijan nicht wichtig. Leonie hatte sich um ihn bemüht. Wenn sie unterwegs waren, hatte sie ihn geführt. Er hakte sich bei ihr unter oder sie hielt seinen Arm, manchmal auch nur den Ärmel. Sie gingen nebeneinander, aber Leonie war ein kleines Stückchen voraus. Manchmal spürte Marijan die Verbindung kaum noch, aber sie riss nie ab. Sie saßen in einem Café, am Wasser oder auf einem Steg, Marijan legte seine Hände auf den Tisch oder auf seine Oberschenkel und Leonie schob ihre Hand ganz nah an seine heran, bis ihre Fingerspitzen sich berührten. Sie ließ ihn ihre Nähe spüren. Sie achtete auf den Weg, auf Stufen, Bürgersteige und auf andere Menschen. Marijan spürte sie sechs Tage lang neben sich. Er hörte sie sprechen und lachen. Sie war da. Sie war anwesend. Jede Bewegung und jede Berührung an diesen Tagen war von ihr ausgegangen, jeder einzelne Schritt.

Dann hatten sie sich gestritten. Marijan hatte sich abrupt umgedreht und war gegangen. Er kannte den Weg, aber er spürte ihn nicht. Er ging schneller als er gehen konnte und stolperte wiederholt. Er hoffte, dass Leonie ihm folgte, und er hoffte, dass sie es nicht tat. Zu Hause angekommen, legte er sich aufs Bett. Er atmete schwer. Er hatte Leonie nicht verlassen wollen, aber er wusste nicht, was er sonst hätte tun sollen. Dieser Streit hatte seit geraumer Zeit in der Luft gelegen. Am ersten Tag hatten sie sich geküsst, aber das war nicht wieder vorgekommen. Die folgenden sechs Tage hatten sie einander nur noch mit den Fingerspitzen berührt, mit den Händen und den Schultern. Zufällige Berührungen, die nichts beabsichtigten. Sie wussten beide, dass sich etwas ändern musste. Es musste mehr oder weniger werden. Es musste endlich anfangen. Oder es musste aufhören. Sechs Tage lang war jede Bewegung und jede Berührung von ihr ausgegangen, jeder einzelne Schritt. Nun musste er den letzten machen. In die eine oder in die andere Richtung. Marijan wusste das. Dennoch war er wie erstarrt. Er lag auf dem Bett ohne sich zu rühren.

Es klingelte mitten in der Nacht. Obwohl er wach da lag, bewegungslos seit Stunden, dauerte es, bis er aus dem Bett gefunden hatte. Er ging in den Flur und betätigte den Türöffner. Keine Minute später stand sie schwer atmend in der Tür. Sie sagte nichts, aber Marijan wusste, dass es Leonie war. Die Wohnungstür fiel ins Schloss. Er hörte ein langsames Rutschen.

»Wenn du mich suchst, ich bin hier unten«, sagte sie.

Unten? Etwa auf dem Boden? Wieso saß Leonie auf dem Boden? Warum sollte er sie suchen, wenn er doch wusste, wo sie war? Marijan spürte etwas wanken. Oder war er es, der wankte? Er rutschte ebenfalls zu Boden. Sie saßen mitten in der Nacht im Flur auf dem Boden, jeder an einen Türrahmen gelehnt. Er hörte Leonie atmen. Er streckte die Hand aus und zog sie wieder zurück. Da lag etwas. Er streckte sie erneut aus. Das musste ein Schuh sein. Er hob ihn auf und hielt ihn in der Hand. Das war keiner seiner Schuhe. Er fiel zu Boden. Marijan spürte etwas anderes, es bewegte sich zwischen seinen Fingern. Er hielt einen Fuß in der Hand. Marijan lag mehr als er saß. Leonies Fuß war jetzt ganz nah an seinem Gesicht. Er konnte kaum atmen, so sehr schlug sein Herz. Es schlug ihm im Hals. Es bewegte sich an seinem Mund, an seinen Lippen. Das war nicht sein Herz, das sich bewegte, das waren ihre Zehen! Er hielt inne. Was sollte er bloß tun?

»Los, weiter!«, sagte Leonie flüsternd.

»Was weiter?«, flüsterte Marijan zurück.

»Weiter lächeln.«

Er versuchte ein Lächeln. Es war sicher dunkel im Flur. Sie konnte das nicht sehen. Er atmete jetzt heftiger. Er lag auf dem Boden und hatte das Gefühl, sich festhalten zu müssen. Aber er wusste nicht wo. Da war nur Leonies Fuß. Er öffnete den

Mund und spürte ihre Zehen an seinen Lippen. Er spürte seine Hände und ihre Beine. Oder er spürte nur ihre Beine. Etwas bewegte sich und dann bewegte es sich sehr heftig. Das war Leonie. Er zog an etwas, er zerrte. Er hörte wie etwas riss. Und dann war Leonie plötzlich da. Sie war überall. Sie war über und unter ihm, sie rollten über den Boden, er roch ihre Haut und ihre Haare, er spürte ihre Brüste an seinem Gesicht, er spürte ihren Mund, ihre Zähne und ihre Zunge. Leonie stöhnte laut. Sie schrie beinahe. Marijan hatte das Gefühl, ohnmächtig zu werden.

Er schlug die Augen auf. Er hörte seinen Atem. Nein, das war nicht sein Atem! Das war der Atem neben ihm. Er spürte eine andere Hand in seiner und einen anderen Körper neben seinem. Er spürte seinen eigenen, indem er den anderen spürte. Dieser Umstand hatte ihn in der vergangenen Nacht verwirrt. Und er verwirrte ihn noch immer. Neben ihm schlief Leonie und er hielt sie im Arm! Marijan hatte noch nie eine Frau im Arm gehabt. Jedenfalls nicht so. Sie war vollkommen nackt. Unglaublich, dass ein Mensch so nackt sein konnte. Das war grandios! Da lag eine nackte Frau neben ihm. Da lag ein fremder Atem neben seinem. Er erinnerte sich an die vergangene Nacht, an den Anfang im Flur. Auch da hatte er Leonie atmen gehört. Jetzt atmete sie ruhig und gleichmäßig. Marijan wollte sich nicht bewegen. Er wusste nicht, was er tun oder sagen sollte, wenn sie wach wurde. In diesem Moment drehte sie sich, löste ihre Hand aus seiner und legte ihren Kopf an seine Schulter. Sie gab einen Ton von sich, einen tiefen Ton, dann rutsche sie näher an ihn heran und auf ihn drauf. Sie schlief gar nicht, sie war wach und lag auf ihm, ihre Hände in seinen Haaren.

»Kennen wir uns eigentlich? Mir scheint, ich habe dich schon mal gesehen«, sagte sie.

»Ich habe dich noch nie gesehen. Das weiß ich ganz sicher.«

»Sind wir zwei also doch noch im Bett gelandet!«

Marijan musste lächeln.

»Leonie?«

»Ja?«

»Ich schäme mich.«

»Wofür denn?«

»Für heute Nacht.«

»Hats dir nicht gefallen?«

»Doch! Sehr sogar. Aber ich schäme mich trotzdem.«

»Ich schäme mich ebenfalls.«

»Ich meine es ernst«, sagte Marijan.

»Ich auch!«, sagte Leonie lachend. »Wirklich wahr. Scham ist nicht schlimm. Das muss man lernen.«

»Was muss man lernen?«

»Seiner Lust freien Lauf zu lassen«, sagte sie.

»Und du hast es gelernt?«

»Hast du das nicht gemerkt?«

Marijan antwortete nicht. Er versuchte sich vorzustellen, wie sie das gelernt hatte. Er erschrak und versuchte, es sich nicht mehr vorzustellen. Dann spürte er ihre Lippen auf seinen. Von einer auf die andere Sekunde war alles wieder so wie am Abend zuvor. Als ginge man sonst im Leben immer um etwas herum, das mit einem Mal genau in der Mitte lag.

»Gibts kein Frühstück?«, fragte Leonie später.

»Hast du Hunger?«

»Und wie! Ich muss essen. Ich bin zu dünn.«

»Bist du dünn?«, fragte Marijan.

»Ich bin groß und dünn. Hast du das nicht bemerkt?«

»Wie hätte ich das bemerken sollen?«

»Durch deine Berührungen.«

»Ich konnte nichts dergleichen spüren. Ich habe etwas anderes gespürt.«

»Was denn?«

»Weiß ich nicht genau.«

»Woher weißt du dann, dass es etwas anderes war?«

Marijan lachte. Leonie lachte auch. Sie stand auf. Marijan hörte, dass sie sich raschelnd etwas überzog und aus dem Zimmer ging. Er hörte ihre nackten Füße im Flur, sie ging ins Bad. Hatte er gestern Nacht wirklich ihre Füße geküsst? Er roch an der Bettdecke. Einige Minuten später kam sie wieder aus dem Bad und ging in die Küche. Er hörte sie und er roch sie. Sie war hier in seiner Wohnung, mitten in seinem Leben.

»Bin ich auch groß und dünn?«

Marijan stand im Türrahmen der Küche. Dort wo er gestern Nacht gestanden hatte, bevor er auf den Boden gerutscht war.

»Du weißt nicht, wie groß du bist?«

Er wusste nicht, ob er groß, dick oder dünn ist. Weil er nicht wusste, wie groß und dick oder dünn andere Menschen sind.

»Ich bin mit dreizehn Jahren erblindet. Danach bin ich noch gewachsen. Aber ich weiß nicht, wie viel und wie lange.«

»Du redest mit anderen Menschen. Du weißt doch, aus welcher Höhe ihre Stimmen kommen.«

»Aber ich weiß nicht, ob es die Stimmen großer oder kleiner Menschen sind.«

Leonie antwortete nicht. Dachte sie darüber nach? Oder hatte sie es vergessen? Hatte sie ihn vergessen?

»Bin ich nun groß und dünn?«, fragte Marijan ein wenig ungeduldig.

»Weiß ich nicht«, sagte Leonie, »wenn ich dich sehe, sehe ich etwas anderes.«

»Woher weißt du, dass es etwas anderes ist?«

Sie lachten erneut. Marijan hörte ein Messer auf einem Brett. Er hörte etwas klappern. Eine Metalldose, ein Glas. Er hatte keine Vorstellung, wie spät es war.

Beim Essen saßen sie am Küchentisch. Leonie hatte ihren

Fuß auf seinem Bein abgelegt. Sie bewegte die Zehen in seiner Hand. Marijan lächelte.

»Was machen wir jetzt?«, fragte er.

»Wir schämen uns noch mal«, antwortete sie, »aber richtig doll.«

Marijan versuchte sich erneut vorzustellen, wie Leonie gelernt haben mochte, mit ihrer Lust umzugehen. Und mit der anderer. Mit der Unterscheidung zwischen doll und nicht so doll.

An den vorhergehenden Tagen hatte etwas in der Luft gelegen. Es war wie eine gegenseitige Hemmung. Das war schwer zu beschreiben. Obwohl es nach dieser Nacht sehr einfach war. Es ließ sich auf ein einziges Wort reduzieren und solchermaßen reduziert, ließ sich kaum noch verstehen, warum es sich zuvor als schwierig dargestellt hatte. Dieses Wort lautete Krisztina.

Leonie hatte Marijan gezwungen, sich an das Mädchen zu erinnern. Er hatte zehn Jahre nicht an Krisztina gedacht. Er hatte nicht an sie denken wollen. Als er an dem Abend nach ihrem Streit allein auf dem Bett lag, konnte er sich nicht mehr dagegen wehren. Ihr Bild wurde deutlicher. Er sah Mărginime, wie man es von der Anhöhe sehen konnte, das Tal, die Häuser, den Marktplatz mit der Kirche und dem Schulgebäude daneben. Clara, die Lehrerin, stand im Schulzimmer vorn an der Tafel und stellte eine Frage. Nicolae rief die Antwort in die Klasse. Clara ermahnte ihn wie so oft, sich zu melden und zu warten, bis er aufgerufen würde. Sie lächelte über seine ungestüme Art oder über ihre vergeblichen Versuche, ihn zu bändigen. Marijan sah zu Krisztina hinüber, die ebenfalls lächelte. Er erkannte die Situation sofort. Es war Freitag, die letzte Stunde vor dem Wochenende. Gleich musste es klingeln. Clara drehte der Klasse den Rücken zu und schrieb etwas an die Tafel. Marijan sah die weiße Kreidespur. Einen Meter davor stand das Pult, auf der einen Seite lag ein Stapel Hefte und auf der anderen das Klassenbuch. Nicolae sah verschwörerisch zu ihm herüber. Krisztina benahm sich, als bemerke sie nicht, dass die beiden einander Zeichen gaben. Es klingelte. Marijan und Nicolae sprangen auf. Sie hatten gehofft, vor Krisztina aus dem Schulzimmer zu kommen. Dabei saß sie direkt an der Tür. Im Flur stand sie dann vor ihnen. Die Klassenkameraden gingen vorbei und selbst Clara lief ohne ein Wort zu sagen nach draußen. Krisztina schaute von einem zum anderen. Nicolae wich ihrem Blick aus, er kramte in seiner Schultasche. Marijan sah Krisztinas große, dunkle Augen, die fragend schauten. Er wollte, er hätte ihr Gesicht mit den Händen berührt. Aber er wusste auch, dass er diese Regung damals nicht gespürt hatte. Das Berühren von Gesichtern war erst nach seiner Erblindung wichtig geworden. Was mochte ihr in diesem Augenblick durch den Kopf gehen? Warum sagte sie nichts? Sie sah die beiden Jungen an, trat dann einen Schritt beiseite und ließ sie vorbei. Wusste sie da bereits, dass sie einander nicht wiedersehen würden? Diese Szene war so nah, dass Marijan meinte, er müsse lediglich die Hand ausstrecken, um sich selbst, Nicolae oder Krisztina zu berühren. Als wäre es erst gestern geschehen.

Diese Erinnerung und die darauf folgende Nacht mit Leonie, das war jetzt schon ein ganzes Jahr her. Hatte er inzwischen gelernt, mit seiner Nacktheit und seiner Scham umzugehen? Oder mit der Leonies? In diesem Moment hörte Marijan sie draußen auf dem Hof mit dem Galeristen sprechen.

Er konnte die Worte nicht verstehen. Er zitterte. Warum war er bloß so nervös? Er ertastete die Zeit an seinem Handgelenk. Es war halb acht. Er saß noch immer auf seinem Stuhl. Er wollte weglaufen, aber ihm fehlte die Kraft aufzustehen. Er spürte einen Windzug. Das Tor zur Straße war wahrscheinlich geöffnet worden. Wie sinnlos, es würde sowieso niemand kommen! Er wollte Leonie bitten, die Tür wieder zu schließen. Er würde sich erkälten. Ihm war kalt. Dann hörte er Schritte. Er schwitzte. Es kamen Leute! Die wollten bestimmt zu einer anderen Ausstellung. Vielleicht war das hier nur so eine Art Durchgangszimmer.

Es kamen immer mehr Menschen in den Raum. Es waren Stühle aufgestellt worden, aber die meisten Personen standen offenbar. Er war wohl der Einzige, der saß. Er saß einen halben Meter unter den Stimmen, einen halben Meter unter der Meeresoberfläche Berlins. Auf der Höhe der Münder, schwappte es hin und her. Es war laut dort oben und es wurde immer lauter. Das Atmen fiel ihm schwer.

Dann hörte Marijan Leonies Stimme am anderen Ende des Raums. Mit einem Mal waren alle auf der Suche nach Stühlen. Oder suchten sie nicht? Es ging nun sehr schnell. Er hörte überall Stühle rücken. Man nahm offenbar die Plätze ein. Es wurde allerdings nicht leiser. Obwohl die Personen längst alle sitzen mussten, schienen die zu ihnen gehörenden Geräusche noch immer aufgeregt durcheinanderzulaufen und nach den besten Plätzen Ausschau zu halten.

Ihm war übel. Er musste dringend zur Toilette. Jetzt kamen Schritte auf ihn zu. Leonie berührte ihn an der Schulter und beugte sich zu ihm herunter.

»Bist du soweit?«, fragte sie.

Er hatte das Gefühl, gleich in Tränen auszubrechen. Er schüttelte den Kopf. Nein, er war nicht soweit. Ganz und gar nicht.

»Ja! Also ich glaube.«

Seine Stimme zitterte. Warum hatte er ›Ja‹ gesagt? Er wollte doch ›Nein‹ sagen. ›Lass uns gehen‹, wollte er sagen. ›Lass uns miteinander ins Bett gehen.‹

»Keine Angst«, sagte Leonie, »ich bin in deiner Nähe. Ich gehe nicht weg. Ich sitze vorne in der ersten Reihe, ganz links.«

Ihre Stimme war nah an seinem Gesicht. Er spürte ihren Atem. Sie hatten das oft besprochen. Dennoch war es gut, dass sie es noch einmal sagte.

»Los, weiter!«, sagte sie flüsternd an seinem Ohr.

»Was weiter?«, flüsterte Marijan zurück.

»Weiter lächeln!«

Sie richtete sich auf.

»Leonie!«

Sie beugte sich erneut zu ihm herunter.

»Ich weiß nicht, wo die Flossen sind«, sagte Marijan.

»Welche Flossen denn?«

»Die Schwimmflossen und der Schnorchel. Ich weiß nicht, wo sie sind. Ich glaube, wir haben sie im vergangenen Sommer verloren.«

»Wozu brauchst du die denn jetzt?«

»Ich brauche sie, falls ich ertrinke.«

»Du ertrinkst nicht.«

»Woher willst du das wissen? Ich kann nicht schwimmen.«

»Du kannst nicht schwimmen?«, fragte Leonie erstaunt.

»Nein. Ich habe es nie gelernt.«

»Ja, zum Teufel, warum hast du das denn nicht früher gesagt?«

Leonies Stimme klang vorwurfsvoll, beinahe erbost.

»Ich weiß nicht«, sagte er, »ich habe nicht daran gedacht.«

»Marijan!«

»Was denn?«

Sie antwortete nicht. Marijan spürte, dass sie den Kopf schüttelte. Dann lächelte sie. Vielleicht tat sie das. Er wusste es nicht. Er stellte es sich vor. Sie richtete sich erneut auf.

»In Ordnung«, sagte Leonie mit erhobener Stimme in Richtung des Galeristen, »wir fangen an.«

Das Geräusch des Werdens

»Sehr geehrte Damen und Herren! Was Sie an den Wänden ringsum betrachten können, sind die Fotografien eines Blinden. Ich habe sie gemacht. Schön und gut, sagen Sie sich jetzt vielleicht. Jeder nach seiner Fasson. Aber eigentlich ist das übertrieben. Ein Blinder wirkt immer übertrieben blind. Ein Blinder kann nicht essen oder trinken, ohne dass es übertrieben blind wirkt. Aber ein Blinder, der fotografiert, ist geradezu überspannt. Blind oder nicht, er drückt ja bloß auf den Auslöser. Schließlich hat er es an den Augen und nicht an den Händen.

Womöglich empfinden Sie das auch als ein interessantes Experiment. Denn diese Bilder bilden nur ab, ohne Veränderung durch das Auge. Das reine Sehen eines Blinden. Ohne geradezurücken, was in Wirklichkeit krumm ist. Oder, werden Sie sich vielleicht fragen, verändert man immer, weil nicht das Auge allein Veränderungen vornimmt? Es ist vielmehr die lange Kette der Modifikationen, die vom Auge bis zum Gehirn, von der Hand bis zur Handlung reicht. Unmerklich werden überall kleine Veränderungen vorgenommen. Bis man, was man gesehen hat, kaum mehr wiedererkennt, bis aus Gelb Grün geworden ist und aus Beleidigung Belobigung. Das Sehen ist geradezu absurd, und das gilt nicht nur für die, die im physiologischen Sinne sehen können, sondern das gilt auch für Blinde. Ein Blinder kann nämlich seine Augen nicht verschließen: Auch wenn er nichts mehr sieht, seine Blindheit sieht er überall.

Sie können nicht von mir erwarten, dass ich etwas zu den Fotografien sage. Ich sehe tatsächlich nicht, was Sie dort sehen. Ich kann etwas zu den Bedingungen sagen, unter denen diese Bilder entstanden sind. Das will ich im Folgenden auch tun. Wobei Sie sich daran gewöhnen müssen, dass ich vieles anders erlebe als Sie. Bei Sehenden liegen die Dinge, die Ereignisse und Personen sehr eng beieinander. Bei mir hingegen ist dazwischen viel Platz. So viel, dass ich manchmal nicht weiß, ob und wie die Dinge zusammengehören. Ein Blinder ist oft mit nichts anderem beschäftigt, als die Verhältnisse der Personen und Umstände, der Geräusche und Gerüche in einen Zusammenhang zu bringen.

Im Zentrum meiner Fotografien steht, was auch im Zentrum meines Lebens steht: die Erblindung. Ich hätte damals lieber alle anderen Sinne verloren als den Sehsinn, denn mit den Verbliebenen spürte ich sowieso nichts als das Fehlen dieses einen. Ich nahm den Verlust viel intensiver wahr, als ich zuvor das Sehen wahrgenommen hatte. Die Blindheit war an genau der Stelle, an der zuvor mein Sehen gewesen ist. Hatte ich ein Sehen? Ich hatte es jedenfalls nie bemerkt. Als ob ich vor der Erblindung blind war, nicht nachher. Die Auseinandersetzung damit wird mich wohl mein Leben lang begleiten. Ich werde das niemals so akzeptieren, wie man das Sehen akzeptiert. Das liegt vielleicht daran, dass die Blindheit viel umfassender ist als das Sehen, denn man sieht nur mit den Augen, blind aber ist man mit seiner gesamten Existenz. Die Konfrontation mit meiner Blindheit ist auch eine mit dem Sehen der anderen. Nicht die eigene Blindheit, sondern das Sehen der anderen ist das Beunruhigende.

Nicht, dass mir etwas entgeht, sondern dass es den anderen nicht entgeht. Das war mir lange Zeit unbegreiflich: Wie kann das sein, dass die anderen Menschen tatsächlich noch immer so sehen können, wie ich es auch einmal konnte? Als ob die anderen sich in all den Jahren nicht verändert hätten und noch immer an derselben Stelle stünden, wo ich sie im Alter von dreizehn Jahren verlassen habe.

Eines Morgens bekam ich starke Kopfschmerzen. Ich sagte meiner Mutter nichts und ging wie an anderen Tagen hinunter ins Dorf zur Schule. Die Schmerzen würden schon nachlassen. Sie ließen aber nicht nach, sie wurden stärker. Die Lehrerin schickte mich nach Hause. Meine Mutter war beunruhigt, als ich ihr das erzählte. Sie bat den Bürgermeister, uns zum Arzt ins Nachbardorf zu fahren. Der untersuchte mich und meinte, der Schmerz käme möglicherweise von den Zähnen.

›Nein, es liegt nicht an den Zähnen‹, sagte meine Mutter.

Mir war es egal, woher der Schmerz kam. Ich wollte, dass er aufhörte. Als ich aufwachte, war da lediglich ein unangenehmes Drücken. In der Schule verwandelte sich das in ein Pochen, zwischenzeitlich in ein Quietschen und nun war es zu einem metallischen Hämmern geworden. Der Arzt gab mir ein Schmerzmittel und das Hämmern verwandelte sich in ein dumpfes, aber erträgliches Dröhnen. Auf dem Rückweg veränderte es sich erneut. Es hörte auf, ein Geräusch zu sein, und verwandelte sich in puren Schmerz. Ich begann zu schluchzen. Zu Hause angekommen, verständigten sich meine Mutter und der Bürgermeister darauf, mich ins Krankenhaus zu fahren. Als wir zwei Stunden später in der Stadt ankamen, zitterte ich am ganzen Körper.

In der Notaufnahme des Krankenhauses wurde ich in ein Bett gelegt und bekam eine Kanüle in den Unterarm und einen Tropf neben das Bett. Der Schmerz nahm daraufhin sehr schnell ab. Mir wurde flau im Magen und ich hatte das Gefühl, in etwas Weichem zu versinken. Meine Reise durch die Nacht begann. Vielmehr die Reise des Bettes, das die ganze Nacht durch die Flure geschoben wurde. Oder mehrere Nächte. Ich verlor das Gefühl für die Zeit und für mich. Ich lag nur dort und schaute an die Decke. Am Rande meiner Aufmerksamkeit bemerkte ich, dass noch andere Betten unterwegs waren. Sie wurden von einer zur nächsten Station geschoben, von einem Flur in den nächsten, wo die Deckenbeleuchtung genauso schummrig war wie in dem zuvor. Vor jeder dieser Stationen stauten sie sich. Dann wurden sie einzeln in einen Raum geschoben und später wieder in den Flur zurück. Dort warteten sie darauf, dass es weiterging, durch die Flure, unterhalb der immergleichen Deckenbeleuchtung, auf die nächste Station, wo sie sich erneut in eine Schlange einreihen mussten.

Meine Mutter blieb in meiner Nähe und beantwortete die Fragen der Ärzte. Mir schien, dass es immer derselbe Arzt war, der lediglich sein Gesicht wechselte. Man schob mich durch die Nacht und statt eines frischen Kittels zog sich der Arzt ein anderes Gesicht über. Das ging schneller als ein Kittel, er musste nicht die vielen Knöpfe auf- und zumachen. Er zog das neue Gesicht einfach über das alte. Immer derselbe Kittel und immer dieselbe Prozedur. Der Arzt nahm sich die Akte, warf einen Blick hinein, legte sie beiseite und machte seine Untersuchungen. Dann trug er etwas in die Akte ein und klemmte sie mit immer dem gleichen Geräusch an das Fußende des Bettes. Mit einem Schnappen rastete etwas ein. Wir kamen in ein Zimmer, wo der Arzt meine Augen untersuchte.

›Nein, nicht die Augen‹, wollte ich sagen. Aber ich bekam kein Wort heraus. Meine Mutter reagierte nicht. Warum sagte sie nichts? Sie hatte doch auch bei den Zähnen Widerspruch eingelegt. Vielleicht wurde man solange hin und her geschoben, bis man den Widerspruch aufgab. Dann blieb man auf der jeweiligen Station, bis eine Besserung der Symptome eintrat. Vielleicht gab es hier gar keine Zimmer, sondern nur diese Gänge, man war zeit seines Aufenthaltes unterwegs. Über diesen Gedanken schlief ich ein.

Als ich erwachte, hatte ich noch immer die Kanüle im Arm.

Tropft das in meine Venen oder in meine Arterien, wollte ich fragen. Meine Zunge lag schwer in meinem Mund. Ich konnte sie kaum bewegen. Dann bemerkte ich meine Mutter. Sie stand neben meinem Bett und unterhielt sich mit einem Mann. Ich hatte das vergessen, wir waren ja im Krankenhaus, das musste ein Arzt sein. Was ist eigentlich mit meiner Zunge? Die Ärzte haben doch meine Augen untersucht und meine Zähne. Haben die auch meine Zunge untersucht? Reden die beiden über mich? Ich verstand nicht, was sie sagten. Meine Ohren funktionierten nicht richtig. Sie nahmen keine Notiz von mir. Es kam ein weiterer Arzt herein, der meine Mutter begrüßte. Ich wollte auf mich aufmerksam machen, aber ich war so müde, dass ich wieder einschlief. Ich schlief mit offenen Augen ein, denn das Bild meiner Mutter mit den beiden weiß gekleideten Männern blieb überdeutlich.

Ich erwachte erneut. Oder hatte ich nicht geschlafen? Die beiden Ärzte waren verschwunden. Meine Mutter saß neben meinem Bett. Sie lächelte. Warum lächelt sie, dachte ich. Sie sagte, die Ärzte vermuteten einen Virus. Hat sie das gesagt oder habe ich es mir eingebildet? Einen nicht gutartigen Virus, sagte sie, der die Augen angreife. Ein Virus, der die Nerven schädige, die Nervenbahnen. Gibt es eigentlich gutartige Viren? Welche Nervenbahnen denn? Tropft mir diese Flüssigkeit in die Venen oder in die Arterien? Zu viele Fragen für meine Zunge, obwohl das taube Gefühl nachgelassen hatte. Zu viele Fragen, die mir durch den Kopf gingen, während meine Mutter einfach weiterredete, von den Ärzten, den Prognosen bei dieser Art Viren und bestimmten Medikationen und Wirkstoffen. Oder redete sie nicht?

›Was ist da eigentlich drin?‹, fragte ich.

Ich deutete mit dem Kopf auf die Flasche, aus der noch immer eine Flüssigkeit heraustropfte in einen Schlauch, der in meinem Arm steckte. Meine Mutter sah mich an und brach in

Tränen aus. Warum weinte sie denn? Sie hat doch gerade noch gelächelt. Ein nicht gutartiger Virus, der die Augen angreift, sagte sie. Also ein bösartiger Virus! Oder gab es auch mittlere Viren, die weder gut- noch bösartig waren, die einfach nur existierten? Hatte sie von Erblindung gesprochen? Mir war so, als hätte sie dieses Wort gebraucht. Wir waren also noch immer auf der Augenstation!

›Sind wir etwa noch bei den Augen?‹, fragte ich wütend.

Hatte meine Mutter nicht bemerkt, dass ich auf der falschen Station war? Ich musste auf die Kopfschmerzstation oder die mit den schweren Zungen! Wahrscheinlich hatte man einfach die Akten verwechselt. Kein Wunder bei dem Durcheinander von Betten und Zimmern, Ärzten und Gesichtern. Am Fußende meines Bettes steckte die Akte eines anderen Patienten. Nicht ich habe ein Problem mit den Augen, sondern ein anderer Patient, der in dieser Nacht ebenfalls durch die Flure geschoben wurde und der wahrscheinlich bei den Kopfschmerzen gelandet ist und nun nicht wusste, wie er zu den Augen kommen sollte.

›Wo ist meine Akte?‹, fragte ich meine Mutter, ›ich bin auf der falschen Station, ich will zu den Kopfschmerzen.‹

Meine Mutter schaute mich verständnislos an.

›Der mit den Augen muss hierher. Wir müssen einfach nur die Stationen tauschen. Ich will zu den Zungen.‹

Ich wollte meiner Mutter die Sache mit den vertauschten Betten erklären. Ich wollte sie bitten, sich auf die Suche nach meiner Akte zu machen, die sicher Auskunft über meine wirkliche Krankheit geben würde. Da fing sie wieder zu weinen an. Sie schluchzte so sehr, dass ich ihr nichts erklären konnte. Über ihren Tränen schlief ich erneut ein.

Als ich aufwachte, war meine Mutter nicht mehr da. Eine Krankenschwester wechselte gerade die Kanüle. Ich erklärte ihr den Sachverhalt. Sie versprach, sich darum zu kümmern.

Ich war beruhigt. Die beiden vertauschten Patienten kämen nun auf die richtigen Stationen. Ich stellte mir vor, wie wir auf dem Flur aneinander vorbeigeschoben würden und uns anlächelten, beide gleichermaßen froh, endlich unseren Krankheiten entsprechend behandelt zu werden. Ich sah die Krankenschwester später noch einmal. Ich nahm an, es ginge alles seinen Gang. Am Nachmittag kam eine andere Schwester ins Zimmer, die nichts von meinem Gespräch mit ihrer Vorgängerin wusste. Offensichtlich vertauschte man hier nicht nur die Patienten, sondern auch die Schwestern. Bei der Visite am späten Nachmittag schaute mich der Arzt freundlich an, als ich ihm die Sache mit den vielen Betten auf dem Flur, den vertauschten Akten und den vertauschten Schwestern erklärte. Er nahm die Akte zur Hand, überflog die Seiten, steckte sie wieder zurück in die Hülle und schüttelte langsam den Kopf.

›Nein, das ist deine Akte. Da ist keine Verwechslung vorgekommen.‹

Am folgenden Tag kamen die Kopfschmerzen zurück. Die Schwester holte den Arzt. Es war ein anderer als am Tag zuvor. Er untersuchte meine Augen, notierte etwas in der Akte am Fußende meines Bettes und gab mir eine Tablette. Die wollen mich vergiften, dachte ich. Seit Tagen tropfte mir diese Flüssigkeit in die Venen. Oder in die Arterien. Nicht einmal das konnte man hier auseinanderhalten. Ich wollte mir die Kanüle entfernen. Ich wusste nicht wie. Der Arzt wartete, bis ich die Tablette heruntergeschluckt hatte. Dann schlief ich erneut ein.

Als ich aufwachte, konnte ich schlecht sehen. Kein Wunder, es waren ja auch die falschen Medikamente. Im Laufe des Tages nahm meine Sehkraft rapide ab. Gegen Abend lag sie bei nur noch zehn Prozent. Man misst die Werte, statt etwas gegen ihre Verschlechterung zu unternehmen. Mein Augenlicht reichte gerade noch, um hell und dunkel voneinander zu unterscheiden. Am Abend des folgenden Tages war nicht einmal mehr das möglich. Es trat ein, was die Ärzte prognostiziert hatten, die vollständige und irreversible Erblindung. Meine Erblindung und nicht die eines anderen Patienten. Ich war blind und nicht der andere, der bei den Kopfschmerzen gelandet war oder möglicherweise noch immer durch die Flure geschoben wurde.

So, wie ich bis dahin von einer Verwechslung ausgegangen war, ging ich in den nächsten Tagen davon aus, dass die Erblindung auch wieder vorübergehen würde. Das hier war nur eine Phase, die nicht ewig dauern konnte. Kein Mensch lag ewig im Krankenhaus. Ich würde wieder entlassen werden. Natürlich würde ich dann auch wieder sehen können! Ich hatte es ja auch gekonnt, als ich hergekommen war. Die Schwestern und die Ärzte taten in den folgenden Tagen wahrscheinlich das, was man in einem Krankenhaus so tut, Betten machen, Medikamente verteilen, Essen bringen und einem freundliche Worte sagen. In meinem Erleben bestanden sie nur noch aus ihrer Stimme. Und da die Welt nun einmal nicht nur aus Stimmen bestehen konnte, nahm ich die Sache nicht ernst.

An dem von mir sehnlich erwarteten Morgen nahm meine Mutter meinen Arm, wie wir es in den vergangenen Tagen geübt hatten. Auch das hatte ich nicht ernst genommen. Sie führte mich aus dem Krankenzimmer in den Flur und nach draußen. Dort wartete, wie ich wusste, der Bürgermeister mit seinem Wagen. Ich kannte seinen Wagen, er war rot. Er war immer rot gewesen, solange ich mich erinnern konnte. Wir gingen durch den Flur auf die Eingangstür zu, die sich vor uns öffnete. Ich hörte die Stimme des Bürgermeisters. Ich spürte seinen Arm auf meiner Schulter, die Hand meiner Mutter in der meinen. Aber ich sah kein rotes Auto. Also blieb ich stehen.

›Wo ist das Auto?‹, fragte ich.

Da die beiden nicht antworteten, fragte ich noch einmal,

etwas lauter dieses Mal. Vielleicht hörten sie nicht gut. In diesem Krankenhaus nahmen sie einem ja alles ab, was man zum Leben brauchte.

›Wo ist das Auto? Es ist rot. Ich kann es nicht sehen.‹

›Marijan …‹, begann meine Mutter.

›Ich gehe keinen Schritt, bevor ich das Auto nicht sehe. Das Auto ist rot. Wo ist es? Wo ist das Auto?‹

›Junge‹, sagte meine Mutter und fing erneut zu weinen an.

Ich würde hier erst wieder weggehen, wenn ich es sehen konnte. Wenn ich jetzt ohne mein Augenlicht wegginge, hätte ich später die größten Schwierigkeiten, es zurückzubekommen. Hier und jetzt war ich auf jeden Fall näher dran, als ich je wieder sein würde.

›Nein!‹, habe ich auf alle Versuche meiner Mutter geantwortet, die mich dazu bewegen wollte, in das Auto einzusteigen. ›Ich steige in kein Auto, das ich nicht sehen kann!‹

Ich setzte mich auf den Boden. Ich weinte. Ich schrie.

›Nein! Ich kann es nicht sehen. Ich gehe hier nicht weg. Nein!‹

An diesem Morgen vor dem Eingang des Krankenhauses habe ich zum ersten Mal verstanden, was ich bis heute immer wieder ansatzweise verstehe, ohne es je zur Gänze zu begreifen: Ich bin blind! Bis auf den heutigen Tag denke ich, dass ich noch sehen könnte, wenn es damals nicht zu dieser fatalen Verwechslung gekommen wäre. Ich werde den Gedanken nicht los, dass ich seither nicht mehr mein Leben lebe. Dass mein Leben von jemand anderem gelebt wird. Jemand, der meine Augen benutzt und der sieht, was doch eigentlich ich hätte sehen sollen.

Zu Beginn meiner Blindheit konnte ich einen schönen nicht von einem schlechten Tag unterscheiden. Ich wollte nicht, dass draußen die Sonne schien. Ich wollte, dass statt des Wetters ein einheitliches Etwas herrschte, ohne sich unentwegt ändernde

Besonderheiten. Wetter als Konstante, ein unbestimmter Luftdruck und ein grauer Brei. Erst viele Jahre später in Berlin habe ich gelernt, den Regen zu lieben. Am liebsten habe ich es, wenn er mich weckt. In der Nacht, wenn es draußen dunkel ist. Dann stehe ich auf, öffne das Fenster und lausche. Was zuvor nur leerer Raum war, füllt sich mit Geräuschen. Es beginnt zu leben, was leblos gewesen ist. Es entstehen Umrisse, Strukturen und Konturen. Es werden Gegenstände erahnbar, eine Kontinuität, wo zuvor nur Ausschnitte, Zusammenhänge, wo nur Fragmente gewesen sind.

Ich höre einfach nur hin. Der Regen fällt auf das Hausdach, läuft in die Dachrinne und von dort durch das Metallrohr neben meinem Fenster. Ich höre, wie es rauscht und rinnt und rieselt. Der Regen fällt auf das Vordach des Schuppens im Innenhof, auf die Plastiktonnen, die dort stehen und bildet Pfützen und Rinnsale. Ich höre, wie es quillt und quellt. Der Regen fällt auf die Metallrohre eines Klettergerüstes das hinter dem Haus steht, es klingt, als würde ein Instrument gespielt. Ich höre, wie es schwimmt und schwappt und spritzt und sprudelt. Der Regen fällt gegen die Hauswand und die Fenster, heller gegen Schrägen und dunkler gegen Ebenen. Ich höre, wie es prasselt, plätschert und platscht. Der Regen fällt weiter vorne auf die Fahrräder und weiter hinten auf die Autodächer. Ich höre, wie es läuft und leckt. Neben dem Haus ist eine Toreinfahrt, wo sich bei Regen manchmal Leute unterstellen. Ich höre, wie es tropft und trieft und tröpfelt. Ich höre ein sanftes Flüstern, ein leises Lachen, eine zerstiebende Gischt, eine Brandung, ein Meer, einen gewaltigen Sturm, eine Flutwelle. Manchmal ist der Regen verzagt oder verzweifelt, er ist verhalten oder besonnen oder beschämt oder betreten. Und manchmal ist er einfach gleichgültig und die Tropfen fallen lediglich von oben nach unten.

Ich stehe gebannt am offenen Fenster und höre, wie eine

Umgebung entsteht, wie Gegenstände wachsen und werden. In solchen Momenten wird der Raum, den ich oft nur als drückende Masse empfinde, die auf mir lastet, zu einer Umgebung und einem Gefüge, in das ich eingebettet bin. Ein Leben, zu dem ich gehöre und an dem ich teilnehme. An ihren Geräuschen kann ich erkennen, dass da draußen tatsächlich eine Welt existiert und nicht nur unendlicher Raum. Man müsste all das, was wird, was entsteht oder vergeht, alles, was eine Entwicklung nimmt, einen Verlauf oder eine Veränderung, man müsste alles dazu zwingen, dabei ein Geräusch zu machen. Denn nur am Geräusch des Werdens kann ich erkennen, das etwas ist.«

Dass einem das Blut in den Adern gefriert

Heute wie damals nähert man sich Mărginime auf jenem Weg, der vom Nachbardorf zu uns führt. Unsere Gegend hat ein hügeliges Profil, ein sanftes Auf und Ab der Landschaft. Der Weg ins Dorf ist noch derselbe wie zu meiner Kindheit, der, den wir seit eh und je gehen. Die Erhebungen ringsum scheinen jedoch ein wenig flacher geworden zu sein, als hätten Zeit und Wind die Kuppen abgetragen und das Relief der Landschaft verschliffen. Auf dem letzten Teil steigt dieser Weg an, dann steht man auf einer Hügelkuppe und sieht in einem Tal ein kleines Dorf vor sich liegen. Man bleibt unwillkürlich stehen und verweilt für einen Moment. Der Blick wandert über die Landschaft, die Wiesen und Felder bis zur bewaldeten gegenüberliegenden Seite. Mărginime liegt im letzten grünen Tal, bevor es dann steil in die Berge geht. Unser Dorf ist ein malerisches Ensemble mit einer kleinen Kirche aus dem vorletzten Jahrhundert und etwa dreihundert Häusern mit gekalkten Fassaden und roten Schindeln auf den Dächern. Gegenüber der Kirche liegt das Schulgebäude und dazwischen der einzige Platz Mărginimes, der unter der Woche als Schulhof dient.

Oben auf der Hügelkuppe stehend erkennt man, dass die Menschen hier im Einklang mit sich und ihrem Dasein leben. Auf eine selbstverständliche, unspektakuläre Weise füllt jeder die Stelle aus, die ihm entspricht. Wir lebten in Harmonie mit uns selbst. Das war jedenfalls früher so. Diese Harmonie wurde gestört, als man anfing, glücklich sein zu wollen. Da musste man zum eigenen Erstaunen feststellen, dass man es nicht war. Die jungen Leute in unserer Gegend begannen, ihre Dörfer zu verlassen, um in die Stadt zu gehen und dort ihr Glück zu suchen. Von Glück ist zu meiner Zeit nicht die Rede gewesen.

Ich kenne die Geschichte Mărginimes in allen Einzelheiten, war ich doch lange Zeit seine getreue Chronistin. Ich habe mir diese Rolle nicht ausgesucht. Sie ist mir zugefallen. Ich war beinahe fünfzig Jahre lang die Lehrerin dieses Dorfes. Vor einigen Jahren habe ich meine Stelle für eine Jüngere geräumt. Clara, meine Nachfolgerin, kommt aus der Stadt und kennt unsere Geschichte nur aus Erzählungen. Sie kennt das nur vom Hören, was uns anderen, die wir in Mărginime geboren sind und seit jeher hier leben, in Leib und Seele steckt, in jeder Faser unserer Existenz, und was vor vielen Generationen mit einem erhobenen Arm anfing. Mit dieser unscheinbaren Geste sind wir alle hier auf Jahrhunderte in diese Erde hineingerammt worden.

Damals war dies eine unberührte Landschaft. Guter, saftiger, dunkelbrauner Boden. Jene Menschen, die auf der Durchreise waren und einen Ort und eine Zukunft für sich suchten, haben genau dasselbe empfunden, was wir heute empfinden, wenn wir dort oben auf dem Hügel stehen: dass dies ein idealer Ort zum Leben ist. Ihr Anführer hob die Hand und brachte so den Zug der drei Dutzend Familien zum Stehen. Er war der Ururgroßvater unseres heutigen Bürgermeisters, der von Beruf Schuhmacher war. Dieser Mann erkannte, dass er und die Leute an diesem Ort in Frieden und Harmonie würden leben können. Oder die anderen erkannten es. Ihr Anführer wollte nämlich nichts als gehen bis zum Ende seines Lebens. Er konnte sich nicht erinnern, die Hand gehoben zu haben. Da die Ersten aufgrund der langen Wanderung jedoch zu murren begannen, Wochen und Wochen waren sie unterwegs gewesen, und da ihnen außerdem drohend das Gebirge vor Augen stand, das sie, wollten sie weitergehen, passieren müssten, einigte man sich darauf, dass der Schuhmacher seine Hand gehoben und den Zug damit zum Stillstand gebracht hatte.

So siedelten sich unsere Vorfahren in diesem Tal an. Sie begannen Häuser zu bauen, Äcker anzulegen und Vieh zu züchten. Sie schlugen Holz und sammelten Steine von den Feldern und aus dem Bach, der sich durch das Tal schlängelte. Sie überstanden den ersten und den zweiten Winter und dann auch den dritten. Die Häuser, die zu Anfang Hütten waren, wurden standfester. Es dauerte nicht lange und die erste Hochzeit fand statt, das erste Kind wurde geboren und dann starb der Erste. Die Leute begruben ihn außerhalb des Dorfes am Hang, knapp unterhalb des Waldrands, genau gegenüber jener Stelle, wo sie einige Jahre zuvor innegehalten hatten. Auch von dort hatte man einen guten Blick über das Tal. Nicht, dass die Toten ihn brauchten, die Lebenden brauchten diesen Blick, der ihnen die Landschaft, das Dorf und ihr ganzes Leben vor Augen führte und ihnen den Sinn ihres Daseins erschloss. Dort ist noch heute unser Friedhof. Dort oben liegen alle unsere Ahnen begraben, von Anbeginn an. Alle außer denen, die auf der Suche nach dem Glück Märginime verlassen haben. Und denen, die der Teufel holte.

Die erbarmungslose Kälte der Winter, die Einsamkeit der Landschaft und die Angst vor der Zukunft ließen uns instinktiv die Nähe der anderen suchen. Wir bauten unsere Häuser möglichst nah beieinander. Einer jedoch suchte sich eine Stelle für sein Haus, die in beträchtlicher Entfernung lag. Ein Sonderling war er, ein Einzelgänger. Er war Tischler und damit der wichtigste Handwerker der kleinen Gemeinschaft. Die Leute brauchten ihn dringender als jeden anderen. Dennoch war er ihnen nicht geheuer. Seine Augen standen zu eng beieinander. Er hatte einen Silberblick. Es dauerte nicht lange und es gingen die ersten Gerüchte im Dorf um, nach denen es bestimmte Erwägungen gewesen waren, die ihn sein Haus so weit abgelegen hatten bauen lassen, knapp unterhalb des Friedhofs. Die Männer behaupteten, der Tischler könne einen Menschen so anschauen, dass einem das Blut in den Adern gefriert. Als er starb, vermachte er seinem Ältesten alle Güter, Haus und Hof und die Werkstatt. Mit den materiellen Dingen erbte der Sohn auch jenen Blick, der den Männern das Blut in den Adern gefrieren ließ. Und das der Frauen zum Kochen brachte.

Wie der Vater war auch sein Sohn ein Sonderling. Er ging bisweilen durchs Dorf spazieren wie ein wildes Tier auf der Suche nach Beute. Wenn er einen neuen Dachstuhl zimmerte, die Fenster reparierte, wenn er Tische und Stühle brachte oder hinter dem Haus einen Schuppen errichtete, hielten die Männer ihre Frauen und Töchter auf Abstand. Sie schlossen sie in die Kammer ein und warteten, bis der Tischler wieder fort war. Allerdings wussten sie sehr gut, dass sie nicht jederzeit über sie wachen konnten. Der Tischler würde, wenn er es wollte, einen Weg finden. Als er starb, erbte sein Erstgeborener mit den Gütern seines Vaters auch dessen Blick. Die Macht über die Frauen ging vom Vater, vom Großvater und vom Urgroßvater auf die Söhne über. Von Generation zu Generation hatte dieser Blick jedoch weniger Wirkung. Die Frauen waren schon lange nicht mehr Feuer und Flamme, sie erröteten lediglich noch. Die Macht, mit der der Urahn die Frauen beherrscht hatte, nahm ab und der letzte Urenkel musste feststellen, dass seine Blicke nahezu wirkungslos blieben. Das Blut der Frauen kochte nicht, wenn er sie anschaute. Sie erröteten nicht einmal mehr. Sie erblassten.

Lange sah es so aus, als könne dieser Mann keine Frau zu irgendeiner Reaktion bewegen und als müsse die Sippe mangels Nachfahren aussterben. Aber die Tischler brauchte man, man brauchte ihr Handwerk. Schließlich fand der Mann doch noch eine Frau, die ihn heiraten wollte. Er fand sie nicht aus eigenem

Antrieb, und sie wollte wohl auch nicht so richtig. Man drängte sie vielmehr oder man drängte die Einwände, die sie vorbrachte, beiseite. Womöglich wurde sie nicht einmal gefragt. Die Angelegenheit wurde unter den Männern geregelt. Man versammelte sich eines Abends, hörte den Tischler und den Vater des Mädchens und dann die anderen, die etwas zu sagen hatten, und da alle miteinander meinten, sich äußern zu müssen, konnte man bald sein eigenes Wort nicht mehr verstehen. Einigen konnte man sich nicht. Dann schwieg man, wiegte den Kopf hin und her, neigte ihn zur einen, dann zur anderen Seite, man trank ein Gläschen oder zwei, dann trank man noch eins, und zu später Stunde verkündete der Schuhmacher das Ende der Auseinandersetzung, alle nickten zufrieden, oder sie nickten nicht, und drei Wochen darauf wurde geheiratet.

Wenige Monate später wurde die Frau des Tischlers schwanger. In der Nacht der Niederkunft sah man vom Dorf her Licht in der Werkstatt auf dem Hügel knapp unterhalb des Friedhofs. Einer der Männer schlich den Weg dorthin hoch, die letzten Meter kroch er auf allen Vieren. Er drückte sich an die Hauswand und schaute durchs Fenster der Werkstatt. Er konnte beobachten, wie der Tischler in ein kindsgroßes Stück Holz ein Gesicht schnitzte. Am nächsten Morgen wusste ganz Mărginime, dass der Mann in der Nacht an der Werkbank gesessen und sich einen Nachkommen gemacht hatte. Durch einen Geschlechtsakt war das Kind jedenfalls nicht entstanden. Monatelang hatte man nachts auf der Lauer gelegen, aber nicht das kleinste Stöhnen, kein noch so verhaltener Lustschrei war vom Hügel her zu vernehmen. Seelenruhig schliefen der Tischler und seine Frau in ihren Betten.

Indem die Männer das erzählten, rächten sie sich für die Jahrzehnte und Jahrhunderte hindurch erlittene Schmach, dass die Tischler ihnen die Frauen und Töchter verführt hatten und die Kinder, die sie großzogen, nicht unbedingt die waren, die sie selbst gezeugt hatten. So groß der Einfluss der Tischler auf die Frauen früher auch gewesen sein mochte, heute bekam es der Letzte der Sippe nicht einmal fertig, die eigene Frau zu befriedigen. Als im Laufe des Tages bekannt wurde, dass sogar zwei Kinder geboren worden waren, veränderte sich das Gerücht dahingehend, dass der Tischler einen zweiten Versuch hatte machen müssen. Oder ein anderer hatte das getan. Einer der keine Versuche machen musste, sondern der Manns genug war, das, was es da zu tun galt, auch zu tun. Die Männer lachten laut. Sie rieben sich die Hände. Das fühlte sich an, als hätten sie es der Tischlerin höchstpersönlich besorgt. Sie alle sahen ihren drallen Leib vor sich, die schönen prallen Brüste, die geöffnete Frucht ihrer gespreizten Beine, in die man nur hineinstoßen musste, um sich wie im Himmel zu fühlen. Sie alle konnten sich an das lustvolle Stöhnen der Frau erinnern, die man zum Abschied nochmal umgedreht hatte, um ihr auf den prachtvollen Hintern zu hauen. Sie erinnerten sich in ihrer Begeisterung allerdings nicht mehr daran, dass man sie dem Tischler untergeschoben hatte, weil sie kein anderer haben wollte. Von Hintern und Brüsten konnte keine Rede sein und von prall und prachtvoll schon gar nicht.

Am nächsten Tag erfuhren wir, dass die beiden Kinder den gleichen Namen tragen sollten. Ich suchte den Tischler am Nachmittag in seiner Werkstatt auf. Er war an seiner Werkbank beschäftigt, vielleicht beseitigte er gerade die Spuren der Geburt. Ich ärgerte mich, dass dieser Unsinn auch in meinem Kopf Platz fand. Er sah nicht auf, als ich den Raum betrat, aber er wusste, dass ich es war.

»Was du beabsichtigst, ist nicht gut«, sagte ich ohne Einleitung, »du kannst nicht zwei Kindern den gleichen Namen geben.«

Er hörte mit der Arbeit auf und sah mich an.

»Wieso nicht?«

»Ein Name ist etwas Individuelles.«

»Auch Ioan gibt es in unserem Dorf mehr als einmal«, sagte er.

Da hatte er recht.

»Die sind aber keine Brüder«, wandte ich ein.

»Es sind nicht wenige, die wie ihre Väter heißen und ihre Großväter.«

Auch da hatte er recht.

»Man muss sie auseinanderhalten können«, sagte ich.

»Muss man das?«, fragte er.

»Denselben Namen für zwei Kinder, auch noch für Zwillinge, das ist ausgeschlossen.«

»Sie sind im selben Moment auf die Welt gekommen, warum sollen sie nicht denselben Namen tragen?«

»Sie sind nacheinander zur Welt gekommen.«

»Sind sie das?«

Er sah mich provozierend an. Die Tischler waren seit jeher schwierige Charaktere. Ich drehte mich ohne weitere Worte um und ging aus der Werkstatt hinüber ins Haus, wo ich seine Frau besuchte und die beiden Babys.

Der Vater der Zwillinge fand eine Möglichkeit, meine Forderung zu erfüllen und seinen Wunsch durchzusetzen. Zwei Tage später stand er vor dem Schulhaus. Ich bat ihn ins Klassenzimmer. Ich sah keine Möglichkeit, ihm etwas entgegenzuhalten, und so schrieb ich in seinem Beisein in jenes dicke und in Leder gebundene Buch, das wir seit Generationen führten, die Namen Varian I und Varian II. Der Vater nickte, drehte sich um und verließ den Raum. Ich ließ die Tinte trocknen und klappte das Buch zu. Ich hatte kein gutes Gefühl bei der Sache. Später hatten wir dann auch tatsächlich die größten Schwierigkeiten, die beiden zu unterscheiden. Wir wussten nicht einmal, ob wir sie ihres Namens oder ihres Aussehens wegen nicht auseinanderhalten konnten.

Als ich selbst noch ein junges Mädchen war, wurde bei uns die Schulpflicht eingeführt. Alle Kinder sollten sechs, später neun Jahre lang in die Schule gehen. Es musste also jemanden geben, der diese Kinder beschäftigte, wie mein Vater sich damals ausdrückte. Er hielt mich für geeignet, weil mir das, wie er meinte, die Flausen austreiben würde. Niemand hatte etwas gegen seinen Vorschlag einzuwenden und so fuhr er mich eines Tages in die Stadt. Er suchte eine geeignete Unterkunft. Mit den ersten beiden Pensionen war er nicht zufrieden, dann fand er etwas, das ihm zusagte. Die Frau des Haushaltes sollte ein Auge auf mich haben. Sechs Wochen später holte er mich wieder ab. Da war der Kurs, den die künftigen Lehrerinnen aus unserem Landstrich besuchten, zwar noch lange nicht beendet, aber mein Vater war der Meinung, dass das reichen müsse, um ein paar Kinder vormittags in der Schule zu beaufsichtigen. Nach dem Verbleib meiner Flausen fragte er nicht.

Wieder in Märginime, hatte der Vater des heutigen Tischlers fünfundzwanzig Tische und Stühle angefertigt. Aus einem Haus neben der Kirche war eine Wand herausgerissen worden. In dem so entstandenen Raum sollte ich unterrichten. Eine Woche später kam eine große Kiste im Nachbardorf an. Mein Vater holte sie ab. Sie enthielt Bücher, jeweils fünfundzwanzig Exemplare, eine Schiefertafel und ein mehrere Pfund schweres Paket weißer Kreide. Über dem Schulzimmer war der Boden ausgebaut und eine Wohnung eingerichtet worden, sodass ich fortan im Schulhaus wohnte.

Mein Vater war es auch, der dafür sorgte, dass sich alle Kinder pünktlich am ersten Tag des Schuljahres einfanden. An diesem Morgen lieferten die Väter ihre Kinder persönlich ab. Obwohl man sich sonst kaum Sorgen um sie machte, war der Aufenthalt der Jungen und Mädchen in der Schule etwas anderes. Die Männer standen an diesem Tag auf dem Kirchhof, der von nun an auch der Schulhof war, und versuchten durch die Fenster zu schauen. Sie wussten nicht, was im Klassenzimmer vor sich ging, aber dass die Kinder den ganzen Vormittag nahezu bewegungslos herumsaßen, schien eher unwahrscheinlich. Sitzen konnte man schließlich auch woanders. Das wiederholte sich an den kommenden Tagen, die Väter brachten morgens ihre Kinder und lungerten dann auf dem Schulhof herum.

Bald aber hatten alle verstanden, dass die Schule den Kindern nicht schadete. Einige Jahre später gab es genug Menschen, die selbst in die Schule gegangen waren. Sie alle wussten dasselbe und hatten es auf dieselbe Art und Weise gelernt. Es war ein nicht unbedeutender Teil unserer Auffassung von Harmonie, dass ein jeder seine Stelle im Leben fand. Sie war ja auch nicht schwer zu finden. Wir lebten die durch die Eltern vorgeprägten Linien weiter. Linien, die einen mit seinen Eltern über deren Tod hinaus verbanden und die über den eigenen Tod hinaus die Kinder mit einem selbst verbinden würden. Wir erstreckten uns nicht nur über die Jahre des eigenen Lebens, sondern wir steckten im Vorher und im Nachher.

Ich war seit vielen Jahren Lehrerin. Niemand untersuchte seine Kinder mehr auf etwaige Schäden durch den Schulbesuch. Viele, die ich als Kinder unterrichtet hatte, führten längst den Hof ihrer Eltern. Es waren uns einige Jahre lang üppige Ernten beschert worden. Die Witterung war für die Getreidesorten denkbar günstig gewesen. Die Männer kauften in der Stadt einen Traktor, den sie gemeinsam nutzten. Wir stellten die Viehzucht auf Kühe und Schafe um. Es begann eine Zeit wirtschaftlicher Prosperität. Den Leuten ging es gut und immer besser. Die Linien, die uns mit unseren Vorfahren und unseren Nachkommen verbanden, wurden enger, die zu unseren Nachbarn bisweilen jedoch gespannter. Wir waren eine überschaubare Anzahl Menschen, die seit langer Zeit sehr eng zusammenlebten. Da ergeben sich Zu- und Abneigungen. Es entstehen Freundschaften und Feindschaften, Liebe und Hass, Missgunst und Neid.

In den Jahrzehnten meines Lehrerinnendaseins habe ich viele Freundschaften entstehen und wieder vergehen sehen. Eine so enge Bindung wie die zwischen Ioan, Emil und Valentin war allerdings ungewöhnlich. Sie waren während ihrer Schuljahre befreundet und blieben es auch danach. Die meisten Freundschaften haben eine kurze, intensive Hochzeit, dann gibt es einen Knick. Man bleibt dem anderen freundschaftlich verbunden, geht einander ansonsten aber aus dem Weg. Das war bei den dreien anders. Sie verbrachten jeden freien Moment miteinander. Eines Tages jedoch, Jahre nach dem Ende der Schulzeit, war Valentin unauffindbar. Ioan und Emil suchten ihn. Sie schauten in jede Scheune, in jeden Kuhstall und in jeden Koben. Sie fragten die Leute im Dorf, sie kamen auch zu mir ins Schulhaus. Alle schüttelten die Köpfe, keiner wusste etwas Genaues. Bis wir uns dann eingestehen mussten, dass Valentin verschwunden war. Er war nicht etwa krank, er war auch in keinen Graben gefallen und wartete auf Hilfe. Er war einfach nicht mehr da.

Mit Valentin begann das Phänomen, dass manche ihre Existenz hier aufgaben, ihre Eltern und Familien, ihre Vergangenheit, ihre Zukunft und damit die Stelle, die sie im Leben einnahmen und mit der sie verwachsen waren. Offensichtlich verspürten sie die Bindung und Verwurzelung nicht mehr im erforderlichen Maße. Sie gingen in die Stadt. Auf der Suche nach dem Glück oder nach etwas, das sie mangels einer treffenderen Beschreibung als Glück bezeichneten. Bisweilen hörten wir einen Monat oder ein Jahr später etwas von ihnen. Sie schrieben einen Brief oder eine Karte. Manche wollten wohl nur ein Lebenszeichen von sich geben. Andere hatten womöglich Angst, vergessen zu werden. Einer schrieb alle paar Monate Ansichtskarten aus Wien, auf denen verschiedene Ausschnitte der Stadt zu erkennen waren, das Schloss Schönbrunn, das Burgtheater oder ein Riesenrad. Wir lasen die Karten auf dem Marktplatz laut vor und reichten sie dann herum. Neugierig wurden sie betrachtet, als könne man auf den Abbildungen irgendwo den Absender erkennen oder einen der anderen, die das Dorf verlassen hatten. Von den meisten hörten wir jedoch nie wieder etwas.

Als einige Jahre später aus der Stadt die Anweisung kam, einen Verantwortlichen für die Administration zu benennen, schlug ich Ioan vor. So wie mich mein Vater damals vorgeschlagen hatte. Noch einmal fügte sich, was für uns viele Jahrzehnte charakteristisch gewesen ist: dass ein jeder seine Stelle im Leben fand. Ioan war die ideale Wahl. Sein Handwerk und die damit einhergehenden Verpflichtungen in der Werkstatt seines Vaters ließen sich gut mit den Anforderungen an das Amt des Bürgermeisters verbinden. Er verbrachte zwei, drei Jahre viel Zeit in der Stadt. Das war eine Zeit einschneidender wirtschaftlicher und politischer Veränderungen überall in unserem Land. Dank Ioans Gespür verliefen diese Veränderungen bei uns recht moderat.

Die Schuhmacher kannten die Menschen besser als diese sich selbst. Das war auch bei Ioan so. Man schätze ihn als Redner und als Zuhörer. Er sprach bei Beerdigungen und bei Geburten, an Weihnachten, Ostern und Erntedank. Jenen Gelegenheiten, die man auf dem Land eben so hat. Geburt und Tod waren allerdings die wesentlichen Ereignisse, die unsere kleine Gemeinschaft bestimmten. Zu unser aller Kummer waren mehr Todesfälle als Geburten zu verzeichnen. Zu viele starben und zu wenige heirateten. Zu viele Abgänge in die Stadt, zu wenige Kinder, zu viele Alte und vor allem zu viele Tote. Man hatte den bedrückenden Eindruck, dass jeder nur einmal geboren würde, aber mehrmals starb.

Eines Tages starb überraschend auch der Tischler. Seine

Söhne, die beiden Varianten, wie sie inzwischen von allen genannt wurden, waren gerade vierzehn Jahre alt. Sie mussten frühzeitig die Schule verlassen. Der eine wurde zur Ausbildung weggeschickt, der andere half der Mutter, Haus und Hof zu versorgen. Drei Jahre später hatte der eine seine Lehre beendet und kehrte nach Mărginime zurück. Am nächsten Tag bereits ging der andere fort. Er ging auf eine endgültige Weise, er verabschiedete sich nicht, er drehte sich nicht um, er sprach kein Wort. Wir Zurückbleibenden wussten nicht, wer von den beiden gegangen war. Aber wir hatten sowieso nie gewusst, wer der eine und wer der andere war. Und da wir sie auch sonst nicht auseinanderhalten konnten, wurde der Name Varian in der folgenden Zeit zu einer Verdichtung all dessen, was wir mit den beiden in Verbindung brachten. Wir wussten nicht, welcher der Erstgeborene und traditionell der Erbe war. Wir wussten nicht, welcher der erste und welcher der zweite Versuch des Tischlers war, und wir wussten auch nicht, welcher der beiden Söhne vom Ehemann und welcher von allen anderen Männern gezeugt worden war.

Anders als der Tischler, der in seiner Werkstatt einfach tot umgefallen war, starb seine Frau langsam und ausführlich, gerade so als wollte sie im Sterben all das mitnehmen, was sie im Leben verpasst hatte. Sie begann damit kurz nachdem einer ihrer Söhne Mărginime verlassen hatte und sie beendete es erst zehn Jahre später. Sie starb in aller Ausführlichkeit. Dieses lang anhaltende Sterben sei, sagten die Männer, die Strafe dafür, dass sie es mit allen im Dorf getrieben hatte. Oder womöglich auch die Strafe, weil sie nicht einmal ihren eigenen Ehemann rangelassen hatte und als Jungfrau ins Grab sinken würde. Anlässlich des Todes seiner Mutter, sahen wir dann jenen Varian wieder, der zehn Jahre zuvor Mărginime verlassen hatte.

Nach unserer Auffassung und Überlieferung starb man nicht, weil das Leben zu Ende ging. Ein Mensch schied auch nicht freiwillig aus dem Leben. Man wurde vielmehr geholt. Der Tod kam und berührte einen an der Schulter. Der Betreffende drehte sich um und erkannte entsetzt, wer da vor ihm stand. Er wich zurück, hob die Hände vors Gesicht und zitterte oder schrie. Oder er bedrohte sein Gegenüber mit der Mistgabel. Aber das nutzte nichts. Wen der Tod einmal berührt hatte, den gab er nicht wieder her. Wie sie sich auch verhielten, ob sie kämpften, rangen, baten, bettelten oder verhandelten, am Ende war alles Lebendige aus ihnen gewichen. Alles, bis auf ihre Seele.

Manche hatten danach einen geradezu friedlichen Gesichtsausdruck, anderen sah man an, dass sie bis zuletzt Widerstand geleistet hatten. Wir wuschen unsere Toten, wir legten ihnen ihre besten Kleider an und öffneten ihnen den Mund. Dann hielten wir Totenwache. Wir saßen daneben und beobachten, wie die Seele den Körper durch den offenen Mund verließ. Der entseelte Körper wurde dann in einen Sarg gelegt. Der Sarg kam auf einen Wagen, wir spannten ein Pferd davor und gingen gemeinsam den Weg zum Friedhof. Wir standen um ein Loch in der Erde und Ioan hielt eine Rede.

Anhand seiner Worte erkannten wir, dass das Leben etwas ausgesprochen Kostbares und Zerbrechliches war. Wir erkannten, dass wir das immer schon gewusst, aber jedes Mal wieder vergessen hatten. Bei jeder Beerdigung erkannten und vergaßen wir dasselbe. Wir schauten auf der einen Seite ins Tal hinunter, auf die Dächer Mărginimes, oder auf der anderen Seite in die Berge. Dann gingen wir langsam den Weg zurück. Nur der Tote ging nicht mit. Er blieb dort oben, ein Toter unter Toten. Die Gräber wurden mit rechteckigen, weißen Steinplatten abgedeckt. Sie bekamen an der Kopfseite ebenfalls eine solche Platte, diese allerdings hoch aufgestellt.

Unser Friedhof ist eine Ansammlung Hunderter dieser Platten. Mit der Zeit verrotten die Särge, die Grabstätten sinken ein, die stehenden Steinplatten neigen sich, sie fallen im Laufe der Jahrzehnte und Jahrhunderte um und werden auch nicht wieder aufgerichtet. Wie die Menschen gestorben waren, sterben auch ihre Gräber. Dort oben auf dem Friedhof liegen alle unsere Ahnen begraben, von Anbeginn an. Alle außer denen, die Märginime verlassen haben. Und außer jenen, die der Tod nicht wollte und die der Teufel geholt hat. Die konnte man nicht beerdigen, weil, anders als der Tod, der einem den Körper lässt, der Teufel den Menschen zur Gänze vernichtet.

An einem windigen Tag im September kam die sechzehnjährige Krisztina nach der Schule nicht nach Hause. Wir suchten zuerst das Dorf und dann die gesamte Umgebung ab. Als wir zurückkamen, lag ein weißes Laken auf dem Marktplatz. Es war ein windiger, fast stürmischer Tag. Das haben wir im Herbst oft, wenn das Wetter von den Bergen herunterkommt. Es rutscht an den Hängen herab und tobt sich bei uns im Dorf aus. Das war auch an diesem Tag so. Der heftige Wind wehte das Laken jedoch nicht von der Stelle. Er griff immer wieder darunter. Das Laken bauschte und blähte sich. Aber es blieb, wo es war. Es sah aus, als bäume sich ein Mensch darunter auf. Wir alle standen um das weiße Laken herum. Wir alle waren vollkommen bewegungsunfähig. In namenlosem Entsetzen mussten wir den Kampf des Mädchens mit dem Teufel ansehen, ihre gellenden Schreie im Ohr.

Je größer die Stadt, desto jünger die Leute

Es war Valentins letztes Jahr in der Schule und der letzte Tag vor den Sommerferien. An diesem Tag bekamen sie die Zeugnisse ausgehändigt. Am Abend gab es ein Fest, man aß und trank. Dann hörte man zu essen auf und trank nur noch. Später zog Silvana Valentin ins Schulzimmer und erzählte ihm mit eindringlicher Stimme, dass sie als junges Mädchen von Paris geträumt habe. Ihr Vater hatte das damals, vor unzähligen Jahren, als Flausen bezeichnet. Und die habe er ihr ausgetrieben. Silvanas Stimme bekam einen harten Klang. Sie sagte nicht, wie er das getan hatte. Sie kam, während sie sprach, mit ihrem Gesicht immer näher. Valentin wich einen Schritt zurück, Silvana trat wieder einen Schritt auf ihn zu, Valentin machte erneut einen zurück. So bewegten sich die beiden durch das dunkle Schulzimmer, Silvana auf ihn zutretend, Valentin im Rückwärtsgang. Im Mondlicht sah er ihre nackten Brüste leuchten. Er flüchtete aus dem Zimmer. Hinter der Tür hörte er sie weiterreden. Er rutschte zu Boden. Leise öffnete er die Tür wieder und sah Silvana hinter ihm her stolpern, obwohl er gar nicht mehr da war. Sie war offenbar betrunken. Da erst bemerkte er, dass er auf dem Boden lag und ebenfalls betrunken war. Er stand mühsam auf und ging schwankend aus dem Schulhaus.

Am Tag darauf war Valentin die Angelegenheit ausgesprochen unangenehm. Silvana hatte im Laufe der Schuljahre nie etwas Persönliches erzählt. Er hatte sie als eine Person wahrgenommen, deren Existenz mit dem Klingeln zur ersten Stunde begann und mit dem nach der letzten aufhörte. Dass sie eine persönliche Seite besaß, wurde ihm erst an diesem Abend deutlich. Er empfand das jedoch nicht als Ergänzung ihrer Person, vielmehr geriet sie dadurch ins Ungleichgewicht. Valentin machte in den folgenden Wochen einen Bogen um das Schulhaus. Obwohl das nicht schwer zu sein schien, weil er die Schule ja beendet hatte, war es nahezu unmöglich, denn das Schulhaus lag mitten im Dorf und es gab in Mărginime keine Möglichkeit, einen Bogen um etwas zu machen oder jemandem aus dem Weg zu gehen.

Er dachte wieder und wieder daran, wie Silvana sich auf ihn zubewegt hatte, an ihre dunkle, heisere Stimme, die Bewegung, mit der sie die Bluse ausgezogen und ihm ihre Brüste gezeigt hatte. Hatte sie das überhaupt getan oder bildete er sich das bloß ein? Waren das seine Hände gewesen? Hatte er sie wirklich berührt? Er war erregt. Er war auch an jenem Abend erregt gewesen. Er verachtete sich dafür. Silvana war alt. So alt war sie auch wieder nicht. Die entscheidenden Jahre eben. Es war unvorstellbar, dass sie an einen Mann dachte. Aber woher sollte er wissen, woran Silvana dachte? Er dachte jedenfalls an ihre Brüste. Er dachte so heftig daran, dass es ihm wehtat. Dass es an der Stelle wehtat, wo es Männern wehtut, wenn sie heftig an Frauen denken.

Silvana hatte von Paris und vom Jungsein gesprochen. Was meinte sie wohl damit? Ob sie damals jung gewesen war, als sie nach Paris gewollt hatte? Wäre sie dann jung geblieben oder wurde man es dort erst? Die Menschen in Paris lebten vielleicht nicht von der Geburt zum Tod, sondern in die umgekehrte Richtung, sie wurden jünger und jünger. Je größer die Stadt, desto jünger die Leute. Valentin bereute, das Zimmer so schnell verlassen zu haben. Silvana hatte sehr eindringlich gesprochen, fast beschwörend. So, als wolle sie das, was ihr Vater ihr damals ausgetrieben hatte, neu beleben. Aber was war das?

Er könnte zu ihr gehen und sie danach fragen. Er könnte warten, bis es dunkel war. Niemand würde ihn sehen. Silvana würde wieder, wie an diesem Abend, zwischen den Tischen auf ihn zukommen mit ihren schaukelnden Brüsten. Je mehr es ihn erregte, desto größer wurde sein Abscheu vor sich, vor ihr oder vor irgendetwas, das damit zu tun hatte. Je größer sein Abscheu wurde, desto heftiger dachte er daran. Und desto weher tat es.

Jungsein war wahrscheinlich das Gegenteil dessen, was er aus Mărginime kannte. Hier waren die Leute weder jung noch alt. Man veränderte oder entwickelte sich nicht. Man blieb der, der man war. Eines Tages war man tot und kam auf den Friedhof.

»Da werde ich mich nicht verscharren lassen.«

»Wieso nicht?«, fragte Ioan. »Die Aussicht ist doch wunderschön.«

»Die Aussicht ist mir egal. Ich will da nicht liegen.«

»Wo willst du dann hin?«

»Irgendwohin, wo ich nicht liegen muss.«

»Warum denn das?«, fragte Ioan.

»Das Letzte, was ich will, ist liegen. Ich kann das nicht ausstehen.«

»Dir wird, wenn du tot bist, nicht viel anderes übrig bleiben«, sagte Ioan.

»Liegen ist langweilig. Ich habe nichts gegen das Totsein im Allgemeinen, das ist vielleicht kein schlechter Zustand. Aber ich denke nicht daran, da ewig herumzuliegen. Wenn man sich wenigstens bisweilen umdrehen könnte. Ich halte das keine Woche aus, dann hau ich ab.«

Silvana hatte das Gefühl der Kontinuität geschürt, indem sie die Tradition betonte, in der ein jeder stand. Sie erzählte die Geschichten der Vergangenheit und sie erzählte sie so, als seien sie Teil der Gegenwart und nicht etwas, das dieser vorausgegangen war. Schon deswegen war es undenkbar, dass gerade sie nach Paris hatte gehen wollen. Es war undenkbar, dass Silvana im Dunkeln etwas von ihm gewollt hatte. Was genau hatte sie eigentlich gewollt? Warum bekamen diese wenigen geflüsterten Worte so viel Macht? Im Vergleich mit den vielen Jahren, die er im Dorf lebte, waren diese paar Minuten, die er mit Silvana in dem Zimmer verbracht hatte, ein Nichts. Aber es war ein Nichts, das sich ausdehnte. Er spürte jene Angst, von der Silvana gesprochen hatte, Angst vor dem Alter. Hatte sie überhaupt davon gesprochen?

Wie sollte er Ioan und Emil erklären, was diese Worte für ihn bedeuteten? Wie sollte er seinen Freunden erklären, dass er sich noch immer fragte, ob sie ihn damals verführen wollte? Wenn er ihnen das erklärte, müsste er auch erklären, warum er so lange, so viele Jahre inzwischen schon, damit gewartet hatte. Er müsste von Silvanas Nacktheit sprechen und von seiner Scham. Er konnte weder das eine noch das andere.

Mitten in der Nacht ging er los. Leise zog er die Tür seines Elternhauses hinter sich zu. Er ging am Marktplatz und am Schulhaus vorbei. Stand Silvana vielleicht am Fenster und beobachtete ihn? Ein Hund kläffte, ansonsten war es ruhig. Es herrschte zunehmender Mond. Er ging neben dem Weg den Abhang hoch, als sei er dann vom Dorf aus weniger gut zu erkennen. Wer sollte ihm schon hinterherschauen? Er musste sich nicht beeilen. Ebensogut hätte er noch die halbe Nacht im Bett bleiben können, aber an Schlaf war nicht zu denken. Er konnte seit Tagen kaum noch schlafen. Eine gute Stunde später saß er bereits im Gras in unmittelbarer Nähe des Bahnhofs. Die Sonne war noch nicht aufgegangen. Er hatte soeben das Wichtigste in seinem Leben verlassen. Nicht das Dorf, nicht seine Eltern, nicht den Hof, sondern seine beiden Freunde Ioan und Emil. Er hätte bleiben und eines Tages den Hof übernehmen können, heiraten und Kinder bekommen. Sie würden später gemeinsam am Marktplatz sitzen, er, Emil und Ioan, und sich von früher erzählen. Wie die, die heute alt waren. Die alt waren und die bald sterben würden. Es waren zuviele Alte in diesem Dorf. An jeder Ecke lauerte der Tod. Warum machte er sich darüber Gedanken? Das war noch sehr weit entfernt. Er war sechsundzwanzig Jahre alt.

Sechsundzwanzig! Das hieß, die Worte Silvanas lagen bereits zehn Jahre zurück! Hatte er zehn Jahre lang darüber nachgedacht? Jahre, die mit einem Fingerschnipsen vorübergegangen waren. Jahre, in denen sich nichts geändert hatte, nicht das Geringste. So würden auch die kommenden Jahre und Jahrzehnte vergehen. Er würde noch einige Male mit den Fingern schnipsen, er würde noch ein paar Mal mit seinen Freunden auf den Bänken sitzen. Dann war das Leben vorüber.

Es wurde langsam hell. Er saß im Gras in der Nähe des Bahnhofs. Der Bahnhof war nur ein Dach, unter dem der Zug hielt. Einige Zeit später näherte sich eine alte Frau. Sie hatte viel Gepäck, sehr viel mehr als er selbst. Valentin stand auf und ging zu ihr hinüber. Er fragte sie, ob sie ebenfalls in die Stadt führe. Sie nickte und erzählte von ihrem Sohn, der dort mit Frau und Kind lebe und einen ordentlichen Beruf habe. Dann kamen noch andere, die in die Stadt wollten. Wenig später hielt der Zug. Valentin half der Frau beim Einladen und Verstauen ihres Gepäcks. Sie setzten sich nebeneinander und sie erzählte erneut von ihrem Sohn, von der Schwiegertochter und dem Enkelkind. Die drei seien gerade in eine neue Wohnung gezogen. Sie fahre in die Stadt, um auf das Kind aufzupassen. Dann schlief die Frau ein.

Valentin schaute aus dem Fenster. Es war erst wenige Stunden her, dass er Mărginime verlassen hatte, aber es schien ihm, als sei er bereits seit Tagen unterwegs. Würden die Freunde ihn suchen? Suchten sie ihn vielleicht sogar schon jetzt? Nein, frühestens heute Abend würde seine Abwesenheit auffallen. Und seine Eltern? Er fürchtete sich vor dem Moment, an dem man entdeckte, dass er nicht mehr da war. Dann fiel ihm auf, dass er ja nicht dabei sein würde. Das machte die Sache nicht besser. Er fühlte sich, als würde er sich suchen und nicht finden, weil er ja bereits weg war. Er fühlte sich wie Ioan oder Emil, nicht wie er selbst. Er wollte nicht an die beiden denken, aber er dachte dennoch an sie.

»Wohin gehts denn?«

Valentin schreckte zusammen. Er hatte nicht bemerkt, dass die Frau neben ihm aufgewacht war.

»Nach Paris«, sagte er nach einer Pause.

»Paris?«, fragte die Frau und schaute ihn erstaunt an.

»Da bleibt man jung«, antwortete Valentin.

Das sollte wie eine Erklärung klingen, aber es klang anders.

»Sie sind doch noch jung«, sagte sie.

Valentin war einen Moment lang irritiert. Sie schwiegen den Rest der Fahrt. Als sie ausstiegen, war er ihr erneut behilflich beim Gepäck. Wie konnte ein Mensch so viel Gepäck haben? Als er ebenfalls ausgestiegen war, erschrak er. Der Zug war in ein Gebäude gefahren, das weit größer war als alles, was er bisher gesehen hatte. Wozu brauchte man einen solchen Raum mit einer so hohen Decke? Die Züge waren doch gar nicht so hoch und die Leute hier nicht größer als anderswo. Er suchte und fand einen Schalter am anderen Ende des Raums. Davor stand eine Schlange. Er stellte sich an und wartete, bis er an der Reihe war.

»Ich möchte nach Paris«, sagte Valentin zu dem Mann hinter der Glasscheibe.

Der sah auf und schaute ihn an.

»Einfache Fahrt?«

»Was?«

»Ob Sie nur hin oder auch wieder zurück wollen.«

»Wieder zurück? Nein! Hin will ich, nur hin.«

»Wann wollen Sie fahren?«, fragte er.

»So schnell wie möglich.«

»Eilig würde ich es an Ihrer Stelle bei dieser Entfernung nicht haben.«

Der Mann sah Valentin nicht an, während er sprach. Er schien mit sich selbst zu sprechen, schaute in einen dicken Ordner und blätterte vor und wieder zurück. Schließlich nannte er den Fahrpreis. Damit hatte Valentin nicht gerechnet. Er zögerte. Dann holte er die Scheine aus der Hosentasche, zählte sie langsam durch und legte den Packen hin.

»Gleis eins, Abfahrt ist um fünf.«

Valentin nahm das Billett entgegen und trat einen Schritt zurück.

Wieso eigentlich gerade um fünf? Er fragte jemanden nach der Uhrzeit. Der zeigte auf eine Uhr, die an der Decke hing. Deswegen sind vielleicht die Decken so hoch, dachte er, damit die Uhren dort oben hängen können. Damit man sie nicht erreichen konnte und eigenhändig die Zeit verstellte. Die Leute könnten sich sicher nicht einigen, ob sie die Zeit vor- oder zurückstellen wollten. Er hatte noch mehrere Stunden Zeit. Er könnte, da er noch nie hier war, ein wenig in der Stadt herumlaufen. Aber er fürchtete, den Zug zu verpassen. Wer weiß, ob der Zug nicht doch früher fahren würde. Fünf Uhr schien ihm, je länger er darüber nachdachte, immer unwahrscheinlicher. Wer weiß, was mit diesen Uhren da oben los war. Er wollte in der Nähe des Bahnhofs bleiben. Er verließ das Gebäude. Draußen setzte er sich auf eine Bank. Der Preis für das Billett lag weit über dem, was er für sinnvoll hielt. Dann bekam er erneut einen Schreck. Vielleicht meinte der Mann am Schalter ein anderes Paris als das, von dem Silvana gesprochen hatte.

Valentin ging erneut hinein und musste sich anstellen. Als

er an der Reihe war und seine Frage formulierte, lächelte der Mann.

»Es gibt nur ein Paris, das in Frankreich«, sagte er.

Es klang, als wisse dieser Mann, wovon er sprach. Valentin war beruhigt. Er ging wieder nach draußen und setzte sich auf die Bank. Er hatte jetzt ein Billett nach Paris in der Tasche und eine lange Fahrt vor sich. Er hatte Paris nicht in so großer Entfernung vermutet. Oder er erwartete, dass es ihm ein Stückchen entgegenkäme. Er fühlte sich nicht gut vorbereitet. Die Alte aus dem Zug hatte für die kurze Fahrt in die Stadt sehr viel Gepäck gehabt und er, der so lange unterwegs sein würde, besaß nur die Tasche, die er in aller Eile am Abend zuvor gepackt hatte. Dabei hatte er es gar nicht eilig gehabt. Er wusste seit Monaten, dass er fahren wollte.

Als der Zug einfuhr, stand Valentin schon lange am Bahnsteig. Er stieg ein und suchte sich in einem Abteil mit je drei Sitzen in zwei gegenüberliegenden Reihen einen Platz am Fenster. Er würde die ganze Nacht, den kommenden Tag und auch noch die nächste Nacht unterwegs sein. Es kamen weitere Personen in das Abteil. Sie fuhren, wie sich herausstellte, nur eine oder zwei Stationen und stiegen dann wieder aus. Das geschah noch häufiger. Es kamen Leute ins Abteil, sie fuhren ein kurzes Stück und stiegen wieder aus. Niemand, schien ihm, hatte einen so langen Weg vor sich wie er. Der Schaffner bestätigte seine Vermutung.

An der nächsten Station wurde es voll und an der darauf folgenden noch voller. Die Leute drängten sich in den Gängen. Als sie in eine größere Stadt kamen, stiegen einige elegante Personen zu, später wechselte das Publikum wieder und die Leute sahen nicht anders aus als Valentin. Es wurde bereits dunkel draußen. Es waren vielleicht immer dieselben Leute, die ein- und wieder ausstiegen, nur anders angezogen. Die Grenze kam. Er musste seinen Ausweis vorzeigen. Jemand sah ihm streng ins Gesicht. Der Zug stand. Es nieselte. Draußen gingen mitten in der Nacht Uniformierte auf und ab, er hörte ihre Stiefeltritte. Jemand brüllte. In einem anderen Abteil hörte er die aufgeregte Stimme einer Frau. Der Zug fuhr wieder an, sehr langsam ruckelte er ein kleines Stückchen, dann mussten sie alle aussteigen. Sie standen auf dem Bahnsteig, der Zug fuhr zurück. Am Gebäude hinter ihm stand ein Schriftzug, dessen Sinn Valentin nicht verstand. Es nieselte noch immer. Valentin war müde. Nach langem Warten kam ein anderer Zug und sie konnten wieder einsteigen. Der neue Zug sah anders aus und das Abteil, in das Valentin stieg, ebenfalls. Er bekam einen Platz am Gang. An der ersten Station nach der Grenze kam ein Mann ins Abteil. Er nickte Valentin kurz zu und setzte sich auf einen Sitz gegenüber. Valentin sah aus dem Fenster. Es wurde langsam hell. Der Mann schlug die Zeitung auf. Sie sprachen nicht miteinander. Valentin versuchte in der Zeitung seines Gegenübers zu lesen. Das war eine andere Sprache. Vielleicht fuhr der Mann ebenfalls nach Paris. Aber er sah nicht so aus. Viel zu wenig Gepäck, dachte Valentin. Obwohl er selbst noch weniger hatte. Ihm wurde langweilig. Er wusste nicht, was er tun sollte. Dafür, dass die Züge von außen so rasen, fahren sie von innen ziemlich langsam. Er versuchte etwas mit den Händen zu machen, dann schaute er wieder auf die Zeitung. Er hatte nichts zu lesen. Er hatte nicht daran gedacht. Woher hätte er wissen sollen, dass ihm langweilig werden würde? Er war ja noch nie so lange mit dem Zug gefahren und ihm war auch noch nie langweilig gewesen. Der Mann stieg aus und ließ die Zeitung auf dem Sitz liegen. Valentin nahm sie. Tatsächlich kannte er nur die Buchstaben, einen Sinn konnte er den Worten und Sätzen nicht entnehmen. Es gab eine Handvoll Fotos. Er legte die Zeitung wieder auf ihren Platz zurück. Obwohl der Zug inzwischen gut gefüllt war, blieb Valentin allein im Abteil.

Er dachte an Mărginime. Warum war er eigentlich gegangen? Weil Silvana vor zehn Jahren in betrunkenem Zustand etwas von ihm gewollt hatte? Oder er von ihr? An der nächsten Station stieg eine Gruppe von vier Leuten zu, die sich laut unterhielten. Das war, soweit Valentin es einschätzen konnte, nicht die Sprache aus der Zeitung. Oder betonte man die Buchstaben anders? Die Vier hatten einen Korb Proviant dabei, Bier und Braten. Valentin hatte Hunger. Auch daran hatte er bei der Abfahrt nicht gedacht. Das war ärgerlich, denn er hatte den halben Tag herumgesessen. Da wäre genug Zeit gewesen, sich etwas zu essen zu kaufen. Erneut fühlte er sich nicht gut vorbereitet. Gut möglich, dass die anderen seine Blicke richtig verstanden. Einer der Leute bot ihm etwas an. Valentin griff zu, obwohl er die Worte nicht verstand, die das Angebot begleiteten. Er lächelte. Dann gab ihm jemand eine Flasche Wasser. Valentin lächelte erneut. Er wusste nicht, womit er ihnen danken sollte. Sie sahen ihn an und lachten. Dann drehte einer das Licht aus und die Vier schliefen nahezu im selben Moment ein.

Valentin war ebenso müde, wie er hungrig gewesen war. Aber er konnte nicht schlafen. Der Schaffner hatte mehrere Male gewechselt. Inzwischen war schon lange keiner mehr gekommen. Seit vierundzwanzig Stunden kannte Valentin keinen Menschen mehr. Viel gesprochen hatte er auch nicht. Er schaute aus dem Fenster. Es war dunkel geworden. Silvana würde, wenn sie hörte, dass er nicht mehr da war, an diesen Abend vor zehn Jahren denken. Sie würde sofort wissen, dass er nach Paris gegangen war. Oder nicht? Ob die Freunde ihn auch dort suchen würden, oder beschränkten sie ihre Suche auf Mărginime? Wie Paris wohl aussah? Er schaute aus dem Fenster, als könnte man die Stadt bereits erkennen. Bisweilen sah er Lichter, eine beleuchtete Straßenkreuzung, ein Haus oder einen Autoscheinwerfer. Es war sicher schon nach Mitternacht.

Er schlief bereits die dritte Nacht hintereinander nicht. Das Rattern der Räder wurde eintöniger. Der Zug fuhr einfach immer weiter. Valentin fielen die Augen zu. Weil er am Gang saß, musste er, wenn jemand zur Toilette wollte, die Beine zur Seite nehmen. An erholsamen Schlaf war nicht zu denken. Als es wieder hell wurde, fühlte er sich zerschlagen. Die Leute, die ihr Essen mit ihm geteilt hatten, waren fort. Er hatte nicht bemerkt, dass sie gegangen waren. Plötzlich griff er erschrocken nach seiner Tasche. Sie war noch da. Dass er nicht vorher daran gedacht hatte! In dieser Tasche befanden sich sein Pass und sein Geld. In den nächsten Stunden drängten sich wieder viele Leute im Zug. Dann wurde es schlagartig leerer. Es kamen wieder Uniformierte, die seine Papiere sehen wollten. Auch deren Sprache konnte er nicht verstehen. Der Zug fuhr weiter, was in seinem Innern auch geschah. Es wurde wieder voll und stickig. Der Tag war zäh, die Stunden gingen kaum vorüber. Er bekam erneut Hunger. Langsam fiel sein Kopf zur Seite. Während er einschlief, drückte er seine Tasche fest an sich.

An diese Tasche wollten jetzt die Leute, die ihm Essen gegeben hatten. Mit der einen Hand reichten sie ihm den Braten, mit der anderen zerrten sie an der Tasche, an die Valentin sich klammerte.

»Das ist alles, was ich besitze«, sagte er.

Sie lachten.

»Was willst du mit der Tasche?«

Darauf wusste Valentin keine Antwort. Das Lachen wurde lauter und hämischer. Das war die Alte aus dem Bus. Sie zerrte ebenfalls an der Tasche.

»Was ist eigentlich in dieser Tasche?«, fragte Valentin.

»Das Paradies«, sagten sie, »da ist das Paradies drin.«

»Geh du ruhig ins Paradies, das ist das Richtige für einen wie dich«, sagte die Alte aus dem Bus, »da bleibst du jung, da wirst du immer jünger.«

»Mein Jüngelchen«, sagte Silvana und entblößte ihre Brüste, »mit mir kommst du ins Paradies.«

Dann lachte sie. Die Alte aus dem Bus lachte. Es lachten die Leute, die ihm die Tasche wegnehmen wollten, und alle die anderen, die während der Fahrt in seinem Abteil gewesen waren, sie standen alle um ihn herum, zerrten an der Tasche und lachten. Sie lachten alle durcheinander, dann wurde eine Stimme lauter und lauter, eine Stimme, die er nicht kannte. Und dann gab es einen heftigen Ruck.

Valentin wachte auf. Er fühlte sich benommen. Er hatte geschlafen. Er war allein in dem Abteil. Draußen auf dem Gang waren Stimmen zu hören. Er vernahm wieder die Stimme dieser Frau. Sie kam von draußen. Er schob das Fenster herunter. Der Zug stand in einem Bahnhof. Es drängten sich viele Leute an den Türen. Er sah an der Fensterreihe entlang. Überall stiegen Leute aus und andere waren gerade dabei einzusteigen. Aussteigen! Jetzt fiel ihm alles wieder ein. Sein Zug ins Paradies! Die Stimme dieser Frau im Traum war eine Lautsprecherdurchsage und der Ruck, den er gespürt hatte, kam vom Zug, der abrupt gehalten hatte. Das Abteil war deswegen leer, weil alle ausgestiegen waren. Draußen auf dem Gang wurden die Stimmen lauter. Leute kamen herein und fragten ihn etwas. Jemand machte eine Bemerkung und alle lachten. Wo war seine Tasche? Wo war diese Tasche, ach ja, er hatte sie in den Armen. Jetzt wusste er, warum die Leute so lachten. Wie er sich an diese Tasche klammerte, sah wahrscheinlich einfach lächerlich aus. Er lief durch den Gang zur Tür des Zuges. Jemand rief ihm noch etwas hinterher. Die anderen lachten erneut. Sie lachten genauso wie die Leute in seinem Traum.

Dann stand er auf dem Bahnhof. In dem Moment schlossen sich die Türen des Zuges hinter ihm. Er hörte erneut die Stimme, die er nicht verstand. Noch einmal fuhr ihm der

Schreck in die Glieder. Er hätte doch beinah das Ziel verpasst! Er hatte nichts davon bemerkt, dass die Leute in dem Abteil ein- und ausgestiegen waren. Der Zug setzte sich in Bewegung. Er hatte es gerade noch geschafft! Valentin sah sich um. Dieses Gebäude, dieser Raum war noch viel größer als der, aus dem er abgefahren war. Überall liefen die Leute durcheinander. So ungefähr hatte er sich das vorgestellt. Er hielt seine Tasche noch immer vor der Brust.

»Da ist das Paradies drin«, hatte die Stimme in seinem Traum gesagt, und genauso fühlte es sich auch an.

Valentin wollte das Gebäude verlassen. Das war schwieriger als gedacht. Er entdeckte eine Treppe. Er stolperte, als er sie betrat. Er erschrak, die Treppe bewegte sich und kam ihm entgegen! Er nahm eine andere, die sich nicht bewegte. Er sah, wie die ihm Entgegenkommenden sich auf der Treppe bewegten, ohne sich zu bewegen. Valentin sah ihnen hinterher. Komische Stadt. Er folgte einfach den Leuten vor ihm. Er gelangte in einen anderen Raum. Auch hier fand er keinen Ausgang. Er sprach eine ältere Frau an, die der Alten aus dem Zug ähnelte. Sie machte ein ratloses Gesicht und schüttelte den Kopf. Valentin wiederholte seine Frage. Sie verstand ihn offenbar nicht. Die Alte zeigte in die Richtung, aus der er gekommen war. Jetzt schüttelte Valentin den Kopf. Er wollte nicht zu den Zügen. Da kam er ja her. Die Frau sagte etwas. Er verstand auch das nicht und schüttelte erneut den Kopf. Da zog die Frau ihn kurzerhand am Revers in einen anderen Raum. Dort waren viele einzelne Schalter zu sehen, ähnlich dem, an dem er sein Billett gekauft hatte. Er trat an einen dieser Schalter und wiederholte seine Frage. Der Mann sah ihn ratlos an. Am Nebenschalter wandte sich jemand ihm zu und sagte etwas, das Valentin nicht verstand. Es dauerte nicht lange und er war von einer Handvoll Leuten umringt, die sich beratschlagten. Valentin drehte sich um und ging wieder weg.

»Wo willst du denn hin?«, hörte Valentin eine Stimme hinter sich.

Er drehte sich um. Vor ihm stand eine junge Frau, die ihn ansah und ihn etwas gefragt hatte.

»Wo kommst du eigentlich her?«, fragte sie, weil Valentin nicht antwortete.

Sie stand vor ihm und schaute ihn an. Er wusste nicht, was er tun sollte.

»Paradies«, sagte Valentin dann.

»Paradies?«, fragte das Mädchen.

Er deutete auf seine Tasche, bereute es aber sofort. Vielleicht glaubte sie auch an das Paradies in seiner Tasche und würde sie ihm abnehmen wollen. Sie streckte tatsächlich die Hand danach aus. Valentin zog die Tasche zurück. Sie sagten beide nichts. Valentin machte einen neuen Versuch. Er sagte etwas. Das Mädchen quittierte es mit einem Lächeln. Sie hatte wieder nichts verstanden.

»Zeig mir mal deine Tasche«, sagte sie und lächelte freundlich.

Valentin drückte die Tasche an sich.

»Ich will bloß deine Fahrkarte sehen.«

»Vaakate sen«, sagte Valentin.

Jetzt lachte das Mädchen.

Valentin lachte auch.

»Deine Fahrkarte! Ich möchte deine Fahrkarte sehen.«

»Daine, Vaakate, Sen.«

Sie streckte ihm die Hand entgegen. Er streckte ihr ebenfalls seine Hand hin. Das Mädchen schüttelte den Kopf. Sie hatte lange, braune Haare und große Augen. Sie zeigte erneut auf die Tasche. Jetzt verstand Valentin, dass sie mit ›Vaakate‹ das Billett meinte. Er holte es aus der Tasche. Das Mädchen schaute einen Moment darauf und lachte laut. Sie sah ihn an. Dann schaute sie wieder auf das Billett und dann wieder auf ihn. Sie hatte jetzt einen ernsten Gesichtsausdruck. Sie schaute in sein Gesicht, auf seine Jacke und auf seine Tasche.

»Stimmt etwas nicht?«, fragte Valentin.

»Was sagst du da?«, fragte das Mädchen.

»Was, Saks, Du?«, fragte Valentin.

Sie lächelten einander an.

»Komm!«, sagte sie.

Valentin rührte sich nicht von der Stelle.

Sie fasste ihn an der Jacke und zog ihn an sich heran. Valentin sträubte sich, ganz leicht nur.

»Komm! Ich zeige dir etwas.«

Dann nahm sie seine Hand in ihre und zog ihn hinter sich her. Sie gingen zurück auf den Bahnsteig. Sie blieb stehen und zeigte mit der anderen Hand auf ein großes Schild, das über einer Bank hing, direkt hinter ihm. Valentin drehte sich um.

»Berlin – Zoologischer Garten« las er auf dem Schild.

Obwohl Valentin keines der Worte kannte, verstand er sie doch ungefähr. Er verstand es sogar genau. Sehr viel genauer, als ihm lieb war.

»Du bist in Berlin. Auf deiner Fahrkarte steht Paris. Aber bis Paris sind es noch tausend Kilometer. Und von Paradies steht da gar nichts. Da hast du vielleicht etwas verwechselt.«

Valentin hörte ihr aufmerksam zu.

»Bärlin, Zologishär, Gatn«, sagte er leise.

»Nicht traurig sein«, sagte sie zu ihm.

»Nich, Traurich, Sain«, wiederholte Valentin.

»Übrigens«, sagte sie und zeigte mit einem Finger auf sich, »ich heiße Liv.«

Sie lächelte ihn an.

»Ich, Haise, Liff«, wiederholte Valentin.

»Ja. Wie heißt du?«

Sie zeigte mit dem Finger auf ihn. Valentin hatte verstanden.

»Valentin«, sagte er.

»Wallentien«, sagte Liv.

Sie lachten. Sie sahen sich einen Moment lang unschlüssig an, dann verließen sie gemeinsam den Bahnsteig. Auf der Treppe bemerkte Valentin, dass sie einander noch immer an den Händen hielten.

Wie ein Mensch

Mein Großvater führte zeit seines Lebens einen meist stillen, oft belustigten, manchmal verärgerten, bisweilen verzweifelten und immer gleichermaßen aussichtslosen Kampf gegen den Fortschritt. Seiner Auffassung nach war Fortschritt das Gegenteil jener Bewegung, für die der Mensch eigentlich gemacht war, das Gehen. Was ein Mensch zu Fuß nicht erreichen konnte, sollte er gar nicht erreichen können. Wenn seine Meinung zu dem Thema auch nicht die der Allgemeinheit war, so schätze man ihn doch wegen seiner handwerklichen Fähigkeiten. Vor allem aber schätze man ihn wegen seiner Menschenkenntnis.

Mein Großvater war der Schuhmacher von Märginime. Jeder Schritt, der im Dorf und in der näheren Umgebung gemacht wurde, wurde in Schuhen gemacht, die aus seiner Werkstatt stammten. Schuhe, die er eigenhändig hergestellt hatte, die er genau kannte, jede Naht und jeden Nagel hatte er gesetzt. Wenn ein Kunde kam, um sich ein neues Paar Schuhe anfertigen zu lassen, musste er auf und ab gehen, er musste stehen bleiben, wenden, beschleunigen und wieder abbremsen, musste enge und weite Kurven und Kreise beschreiben, abrupt oder langsam, federnden Schrittes. Er hüpfte durch die Werkstatt, humpelte und hinkte, schreitend, schlendernd, schleichend und schlurfend. Er warf sich in die Brust und stolzierte umher, er stelzte und stapfte und stampfte, trippelnd und tänzelnd und tapernd und tapsend und trottend.

Mein Großvater saß auf seinem Schemel und sah sich das genau an. Wenn der Kunde einen Monat später kam, um die

Schuhe abzuholen, fand eine ausführliche Anprobe statt. Erneut musste er auf und ab gehen, geradeaus, im Kreis, stehen bleiben und wieder loslaufen, abrupte und gemächliche Bewegungen vollführen. Mein Großvater beobachtete das sehr genau. Dann stand er auf, räusperte sich und gab Ratschläge zu den Bewegungen und vor allem zum Bewegungsablauf, zur Koordination aller beteiligten Glieder.

»Geh mal bitte wie ein Mensch«, sagte er.

Er konnte es nicht ausstehen, wenn einer beim Gehen nur die Beine bewegte und den Rest seines Köpers herabhängen ließ oder hinter sich herzog. Er kritisierte zu passive Bewegungen ebenso wie übertriebenes Beugen der Knie, das ostentative Vorschieben der Beine, das Vorwärts- oder Rückwärtsfallen des Oberkörpers und jede Form der Unregelmäßigkeit, drei schnelle Schritte, zwei langsame, vorübereilen und innehalten. Man sollte sich gerade halten beim Gehen, man sollte locker aus den Gelenken heraus gehen, man sollte mit seinem Körper gehen, nicht ohne ihn, nicht allein mit den Füßen oder den Beinen. Man sollte nicht zu sehr schaukeln, man sollte zügig, aber nicht hektisch gehen, gemächlich, aber nicht behäbig. Man sollte nicht latschen, nicht watscheln und nicht schlurfen, nicht kriechen, krauchen oder krabbeln.

»Was denn noch alles?«, fragten die Leute verunsichert.

Gehen schien das Selbstverständlichste von der Welt. Aber wer aus der Werkstatt des Schuhmachers trat, blieb in der Regel erst einmal stehen. Mein Großvater hatte so lange über die Bewegungsmuster und die Abläufe des Gehens gesprochen, über das komplexe Zusammenspiel von Armen, Beinen und Hüften, die den Oberkörper bald in die eine und bald in die andere Richtung tendieren ließen, über Gewicht, Gegengewicht und Gleichgewicht, über den Protagonisten und den Antagonisten, dass die Leute keinen einzigen Schritt mehr wagten, aus Angst sich im eigenen Gang zu verheddern.

Mein Großvater stellte nicht einfach Schuhe her und reparierte sie im Bedarfsfall, wie der Schneider Hosen oder Jacken herstellte und reparierte oder der Tischler Tische und Stühle. Er fertigte Schuhe für den Lebensweg an, für die Strecke zwischen Geburt und Tod, die ein jeder in seiner Weise beschritt. Als gäbe es noch andere Wege, zu denen es vielleicht leichteren Gepäcks und des entsprechenden Schuhwerks bedurfte. Er aber hatte sich auf diesen einen Weg spezialisiert und nur für diesen gab er den Leuten Ratschläge, wenn sie zu ihm kamen, um ihre neuen oder neu besohlten Schuhe abzuholen.

»Geh einfach wie ein Mensch«, sagte mein Großvater zum Abschied.

Als eine Zugverbindung und im Nachbardorf eine Bahnstation errichtet wurden, weigerte mein Großvater sich, sie zu nutzen. Er wusste nicht, wohin er hätte fahren sollen. Er wollte ja nirgendwohin. Er wollte nicht einmal zur Bahnstation, um sie sich anzuschauen. In der ersten Zeit pilgerten die Leute ins Nachbardorf und warteten an der Station auf den einfahrenden Zug. Oder sie setzten sich irgendwo in der Nähe der Gleise ins Gras und sahen ihm bei voller Fahrt zu. Letzteres war weitaus beliebter, weil die Geschwindigkeit, die der Zug dann hatte, viel größer war, als wenn er lediglich in die Station einfuhr, um dort anzuhalten. Und es war vor allem diese Geschwindigkeit, die die Leute beeindruckte.

Eines Tages erkannte mein Großvater, dass er gegen den Fortschritt und gegen seine enorme Geschwindigkeit nicht ankam. Es war ein Sommertag, ein Sonntag, und die Leute saßen mal wieder irgendwo in der Nähe der Bahngleise auf einer Anhöhe im Gras und warteten auf den Zug. Seine Ermahnungen, sich gemessenen Schrittes durchs Leben zu bewegen, stießen bei ihnen auf taube Ohren. An diesem Sonntagmorgen saß er vor seinem Laden auf dem Stuhl, auf dem er nur an Sonntagen saß. Er legte die Hände in den Schoß wie an jedem anderen Sonntag auch. An diesem Tag jedoch gab er seinen Widerstand gegen den Fortschritt auf. Am selben Abend war er tot.

Mein Vater übernahm die Schuhmacherei. Zwanzig Jahre war er seinem Vater zur Hand gegangen. So lange, hatte mein Großvater immer gesagt, dauere es nun einmal, ein guter Schuhmacher zu werden. Und wie er bei seinem, so ging ich bei meinem Vater in die Lehre. Ich war gerade Anfang zwanzig. Das Leben, von dem der Großvater gesprochen hatte, lag vor mir. Das Leben, für das er Schuhe herstellte nach den individuellen Anforderungen seiner Kunden, nach Gangart und Auftritt, nach dem, was einer vom Leben erwartete. Je nachdem, wie er diesem Leben entgegentrat: ängstlich, bescheiden, sich zurücklehnend und abwartend oder mit breiter Brust. Ein jeder bekam das ihm angemessene Paar. Die Schuhe, die ihn durch sein Leben begleiteten.

Das Leben war das Thema meines Großvaters gewesen. Es war ganz selbstverständlich auch das meines Vaters und es würde eines Tages auch meines werden. Ich würde zwanzig Jahre lang in die Lehre gehen. Mein Vater würde mit gebeugtem Rücken in der Werkstatt sitzen und ich neben ihm. Ich würde lernen, das zu sehen, was mein Vater sah, wenn die Kunden vor ihm auf und ab gingen. Ich würde hören, was mein Vater zu ihnen sagte. Und eines Tages würde ich an seiner Stelle auf dem Schemel sitzen, ich würde das sehen, was man seit Jahrhunderten in meiner Familie sah, und das sagen, was man seit Jahrhunderten sagte.

»Geh mal bitte wie ein Mensch.«

Dies war das Leben, das mich erwartete. Es unterschied sich in nichts von dem meines Vaters oder meines Großvaters. Emil, Valentin und ich, wir drei und all die anderen in unserem Alter, wir lebten dasselbe Leben wie unsere Eltern. Dabei hatte sich inzwischen so viel verändert. Oder vielleicht hatten nur wir uns verändert. Wie konnten wir dasselbe tun, dasselbe denken und über dieselben Dinge lachen wie unsere Eltern, wenn wir ganz anders waren? Oder waren wir nicht anders? Hatten unsere Eltern den Zweifel und das Unbehagen in unserem Alter ebenfalls gespürt? Mit der Zeit und den Jahren löste sich das vielleicht in Luft auf, wie die Kindheit und die Jugend sich in Luft auflösten und wie sich alles, was noch kommen mochte, in Luft auflösen würde. Unser Anderssein war vielleicht nichts als die Möglichkeit, anders zu sein. Nicht mehr und nicht weniger. Unsere Eltern kannten das nicht. Sie hatten nicht zwei Möglichkeiten, sondern nur eine. Sie hatten keine Wahl. Ich wollte es dabei belassen. Ich wollte mich damit zufriedengeben, dass wir anders waren. Das würde sich vielleicht eines Tages abschleifen. Ich nahm an, ich sei der Einzige von uns dreien, der solche Überlegungen anstellte. Ich wäre nie auf die Idee gekommen, dass wir alle drei das taten und jeder von uns zu einem anderen Ergebnis kam.

Die Schuhe, die Valentin an diesem Tag trug, habe ich gemacht. Es war mein erstes Paar, das ich ohne Hilfe meines Vaters gearbeitet hatte. Das war mein Geburtstagsgeschenk für meinen Freund. Ich war darauf stolzer als auf mein eigenes Paar. Aber Valentin brach die Lebenslinien, von denen Silvana immer sprach, einfach ab. Er verließ uns, er ließ uns im Stich, er rannte weg. Bei Nacht und Nebel schlich er sich fort. In Schuhen, die ich gemacht hatte! Ich war ein schlechter Schuhmacher. Der erste schlechte Schuhmacher in meiner Familie. Ich war aus der Art geschlagen. Ich sollte vielleicht ebenfalls gehen. Ich sollte etwas anderes werden als ausgerechnet Schuhmacher. Damit zöge ich mir allerdings den Zorn meines Vaters zu. Dennoch spielte ich mit diesem Gedanken. Ich wollte mich verändern. Ich wollte ein anderes Leben führen.

Ich unternahm unzählige Versuche, den ersten Schritt zu tun. Es war ein Ringen zwischen Gehen und Bleiben, zwischen

Tradition und Veränderung, auch zwischen Mut und Feigheit. Ich lehnte mich gegen meinen Vater auf, gegen das Bleiben. Ich wollte Mărginime verlassen. Ich wollte gehen. Das lernte man seit Jahrhunderten in meiner Familie: wie man richtig geht. Ich wollte mich als würdig erweisen. Ich wollte diesen einen Schritt tun, ich wollte ihn mit aller Macht. Aber ich tat ihn nicht.

Eines Tages kam eine Direktive der Regierung aus der Stadt. Jedes Dorf und jeder Landkreis sollte einen Vertreter benennen, eine Person, die für die Verwaltung verantwortlich war. Wahrscheinlich hätte man den Brief ignoriert, wäre er nicht von der Regierung gekommen. Regierung war etwas, das den Leuten imponierte. Silvana lud uns für den folgenden Abend ins Schulhaus ein. Wir konnten uns im Winter nicht draußen versammeln und bis zum Sommer konnten wir es nicht verschieben. Wir räumten die Tische und Stühle in den Flur und passten, eng nebeneinander stehend, gerade so in den Raum hinein. Silvana las den Brief vor und reichte ihn anschließend herum. Mit angewinkelten Armen lasen wir und gaben ihn dann weiter. Wir sahen dem Brief hinterher, wie er von Hand zu Hand ging. Hier und da gab es Schulterzucken und Kopfschütteln.

»Was sollen wir mit einem Bürgermeister?«

»Bisher ist es ja auch ohne gegangen.«

In dem Moment, als ich das Schriftstück in der Hand hielt, blickten alle auf mich. Dann sahen sie Silvana an und dann wieder mich.

»Das scheint mir eine gute Wahl«, sagte Silvana.

Damit war die Entscheidung gefallen. Ohne dass jemand daran gedacht hätte, mich zu fragen, wurde ich Bürgermeister von Mărginime. Von einer Wahl war nichts zu bemerken gewesen.

Einige Wochen später kam ein zweiter Brief. Es war inzwischen Frühling. Wir versammelten uns draußen auf dem

Marktplatz. Auch dieser Brief ging, nachdem Silvana ihn vorgelesen hatte, von Hand zu Hand. Der Bürgermeister sollte in der Stadt vorstellig werden. Dieses Mal waren die Leute noch beeindruckter. Die Regierung hatte die Sache nicht einfach vergessen, wie sie so vieles vergaß, was sie im Laufe der Jahre ankündigte. Man konnte sich sogar sehr genau erinnern. Der Brief war an mich persönlich adressiert. Die Regierung kannte meinen Namen.

»Unser Mann bei der Regierung«, sagten die Leute und schlugen mir anerkennend auf die Schulter.

»Du musst versuchen, ihnen Geld aus der Tasche zu leiern«, sagte einer.

»Was willst du mit Geld?«, fragte ich.

»Wir könnten eine Straßenbahn bauen. So wie in der Stadt auch«, antwortete er.

»Was sollen wir denn hier mit einer Straßenbahn? Es gibt kein Ziel!«

»Was willst du mit einem Ziel?«

Unmittelbar danach begannen die Leute, von technischen Errungenschaften zu schwärmen. Sie wollten eine Straßenbahn. Genauso eine wie in der Stadt. Man würde Gleise verlegen und zwei sonnenblumengelbe Wagen fahren lassen. Eine Station läge direkt am Marktplatz, zwischen Schule und Kirche. Diese Station, da war man sich einig, wollte man Zentrum nennen. Man konnte schon die Stimme hören, die die Station ansagen würde.

»Zentrum. Nächste Station: Zentrummm!«

Da man sich auf keine zweite Haltestelle einigen konnte, würde die Straßenbahn immer im Kreis fahren und man musste wieder aussteigen, wo man eingestiegen war.

»Zentrum. Nächste Station: Zentrummm!«

Seitdem spricht man davon, dass das Dorf ein Zentrum hat, obwohl die Straßenbahn nie gebaut wurde.

Eine Woche später brachte Emil mich ins Nachbardorf zum Bahnhof. Als die Leute zum ersten Mal Züge zu Gesicht bekamen, hatten sie den Eindruck, sie zerstörten die Landschaft mit ihrer unvorstellbaren Geschwindigkeit. Man staunte, dass kein sichtbarer Schaden entstanden war, wenn der Zug vorübergefahren und wieder weg war. In dem Maße aber, in dem man sich an die Schnelligkeit der Züge gewöhnt hatte, fuhren sie immer langsamer. An dem Tag, als ich in die Stadt musste, schien der Zug auf der Stelle zu stehen. Ich kam auf die letzte Minute an. Vom Bahnhof musste ich noch ein Stück zu Fuß gehen, das Gebäude war unübersichtlich groß, ich musste mehrfach nach dem Zimmer fragen. Als ich endlich den Raum betrat, stellte ich erleichtert fest, dass niemand mein spätes Erscheinen bemerkte.

Wir wurden nach einer kurzen Begrüßung über den Zweck der Veranstaltung in Kenntnis gesetzt. Man wollte die Erträge in der Landwirtschaft optimieren. Man wollte die Getreidesorten vorschreiben, man wollte über die produzierten Waren informiert werden und wissen, wohin die Produkte geliefert und wie sie bezahlt wurden. Man wollte Einfluss nehmen auf das, was angebaut wurde. Ob Getreide, Milch oder Vieh, alles nannte man gleichermaßen Waren. Man wollte Preise, Mengen und Margen vorschreiben. Nach der Mittagspause sprach ein Referent über die Reformen in der Landwirtschaft, die man in Zukunft beabsichtige. Ich hatte ein mulmiges Gefühl. Ich würde Schwierigkeiten bekommen, wenn ich im Dorf erklären müsste, dass die Regierung von nun an nicht nur darüber entschied, was angebaut werden, sondern auch wieviel am Ende geerntet und an wen diese Waren verkauft werden würden. Von der Finanzierung einer Straßenbahn war man weit entfernt.

Es war bereits Abend, als ich erneut das Bahnhofsgebäude betrat. Ich musste mit dem letzten Zug zurück fahren. Ich setzte mich auf eine Bank. Ich hatte einen dicken Ordner mit Vorschriften in der Tasche und einen nächsten Termin. Ich würde von nun an regelmäßig herkommen müssen. Ich holte den Ordner heraus, ich schlug ihn auf, ich verstand die Worte auf dem Papier, aber ich verstand den Sinn dieser Worte nicht. Ich sah auf. Vor mir stand der Zug. Wie sollte ich den Leuten sagen, was auf sie zukam? Ich befürchtete, dass sie das als mein Versagen auslegen würden. Ich konnte mir ungefähr vorstellen, wie das aussehen würde. Dann bemerkte ich, dass auf dem Gleis vor mir kein Zug stand. Wo war er denn? Ich konnte mich erinnern, dass ich ihn gerade gesehen hatte. Ich stand auf und fragte den Schaffner. Der sagte, der Zug sei vor einer Viertelstunde abgefahren. Ich war verblüfft. Obwohl er vor mir stand, hatte ich ihn übersehen. Nun würde ich die Nacht in der Stadt verbringen müssen. Emil würde vergebens am Bahnhof auf mich warten. Verärgert verließ ich das Gebäude.

Kaum war ich einige Schritte gegangen, verharrte ich. Mir gegenüber stand eine Frau. Ich sah sie verwundert an. Sie schaute zurück, ebenfalls verwundert. Ich starrte sie regelrecht an. Sie starrte zurück.

»Du suchst ein Zimmer?«, fragte sie dann.

Ich war überrascht. Woher wusste sie das?

»Du wirst es regelmäßig brauchen. Sie sagen euch das nicht, aber du wirst von nun an häufig kommen, immer mittwochs bis freitags. Manchmal bleibst du übers Wochenende. Das Zimmer kannst du haben. Du gefällst mir. Du hast einen schönen Mund.«

Ich wusste nicht, welche meiner Fragen ich zuerst stellen sollte.

»Lydija.«

»Bitte?«

»Lydija. Mein Name ist Lydija.«

»Ah. Meiner ist Ioan.«

»Ich weiß«, sagte Lydija.

Ich starrte sie an.

»Komm!«, sagte sie.

Ich nickte, ohne zu verstehen, was sie meinte.

»Ich habe meinen Zug verpasst«, erklärte ich.

»Ich weiß«, sagte Lydija.

Ich konnte meinen Blick nicht von ihr abwenden.

»Wo gehen wir hin?«, fragte ich sie nach einer Weile.

»Ich weiß nicht«, sagte sie, »wohin man so geht, hierhin und dahin. Man geht, bis man angekommen ist, und man ist angekommen, wenn man mit dem Gehen aufgehört hat.«

Das war eine Antwort, die ganz nach dem Geschmack meines Großvaters gewesen wäre. So gingen wir nebeneinander her. Wenn ich Lydija anschaute, lächelte sie. Sie nahm meine Hand. Dann standen wir vor einem Haus. Sie schloss auf und wir betraten ihre Wohnung. Sie drückte mich in einen Sessel. Dann hob sie die Hände über den Kopf und zog sich eine Nadel nach der anderen aus dem Haar. Das hoch aufgetürmte Gebirge begann sich aufzulösen, über die Schultern zu gleiten und zu Boden zu fallen. Es waren gar nicht ihre eigenen Haare. Sie sah meinen entsetzten Blick und lächelte. Sie hatte falsche Haare in den eigenen und stand schließlich in einem Berg aus blondem Haar. Dann zog sie auch alles andere aus. Ich starrte sie an. Sie lächelte.

»Du hast einen schönen Mund«, sagte sie.

In den nächsten Monaten musste ich wiederholt in die Stadt. Lydija holte mich jedes Mal am Bahnhof ab. Vielleicht glaubte sie, ich würde den Weg nicht finden. Ich hatte allerdings den Eindruck, dass sie selbst ihn nicht fand. Wir nahmen jedes Mal einen anderen. Wir gingen kreuz und quer. Es dauerte einmal zehn Minuten, ein anderes Mal eine Stunde. Wenn wir bei ihr ankamen, hatte ich das Gefühl, wir seien zufällig in dieser Straße gelandet und stünden auch bloß zufällig wieder vor demselben Haus. Lydija ging sehr zielstrebig, dennoch schien sie durch die Straßen zu irren.

Sie war die Besitzerin eines kleinen Friseursalons. Im Haus, in dem sie wohnte, war auch ihr Laden. ›Lydija‹ stand auf einem Schild, das wie selbstgemalt aussah. Keine nähere Bezeichnung, nicht einmal, dass man sich dort die Haare schneiden lassen konnte. Sie hatte keine Angestellten. Ich habe auch nicht gesehen, dass sie Kunden hatte. Sie sprach nie darüber und ich fragte auch nicht. Jedes Mal, wenn sie mich abholte, trug sie die Haare anders. Ich schaute sie fasziniert an. Nachts griff ich ihr, einerlei welche Frisur sie gerade trug, in die Haare. Nirgends konnte ich sie besser spüren. Ich arbeitete inzwischen nur noch drei Tage in der Schuhmacherei, an den anderen Tagen war ich in der Stadt. In Märginime versuchte ich den Leuten die Vorgaben aus dem Landwirtschaftsministerium zu erklären und sie durchzusetzen. Das Klassenzimmer diente abends bisweilen als Versammlungsort. Die Leute fragten sich, ob ich noch einer von ihnen sei oder schon zu denen von der Regierung gehöre. Ich wusste es auch nicht. Gab es diese zwei Seiten überhaupt?

In der Stadt lebte ich mit Lydija zusammen, als hätte ich kein Leben im Dorf. Sie trug monatelang einen Zopf, dann einen Pony, sie hatte Spangen im Haar. Sie wurde schwanger. Ich war überrascht. Nicht, dass ich nicht gewusst hatte, wie und wodurch Kinder entstanden. Ich hatte schlichtweg nicht daran gedacht. Wir hatten nichts dagegen unternommen. Wir hatten auch nicht über Kinder oder Familie gesprochen. Das musste sich ändern. Ich musste in die Stadt ziehen. Oder Lydija musste mit ins Dorf kommen. Wir mussten zusammenleben. Wir mussten eine Familie gründen.

»Müssen wir nicht«, sagte Lydija.

Ich war sicher, dass ich nicht laut gedacht hatte.

Sie bekam einen dicken Bauch und rasierte sich die Haare

kurz. Ich fand sie wunderschön. Wir einigten uns auf den Namen Nicolae. Ich drückte sie nachts an mich und streichelte ihren Bauch. Ich würde Vater werden. Ich war stolz auf mich, als wäre es eine Kunst gewesen, Lydija zu schwängern. Die Geburt geschah in meiner Abwesenheit. Es ging alles so plötzlich, als hätten wir nicht neun Monate Zeit gehabt, uns darauf vorzubereiten. Als ich im Krankenhaus ankam, lag Nicolae in den Armen seiner Mutter. Er war das schönste Baby, das ich jemals gesehen habe. Er war seiner Mutter wie aus dem Gesicht geschnitten, dieselbe Nase, dieselben Augen und ich hatte dieses überbordende Gefühl der Liebe, wenn ich einen der beiden ansah. Ich saß neben ihrem Bett und weinte vor Glück.

Nach ein paar Tagen kamen Lydija und Nicolae aus dem Krankenhaus. An drei oder vier Tagen lebten wir wie eine normale Familie. An den anderen Tagen lebte ich alleine. Ich saß im Zug oder in der Werkstatt meines Vaters. Ich schaute zu ihm hinüber, ich schaute ihm über die Schulter, ich schaute aus dem Fenster. War es das, was ich gewollt hatte, als ich damals behauptete, dass ich ein anderes Leben lebte als meine Eltern? Ich hatte den ersehnten ersten Schritt längst getan, ohne es zu bemerken. Ich hatte mich verändert. Aber nicht so, wie ich das wollte. Ich lebte zwei voneinander getrennte Leben, zwei Lebenshälften, die ich zusammenführen musste. Ich musste meinem Vater Lydija und Nicolae vorstellen und in Mărginime verkünden, dass ich eine Familie hatte. Lydija schien das nicht zu erwarten. Vielleicht wollte sie es nicht einmal. Aber für mich war es wichtig, ich konnte nicht länger in Teilen leben. Ich nahm mir vor, bei der nächsten Gelegenheit mit ihr zu reden, und nachdem ich mich endlich dazu entschlossen hatte, konnte ich nicht mehr verstehen, warum ich das so lange aufgeschoben hatte. Es wurde ja nicht leichter, weil ich auch erklären musste, warum ich so lange damit gewartet hatte. Nicolae wurde bald ein Jahr alt.

Als ich beim nächsten Mal in die Stadt kam, war Lydija nicht am Bahnhof. Ich war besorgt. Ohne Umwege ging ich zu unserer Wohnung, die über ihrem Ladengeschäft lag. Erstarrt blieb ich auf der Straße stehen. Das Schild mit der Aufschrift »Lydija« fehlte, im Fenster des Ladens hing stattdessen eins mit der Aufschrift »Zu vermieten«. Ich rannte die Treppen hoch zur Wohnung. Es sah alles noch so aus wie am Wochenende zuvor. Ich rannte durch die Zimmer. Es war niemand da. In dem Moment klingelte es. Ich riss die Tür auf. Die Nachbarin stand vor mir, Nicolae auf dem Arm.

»Was hat sie gesagt?«, fragte ich.

Sie sah mich an und schüttelte den Kopf.

Sie hielt mir das Kind hin. Ich nahm es entgegen, sie drehte sich um und ging in ihre Wohnung. Ich schloss die Wohnungstür, hielt mein Kind auf dem Arm und wusste nicht wohin damit. Lydija hatte mich verlassen. Ohne ein Wort der Erklärung. Ich war fassungslos. Ich hatte nicht gewusst, was Schmerz ist. Ich schrie auf. Ich saß auf dem Boden. Ich krümmte mich. Vor mir lag Nicolae auf einer Decke. Er schaute mich an, als wisse er um meinen Schmerz. Als wisse er auch das, was ich nicht wusste. Er begann zu weinen. Ich weinte ebenfalls.

Nicolae war ein Jahr alt. Gerade so alt, dass er ohne seine Mutter überleben konnte. Hatte Lydija nur auf diesen Zeitpunkt gewartet, um uns zu verlassen? Hatte sie mich, hatte sie Nicolae nicht geliebt? Wie konnte eine Mutter ihr Kind verlassen? Sie war manchmal seltsam gewesen, sie formulierte Dinge, die man als verschroben bezeichnen konnte. Sie hatte die Angewohnheit »Ich weiß« zu sagen, obwohl sie es nicht wissen konnte. Sie war ein wenig verrückt, aber liebenswert. Ich habe sie geliebt, gerade dieses Seltsame, dieses Unverständliche.

Ich sprach mit meinem Sohn. Ich fragte ihn nach seiner

Mutter. Wenn ich ihm eine Frage stellte, sah er mich an, erstaunt, wissend, vielleicht auch abwartend. Er vermisste sie. Er schien mir etwas erzählen oder erklären zu wollen. Manchmal weinte er, dann wieder war er gefasst. Er wusste etwas, ich konnte es ihm ansehen. Ich wartete auf den Moment, da er sprechen konnte. Eines Tages würde er mir erzählen, warum seine Mutter gegangen war, warum sie uns beide verlassen hatte. Vielleicht hatte er es auch längst vergessen, wenn er reden konnte.

Wir blieben drei Tage in der Wohnung. Ich wartete auf Lydija. Ich wusste, dass sie nicht wiederkommen würde. Nicolae wusste es ebenfalls. Ich konnte es ihm ansehen. Ich konnte ihm alles ansehen, was ich nicht wusste. Wir warteten dennoch. Wir warteten aus Trotz und aus Verzweiflung. Wir warteten aus Trauer und aus Hartnäckigkeit. Dann fuhren wir zusammen nach Mărginime. Auf der Fahrt hielt ich Nicolae im Arm. Ich hatte beschlossen, von meinen Aufgaben als Bürgermeister zurückzutreten. Ich musste mich um meinen Sohn kümmern und konnte nicht jede Woche in die Stadt kommen. Es war unvorstellbar, ohne Lydija in dieser Stadt zu leben. Es war überhaupt unvorstellbar ohne sie. Ich hatte zusammen mit ihr und unserem Kind diese Fahrt machen wollen. Ich wollte meinem Vater die beiden wichtigsten Menschen in meinem Leben vorstellen. Nun waren Nicolae und ich allein unterwegs. Ich war am Tiefpunkt meines Lebens angelangt.

Als ich mit Nicolae in der Tür der Werkstatt stand, schaute mein Vater erst ungläubig, dann überrascht und schließlich so, als habe er es längst gewusst. Er nahm Nicolae in die Arme und schaute ihn an, als kenne er ihn seit seiner Geburt. Er lachte das Kind an und Nicolae lachte zurück. Keinen Monat nachdem er sein Enkelkind zum ersten Mal gesehen hatte, starb mein Vater. Die Nachbarinnen kamen, ihn zu waschen und in seinem schwarzen Anzug ins Bett zu legen. Da lag er mit offenem Mund, staunend, dass er tot war. Ich staunte nicht weniger. Ich wusste, dass man nicht nur sterben konnte, sondern sogar musste. Dennoch hatte ich nicht damit gerechnet, meinen eigenen Vater beerdigen zu müssen. Ich stand plötzlich vor seinem Grab. Ich stand mit leeren Händen da. Ich wusste nicht, was ich tun oder sagen sollte. Ich konnte seinen Tod doch nicht einfach so hinnehmen! Ich wollte es ihm leichter machen. Oder mir selbst. Ich wollte ihm oder mir etwas erklären. Ich schaute auf den Sarg, ich schaute im Kreis herum.

»Lydija hätte dir gefallen«, sagte ich stockend, »die Art, wie sie den Kopf geschüttelt hat, wie sie ›Ich weiß‹ sagte. Ich habe sie geliebt. Ich fand bisher keine Gelegenheit, dir das zu sagen, aber ich möchte, dass du es weißt. Ich habe sie unvorstellbar geliebt.«

Weil ich, was mein Leben in der Stadt betraf, keine Details erzählen wollte, wechselte ich das Thema. Ich sprach vor mich hin und vergaß die Leute um mich herum. Als ich schließlich verstummte, hätte ich nicht wiederholen können, was ich gesagt hatte. Ich hatte wie in Trance gesprochen. Emil legte mir die Hand auf die Schulter. Ich sah ihn an. Seine Frau Dora hielt Nicolae auf dem Arm.

Als die anderen ins Dorf zurückgingen, blieb ich allein am Grab zurück. Ich hatte vieles gesagt, ich hatte viele Worte gemacht, austauschbare Worte. Wenn mein Großvater, mit den Menschen sprach, dann hatte er mit den einfachsten Worten Wahrheiten formulieren können. Unterschied sich unser Leben von dem unserer Eltern und Großeltern dadurch, dass wir zu viele Worte machten? Viele Worte, statt der wenigen richtigen.

»Geh mal bitte wie ein Mensch«, hatte mein Großvater zu seinen Kunden gesagt.

Einmal, vor vielen Jahren, als ich noch ein kleiner Junge war und gerade ein Kunde aus der Tür gegangen war, fragte mein

Vater, etwas unbeholfen vielleicht, neugierig oder überrascht, dass er nie zuvor daran gedacht hatte, danach zu fragen.

»Und wie geht ein Mensch?«

Ich war zufällig im Raum und konnte sehen, dass mein Großvater meinen Vater lange ansah. Es war ein Moment, da die beiden einander sehr nahe waren.

»Ein Mensch«, antwortete mein Großvater ruhig und ein wenig heiter, fast belustigt und auch gelöst, als könne er ein lang gehütetes Geheimnis endlich mit jemandem teilen, »ein Mensch geht als Ganzes.«

An diesem Tag war die Ausbildung meines Vaters, die nahezu zwanzig Jahre in Anspruch genommen hatte, beendet.

Mach was Einfaches, mach Kopfstand oder Ballett, aber hör bloß mit Liegen auf

»… fühlt sich nicht wohl in ihrer Haut«, sagte die Stimme hinter der Tür.

Die Stimme gehörte meiner Mama. Sprach sie etwa über mich? Fühlte ich mich nicht wohl? Wieso denn nicht? Was sollte man machen, damit es besser wurde?

Bevor ich die Antwort fand, ging die Tür auf.

»Man lauscht nicht an geschlossenen Türen!«, sagte Mama.

Die Situation war eher ungünstig. Mamas Ton war ziemlich streng.

»Die ist ja gar nicht geschlossen«, sagte ich und schaute auf meine Füße.

Das klang trotzig. Mama hats auch nicht ernst genommen.

»Und vorher habe ich nicht gelauscht, sondern …«

»… durchs Schlüsselloch geguckt, stimmts, mein Schatz?«

Wenn Mama ›Schatz‹ sagte, dann meinte sie das nicht so. Sie mochte das Wort nicht. Wenn Papa das zu ihr sagte, verdrehte sie die Augen. Papa mag es, wenn Mama die Augen verdreht. Ich verdrehte auch die Augen. Mama schien das bei mir nicht zu mögen.

»Leonie! Man lauscht nicht. Das sind keine guten Umgangsformen. Und die kann man sich auch mit dreizehn angewöhnen.«

»Fast vierzehn«, wandte ich ein, weil ich nicht wusste, was ich sonst sagen sollte.

Zuerst gabs eine Gardinenpredigt und nachher einen Kuss. Ich konnte Mamas Gardinenpredigten und Küsse nicht ausstehen. Sie drehte sich um und ging in die Praxis. Das war der Lieblingsweg meiner Mutter. Am liebsten ging sie arbeiten.

Ich setzte mich mit angezogenen Beinen auf meinen Stuhl in der Küche. So saß ich gerne. Mama war bis sieben in der Praxis, Papa kam auch ungefähr um diese Zeit nach Hause. Ich fands gut, alleine zu sein. Leider wusste ich nicht, was ich tun sollte. Ich musste den Abwasch vom Mittagessen machen. Mama war der Meinung, dass ich mich an der Hausarbeit beteiligen müsse. Ich war anderer Meinung. Ich hatte keine Lust auf Abwaschen. Ich hatte auch keine Lust auf Hausaufgaben. Ich beschloss, noch ein wenig sitzen zu bleiben. Ich wollte noch etwas anderes beschließen, aber mir fiel nichts ein. Ich rührte mit einem Löffel im Joghurtbecher. Das war nicht besonders spannend, aber besser als alles andere.

Von welchen Umgangsformen hatte Mama gesprochen? Und in welchem Zusammenhang hatte sie gesagt, dass man sich nicht wohlfühle in seiner Haut? Mit wem hatte sie gesprochen? Sie lachte in letzter Zeit so komisch. Die hat doch sicher etwas zu verbergen. Ich stellte mir manchmal vor, dass sie Papa mit einem anderen Mann betrog. Das verletzte mich, weil es Papa verletzte. Ich stellte mir vor, wie Papa Mama zur Strafe verprügelte. Das verletzte mich auch.

Am nächsten Morgen holte mich Tilli ab. Sie war meine beste Freundin. Wir waren zusammen in den Kindergarten gegangen, hatten einander die Schuhe zugebunden und gemeinsam Wackelpudding mit Vanillesoße gelöffelt. In der Schule saßen wir nebeneinander.

»Wie kommst du denn darauf?«, fragte Tilli nachdem ich ihr meine Überlegungen mitgeteilt hatte.

»Fragst du dich nicht, ob deine Eltern sich lieben.«

»Ich misch mich da nicht ein«, sagte sie.

»Wenn meine Mama sich nicht wohlfühlt, versucht sie vielleicht aus ihrer Haut herauszukommen. Wenn sie das schafft, ist sie unsichtbar. Dann kann sie tun und lassen, was sie will. Dann trifft sie sich vielleicht mit anderen Männern und betrügt Papa und mich.«

»Dich betrügt sie nicht.«

»Ich fühl mich aber betrogen.«

Tilli schüttelte den Kopf.

»Mach Sport«, sagte sie.

»Wie meinst du das?«

»Das sagt meine Mutter manchmal zu meinem Vater: ›Mach Sport oder geh Blumen pflücken.‹«

Warum sollte ich Blumen pflücken? Verstand ich nicht. Wir betraten den Schulhof. In der ersten Stunde hatten wir Deutsch. Ich konnte mich nicht erinnern, meine Hausaufgaben gemacht zu haben. Ich fand das beunruhigend. Allerdings konnte ich mich auch nicht erinnern, sie nicht gemacht zu haben. Das fand ich beruhigend. Mir war nicht klar, in welchem Verhältnis Beruhigung und Beunruhigung zueinander standen. Ich wusste nicht, wie ich das finden sollte.

»Ich kann Sport nicht ausstehen«, sagte ich zu Tilli, als wir den Klassenraum betraten.

Sie antwortete nicht. Die Lehrerin betrat den Klassenraum. Tilli malte Figuren in ihr Heft. Sie stieß mich mit dem Ellbogen an. Ich wusste nicht wieso.

»Sport ist gesund«, sagte Mama manchmal, die einmal in der Woche zum Yoga ging.

Sie sagte jedenfalls, dass sie zum Yoga ging. Vielleicht tat sie auch etwas anderes. Sie hatte bestimmt einen anderen Mann. Vielleicht war Mama eine Prostituierte? Vielleicht war sie in die Hände von Menschenhändlern geraten, die sie zu mehr oder weniger unvorstellbaren Sachen zwangen. Ich konnte mir allerdings nicht vorstellen, dass Mama sich zu etwas zwingen ließ. Das konnte nicht mal Papa. Aber sie kam vom Yoga immer ausgesprochen entspannt zurück und wenn Mama entspannt ist, ist das verdächtig. Ich musste Tilli in der nächsten Pause fragen, ob sie was gegen Prostitution hatte. Oder gegens Lauschen. Ich lauschte manchmal nachts an der Schlafzimmertür meiner Eltern. Es war nichts Verdächtiges zu hören, was allerdings höchst verdächtig war. Was machen die da bloß mitten in der Nacht?

»Leonie, würdest du dich bitte auf den Unterricht konzentrieren?«, fragte die Lehrerin.

Sie stand genau vor mir und sah mich eindringlich an. Ich wurde rot und nickte.

»Blumen pflücken?«, fragte ich Tilli in der Pause.

Sie zuckte bloß mit den Schultern.

Einige Tage später kam sie am Nachmittag zu uns. Nachmittags war ich meist alleine. Mama und Papa machten beide eine Mittagspause, wir aßen gemeinsam, wenn ich aus der Schule kam, und dann gingen sie wieder arbeiten. Tilli und ich wussten nicht, was wir tun sollten. Wir legten uns auf mein Bett und alberten herum. Wir kicherten. Ich liege gerne im Bett. Liegen bedarf einer entsprechenden inneren Einstellung. Das kann nicht jeder. Tilli kanns nicht. Sie liegt auf dem Bauch und auf dem Bauch geht das nicht. Im Liegen muss man versinken, in sich selbst hineinsinken. Das funktioniert nur auf dem Rücken. Ich habe es ihr hundert Mal vorgemacht, wir lagen zusammen bei mir auf dem Bett und ich erklärte es ihr. Das hatte keinen Zweck, sie verstand das einfach nicht.

»Mach was anderes«, sagte ich, »mach was Einfaches, mach Kopfstand oder Ballett, aber hör bloß mit Liegen auf.«

An diesem Nachmittag verlor ich die Geduld. Ich setzte mich kurzerhand auf sie drauf und drückte mit aller Kraft ihre Schultern herunter.

»So, jetzt bist du fällig«, sagte ich triumphierend.

Tilli fing zu kreischen an und versuchte sich unter mir herauszuwinden. Sie zog an meinen Klamotten. Ich zog an ihren Haaren. Sie boxte mich. Ich gab ihr eine Ohrfeige. Sie kniff mich in den Arm. Ich schrie. Sie hielt mir den Mund zu. Ich biss ihr in die Hand. Sie trat nach mir. Ich verlor das Gleichgewicht und knallte mit meinem Kopf beinahe auf ihren. Sie streckte mir die Zunge raus. Ich streckte meine auch raus. Wir knutschen miteinander rum. Sie streckte ihre Hand zwischen meine Beine. Ich musste lachen. Tilli lachte auch.

»Hausaufgaben«, sagte ich.

Papa stand in der Tür und fragte, was wir machten. Wir hatten ihn nicht kommen hören. Tilli und ich lagen bei mir im Bett. Unsere Klamotten waren im Zimmer verstreut. Wir hatten gerade herauszufinden versucht, wie man einen Orgasmus bekommt.

»Ach«, sagte er lediglich, drehte sich um und ging in der Küche.

Ich schloss meine Zimmertür. Tilli ist bald darauf gegangen. Beim Abendessen sagte Papa nichts dazu. Ich auch nicht. Es war mir peinlich. Ich versuchte niemanden anzuschauen und schob mit der Gabel das Essen auf dem Teller herum. Ich hatte Tilli zu erklären versucht, wie man richtig liegt. Sie hats nicht kapiert, also musste ich nachhelfen. Ich konnte ja nichts dafür, dass sie sich wehrte. Ich konnte mich nicht erinnern, meine Sachen ausgezogen zu haben. Jedenfalls konnte ich mich nicht genau erinnern. Ich glaub, Papa fands nicht so schlimm. Ich habe mal zu ihm rübergelinst, er sah nicht verärgert aus. Mama hingegen ist alles andere als erfreut, wenn ich sie mit Situationen konfrontiere, die sie nicht erwartet. Sie schien nicht eingeweiht. Sie hätte bestimmt gefragt, warum Tilli nicht zum Abendessen geblieben ist. Nach dem Essen verschwand ich so schnell wie möglich in meinem Zimmer. Ich machte das Licht aus, legte mich ins Bett und schaute an die Decke. Ich nahm an, dass Papa noch käme. Aber er kam nicht. Ich war erleichtert. Ich wollte nicht mit ihm reden. Ich wollte einschlafen, aber ich schlief nicht. Wir haben das mit dem Orgasmus nicht herausgefunden.

Einige Wochen später wurde ich vierzehn. Es fühlte sich älter an als dreizehn, aber es fühlte sich hauptsächlich älter an, weil es sich immer noch zu jung anfühlte. Fünfzehn wäre jedenfalls besser. Am besten sechzehn. Das klang sehr erwachsen, war aber leider noch Jahrmillionen entfernt. Wer weiß, ob ich da jemals lebend hinkam. Zu dieser Zeit fing Tilli an, vom Knutschen zu reden. Von einem Tag auf den anderen redete sie von nichts anderem mehr.

»Irgendwann muss man damit anfangen, sonst ist es zu spät.«

»Wieso ist es zu spät?«

»Ich weiß nicht. Ich habe eine Geschichte von einer Frau gehört, die zu spät angefangen und es dann nicht mehr gelernt hat. Es lässt sich leichter lernen, wenn man jung ist.«

»Warum lässt es sich später nicht mehr lernen?«

»Das Gehirn bei älteren Menschen ist verkrustet.«

Tilli tippte sich gegen die Stirn.

»Und was hat die Frau nicht gelernt?«

»Wie man seine Zunge beim Küssen bewegt.«

»Muss man die bewegen?«

Wir standen bei uns im Badezimmer vor dem Spiegel und zogen uns gegenseitig unsere Zungen heraus bis wir vor Schmerz kreischten. Tilli zog sich die Bluse aus.

»Sind die nicht geil?«, fragte sie mich, als sie mir ihre Brüste zeigte.

Ich wusste es nicht. Ich wollte meine Brüste auch zeigen, aber ich hatte keine. Ich hatte nur so kleine Vorsprünge. Ich glaub nicht, dass die geil waren.

Zwei oder drei Monate später kam sie mit dieser Knutschgeschichte an. Sie bauschte die Sache etwas auf. Sie hatte eine Verabredung mit einem Jungen gehabt und anschließend wurde rumgeknutscht. Schön klang das nicht. Irgendwas mit seiner Zunge war nicht in Ordnung. Tilli hatte sich jedenfalls was anderes vorgestellt. Sie verzog das Gesicht dabei, als hätte sie seine Zunge noch immer im Mund.

»Das war eklig. Verstehst du?«, fragte Tilli.

»Nö«, sagte ich, »versteh ich nicht.«

Verstand ich wirklich nicht! Die eigene Zunge ist ja auch nicht eklig, warum sollte eine fremde es sein? Möglich, dass die Zungen der Jungs anders sind. Aber sie haben sie schließlich auch die ganze Zeit im Mund.

»Aber es hat sich gut angefühlt«, fügte sie noch hinzu, mehr so nebenher.

»Du Luder«, sagte ich.

Tilli schaute mich an, als wisse sie nicht, was ich damit sagen wollte. Wusste sie wahrscheinlich auch nicht. Ich wusste es ja selbst nicht. Ich hatte das gehört. Das klang ziemlich schlimm. Das war genau das, was ich wollte. Ich war sauer auf Tilli. Ich wollte auch küssen. Ich wollte es so sehr, dass ich es beunruhigend fand. Es war allerdings unvorstellbar, einen der Jungs aus meiner Klasse zu küssen. Es war schon unvorstellbar, mit diesen Hornochsen im selben Klassenraum zu sitzen.

Tilli sagte, Jungs bekämen vom Knutschen einen Ständer. Mama sagte, ich komme in die Pubertät. Ich hatte ihr wenige Tage zuvor erklärt, dass ich keine Lust auf Familienbesuche bei Oma und Opa oder Abwaschen oder Zimmeraufräumen hatte. Es fand sich seit einiger Zeit immer etwas anderes, worauf ich keine Lust hatte. Ich hatte auch keine Lust auf Pubertät. Ich ging nach dem Gespräch mit ihr in mein Zimmer und knallte die Tür zu, weil Mama das nicht leiden konnte. Es fand sich in letzte Zeit immer was anderes, was Mama nicht leiden konnte. Sie fragte mich hundert Mal am Tag, ob ich meine Zähne geputzt hätte. Ich musste eine Zahnspange tragen. Angeblich waren meine Zähne nicht ganz gerade. Ich konnte nichts Ungerades erkennen. Ich setzte meinen Kopfhörer auf und hörte Musik. Ich heulte. Ich heulte manchmal. Ich wusste nicht genau warum. Es fühlte sich beruhigend an. Oder beunruhigend. Ich konnte das nicht genau unterscheiden. Es fühlte sich gleich an. Ich bekam seit einigen Monaten meine Tage. Beim ersten Mal habe ich auch geheult. Ich fand Tampons eklig. Ich lag im Bett und schaute an die Decke. Mitten in der Nacht stand ich noch einmal auf und ging ins Badezimmer. Ich stellte mich vor den Spiegel und schaute mich an. Der Spiegel hing zu hoch, aber vor dem im Flur konnte ich nicht nackt herumstehen. Ich musste auf den Badewannenrad steigen. Bin ich schön? Die Frage stellte ich mir in letzter Zeit häufig. Ungefähr hundert Mal am Tag. Ich war zu dünn und ich hatte immer noch zu kleine Brüste. Die wachsen noch. Glaub ich jedenfalls. Die müssen einfach noch wachsen! Alles andere wäre ja jämmerlich. Hoffentlich fällt das keinem auf. Tilli zog in letzter Zeit über anderer Mädchen Oberweite her. Alle haben zu wenig, nur weil sie selbst zu viel hat.

Tilli und ich gingen an einem Samstagnachmittag in den Park. Sie wollte mir den Grund nicht nennen, aber es schien dringend zu sein. Wir liefen eine halbe Stunde hin und her. Dann setzten wir uns auf eine Bank. Ich wusste nicht, was wir da sollten. Tilli meinte, wir müssten uns anglotzen lassen. Ich fands dämlich, mich in den Park zu setzen und darauf zu warten, dass uns jemand anglotzte. Ich scharrte mit meinen neuen Schuhen im Sand vor der Bank. Jemand hatte ein Herz in die Bank geritzt, mit zwei Buchstaben und einem Pfeil durch. Ich sah Tilli an, aber sie sagte nichts. Auf der Wiese vor uns war ein Hund, der sich immer um sich selbst drehte und in seinen Schwanz zu beißen versuchte. Eine Mutter mit einem Kinderwagen kam vorbei. Der Hund lief weg. Ich lebte in einer zähen Masse, aus der ich nicht herauskam. Es passierte nichts, es war immer Schule, immer dieselben Fächer, dann war Wochenende und wieder Schule und wieder dieselben Fächer und wieder Wochenende. Es war immer wieder Sonntag, es gab immer wieder dieselben Ermahnungen. Das konnte nicht ewig so weitergehen. Wir wollten was Verrücktes tun, aber wir wussten nicht was. Uns fiel nichts ein. Tilli zog sich die Bluse ein Stück runter. Vielleicht war das das Verrückte. Ich habe sie nicht gefragt. Sie meinte, dass die Typen das geil finden. Sie sagte hundert Mal am Tag das Wort »geil«. Geil gefunden werden, fand ich, klang nicht gerade verlockend. Aber es klang immerhin so, als wüsste Tilli, wovon sie sprach. Wir haben auf der Bank gesessen, aber es kamen keine Typen. Jedenfalls keine, die uns geil fanden. Wir saßen einfach nur eine Stunde da und sind wieder gegangen. Dann haben wir uns gestritten.

Bei uns in der Klasse gabs einige, die schon Sex hatten. Jedenfalls behaupteten sie das. Die Jungs behaupteten es. »Richtiger Sex«, sagten sie. Worin der sich von dem anderen unterschied, war nicht klar. Genauso unklar war, mit wem sie den hatten, mit den Mädchen jedenfalls nicht. Es gab kein anderes Thema mehr. Alles drehte sich um Jungs. Die Mädchen lachten komisch. Die Jungs hatten Pickel. Ich fand Pickel hässlich. Einer aus der Nebenklasse, der mich immer anglotzte, fragte mich auf dem Flur, ob ich noch Jungfrau sei. Ich wurde rot und schüttelte den Kopf. Es standen tausend Leute dabei. Ich wäre am liebsten im Boden versunken. Im Klo habe ich geheult. Was gings diese Arschgeige an!

Einige Wochen später hatte Tilli ihren ersten richtigen Freund. Bei dem war die Zunge offenbar in Ordnung. Und nicht nur die Zunge, sondern auch noch ein paar interessantere Details, an die ich in letzter Zeit öfter dachte. Tilli und ich waren immer noch befreundet. Aber unsere Freundschaft veränderte sich. Wir verabredeten uns nicht mehr und wir hatten uns auch kaum noch etwas zu sagen. Dieser Typ, mit dem Tilli zusammen war, stand immer bei ihr. Der ließ sie keine fünf

Minuten aus den Augen. Sie hatte keine Zeit mehr für mich. Ich beschloss, auch keine Zeit mehr für sie zu haben. Sie hatte mir vor Kurzem erzählt, dass sie ihm einen runtergeholt hatte. Seitdem konnte ich ihn nicht ansehen, ohne daran zu denken. Ich dachte die ganze Zeit daran. Ich starrte jedes Mal auf seine Hose. Ich versuchte, mir das vorzustellen. Oder ich versuchte, es mir nicht vorzustellen. Ich konnte den nicht ausstehen. Ich versuchte mir vorzustellen, ob ich ihn unter bestimmten Bedingungen doch ausstehen könnte.

War ich eigentlich immer noch in der Pubertät? Was musste man tun, um da herauszukommen? Würde ich dann aufhören, an versaute Sachen zu denken? Oder würde es noch schlimmer werden? Ich hatte keine Ahnung. Immerhin sollte die Zahnspange bald wieder raus. Der Opa, der sie reingemacht hat, hat das gesagt. Ich hasse es, wenn mir Leute im Mund herumfummeln. Meine Familie macht den ganzen Tag nichts anderes. Ich konnte seit einiger Zeit meinen Opa nicht mehr leiden. Aber ich konnte immerhin nach Zehlendorf fahren und mit Carlos, dem Hund meiner Großeltern, spielen. Die Tage zogen sich so hin. Ich wurde älter, aber ich wurde nicht nur älter, ich wurde auch anders. Nicht gleichmäßig älter und anders, sondern eher stockend. Ich fand mich hübscher als früher. Ich hatte schöne Füße und schöne Zehen. Aber reichte das aus? Irgendwann würde die Pubertät ja vorbeigehen. Ich wusste nicht, was danach kam. Kam danach noch was? War man dann erwachsen? Ich glaub nicht, dass ich erwachsen sein wollte. Ich fühlte mich seit Monaten, seit ewigen Zeiten wie in Gelee eingelegt. Ich konnte mich nicht bewegen, die Zeit ging nicht vorbei, alles stand still. Vielleicht lag das daran, dass ich keinen Freund hatte oder dass ich immer an versaute Sachen dachte. Irgendworan musste es ja liegen.

Es war um meinen fünfzehnten Geburtstag herum, als ich es einfach nicht mehr aushielt. Nach der Schule ging ich zu

Maddox. Er wohnte im Haus gegenüber und war verrückt. Ich hatte ihn im Jahr zuvor kennengelernt, als er im Flur vor Mamas Praxis auf den Treppenstufen saß. Ich hatte mich einfach neben ihn gesetzt. Er tat so, als bemerke er das nicht, und schaute ein Loch in die Luft.

»Ein dickes, fettes Loch«, sagte ich und schaute in dieselbe Richtung.

Er sah mich erstaunt an, ohne dabei den Kopf zu bewegen.

»Wartest du auf was?«, fragte ich ihn.

»Ich muss nächste Woche wiederkommen«, sagte er und deutete mit dem Kopf in Richtung Praxiseingang.

Er sprach leise und vorsichtig.

»Stimmt etwas nicht?«, fragte ich.

Er schüttelte vorsichtig den Kopf.

»Mein Vater kann seinen Blick auf den Fingern balancieren«, sagte ich.

Maddox sah mich ungläubig an.

»Wirklich wahr. Er sagt immer, dass man mit den Fingern besser sehen könne, Finger habe man schließlich zehn, Augen nur zwei. Guck mal, so macht man das.«

Ich stand auf und zeigte ihm, wie man mit zwei Fingern seinen Blick aus den Augen herausnimmt und ihn ganz vorsichtig auf die Fingerspitzen setzt. So wie Papa mir das damals gezeigt hatte, als ich noch ein Kind war.

»Man muss höllisch aufpassen, dass er einem nicht auf den Boden fällt. Aber man sieht Sachen, die kein anderer sieht.«

Maddox und ich sind dann mit den Blicken auf unseren Fingern durch das Haus und den Garten gegangen und haben uns erzählt, was wir alles sahen.

»Maddox hat vor allem Angst«, sagte Mama, als ich sie nach ihm fragte.

Ich wusste nicht, ob er Angst hatte. Ich wusste nicht, wovor er Angst haben könnte. Ich war gern mit ihm zusammen. Er war anders als alle anderen, die ich kannte. So wie mein Vater, der auch anders war. Allerdings hatte der keine Angst. Höchstens ein bisschen vor Mama. Vor ihr haben alle Angst. Sie ist Zahnärztin und mag es, wenn man Angst vor ihr hat. Maddox allerdings hat nicht einmal vor Mama Angst. Deswegen fand ich es unwahrscheinlich, dass er vor etwas anderem Angst haben könnte. Er fühlte sich im Wartezimmer wohl. Er ging auch manchmal hin, wenn er keinen Termin hatte. Er saß eine Stunde lang dort, blätterte in den Informationsheftchen über Zahnersatz, Kronen und Veneers und ging wieder. Bestimmt war er in Mama verknallt.

An diesem Nachmittag war er allerdings nicht aufzufinden. In der Praxis war er nicht, weder im Wartezimmer noch in den Behandlungsräumen. Später entdeckte ich ihn im Hof.

»Wollen wir uns küssen?«, fragte ich ihn.

Ich versuchte, meinen Mund dabei ein wenig vorzustrecken, damit Maddox erkannte, was ich meinte. Er sah mich einen Moment lang zweifelnd an. Er konnte nicht gut sprechen. Er konnte es schon, er sprach ja auch mit mir, aber er wollte nicht. Er hatte Angst, seine Zähne, seinen Kauapparat oder seinen Kehlkopf zu schädigen. Deswegen sprach er lieber nicht oder, wenn es sich nicht vermeiden ließ, nur ganz vorsichtig, wobei er alle Finger von sich spreizte, weil er an den Gelenken empfindlich war und er sie nicht durch übermäßige Beanspruchung vorzeitig abnutzen wollte.

Küssen wollte er nicht, aus Angst, es könne etwas dabei kaputtgehen. Nicht, weil er meine Zunge eklig fand. Ich hätte ihn gerne gefragt, ob er mich hübsch findet und ob er auch so einen Ständer vom Knutschen bekommt wie der Freund von Tilli. Und vielleicht hätte ich ihn gefragt, ob ich mir das mal anschauen könnte. Das musste ich mir noch überlegen. Ich hätte ihm auch gerne erzählt, dass ich gelogen habe und doch noch Jungfrau war. Aber Maddox hat an mir vorbeigeschaut, ohne meine vorgestülpten Lippen zu sehen oder meine hervorstehenden Brüste und ohne irgendwas von mir wissen zu wollen.

»Wollen wir uns küssen?«, fragte ich noch einmal.

»Ich weiß gar nicht, wie das geht«, antwortete er und schüttelte vorsichtig den Kopf.

Dass die Seele mit den Zähnen zu Fuß geht

»Eines Tages sterben wir alle«, sagte Silvana.

Elena starrte sie ungläubig an. Es war ihr zweites Jahr in der Schule. Silvana war die Lehrerin und hatte meistens recht. Am vergangenen Sonntag war jemand gestorben und sie hatte die Gelegenheit ergriffen, etwas zum Kreislauf von Geburt und Tod zu sagen. Sie sprach darüber, dass der Mensch das einzige Wesen sei, das einen Körper und eine Seele hätte. Der Körper, sagte sie, sei das Zeitliche, die Seele das Ewige. Das Ewige könne nicht vergehen oder sterben. Nach dem Tod eines Menschen verlasse die Seele deswegen den Körper. Silvana schloss mit der Bemerkung, dass alle Menschen früher oder später stürben.

»Ich nicht«, sagte Elena.

Die Älteren in der Klasse lachten. Die Lehrerin drehte sich zu ihr um und sah sie eindringlich an.

»Du auch!«, sagte Silvana mit Nachdruck.

Das klang wie: ›Du stirbst zuerst‹.

Silvana hatte dabei einen Blick, als geschehe das auf der Stelle. Elena konnte sich nicht mehr auf den Unterricht konzentrieren. Sie wollte nicht sterben. Und sie wollte auch nicht, dass die Seele ihren Körper verließ. Was Silvana wohl mit ›flüchtiger Seele‹ meinte? Ob sie sie danach fragen sollte? Lieber nicht. Besser war es, den Schuhmacher zu fragen. Der schien ihr vertrauenswürdiger als die Lehrerin, die schon alt war und meist streng schaute. Sie wartete, bis die Schule zu Ende war, dann ging sie zu ihm hinüber. Er saß draußen vor der Tür.

»Muss ich sterben?«, fragte sie, ohne ihm den Zusammenhang mit Silvanas Erklärungen zu erläutern.

»Darüber musst du dir in deinem Alter keine Sorgen machen«, antwortete er.

»Was geschieht, wenn jemand stirbt, mit seiner Seele?«, wollte sie wissen.

»Sie geht gen Himmel«, antwortete er.

»Aber wie?«

»Zu Fuß natürlich. Glaubst du vielleicht, sie fährt mit dem Zug?«

Das war es nicht, was Elena wissen wollte. Sie wollte wissen, was dabei geschah. Ihre Versuche, konkrete Details aus ihm herauszubekommen, scheiterten allerdings. Enttäuscht ging sie nach Hause. Was er gesagt hatte, klang tatsächlich so, als stürbe man im Laufe seines Lebens. In ihrem Alter müsse sie sich keine Sorgen machen, hatte er gesagt. Aber in welchem Altern musste man sich Sorgen machen? Und wenn man sich Sorgen machte, starb man dann nicht? Sie hatte wissen wollen, wo die Seele war und wie sie aus dem Körper herauskam. Elena konnte ihre Seele nicht spüren. Sie musste in ihr drin stecken. In ihrem Hals vielleicht. Sie spürte manchmal einen Kloß im Hals. Sie hustete, sie musste würgen. Es kam nichts. Vielleicht hatte sie keine Seele.

»Stirbst du heute?«, fragte sie ihre Großmutter an diesem Nachmittag.

Die lag seit geraumer Zeit den ganzen Tag im Bett. Vielleicht konnte man nur im Bett sterben.

»Aber nein!«, sagte sie und schüttelte energisch den Kopf.

»Bestimmt nicht?«, versicherte Elena sich noch einmal.

»Ganz bestimmt nicht. Ich bin ja noch gar nicht so alt.«

»Du sieht aber alt aus«, antwortete ihre Enkelin.

»Sieh dich vor«, sagte die Großmutter und hob lächelnd den Zeigefinger.

Elena rannte aus dem Zimmer.

»Stirbst du heute?«, fragte sie auch am nächsten Morgen.

Sie hatte sich nach reiflicher Überlegung entschlossen, nur nach dem Tod zu fragen und die aus dem Körper heraustretende Seele heimlich zu beobachten. Das schien der interessante Moment zu sein. Wenn die Großmutter starb und ihr Körper und ihre Seele auseinandergingen, wollte Elena dabei sein und sich das anschauen. Elena fragte von da an jeden Morgen, bevor sie zur Schule ging. Und jeden Morgen schüttelte die Großmutter den Kopf. Von Tag zu Tag allerdings ein wenig verhaltener. Gerade so, als ermüdete sie die Frage der Enkelin und das tägliche Kopfschütteln.

Als Elena eines Tages nach Hause kam, saß ihre Mutter am Küchentisch und weinte. Elena wusste nicht, was sie mehr verwunderte, dass die Mutter, die immer alle Hände voll zu tun hatte, einfach herumsaß oder dass sie weinte.

»Kind, ich habe alle Hände voll zu tun«, sagte sie gerne.

Das klang, als habe sie zehn oder zwanzig Hände. Elena konnte nur zwei sehen, aber ihr gefiel die Vorstellung, dass die Mutter noch viel mehr Hände hatte. Überall am Körper angebracht, waren sie den ganzen Tag beschäftigt. Sie kneteten Teig oder schmierten Brote, sie wischten Staub und verarbeiteten Früchte für den Winter, sie machten Marmelade oder Gelee oder kochten das Mittagsessen für die Familie. Es gab immer etwas zu tun. Vielleicht weinte sie heute, weil nicht einmal genug Arbeit für die zwei Hände da war, die Elena sehen konnte.

Ihr Vater kam zur Tür herein. Er sah seine Frau an und dann seine Tochter.

»Die Großmutter ist gestorben«, sagte er zu Elena.

»Nein!«, protestierte sie.

Das konnte nicht sein. Sie hatte die Großmutter an diesem wie an jedem anderen Morgen gefragt, ob sie stürbe und die hatte das wie jeden Tag verneint. Oder hatte sie heute vergessen zu fragen? War die Großmutter deshalb gestorben? Ihr Vater musste sich täuschen. Die Tränen der Mutter mussten einen anderen Grund haben.

»Mama weint, weil sie nicht weiß, was sie mit ihren Händen tun soll«, klärte Elena ihren Vater auf.

Er sah sie ernst an und schüttelte den Kopf.

»Deine Großmutter ist heute Vormittag gestorben. Deswegen weint Mama.«

Elena war stinksauer. Sie wollte dabei sein, wenn die Großmutter starb, deswegen hatte sie so oft gefragt. Ihr Vater legte den Arm um seine Frau. Dadurch schien es noch schlimmer zu werden. Die Mutter, die sich gerade beruhigt hatte, weinte wieder heftiger. Elena schlich aus der Küche und ging ins Zimmer der Großmutter. Zu ihrer Überraschung traf sie auf den Arzt aus dem Nachbardorf. Der beugte sich gerade über die im Bett liegende Großmutter und fuhr erschrocken hoch, als Elena ins Zimmer kam. Silvana hatte zwar erklärt, dass es eines Arztes bedürfe, der prüfe, ob ein Mensch tatsächlich tot sei. Aber Elena hatte nicht damit gerechnet, dass diese Prüfung noch andaure. Obwohl sie nur einen kurzen Blick hatte werfen können, bemerkte sie, dass die Großmutter mit offenem Mund dalag und ganz anders aussah als sonst. Erschrocken stellte sie fest, dass ihr die Zähne fehlten. Instinktiv trat sie den Rückzug an. In dem Moment stieß sie gegen ihren Vater, der ihr gefolgt war. Jetzt weinte auch Elena.

Am kommenden Tag lag die Großmutter in ihrem besten Kleid im Bett. Sie war offenbar noch immer tot. Elena war ja auch immer noch sauer. Sie durfte nicht ins Zimmer hinein, aber sie konnte die Großmutter erkennen, wenn die Tür aufging. Die Leute kamen und kondolierten. Sie öffneten die Tür und Elena versuchte, mehr zu erkennen. Kamen die alle, um die Tote anzuschauen? Am übernächsten Tag wurde die Großmutter beerdigt. Man stand um ein Loch in der Erde herum, in dem der Sarg lag. In dem Sarg lag die Großmutter, was man allerdings nicht sehen konnte. Elenas Mutter und ihre aus einem der Nachbardörfer angereiste Schwester weinten wieder. Der Vater legte den Arm um die Schultern seiner Tochter. Da musste Elena ebenfalls weinen. Sie wollte ihn bitten, den Arm wieder wegzunehmen, weil sie dachte, dass dann das Weinen aufhörte. Aber der Vater weinte selbst, deswegen sagte sie nichts.

Später gingen sie gemeinsam vom Friedhof nach Hause. Es sollte Kaffee und Kuchen geben und wahrscheinlich gabs auch wieder Tränen. Sie setzten sich im Hof um einen langen Tisch, den ihr Vater zuvor aufgebaut hatte. Als alle saßen, änderte sich mit einem Mal die Stimmung. Elena sah zu ihrer Mutter hinüber, die auf dem Friedhof noch geweint hatte. Zu ihrem Erstaunen lächelte sie nun, als habe sie den Tod der Großmutter bereits vergessen. Auch der Vater war wie verwandelt. Allen am Tisch schien es so zu ergehen. Das Gedrückte und Flüsternde der letzten Tage war verschwunden. Sie sah zu ihrer Tante hinüber, die sie anlächelte.

Elena erschrak. Die Tante hatte die Zähne der Großmutter im Mund! Sie hatte es genau gesehen. Der Schuhmacher hatte doch gesagt, die Seele gehe zu Fuß gen Himmel. Als sie vor zwei Tagen gesehen hatte, dass der Großmutter die Zähne fehlten, hatte sie natürlich angenommen, dass die Seele mit den Zähnen zu Fuß geht. Vielleicht war die Großmutter doch nicht tot gewesen, als der Arzt ihr in den Mund gefasst hatte? Das erklärte wahrscheinlich, warum der sich so erschreckt hatte, als er Elena bemerkte, während seine Hand im weit aufgerissenen Rachen der Großmutter steckte. Die hatte ihre Zähne nachts immer aus dem Mund genommen. Sie schwammen in einem Glas. Elena fand das eklig. Vielleicht war die Seele in dem Glas. Ihre Großmutter hatte wahrscheinlich, als der Arzt hineingriff, ihren Mund einfach wieder zugeklappt, sodass der dann festklemmte, mit einem Gesichtsausdruck, als stecke er selber zwischen Leben und Tod und nicht die Großmutter, die dem Tod von der Schippe gesprungen war und sich nun kreuzfidel in der Hand des Arztes festgebissen hatte.

Wenn die Zähne sich nun aber im Mund der Tante befanden, war die Seele der Großmutter auch gar nicht gen Himmel gegangen. Was hatte die Tante dann aber mit ihrer eigenen Seele angestellt, wenn sie jetzt die der Großmutter im Mund hatte? Einige Zeit lang dachte Elena noch über diese Frage nach. Sie dachte an die Zähne der Großmutter, an die Großmutter selbst und an die Frage, ob die nun mit oder ohne Seele im Sarg weiterlebte. Dann nahmen andere Dinge ihre Aufmerksamkeit in Anspruch.

Zwanzig Jahre später konnte sie diese Angelegenheit doch noch aus allernächster Nähe betrachten. Da starb die Mutter ihres Mannes. Vielmehr begann sie damit. Elena hatte einige Monate zuvor mit dem Kopf genickt, als einer der beiden Varian-Zwillinge sie fragte, ob sie ihn heiraten wolle. Oder vielleicht hatte sie auch mit dem Kopf geschüttelt. Sie wusste es nicht mehr so genau. Die Zwillinge hatten nicht den allerbesten Ruf. Es herrschten einige Unsicherheiten, was die Umstände ihrer Geburt betraf. Sie mussten frühzeitig die Schule verlassen. Der eine wurde zur Ausbildung fortgeschickt und der andere blieb im Dorf. Ein Jahr später wurde auch Elena aus der Schule entlassen. An ihrem letzen Schultag gab es ein Fest, man aß und trank und lachte. Der eine Varian hatte ihr bei dieser Gelegenheit in den Hintern gekniffen.

Von da an begann er, ihr den Hof zu machen. Oder ihr nachzustellen, je nachdem wie man das nennen wollte. Er war dabei nicht besonders geschickt, dafür aber umso hartnäckiger. Es war nicht schwer zu erraten, was er wollte. Und obwohl Elena das nicht wollte oder anders, wollte sie ihn auch nicht abweisen. Sie mochte das, was ihr Vater Nachstellungen nannte. Sie mochte Varians Hartnäckigkeit. Und die belohnte sie manchmal. Vielleicht nicht ganz in der Art, wie er sich das vorstellte. Aber auch nicht vollkommen anders. Das ging nahezu zwei Jahre so. Dann war er von einen auf den nächsten Tag verschwunden.

Sie hatten keine Zukunftspläne geschmiedet. Elena war dennoch davon ausgegangen, dass es eine gemeinsame Zukunft gab. Was sollte es sonst geben? Sie liebte ihn nicht, er war ihr zu dreist, manchmal geradezu unverschämt. Er griff ihr im Heu einfach an die Brüste oder zwischen die Beine, wie man dem Vieh an die Euter greift. Aber sie hatte es immer vermocht, ihn im Zaum zu halten. Und das hatte sie durchaus geliebt. Sie hatten am Tag zuvor noch im Heu gelegen und Elena hatte Varian die Stellen ihres Körpers gezeigt, die er jedes Mal sehen wollte. Er musste sie besser kennen als Elena sich selbst kannte. Wie sich beim Hengst die Nüstern weiteten, weiteten sich Varians Augen. An diesem Nachmittag hatte er nicht die allerkleinste Andeutung gemacht, weder über seinen Bruder, der am kommenden Tag nach Mărginime zurückkehren sollte, um die Werkstatt des Vaters zu übernehmen, noch darüber, dass er selbst das Dorf an diesem Tag verlassen würde.

Elena war wütend. Sie hätte Varian gerne eine heruntergehauen. Aber dazu hätte er noch da sein müssen. Dann hätte sie jedoch keinen Grund gehabt, denn sie wollte ihn ja schlagen, weil er nicht mehr da war. Dieser verwirrende Umstand machte sie noch wütender. Sie blieb es einige Wochen lang, bis sie erstaunt feststellte, dass sie es nicht mehr war. Zu dieser Zeit nahm der andere Bruder die Stelle des einen ein. Sie war sich nicht sicher, ob er sich einen Scherz mit ihr erlaubte. Sie konnte jedoch leicht feststellen, dass der eine dem anderen nichts erzählt hatte. Der eine Varian war noch kein halbes Jahr weg, da fragte der andere, ob sie seine Frau werden wolle. Elena dachte zwei Tage darüber nach. Wollte sie das? Dann nickte sie. Oder sie schüttelte den Kopf. Daran konnte sie sich später nicht mehr erinnern. So groß war der Unterschied ja nicht.

Elena hatte, als sie seinen Heiratsantrag mit einer Kopfbewegung beantwortete, nicht daran gedacht, dass sie von ihren Eltern weggehen müsse. An Varians Mutter hatte sie ebenfalls nicht gedacht. Sie kannte diese Frau kaum, die vollkommen zurückgezogen im Haus oben am Hang lebte. Sie ließ sich niemals im Dorf blicken. Elena hatte nicht an sie gedacht und ans Kinderkriegen schon gar nicht. Worüber hatte sie eigentlich nachgedacht, als Varian sie fragte, ob sie ihn heiraten würde?

Der Umzug geschah an einem Mittwochvormittag. Elenas Vater lud ihre Sachen auf einen Wagen, spannte ein Pferd davor und verfrachtete sie vom einen ins andere Haus. Ihre Mutter blieb im Hauseingang stehen und winkte. Elena sah sich um, dann ging sie dem Wagen hinterher. Es regnete in Strömen. Elena wusste nicht, ob sie glücklich war. Sie wäre vielleicht glücklicher gewesen, wenn es nicht geregnet hätte. Sie und ihr Vater gingen schweigend nebeneinander her. An der neuen Adresse angekommen, trugen die beiden Männer ihre Habseligkeiten ins Haus. Dann standen die drei klatschnass in der Küche. Der Vater wollte sich von seiner Tochter verabschieden. Aber er wusste nicht wie und ging dann ohne etwas zu sagen aus dem Haus. Elena sah ihm durch das Küchenfenster hinterher, wie er durch den Regen mit dem Wagen ins Dorf hinunter ging, das mit einem Mal aussah, als wäre es sehr weit entfernt.

An diesem Tag gab Varians Mutter die Hausarbeit auf. An das Wort Hausarbeit in seinem Antrag konnte Elena sich nicht erinnern. Dem Rückzug vom Kochen und Spülen, vom Waschen, vom Putzen und von der Gartenarbeit folgten weitere. Nach und nach über Wochen, Monate und Jahre reduzierte die Schwiegermutter, so schien es Elena, ihre Zuständigkeiten und Funktionen. Sie hörte mit dem Laufen auf, legte sich ins Bett und ließ sich das Essen bringen. Dann reduzierte sie auch das Sprechen. Sprach sie zuerst nur noch, wenn es sich nicht vermeiden ließ, sagte sie mit der Zeit immer weniger. Sie zeigte mit den Fingern auf Dinge. Wenn keiner verstand, was sie meinte, verschränkte sie die Hände vor der Brust und schnaubte verächtlich. Bald darauf stellte sie auch das Hören ein. Sie schüttelte lediglich den Kopf, wenn Elena sie ansprach, zum Zeichen, dass sie nicht verstand. Zeitweilig stellte sie sogar die Atmung ein. Es war ein Wunder, dass sie solche Aussetzer überlebte. Halbstundenweise war kein Leben mehr in ihr. Plötzlich schlug sie unversehens die Augen auf und sah Elena an. Was immer bei ihr zu den lebenserhaltenden Funktionen gehören mochte, das Atmen gehörte offenbar nicht dazu.

Im zweiten oder dritten Jahr ihrer Bettlägerigkeit stellte Varian seiner Mutter eine Klingel ans Bett, die er in der Stadt gekauft hatte. Sie würde klingeln können, wenn sie etwas brauchte und Elena musste nicht mehr alle naselang zu ihr ins Zimmer. Seine Mutter würdigte das Ding, das Varian auf den Nachttisch stellte, keines Blicks. Die Klingel stand eine Woche oder zwei unberührt dort, wo er sie hingestellt hatte. Dann aber stellte die Mutter fest, dass sie die Klingel lediglich hin und her bewegen musste und schon erschien Elena an ihrem Bett. Bald klingelte Varians Mutter, wenn sie Hunger hatte, wenn abgeräumt werden sollte, wenn sie ein Medikament nehmen musste oder ein Glas Wasser wollte. Sie klingelte auch dann, wenn noch genügend Wasser da war und die Medikamente griffbereit auf dem Nachttisch lagen, direkt neben der Klingel. Sie fand über die Jahre immer noch einen Körperteil oder eine Funktion, die sie reduzieren konnte und umso häufiger klingelte sie. Als wolle sie zeigen, dass sie noch immer sehr gut beieinander war und mit ihrem Ableben so bald nicht zu rechnen sei.

Das Klingeln ertönte häufiger und die Gründe dafür wurden nichtiger. Hatte sie die Klingel zu Anfang ein oder zwei Mal am Tag benutzt, so intensivierte sie das in den folgenden Jahren. Alle ihre Lebensenergien schien sie umzuleiten in den einen Arm, der hartnäckig die Klingel hin und her bewegte. Elena hatte den Eindruck, dass dieser Köper zwar langsam abstarb, der eine Arm jedoch immer kräftiger und muskulöser wurde. Wie tot lag sie da. Dann ging plötzlich ein Zucken durch ihren Leib, die linke Hand schoss nach oben und riss die Klingel an sich. Sie klingelte, obwohl Elena neben ihrem Bett saß. Sie klingelte immer weiter, sie klingelte und klingelte. Bis ihre Hand irgendwann erschöpft auf die Bettdecke niederfiel. Dann sah sie wieder tot aus, aber Elena wusste, dass ihr Köper sich lediglich ausruhte, eine Minute oder zwei. Dann kam die nächste Attacke, der Arm schoss erneut in die Höhe und mit nicht nachlassender Wut klingelte sie gegen ihr Ende.

Es war ein helles, feines Klingeln, das man, wenn der Wind richtig stand, klar und deutlich unten im Dorf hören konnte. Mit der Zeit hörten die Leute es häufiger, als ob die Akustik im Talkessel langsam besser würde. Anfangs versuchten sie das Klingeln zu überhören. Aber es ging Monat um Monat so und schließlich klingelte es schon Jahre. Da versuchten sie wegzuhören. Aber je mehr sie das versuchten, desto besser wurde ihr Gehör, das sich dem Willen widersetzte, sodass sie selbst bei Gegenwind und Regen und sogar bei Sturm das Klingeln heraushörten. Schließlich hörten die Leute unten im Dorf es sogar dann, wenn die Frau die Klingel noch gar nicht berührt hatte. Sie hörten, wie sie sich mitten in der Nacht im Bett herumdrehte und den Arm ausstreckte.

Elenas Großmutter hatte damals gelacht und ihrer Enkelin mit dem Zeigefinger gedroht, wenn die nach ihrem Sterben fragte. Sie hatte ihre Großmutter kaum gekannt und dennoch hatte sie sie geliebt. Sie meinte jedenfalls, sich an ihre Liebe erinnern zu können, aber sie erinnerte sich auch, dass sie die Großmutter sehr schnell nach ihrem Tod vergessen hatte. Am Bett ihrer Schwiegermutter, für die sie keine Liebe, nicht einmal Zuneigung empfand, saß sie bereits seit vielen Jahren. Marijan war inzwischen zwölf Jahre alt. Jahre, die sie an diesem Bett verbracht hatte. Es schien Elena, als ob sie nicht am Leben ihres Sohnes teilgenommen hätte. Er war älter geworden, hatte sich verändert und entwickelt. Er war bereits auf dem Weg, sich von den Eltern abzunabeln, er verbrachte mehr Zeit mit Krisztina und Nicolae als mit seinen Eltern. Er lebte bereits ein Leben außerhalb der Familie. In all diesen Jahren hatte sie nichts getan, als ihrer Schwiegermutter das Essen zu bringen und ihr anschließend die Bettpfanne unter den Hintern zu halten.

Marijan hatte nichts von seinem Vater geerbt. Er hatte nicht seinen Charakter, nicht sein Gesicht und auch nicht seine Hände. Als wenn er gar nicht Varians Sohn wäre. Ihr fiel das Gerücht wieder ein, das damals über die beiden Varianten, wie sie genannt wurden, verbreitet worden war. Das war der eigentliche Grund dafür, dass die beiden einen schlechten Ruf hatten. Das Gerücht, dass sie nicht aus dem Schoß ihrer Mutter stammten, sondern ihr Vater sie aus Holz geschnitzt hatte. Wer aus Holz ist, hat keine Seele. Hatte ihr Mann keine Seele? Bedeutete das, dass auch ihr Sohn keine hatte?

Bei ihrer Großmutter hatte Elena beobachten wollen, wie die Seele aus dem Körper fand. Sie hatte jedoch den entscheidenden Moment verpasst, die Großmutter war schon tot, als sie aus der Schule kam. Sie hatte nicht beobachten können, wie Körper und Seele sich voneinander trennten. Vielleicht konnte sie das jetzt nachholen. Sie verspürte den intensiven Wunsch, dieser Frau, die ihr über all die Jahre eine Fremde geblieben, die für sie immer nur eine Sterbende gewesen war, das Kopfkissen ins Gesicht zu drücken. Sie wollte die ganze Angelegenheit endlich beenden. Dabei hatte der Arzt ihren baldigen Tod angekündigt. Sie starb sowieso. Elena hatte jedoch das Gefühl, dass sie das schon lange hätte tun müssen und dass ihr jetzt nicht mehr viel Zeit blieb, dieses Versäumnis nachzuholen.

Das Geräusch des Werdens

»Die Tage im Krankenhaus waren kein Vergnügen. Um mich herum schienen sich alle mit der Situation arrangiert zu haben, die Ärzte, die Schwestern und die Pfleger, die mich durch die Gänge schoben oder am Arm von einer zur nächsten Untersuchung leiteten. Ich wollte sie nicht mehr sehen. Ich wollte meine Bettnachbarn nicht sehen. Vor allem wollte ich meine Mutter nicht sehen, die sich durch die Annahme meines Schicksals mit diesen Leuten verbündet hatte.

Am Tag meiner Entlassung stand ich wie ein Maulesel vor dem Auto des Bürgermeisters. Ich weigerte mich einzusteigen. Alle Reden meiner Mutter waren vergebens, die des Bürgermeisters ebenso. Auch der Arzt, der dazukam, versuchte mich zu überreden. Aber ich tat keinen Schritt. In welches Auto sollte ich steigen? Ich konnte kein Auto sehen. Also war auch keins da. Als mir jemand eine Hand auf die Schulter legte, habe ich geschrien. Ich konnte mich gar nicht beruhigen. Bis der Bürgermeister kam und wortlos den Arm um mich legte. Ich brach in Tränen aus. Schließlich stieg ich ein und wir fuhren los. Die Fahrt verlief schweigend. Ich wollte aus dem Fenster schauen. Aber ich konnte es nicht.

Zu Hause angekommen, führte meine Mutter mich ins Wohnzimmer. Ich setzte mich auf das Sofa. Dort saß ich bewegungslos. Ich meinte, mit meinem Sehen auch alles andere verloren zu haben. Arme und Beine waren im Krankenhaus geblieben. Auf dem Sofa saß ein Torso, unfähig sich zu bewegen, unfähig weiterzuleben. Tatsächlich hätte ich in diesem

Moment lieber auf alle Extremitäten verzichtet als auf mein Sehen. Den Weg von der Haustür zum Sofa war ich tausend Mal im Leben gegangen. Nun brauchte ich meine Mutter, die mir dabei half. Die Wut auf meine Mutter, die ich beim Einsteigen ins Auto verspürt hatte, wurde intensiver.

In dem Haus, in dem ich großgeworden war und wo ich meinte, jede Ecke zu kennen, fühlte ich mich schon bei der Ankunft fremd. Als wäre ich nie einen Schritt durch unser Wohnzimmer gegangen, lief ich gegen Tische und Stühle. Schlimmer noch! Selbst wenn man zum ersten Mal irgendwo ist, kann man sich orientieren. Ich hingegen konnte es nicht. Das war kein Zimmer, in dem ich zum ersten Mal war, das war eines, in dem ich gar nicht war! Das war nicht ich! Das war nicht mein Leben!

Meine Mutter hat für mich geschaut, wenn wir ins Dorf gingen oder im Garten hinter dem Haus das Gehen übten. Sie hat Stufen und Hindernisse für mich gesehen. Sie hat meine Zahnbürste gesucht, wenn ich sie nicht wiederfinden konnte. Ich hatte sie am Abend zuvor an die Stelle gelegt, an der sie zeit meines Lebens gelegen hat. Am nächsten Morgen war sie weg! Auf eine andere Art, als sie früher weg gewesen wäre. Früher hätte ich sie einfach gesucht. Jetzt musste meine Mutter das für mich tun. Sie musste meine Schuhe und meine Kleidung suchen und alles, was ich gerade noch in der Hand gehabt hatte und was plötzlich auf unerklärliche Weise verschwunden war. Das Empfinden, dass alles, was ich aus der Hand legte, sogleich aus meiner Welt verschwand, wurde immer intensiver und die Welt immer kleiner. Ich erkannte die Dinge nicht mehr. Ich erkannte sie nicht einmal dann, wenn ich sie in Händen hielt. Weil ich an meine Augen gewöhnt war und daran, dass sie die Dinge finden. Mit der Nase, den Ohren oder den Händen fand ich gar nichts.

Wie ich manche Gegenstände verlor, stellten sich mir andere in den Weg. Das Sofa, das solange ich mich erinnern kann an derselben Stelle gestanden hatte, stand nun woanders. Ich stieß mich. Ich machte einen Bogen darum. Am nächsten Tag stieß ich mich erneut. Am folgenden Tag machte ich einen größeren Bogen und stieß mich dennoch. Ich ging an der Wand entlang und stieß mich am Sofa. Schob meine Mutter hier nachts die Möbel durchs Haus? Auf meine Vorwürfe sagte sie, das Sofa stehe, wo es immer gestanden hatte. Ich glaubte ihr kein Wort. Einen Tag später stieß ich mir im Flur das Bein. Ich untersuchte den Gegenstand und musste zu meinem Erstaunen feststellen, dass es das Sofa war. Das war unmöglich! Und doch war es so: Die Dinge stellten sich mir in den Weg. Ob ich an der Wand entlang ging oder mitten durchs Zimmer marschierte, ich stieß überall mit ihnen zusammen. Was früher einmal eine feste Stelle im Raum hatte, stand mit einem Mal hier und dort. Die Gegenstände umringten mich anders als früher. Ich stolperte über sie an Orten, an denen sie nicht sein konnten. Ich ahnte damals bereits, dass ich mir nicht am Sofa das Bein stieß, sondern an der Blindheit selbst. Die Gegenstände blieben an einem Ort. Meine Blindheit hingegen umfasste alle Orte. Das Leben wurde mir geradezu unerträglich. Bis ich mich in der dritten Woche nach der Entlassung aus dem Krankenhaus eines Morgens weigerte, das Bett zu verlassen.

Im Krankenhaus hatte man meiner Mutter nahegelegt, mich zu einem Mobilitätstraining anzumelden. Das sei auf die besonderen Bedürfnisse von Blinden zugeschnitten. Wahrscheinlich hatte meine Mutter nicht erwartet, dass ich so maßlos blind sein würde. Aber als ich mich nicht in unserem Haus zurechtfand, als ich meine Zahnbürste nicht fand, nicht einmal, wenn ich sie jeden Tag an dieselbe Stelle legte, überzeugte sie das wohl vom Nutzen eines solchen Trainings. Ich selbst war alles andere als optimistisch. Immerhin habe ich mich überreden lassen, das Bett wieder zu verlassen. Einige Wochen später fuhr mich der Bürgermeister an jenen Ort, wo der Kurs stattfinden sollte. Dieses Mobilitätstraining dauerte insgesamt vier Wochen. Es wurde von zwei Trainern geleitet. Wir Teilnehmer waren zu zwölft.

Wir sollten lernen, an den Armen der Trainer zu gehen und uns ihren Schritten anzuvertrauen. Wir sollten den Arm eines anderen wie den eigenen spüren. Ich spürte nicht einmal meinen eigenen. Wir sollten lernen, den Blindenstock zu benutzen. Ich ging immer im Kreis. Hielt ich ihn in der linken Hand, entwickelte ich einen Hang nach links, hielt ich ihn in der rechten Hand, tendierte ich nach rechts. Wir sollten uns in den Stock einfühlen und ihn als zusätzliches Organ begreifen. Ich aber begriff ihn wie ein Organ zu wenig, ich spürte an dem Stock nichts als das Fehlen meiner Augen. Wir sollten das Fallen lernen. Wer fällt, erklärten die beiden uns, muss richtig fallen. Er muss sich fallen lassen. Wer noch das Stehen im Hinterkopf hat, wer auf die Hand hofft, die ihn hält, fällt viel schmerzhafter. Ich wollte aber nicht fallen, nicht einmal schmerzfrei. Ich wollte das alles überhaupt nicht. Ich war gerade vierzehn Jahre alt und blind. Ich war nur noch blind, nichts anderes mehr.

Wir sollten die einfachsten Dinge lernen. Gerade so, als hätten wir sie zuvor nicht gekonnt. Essen und Trinken. Wir sollten nach den Gläsern greifen und dann nach Tassen. Wir sollten fühlen, ob sie voll oder halbvoll sind, man kann ja nicht in jede Tasse den Finger hineinhalten. Wir übten mit kalten und heißen Getränken. Die beiden Trainer füllten verschiedene Gefäße und wir trugen sie durch den Raum. Ein Glas lässt sich seltsamerweise leichter tragen, wenn man dabei die Oberfläche der Flüssigkeit beobachtet oder seine Hand. Gerade so, als trüge man es mit den Augen und nicht mit den Händen. Wir lernten, sie abzustellen und wieder aufzunehmen, als wäre das eine Ausbildung zum Kellner. Das alles war schwierig und das Schwierigste war, erkennen zu müssen, dass von den Gläsern und Tassen nichts übriggeblieben war als diese erbärmliche Erfahrung des Tastens. Dann kam das Besteck an die Reihe. Das Essen wurde nach der Uhr angeordnet, sodass das Fleisch auf der Drei, das Gemüse auf der Sechs und die Beilagen an der Stelle lagen, an der auf der analogen Uhr die Neun ist. Gibt es ein Extraschälchen, wird es um die Länge des Zeigefingers rechts vom Tellerrand hingestellt, das Glas links daneben. Und wenn etwas auf den Boden fiel, übten wir es erneut. Wir übten das hundert Mal, als reiche unser Appetit, um es in alle Ewigkeit weiter zu versuchen.

Wir übten den ganzen Tag, vom Aufstehen und Anziehen bis zum Ausziehen und Schlafengehen, bis zum Kontrollieren der Weckzeit auf unseren Uhren, auf denen man die aktuelle Uhrzeit ertasten konnte. Selbst das Schlafen mussten wir üben. Wir mussten lernen, dass es abends nicht mehr dunkel wurde. Es verging keine Minute, wo wir nicht mit unserer Blindheit konfrontiert wurden. Der Mobilitätskursus machte es nicht leichter, sondern schwieriger. Wir hatten uns das Gegenteil erhofft, eine Abnahme der Blindheit. Zu unser Überraschung und Verärgerung nahm sie jedoch noch zu. Das lag auch an den beiden Trainern, die wir nicht sonderlich mochten. Für sie war das Routine, sie leiteten einen Kurs nach dem anderen und setzten sich mit dem Einzelnen nicht auseinander. Sie ließen sich nicht auf uns ein und benahmen sich gerade so, als seien wir wie alle anderen Menschen. Obwohl wir doch den ganzen Tag lang unser Andersein übten.

Sie gaben uns Gegenstände in die Hand. Wir sollten sagen, was wir fühlten. Zu Anfang fühlten wir einfach nichts. Nichts, was wir in Worte fassen konnten. Später fühlte ich vor allem das, was ich sowieso immer fühlte, meine Blindheit. Den ganzen Tag über fühlte ich nichts anderes. Ich hatte keine Lust, etwas in die Hand zu nehmen und dann nach Worten dafür suchen zu müssen. Ich hatte etwas existenziell Wichtiges in meinem Leben verloren. Verstanden die beiden das nicht? Ich hatte mein Sehen verloren. Ich lag auf dem Boden und kroch umher und suchte es wie verrückt. Statt sich darum zu kümmern, statt mir beim Suchen zu helfen, sollte ich einen mir vollkommen gleichgültigen Gegenstand anfassen und beschreiben. Meine Entrüstung entsprach ziemlich genau dem, was die anderen dachten und fühlten. Die Stimmung war gespannt.

Die Trainer versuchten, uns ein Gefühl für den Raum zu lehren. Raum, sagten sie, könne man nur empfinden, nicht sehen. Auch Sehende könnten das nicht, sie sehen immer nur die Gegenstände in ihm. Gegenstände, die man auch ohne Sehen erfahren könne, indem man den sie umgebenden Raum erfährt. Vor uns auf dem Tisch standen Wasserglas, Vase und Eimer. Wir sollten sie fühlen. Wir sollten sie fühlen und beschreiben, ohne sie überhaupt in die Hand zu bekommen.

›Wie soll denn das funktionieren?‹, fragte einer.

Er war erbost. Seine Stimme zitterte. Er formulierte, was wir anderen auch empfanden. Wie sollte man einen Gegenstand fühlen, den man nicht einmal in den Händen hielt? Das wir die Sachen nicht mehr sehen konnten, war schon schlimm genug, aber dass wir sie jetzt auch nicht einmal mehr spüren sollten, war eine Zumutung. Damit war eine Grenze überschritten. Es kam zur Konfrontation zwischen ihnen und uns. Ihre Maxime, die sie an diesem Morgen noch einmal wiederholten, lautete, dass man sich nicht auf die Seite der Blindheit schlagen dürfe. Wir seien vor allem deswegen blind, weil wir uns mit unserer Blindheit identifizierten.

Das löste einen Sturm der Entrüstung aus. Wir warfen ihnen vor, dass sie nicht wüssten, wie Blindheit tatsächlich sei. Dass selbst sie, die nichts anderes taten, als diese Kurse abzuhalten, von der Sache nichts verstünden. Die beiden ließen das an sich abprallen. Ihre Auffassung änderten sie nicht. Sie ließen sich nichts anmerken, obwohl wir sehr persönlich und verletzend geworden waren. Der Unterricht ging einfach weiter. Wir sollten die Gegenstände vor uns auf dem Tisch fühlen, ohne sie zu berühren. Von Versuch zu Versuch wurden diese drei Objekte weiter von uns weggerückt, bis sie nicht mehr auf dem Tisch, sondern irgendwo im Raum standen. Wir sollten fühlen, wo sie sich befanden.

Nach dem Mittagessen experimentierten wir mit Geräuschen. In einem leeren Raum sollten wir uns auf das Ticken eines Metronoms konzentrieren. Dann wurden in dem Raum Veränderungen vorgenommen und wir sollten beschreiben wie sich durch diese Veränderungen in der Dichte des Raums das Geräusch veränderte.

›Das Geräusch ist dasselbe‹, sagte einer trotzig.

›Das Geräusch kann nicht dasselbe sein. Wenn es dasselbe ist, bist du taub, nicht blind‹, antworteten sie.

Wir hatten uns gerade erst beruhigt, da fühlten wir die erneute Provokation. Warum sollte sich das Geräusch verändern? Und was hatte das mit unserer Blindheit zu tun? Es schien zu einer weiteren Konfrontation zu kommen. Ich kann nicht mehr sagen, was sich eigentlich änderte. Aber es geschah bei uns allen im selben Moment. Wir hörten auf das Metronom, wir hörten den Schall, wie er sich ausbreitete, wie er sich waagerecht und senkrecht im Raum verteilte, gegen die Wände des Zimmers stieß und von dort wiederkehrte. Es herrschte von einem auf den anderen Moment Stille. Und in dieser Stille begriffen wir, was da gerade geschah. Es waren tatsächlich winzige Differenzen in den Tönen. In den Tönen eines Metronoms! Ein Gerät das nichts anderes vermochte, als immer nur dasselbe Geräusch von sich zu geben! Aber wir erkannten Unterschiede. Und je länger wir zuhörten, umso deutlicher wurden sie. Waren Gegenstände im Raum, lief der Ton um sie herum. Er prallte nicht einfach gegen die Wand und rutschte dann auf den Boden. Er machte einen Bogen. Selbst die Größe der Gegenstände konnten wir erkennen. Wir konnten ihre Größe hören! Wir erlebten etwas, was andere Menschen nicht erleben konnten. Es waren Geräusche, die jeder hören konnte, aber wir entdeckten Dimensionen in ihnen, die anderen nicht zugänglich waren. In diesen Momenten fiel eine Barriere und das Erstaunliche, das vollkommen Erstaunliche war: Wir haben sie fallen hören!

Wir alle spürten es. Die beiden Trainer spürten es ebenfalls. Das war ein geradezu erhebender Moment. Wir saßen einige Minuten auf unseren Stühlen. Niemand sagte ein Wort. Wir verstanden, dass uns diese Sensibilität im Alltag helfen würde. Die beiden versuchten uns beizubringen, wie man seine Sinne ausweitete. Wir jedoch beklagten, dass wir blind waren. Wir nahmen nichts anderes wahr als eben diese Blindheit. Aber das war falsch. Wir mussten das Gegenteil lernen, die anderen Sinneserfahrungen so auszuweiten, dass sie den Verlust der einen leichter machten. Vielleicht nicht leichter anzunehmen, doch zumindest leichter zu ertragen. Wir wollten so bleiben wie wir waren, aber wir mussten uns verändern! Zu diesen Veränderungen gehörte eben die Veränderung in der Wahrnehmung von Klängen. Ein Gefühl für den Raum, der einen umgab, für seine Dichte und seine Elastizität. Ein Gefühl für den Druck der Luft.

›Gut‹, sagten die beiden nach einer kurzen Pause in die Stille hinein, ›das war der Anfang. Das war nur der Anfang. Um es noch einmal zu sagen: Das Beklagen eines Verlustes bringt euch keinen Schritt weiter auf eurem Weg. Es hindert euch daran, die Welt zu erkennen. Und die Welt ist euch nicht genommen worden. In zwei Wochen ist dieser Kurs zu Ende. Dann müsst ihr eure eigenen Wege gehen. Ohne die Hilfe anderer. Entscheidet euch, wie ihr sie gehen wollt. Und jetzt machen wir weiter.‹

Wir übten an diesem Tag mit unseren eigenen Stimmen. Wir experimentierten mit Tonhöhen und -intensitäten. Leise Töne können länger anhalten als laute, die einfach nur verklingen. Leise Töne werden sachte leiser, aber sie werden nicht weniger. Laute Töne verklingen nicht nur schnell, sie nehmen auch rapide ab. Sie sacken regelrecht weg, leise Töne hingegen können ihre Höhe halten. Wir übten in anderen Räumen des Hauses, in der Küche und auf den Fluren mit nichts anderem als unseren eigenen Stimmen. Wir ließen unsere Stimmen frei und sie kamen zurück. Sie berichteten uns, was sie erlebt hatten da draußen in der Welt. Und wir verstanden, was sie erzählten. Zu Beginn des Mobilitätstrainings konnte keiner von uns verlässliche Aussagen über die Beschaffenheit eines Zimmers geben, in dem er sich gerade befand. In der letzten Woche waren wir alle mehr oder weniger in der Lage, einen Raum zu beschreiben, den wir nicht sahen. Wir betraten ein- und dasselbe Zimmer mehrfach und konnten sagen, welche Veränderungen unterdessen vorgenommen worden waren, ob Gegenstände heraus- oder hereingekommen waren, welche ungefähre Größe sie hatten und teilweise auch, wo sie standen. Wir konnten Aussagen über den Raum und die Umgebung machen, die unseren Angehörigen eine Woche später, als sie uns abholten, wie Zauberei erschienen. Und uns selber auch, wir waren geradezu euphorisiert von unseren neuen Fähigkeiten, die andere Menschen nicht hatten.

Wieder zu Hause angekommen, musste ich allerdings feststellen, dass mir diese Zauberei wenig half. Was hatte ich davon, einen leeren von einem vollen Eimer Wasser unterscheiden zu können? Ich wollte einen verdammten Spaziergang ins Dorf zum Marktplatz machen und mich in die Sonne setzen. Ich versuchte in den nächsten Tagen und Wochen notgedrungen, mich ein weiteres Mal an das Haus zu gewöhnen. Dieses Mal gelang es mir weit besser als nach der Entlassung aus dem Krankenhaus. Nach einigen Tagen konnte ich die Kanten und Ecken dorthin zurückzwingen, wo sie hingehörten und wo sie tatsächlich auch waren. Das Sofa ist nicht mehr im Flur aufgetaucht. Zumindest diesen Kampf hatte ich gewonnen. Und ich traute mich in der nächsten Zeit auch noch an größere Gegner, an den Weg ins Dorf hinunter zu den Bänken. Fünfhundert Meter vielleicht oder tausend, tausend Schritte oder zehntausend, eine ganze Stunde Aufwand oder ein ganzes Leben. Ich hatte das Gefühl, alle Leute im Dorf beobachteten mich dabei, wie ich herumhampelte. Schwer atmend saß ich nach dem Hin- und Rückweg wieder zu Hause auf dem Sofa: Ich hatte gewonnen.

Nach einigen Monaten informierte mich meine Mutter, dass wir das Haus und das Dorf verlassen und in die Stadt gehen würden. Ich war nicht überrascht, es entsprach sogar meinen Wünschen. Nicht, weil ich mit vierzehn Jahren unbedingt einen neuen Lebensabschnitt beginnen wollte oder weil ich erwartete, dass die Bedingungen für Blinde in der Stadt besser seien als bei uns im Dorf. Aber ich fühlte mich hier an meine Blindheit, an dieses Haus, das Dorf und an meine Kindheit gekettet. Wahrscheinlich nahm ich an, dass die Kette an einem anderen Ort etwas lockerer liegen würde. Außerdem musste ich wieder in die Schule gehen und die Dorfschule bot mir nicht die entsprechenden Mittel. Als die konkreten Vorbereitungen für die Abreise getroffen wurden, begann ich mich auf die Stadt zu freuen. Es dauerte aber noch einige Zeit. Meine Mutter musste nicht nur packen, sondern sich auch um das Haus kümmern. Später habe ich erfahren, dass meine Blindheit unser Haus vernichtet hat. Was seit Generationen im Besitz meiner Familie gewesen ist, musste verkauft werden, um mein einmonatiges Mobilitätstraining zu bezahlen, den Umzug in die Stadt und einige Kleinigkeiten, eine Uhr, an der ich die Zeit ertasten und eine Maschine, mit der ich in Blindenschrift schreiben konnte. Das hat viel Geld gekostet. Dabei hatten wir gar kein Geld. Schon gar nicht für den Blindenhund, den ich gerne haben wollte, der eines zusätzlichen vierwöchigen Trainings bedurft hätte und einer ebenso langen Einweisung am Wohnort.

Dann war es soweit. Der Bürgermeister stand eines Morgens mit seinem Auto vor der Tür und fuhr uns erneut in die Stadt. In die Stadt, in der auch das Krankenhaus lag, in dem ich erblindet bin. Als wir ausstiegen, dachte ich, das sei die neue Adresse. Bei dem Wort ›Stadt‹ hatte ich an die nächstliegende Stadt gedacht. Aber der Bürgermeister fuhr zum Bahnhof. Ich verstand, dass meine Mutter von einer anderen Stadt sprach. Ich hatte nicht damit gerechnet, dass unsere Reise so lange dauern würde. Es war noch trocken und warm, als wir aus unserem Dorf abreisten, aber es war bereits Herbst und die Luft kühl und feucht, als wir in Berlin aus dem Zug stiegen.«

Schöne Beine, wunderschöne lange Beine, schöne Augen und meterlange Wimpern

Es gibt einen Weg vom Nachbardorf zu uns. Einen einzigen. Weil Märginime mit dem Rücken an einem Berg klebt, über den man nicht ohne Weiteres hinüberkommt, ist die Straße eine Sackgasse. Sie führt nur zu uns her, nirgendwo sonst hin. Auch innerhalb Märginimes gibt es nur diesen einen Weg. Er geht von der einen in die andere Richtung und dann geht er wieder zurück. Man kommt nur von einer zur anderen Seite. Für unsere Generation, für meinen Bruder und mich, gab es scheinbar zwei Wege: gehen oder bleiben. Mein Bruder wählte den ersten Weg, ich den zweiten. Eigentlich wählte nur mein Bruder. Ich übernahm die Tischlerwerkstatt unseres Vaters. Auch da gab es für uns beide jeweils nur einen Weg. Wählen oder nicht wählen. Diese Ausweglosigkeit bestimmt seit jeher das Leben bei uns.

Als ich ein Kind war, besaß mein Vater riesige Hände. Sowie ich größer wurde, wurden seine Hände kleiner. Die männlichen Hände des Vaters waren, anders als die der Mutter, die sehr weiche und glatte Hände hatte, hart und zerfurcht. Sie schienen aus demselben Material, wie das, was sie bearbeiteten. Aber da täuschte ich mich. Es waren sensible Sensoren. Jedenfalls was das Holz anging. Er spürte die Maserung des Materials mit den Fingern, Wuchs und Trockenheitsgrad. Er spürte vieles, wenn er es mit den Händen berührte. Er grub seine Finger geradezu in das Holz und spürte, wie es arbeitete und lebte. Er spürte sich bis in die untersten Schichten selbst mannsdicker Balken und Pfosten hinein. Er spürte, ob das

Holz gut oder schlecht war. Was er nicht berührte, spürte er gar nicht.

Eines Tages nahm unser Vater meines Bruders und meine Hände in seine. Er betastete sie lange. Uns beiden war nicht wohl dabei. Wir versuchten sie zurückzuziehen, aber er hielt sie wie in einen Schraubstock eingespannt. Lange schaute er sich die vier Kinderhände an. Später erfuhren wir von der Mutter, dass er an diesem Tag eine Entscheidung getroffen und einen von uns beiden als seinen Erben bestimmt hatte. Ich würde Tischler werden wie er. Ich würde sein Nachfolger werden und eines Tages die Werkstatt übernehmen. Was aus meinem Bruder werden sollte, war nicht deutlich.

Mit dem plötzlichen Tod des Vaters änderte sich unser Leben von Grund auf. Wir mussten die Schule verlassen. Ich sollte ursprünglich eine Lehre bei einem befreundeten Tischler machen, ein Jahr auf Wanderschaft gehen und dann in die Werkstatt des Vaters zurückkehren. Auf diese Wanderschaft hatte ich mich mehr gefreut als auf die Lehre. Die sollte ich nun tatsächlich absolvieren, die Walz fiel selbstverständlich aus. Einen Monat nachdem wir den Vater beerdigt hatten, begann ich meine Lehre bei einem Meister, weit weg von Mărginime. Nach der beendeten Ausbildung zum Tischlergesellen kehrte ich zurück. Mein Bruder hatte in den drei Jahren meiner Abwesenheit den Hof geführt. Seine Jahre waren abgeleistet und er durfte ab sofort machen, was er wollte. Und er wollte weg.

Am nächsten Tag bereits begleitete ich ihn zum Bahnhof. Auf halbem Weg blieb ich stehen. Wir sahen uns an. Dann ging er mit dem Koffer in der Hand weiter. Wir hatten uns drei Jahre nicht gesehen. Es hatte sich nicht die Gelegenheit ergeben, miteinander zu sprechen. Wir haben es in den wenigen gemeinsamen Stunden so arrangiert, dass sie sich nicht ergab. Ich wusste nicht, wie er diese Jahre verbracht hatte, und er wusste nichts von mir. Einen langen unangenehmen Moment dachte ich, dass es zu einer Verwechslung gekommen sein musste. Kein Wunder, wir trugen ja auch denselben Namen, wir trugen sogar dasselbe Gesicht. Unser Vater hatte mich vor vielen Jahren als jenen bestimmt, der das Dorf verlassen und in die Welt ziehen sollte. Nun aber ging mein Bruder und nahm damit mein Schicksal in seine Hände. Ich schaute ihm lange hinterher. Ich schaute ihm noch hinterher, als er schon nicht mehr zu sehen war. Dann gab ich mir einen Ruck, drehte mich um und ging ins Dorf zurück. Es war schon dunkel, als ich auf der Anhöhe stand. Man konnte vielleicht hundert oder zweihundert erleuchtete Fenster sehen. Warum war ich hierher zurückgekehrt?

Ich kümmerte mich um die Werkstatt. Drei Jahre hatte das Geschäft brach gelegen. Wer etwas zu reparieren hatte oder etwas neu anfertigen lassen wollte, der wartete nicht drei Jahre. Man ging, wenn der Tischler unpässlich oder tot war, zu einem anderen. Man wartete nicht darauf, dass es ihm besser passte oder er wieder zu leben begann. Ich musste die Kunden zurückgewinnen. Ich hatte gelernt, zügig zu arbeiten und gute Qualität abzuliefern. In den kommenden Monaten schaute ich bisweilen aus dem Fenster der Werkstatt und empfand, was ich an jenem Tag empfunden hatte, als mein Bruder das Dorf verließ: Der Vater hatte uns verwechselt. Seine Hände, die damals die unseren hielten, waren offenbar lange nicht so sensibel, wie ich angenommen hatte. Ich reagierte auf solche Anfechtungen und Zweifel, indem ich meine Wurzeln tiefer ins heimische Erdreich grub. Ich heiratete und meine Frau Elena und ich bekamen ein Kind. Wir hätten es gerne gesehen, wenn Marijan mir in die Werkstatt gefolgt wäre, wie ich meinem Vater gefolgt war. Aber das war mit ihm nicht zu machen. Es stellte sich jedes Mal aufs Neue heraus, dass Marijan zwei linke Hände hatte. Für einen Tischler ist das schlimmer, als wenn er keine hätte.

Bald nach der Geburt unseres Sohnes wurde meine Mutter

krank. Vielmehr nahm sie eine Haltung der Verweigerung ein. Das begann mit dem Sprechen. In dem Maße, wie Marijan seine Sprachkenntnisse ausweitete, stellte meine Mutter ihre ein. Die Sprache schien direkt vom einen an den anderen weitergegeben zu werden. Die Werkstatt nahm in dieser Zeit eine denkbar günstige Entwicklung. Um die Familie zu ernähren, arbeitete ich sehr viel. Elena übernahm nahezu die gesamte Pflege. Ich bin nicht sicher, ob ich das gekonnt hätte. Die Bettlägerigkeit meiner Mutter dauerte Jahr um Jahr. Ihr Sterben schien länger zu dauern als ihr Leben. Bis der Arzt eines Tages ihr Ende ankündigte. Ich kam gerade aus der Werkstatt, als er mit Elena im Wohnzimmer stand. Für einen Moment hatte ich den Eindruck, der Arzt hätte meine Frau berührt. Ich wollte zuschlagen. Ich wusste nicht, ob ich sie oder ihn schlagen sollte. Also unterließ ich es.

Später betrat ich das Zimmer meiner Mutter. Das war nicht oft vorgekommen in diesen Jahren. Ich mied ihre Gegenwart. Jetzt setzte ich mich an ihr Bett. War das meine Mutter? Das war ein sterbender Körper, für den ich nichts empfand. Ein Körper unter einer Decke. Es schauten lediglich ihr Kopf und ein Arm heraus. Sie war dürr geworden in den vergangenen Jahren, der Kopf geradezu hager. Ihre Augen waren geschlossen. Für jemand, der zeit seines Lebens nur mit halber Kraft gelebt hatte, war diese Hartnäckigkeit, mit der sie offenbar am Leben hing, erstaunlich. In den letzten Jahren hatte sie alles mobilisiert, was sie sich zuvor aufgespart hatte. Mit unvorstellbaren Kräften stemmte sie sich gegen ihren Tod. Aber selbst diese Kräfte gingen nun zu Ende.

Was mochte den Vater bewogen haben, sie zu heiraten? Nach unserer Geburt war einige Jahre lang das Gerücht zu hören gewesen, dass das Dorf diese Hochzeit arrangiert hätte, weil man einen Nachkommen für die Tischlersippe brauchte. Arrangierte Ehen waren für die damalige Zeit nichts Ungewöhnliches. Daran anknüpfend gab es allerdings andere Gerüchte, die besagten, dass diese Frau möglicherweise gar nicht unsere Mutter sei. Der Vater habe sich eines Abends an die Werkbank gesetzt und aus seinem besten Holz einen Sohn und Erben gemacht. Der zweite Sohn allerdings sei das Gemeinschaftswerk der gesamten männlichen Bevölkerung Mărginimes, die sich alle miteinander über meine Mutter gebeugt hätten. Ich hatte dieses Gerücht überhört, sooft ich es vernahm.

An diesem Tag saß ich am Bett meiner Mutter und sah ihre alten, verrunzelten Hände auf der Bettdecke liegen. Sie war noch gar nicht so alt, aber sie wirkte so, weil sie schon viele Jahre dort lag und starb. Sie hatte mit dieser Bettlägerigkeit wahrscheinlich den ersten Ausweg genutzt, der sich ihr bot, meine Hochzeit mit Elena, um sich aus einer Welt zurückzuziehen, die ihr nichts als infame Verleumdungen hatte bieten können. Sie wollte niemandem begegnen, sie wollte keinem ins Gesicht sehen müssen, der behauptete, er hätte es mit ihr getrieben. Oder hatte sie es getan und sich aus Scham zurückgezogen? Hatte ich mich von ihr abgewandt, weil ich mich für sie schämte? Für die, die sich jedem hingegeben hatte, weil ihr Mann es nicht fertigbrachte? Ich stand abrupt auf und verließ das Zimmer. Am selben Abend schrieb ich meinem Bruder einen Brief.

Zwei Tage später klopfte es gegen Mittag an der Tür. Elena war gerade unten im Dorf, Marijan war in der Schule und ich hinten in der Werkstatt. Weil ihn niemand hereinbat, betrat der Besucher unaufgefordert das Haus. Er musste sich kurz orientieren, dann öffnete er die Tür zum ersten Zimmer auf der rechten Seite. In diesem Moment schlug die Sterbende ihre Augen auf. Sie, die seit Jahren nichts mehr sah, hörte oder schmeckte, erkannte ihren Sohn sofort. Mich hatte sie nie erkannt, obwohl wir beide uns angeblich so ähnlich sahen.

Als ich das Haus betrat, kam er mir im Flur entgegen. Wir

hatten uns fünfzehn Jahre nicht gesehen und schauten uns verwundert an.

»Wie bist denn du so schnell hierhergekommen?«, fragte ich schließlich.

»Ich habe deinen Brief erhalten und sofort für den nächsten Tag ein Ticket gebucht. Ich bin mit dem Flugzeug gekommen. Das Fliegen geht schnell und ist ausgesprochen unterhaltsam.«

Als wir das Esszimmer betreten wollten, kam Elena zur Haustür herein. Sie war überrascht, meinen Bruder hier zu sehen. Ich hatte ihr nichts von meinem Brief erzählt.

»Du erinnerst dich an Elena?«, stellte ich meine Frau vor.

»Sicher erinnere ich mich. Wir haben in der Schule nebeneinander gesessen.«

»Nein, Elena und ich haben nebeneinander gesessen«, sagte ich.

Mein Bruder sah uns beide an und lachte.

»Warum lachst du?«, fragte ich.

»Ich weiß es nicht«, sagte er und schüttelte den Kopf, »ich lache gerne.«

Er sah Elena auf eine Art an, die mir nicht gefiel. Von oben bis unten, abschätzig und ablehnend. Die Art, wie der Arzt sie angesehen hatte, gefiel mir auch nicht. Mir gefiel hier so einiges nicht.

Es dauerte nicht lange und die Leute aus dem Dorf kamen, sie fragten beiläufig nach dem Zustand der Mutter und schauten Varian mit ungläubigen Augen an. Es gab nicht viele, die noch einmal zurückkamen, wenn sie das Dorf verlassen hatten. Wer wegging, ging für immer.

»Junge, was hast du denn all die Jahre gemacht?«, fragte Emil.

Mein Bruder war zuerst verwundert über die direkte Art, die er wohl nicht mehr gewohnt war. Er sah mich an, sah von einem zum anderen. Dann schaute er Emil an.

»Ich habe mich verändert«, stellte er lachend fest.

Später ließen uns die Leute allein. Es mussten für die anstehende Beerdigung Entscheidungen getroffen werden, die nur wir beide treffen konnten. Sobald wie möglich wechselten wir das Thema. Es ist unschön, über den Tod zu sprechen, wenn die Betreffende noch lebt. Wir meinten, draußen den Tod ums Haus schleichen zu hören. Wir sprachen zum ersten Mal über uns. Die vergangenen fünfzehn Jahre waren schnell berichtet. Jedenfalls schien mir das an diesem Abend so. Da waren nicht viele Worte nötig. Nicht, dass diese Jahre ereignislos dahingegangen wären. Die Tage waren gut gefüllt, ich konnte mich nicht beklagen. Aber gemessen an den seinen, waren sie eben doch ereignisarm. Im direkten Vergleich schienen sie geradezu leer. Als wenn nichts geschehen wäre. Nur die Zeit war vergangen. Ich lebte noch immer im Dorf, ich hatte denselben Beruf, das Haus war dasselbe und der Arbeitskittel noch immer der, den ich vor mehr als fünfzehn Jahren vom Vater geerbt hatte. Varian hingegen hatte sich verändert.

»Was machst du denn da?«, fragte ich ihn.

»Was ich mache? Nichts. Ich summe.«

»Wieso summst du?«

»Ich weiß nicht, das mache ich manchmal.«

Ich fand das erstaunlich, dass er in so einer Situation summte.

»Bist du verheiratet?«, fragte ich nach einer Pause.

»Nein, es hat sich nicht ergeben. Oder es hat sich etwas anderes ergeben, bevor sich eine Heirat ergab.«

»Wie meinst du das?«

»Frauen. Diese enorme Verlockung durch die Frauen.«

»Verstehe«, sagte ich.

Aber ich verstand nicht. Ich wollte nicht verstehen. Jedenfalls nicht so genau.

»Weißt du, die Frauen in der Stadt sind anders als die auf dem Land. Sie treten anders auf, viel selbstsicherer, offener, neugieriger. Sie sind viel schöner als die Frauen hier. Sie haben schöne Beine, wunderschöne lange Beine, schöne Augen und meterlange Wimpern.«

»Verstehe«, sagte ich noch einmal.

Ich verstand kein Wort. Das Gespräch kam auf anderes, auf die Zeit nach seinem Weggang, auf seine Entwicklung und auf seine Veränderung. Jedenfalls nannte er es so. Es dauerte, bis er diese Jahre berichtet hatte. Es war inzwischen weit nach Mitternacht.

»Du willst sicher zu Bett gehen«, sagte ich.

»Ich würde euch nicht zur Last fallen, aber es gibt hier kein Hotel, wo ich hingehen könnte.«

»Du fällst uns nicht zur Last, dies ist dein Haus, so wie es das meine ist.«

»Ich brauche das Haus nicht«, sagte er.

Das klang ein wenig verächtlich. Ich hätte ihm gerne geantwortet, dass ich es auch nicht brauche. Aber ich brauchte es. Ich hatte kein anderes Haus. Kein anderes Haus, keine andere Stadt und auch keine andere Frau. Ich hatte nur Elena mit ihren kurzen Stummelbeinen.

In dieser Nacht konnte ich nicht einschlafen, die Worte meines Bruders gingen mir durch den Kopf. ›Frauen‹, hatte er gesagt. Geradeso, als wenn sie in der Stadt nur in der Mehrzahl vorkämen. Als wenn man sich immer mit mehreren Frauen verabredete. Ich war in meinem Leben noch mit keiner einzigen Frau verabredet. Als wenn man in der Stadt immer mit mehreren ins Bett ging. Frauen, das war eine unübersichtliche Anzahl Beine und Brüste. Während ich daran dachte, wie ich es mit all diesen Frauen nacheinander oder gleichzeitig machte, wusste ich nicht, ob ich meinen Bruder dafür hassen sollte oder Elena, die neben mir lag und leise schnarchte, als hätte sie kein einziges Bein und keinen Busen und auch sonst nichts, was man irgendwie begehren und beschlafen konnte.

Als ich gegen Morgen endlich einschlief, geisterten mir die Frauen aus der Stadt weiter durch den Kopf. Ich träumte von ihren immer schöner und länger werdenden Beinen, von ihren Augen und ihren Wimpern. Dann träumte ich auch noch von anderen schönen Dingen, die die Frauen in Mărginime überhaupt nicht hatten und an deren Aussehen und Namen ich mich am Morgen nicht mehr erinnern konnte.

In dieser Nacht starb unsere Mutter. Mein Bruder und ich saßen am darauf folgenden Morgen schweigend an ihrem Bett. Später kam Elena dazu. Sie öffnete leise die Tür, als hätte sie Angst, dass die Tote nur schlief und noch einmal wach würde. Zu dritt hielten wir Totenwache, jeder in seine Gedanken versunken. Etwas hatte sich verändert. Dann fiel mir auf, dass das Klingeln verstummt war. Bei unzähligen Gelegenheiten in den vergangenen Jahren hatte ich mir das gewünscht. Nun, da der Wunsch in Erfüllung gegangen war, hatte ich es beinahe nicht bemerkt. Die Klingel stand auf dem Nachttisch. Ich hätte mich nicht gewundert, wenn die Mutter sich noch einmal, ihre letzten Kräfte mobilisierend, erhöbe, die Klingel an sich risse, um mit einem ohrenbetäubenden Lärm gegen ihren Tod anzuklingeln. Ich machte eine kurze, schnelle Bewegung und nahm die Klingel an mich. Ich verließ das Zimmer mit dem Gefühl, gerade die letzte Verbindung zu meiner Mutter gekappt zu haben.

Gegen Mittag kam der Arzt. Mir fiel auf, dass ich ihn noch nie gemocht hatte. Er hatte ein Gesicht, in das man hineinschlagen sollte. Ich musste den Totenschein unterschreiben. Es war Sommer und es war heiß. Die Beerdigung war für den kommenden Tag geplant. Der Sarg stand seit geraumer Zeit bereit. Ioan hielt eine Rede, die nicht anderes war als seine anderen Reden, aber mein Sarg war ja auch nicht anders als die anderen Särge. Nach der Beerdigung saßen wir bei uns hinten im Hof zwischen Werkstatt und Haus bei den in solchen Situationen üblichen Gesprächen über Leben und Tod. Die Klingel war mit in den Sarg gewandert und alle im Dorf genossen die Ruhe. Am späten Abend, als die anderen gegangen waren und Elena und Marijan bereits im Bett lagen, saßen mein Bruder und ich erneut zusammen. Wir sprachen über das Erbe.

»Ich brauche dieses Haus nicht«, sagte mein Bruder noch einmal, »ich könnte es in diesem Dorf nicht mehr aushalten. Ich an deiner Stelle wäre hier längst verrückt geworden.«

Ich sagte nichts dazu. Varian schien der Tod der Mutter nicht zuzusetzen. Er kam aus der Stadt und würde in den kommenden Tagen auch wieder dorthin zurückkehren. Er war zur Beerdigung gekommen und konnte sehr zufrieden sein, dass die Mutter die Angelegenheit schnell hinter sich gebracht hatte. Dann erzählte er erneut von seinen Frauengeschichten, von denen es einen unerschöpflichen Vorrat zu geben schien.

In dieser Nacht lag ich erneut wach. ›Ich an deiner Stelle wäre hier längst verrückt geworden‹, hatte er gesagt. Die Worte gingen mir nicht aus dem Kopf. ›Ich werde hier auch verrückt‹, sagte ich. ›Ich werde verrückt‹, schrie ich ihn an. Irgendwann schlief ich ein. Bevor oder nachdem ich geschrien hatte. Ich träumte davon, verrückt zu werden. Vielleicht träumte ich es auch nicht. Vielleicht schlief ich gar nicht. Vielleicht wurde ich verrückt. Oder ich war es schon lange. Seit dem Tag, an dem mein Bruder an meiner Stelle das Dorf verlassen hatte.

Ich stand spät auf. Ich fühlte mich zerschlagen. Die Träume steckten mir in den Gliedern. Varian saß beim Frühstück und summte vor sich hin. Ich wusste nicht, was es da zu summen gab.

»Ich bin eben ein fröhlicher Mensch«, sagte er.

»Du warst doch früher nicht fröhlich.«

»Nein? Ich kann mich nicht erinnern. Heute bin ich es.«

»Findest du das nicht fehl am Platz? Die Mutter ist gerade gestorben.«

Er schaute zum Fenster hinaus, als gäbe es da wer weiß was zu sehen.

»Ihr alle seid für mich gestorben vor 15 Jahren. Nun versuche ich euch wiederzubeleben. Da ich euch nicht allesamt beatmen möchte, versuche ich es mit Fröhlichkeit. Bei dem einen oder anderen mag das gelingen. Wer nicht will, den werde ich nicht zwingen. Und jetzt mache ich einen kleinen Bummel durchs Dorf.«

Er machte einen Bummel nach dem anderen. Ich schaute zum Fenster hinaus. Dann hörte ich ihn um das Haus gehen.

»Ist Varian nicht da?«, fragte Elena, als sie in die Küche kam.

»Ich bin Varian!«, brüllte ich sie aus Leibeskräften an. »Ich bin es. Ich! Es gibt keinen anderen Varian als mich.«

Sie sah mich entgeistert an. Schwer atmend stand ich auf, verließ die Küche und das Haus. Ich ging in die Werkstatt, aber es gab nichts zu arbeiten. Ich könnte noch einen Sarg machen. Einen Sarg kann man immer mal gebrauchen. Ich atmete noch immer schwer und setzte mich an die Werkbank. Ich hielt mich hier oft auf, wenn ich allein sein wollte. Das war mein Refugium. Ich legte den Kopf auf die Werkbank. Ich habe schon als Kind den Geruch von Harz geliebt und das Gefühl der Sägespäne zwischen den Fingern. Hier hatte unser Vater viele Jahre seines Lebens gearbeitet und hier war er auch gestorben. Er hatte einfach tot dagelegen. So, wie ich auch seit Jahren tot daliege. Ich stand auf und setzte mich erneut. Ich schaute aus dem Fenster.

Seit fünfzehn Jahren zum ersten Mal hier, war mein Bruder den ganzen Tag unterwegs. Er hatte eine Verabredung nach der anderen. Mit wem traf er sich eigentlich? Obwohl ich hier jeden Menschen kannte, schien er mehr Menschen zu kennen. Wahrscheinlich war er auch hier dauernd mit Frauen verabredet. Woher kamen in Mărginime nur die vielen Frauen? Und wohin verschwanden sie, wenn ich durchs Dorf ging? Vielleicht traf er sich mit der Lehrerin. Clara war von Natur aus kalt und würde, was immer man mit ihr tat, um keinen Grad wärmer werden. Oder er traf Krisztina. Das war es! Varian hatte Krisztina im Auge! Sie hatte er gemeint, als er von langen Beinen und schönen Brüsten sprach. Hatte er das gesagt oder hatte ich das geträumt? Hatte ich von Krisztina geträumt? Fing ich jetzt gerade an, von ihren Brüsten zu träumen? Träumte ich von ihrem Körper, davon, dass ich sie besitzen würde, dass ich sie mit meinen Händen besitzen würde. Ich schlug vor Erregung mit der flachen Hand auf die Werkbank. Manchmal half das. Jetzt half es nicht. Es half immer seltener. Ich träumte schon lange von dem Mädchen. Je mehr ich mich dagegen wehrte, desto schlimmer wurde es. Wehrte ich mich nicht, wurde es auch schlimmer. Er wurde in alle Richtungen schlimmer. Ich träumte davon, ihr die Wäsche vom Leib zu reißen, sie zu vergewaltigen und sie halbtot zu schlagen vor Gier und vor Liebe. Ich schrie auf, ich riss die Axt aus dem Holzstumpf und schlug sie mit aller Wucht erneut hinein. Ich fiel um vor Erschöpfung. Ich saß auf dem Boden und atmete schwer.

Varian und ich trugen denselben Namen, wir sahen einander ähnlich, aber wir waren es nicht. Seit jeher verwechselte man mich, seit jeher nannte man mich Varian. Dabei waren Varian und ich von Anfang an verschieden gewesen. Ich war nicht fröhlich, ich summte nicht. Ich hatte keine Frauen. Frauen hatten die, die aus Männern waren! Die, die Dutzende Väter hatten. Ich war nicht aus Männern, ich war aus Holz. Nein, ich war es nicht! Varian war aus Holz. Seit mehr als dreißig Jahren höre ich mir diesen Blödsinn an. Ich zog mich an der Werkbank nach oben. Ich konnte hier nicht auf dem Boden herumsitzen. ›Ich an deiner Stelle wäre hier längst verrückt geworden‹. Was sollte das? Er war doch an meiner Stelle! Er lebte mein Leben. Mein Leben mit den Frauen. Ich hingegen lebte das seine, dieses beschissene Holzleben mit dieser beschissenen Elena. Es war zum Verrücktwerden. ›Ich wäre hier längst verrückt geworden.‹ Ich bin hier verrückt geworden! Ich bin es! Nein, falsch! Ich bin ja der andere Varian. Ich war nicht verrückt. Varian war es. Der andere Varian! Der war verrückt! Nicht ich! Haha! Es war zum Totlachen. Ich lag auf dem Boden und schrie und heulte und lachte mir ins Fäustchen. Ich lachte mich tot! Ich war der Einzige in diesem Drecksdorf, der das erkannt hatte. Ich war derjenige, der Krisztina bekommen würde. Ich sprang auf und tanzte durch die Werkstatt. Haha! Ich! Ich würde das Mädchen besitzen! Ich allein! Ich saß wieder auf dem Boden. Ich lag. Ich sprang auf. Ich musste etwas tun. Ich musste arbeiten. Ich war Zimmermann. Ich wollte einen Sarg machen, einen schönen Sarg. Für schöne lange Beine brauchte man auch einen schönen langen Sarg. Wo hatte mein Bruder nur die vielen schönen langen Beine her und die schönen Brüste?

Am nächsten Morgen kündigte Varian beim Frühstück seine Abreise für den folgenden Tag an. Er nickte und summte und machte dann einen Bummel. Ich ertrug es noch einen weiteren Tag, Varian in Mărginime zu wissen. Ich ging mit der Axt in den Wald und schlug Holz. Ich schlug alles kurz und klein, was sich mir in den Weg stellte. Ich schrie vor Wut und Hass und Lust. Ich musste einen weiteren Abend über mich ergehen lassen, ein weiteres Mal sein Gerede von schönen Frauen, eine weitere Nacht neben Elena, die mich so entsetzt anschaute, wie ich sie hasserfüllt, eine Nacht voller Albträume, eine Nacht mit der Angst, verrückt zu werden, eine Nacht, in der ich es wurde.

Am nächsten Morgen wartete ich, bis er seine Sachen gepackt hatte, und begleitete ihn ins Nachbardorf. Auf halbem Weg blieb ich stehen. Er lächelte. Dann ging er einfach weiter, gemessenen Schrittes und fröhlich summend. Ich hätte ihn umbringen können. Ich habe ihn umgebracht.

Andalusien, Eine, Küste

Liv hatte vor einigen Wochen Abitur gemacht. Nun standen die Sommerferien vor der Tür. Entspannung bis zur Erschöpfung. Danach würde eine neue Zeit beginnen. Sie wollte Medizin studieren, Zahnmedizin. Sie hatte sich im vergangenen Jahr für einen Studienplatz beworben. Ihre Eltern besaßen eine gemeinsame Praxis, ihre Mutter war Zahnärztin, ihr Vater Kieferchirurg. Liv war in Zehlendorf geboren und aufgewachsen, in einer gutbürgerlichen Gegend Berlins, aus der auch ihre Freunde und Freundinnen kamen. Sie war am Internationalen Gymnasium zur Schule gegangen. Nach dem Grundstudium wollte sie nach Amerika, für ein oder zwei Auslandssemester. Amerika war ein gutes Pflaster für Mediziner. Sie fühlte sich Harvard schon näher, als ihr Charlottenburg je gewesen war.

Aber jetzt stand erst einmal Urlaub auf dem Programm. Sechs Wochen mit dem Zug durch Europa, von Küste zu Küste, runter nach Italien, dann auf der anderen Seite wieder rauf, Südfrankreich, Spanien, Portugal, Bretagne und Normandie. Seit Monaten träumten sie davon, Liv, ihre Freundin Grete, zwei weitere Mädchen und drei Jungs, die ganze Clique. So hatten sie sich über die Zeit der Vorbereitungen auf ihre Prüfungen hinwegzuretten vermocht, mit diesem Traum von wochenlangen Ferien. Sie würden nicht einen Tag eher wiederkommen. Nicht Paris oder Lissabon oder Rom, sie wollten die Küsten sehen. Es musste nur einer von ihnen das Wort ›Küsten‹ sagen und sie sahen einander verschwörerisch an. Das würden die besten Wochen ihres Lebens werden. Einer der

Jungs war während der Abi-Klausur aufgestanden und hatte laut in die Klasse gefragt:

»1. Person Plural, Präteritum Indikativ Aktiv von küssen?«

Und die sechs anderen hatten in der nächsten Sekunde »küssten« gerufen.

Die Aufsicht schiebende Lehrerin sah irritiert von ihren Papieren hoch und schüttelte dann den Kopf.

Nach dem Abitur waren es noch zwei Wochen bis zur Abfahrt, die Tickets waren bestellt und bezahlt, Rucksäcke und Zelte, Schlafsäcke und allerlei Zeug, das man brauchen oder irgendwo unterwegs vergessen könnte, waren gekauft und lagen in ihren Zimmern herum. Zwei Tage vor der Abreise holte Liv die Tickets am Bahnhof ab. Sie nannte die Buchungsnummer und fünf Minuten später hielt sie sieben Heftchen in der Hand. Liv war aufgeregt, als sie die Schalterhalle verließ. Das Abitur hatte sich gut angefühlt, die Party danach war auch nicht schlecht gewesen, aber das hier war etwas anderes. Sieben mal sechs Wochen Küsten, sagte sie sich und musste lächeln. Sie steckte die Heftchen in ihre Tasche. Dann sah sie wieder auf. Einen halben Meter vor ihr stand ein Mann und schaute sie hilflos an. Oder er schaute hilflos an ihr vorbei.

Als sie am späten Abend zu Hause ankam, ging sie früh ins Bett. Ihr kamen die Tränen. Sie konnte das zuerst nicht deuten, da war etwas an ihrem Gesicht. Sie lächelte. Es war etwas geschehen, das sie nicht erwartet hatte. Sie hatte erwartet, dass etwas in dieser Art im Urlaub geschähe. Sie wünschte es sich. Ihr schwebte ein Bild vor Augen, junge Männer in Badehosen, die Sonne ging im Meer unter und einer dieser braun gebrannten Männer berührte sie, sie legte den Kopf zurück und er küsste ihren Hals. Was an diesem Nachmittag geschehen war, war anders, sehr viel blasser und doch konturierter. Liv brauchte eine lange, schlaflose Nacht mit Tränen und Lächeln. Am Morgen stand ihre Entscheidung fest.

Dieser Tag war fürs Packen der Rucksäcke reserviert. Nachmittags traf Liv sich mit den anderen sechs. Sie händigte jedem sein Ticket aus. Sie waren aufgeregt, jeder wollte noch etwas sagen, alle sprachen durcheinander. Dann trennten sie sich. Am nächsten Morgen konnte es losgehen.

»Alles klar?«, fragte Grete.

»Alles in Ordnung«, antwortete Liv.

Den letzten Abend verbrachten sie mit ihren Familien. Keiner der sieben war jemals so lange von zu Hause fort gewesen. Das schien der letzte Schritt auf dem Weg zum Erwachsenwerden. Oder es war bereits der erste auf der anderen Seite dieser Grenze.

Livs Vater brachte sie und Grete am nächsten Morgen zum Bahnhof Zoo. Liv hatte darauf bestanden, überpünktlich loszufahren. Grete überschlug sich beinahe vor Freude, sie konnte nicht einen Moment lang ruhig sitzen. Liv lächelte, wenn die Freundin sie ansah. Ihr Vater ließ die beiden am Bahnhof aus dem Auto und gab noch eine Handvoll Ratschläge mit. Dann fuhr er ab. Liv winkte kurz und drehte sich zu Grete um.

»Komm bitte, ich muss mit dir reden«, sagte sie.

»Was ist los?«, fragte Grete gut gelaunt.

Liv ging voraus. In der Nähe des Eingangs zum Zoo waren sie allein. Liv stellte den Rucksack ab und drehte sich um.

»Hey, was ist los? Was schaust denn du so ernst?«, fragte Grete.

»Ich fahr nicht mit.«

»Was?«

»Ich fahr nicht mit.«

»Wie meinst du das?«

Grete schaute verständnislos.

»Ich bleibe hier.«

»Wie hier?«

»Ich bleibe in Berlin.«

Jetzt hatte Grete verstanden. Das konnte Liv an ihrem Gesicht erkennen.

»Das ist nicht dein Ernst!«

»Doch.«

»Liv, was ist los?«

»Ich kanns dir nicht sagen. Ich weiß nur, dass ich jetzt hier nicht weg kann.«

»Wir reden seit Monaten über nichts anderes.«

»Ich habe einen Mann kennengelernt.«

»Du hast dich verliebt?«

»Ja, aber darum gehts nicht.«

»Was soll das heißen?«

»Bitte frag nicht! Ich weiß es nicht.«

»Du willst wirklich nicht mitkommen?«

»Nein!«

»Wissen das deine Eltern?«

»Nein.«

»Was willst du denn die nächsten Wochen machen?«

»Irgendwas mit ihm. Ich weiß nicht. Egal. Ich will bei ihm sein. Ich will überhaupt nichts anderes mehr. Weißt du, was ich meine? Ich weiß es ja selber nicht. Ich verstehe es nicht. Aber alles andere ist einfach egal.«

»Was sagt er dazu?«

»Nichts.«

»Wie wortgewandt.«

»Spotte nicht! Er kann kein Deutsch.«

»Er kann kein Deutsch? Was kann er denn?«

»Kein Englisch!«

»Jetzt spottest du.«

Sie schauten sich an. Sie waren seit vielen Jahren die besten Freundinnen.

»Sagst du es den anderen? Bitte! Ich kann das nicht.«

»Und was soll ich Ihnen sagen?«

»Das überlasse ich deiner Feinfühligkeit«, antwortete Liv.

»Seit wann kennst du ihn?«, fragte Grete.

»Seit ich vorgestern die Tickets abgeholt habe.«

»Ich habe das gespürt, als du uns die Tickets gegeben hast, ich habe gespürt, dass da etwas nicht stimmt.«

»Ich bin mir nicht sicher, ob es nicht stimmt.«

»Und der Rucksack?«

»In dem Rucksack sind die Sachen, die wir in den nächsten Wochen brauchen. Die Urlaubsklamotten habe ich bei uns im Keller versteckt.«

»Bist du sicher, dass du weißt, was du tust?«

Liv kamen die Tränen. Sie nickte.

»Kannst dich auf mich verlassen«, sagte Grete, die jetzt ebenfalls weinte.

»Ich weiß«, sagte Liv und versuchte zu lächeln.

Die beiden sahen einander an. Dann umarmten sie sich.

»Pass auf dich auf!«, sagte Grete.

»Zu spät.«

Liv lächelte und nickte. Dann drehte sie sich abrupt um und ging. Sie spürte die Blicke Gretes in ihrem Rücken. Für einen Moment hatte sie den Wunsch, sich umzudrehen, zu Grete zurückzugehen und mit ihr und den anderen wie geplant in den Urlaub zu fahren. Heute Abend wären sie bereits in den Alpen und morgen früh ginge es hinunter nach Italien. Aber es war unmöglich. Sie wusste, was sie tat. Sie hatte sogar das Gefühl, zum ersten Mal zu wissen, was sie tat. Als ob alles andere in ihrem Leben bisher keine Taten gewesen wären. Es waren Ereignisse, die ihr zugestoßen waren. Ihr schien, als wäre das jetzt das erste Mal, dass sie etwas wollte und genau das tat. Dennoch war es die erste Tat, von der sie die Folgen nicht kannte.

»Küssen, hier, jetzt«, sagte sie zu Valentin und zeigte auf ihre Schulter.

»Kussen, Hir, Jäzt«, wiederholte Valentin.

Liv lag nackt in seinen Armen und schloss die Augen.

In den kommenden Wochen zogen sie gemeinsam durch Berlin. Zwischen dem Abholen ihrer Tickets und der eigentlichen Abreise der Clique hatten zwei Tage gelegen. In dieser Zeit hatte Liv eine Unterkunft für sie beide organisiert. Sie besaß genügend Geld für sechs Wochen Urlaub, das reichte auch für sie beide. Außerdem besaß sie ein Sparkonto. Und dann war da noch jenes Konto, zu dem sie seit ihrem achtzehnten Geburtstag Zugang hatte. Das Konto, das ihr Vater bei ihrer Geburt angelegt hatte. Für alle Eventualitäten, hatte er gesagt, als er es ihr am Tag ihrer Volljährigkeit überreichte. Liv wusste nicht, ob sie hineinschauen sollte. Sie sah erst am Abend nach und erschrak. Das war viel Geld, richtig viel Geld. Davon konnte sie ohne Schwierigkeiten die Studiengebühren in Harvard bezahlen, und nicht nur ein oder zwei Semester, davon konnte sie jahrelang leben. Ihr Vater hatte vorgesorgt.

Liv nahm Valentin an die Hand. Das war ihre erste Berührung: das Halten der Hände. Sie standen auf dem Bahnhof und Valentin hielt ihre Hand, er hielt sich an ihr fest, als er las, dass er in der falschen Stadt war. Sie hätte ihm erklären können, dass er einfach den nächsten Zug nehmen konnte, er hatte ja eine gültige Fahrkarte. Aber sie tat es nicht.

»Du weißt nicht, wo dir der Kopf steht, nicht?«, hatte Liv einmal gefragt, als sie vergeblich versuchte, ihm etwas zu erklären.

»Nich, Kof, Stet«, wiederholte Valentin.

Liv lachte. Valentin lachte auch. Liv nickte mit dem Kopf oder sie schüttelte ihn, je nach Valentins Aussprache. In beiden Fällen lachten sie dann. Sie lachten häufig. In den ersten Tagen und Wochen sagte Liv oft nur drei Worte. Die konnte man gut an den Fingern abzählen. Später ging sie zu komplexeren Strukturen über. Aus Worten wurden Wortreihen und daraus wurden Sätze. Es kamen abstrakte Gegebenheiten dazu. Manchmal ließ Valentins Konzentration nach und er reduzierte alles, was Liv sagte auf drei Worte.

Valentin spürte ihre Hand in seiner. Er musste, als er von Paris auf Berlin umschwenkte, eine Wendung vollziehen. Aber sie war bei Weitem nicht so groß, wie die, die Liv in dieser Zeit vollzog. Er verstand, dass etwas mit Liv vorging. Er konnte aber nicht danach fragen. Sie erklärte auch nichts. Sie hatte sich nie Sorgen um ihre Zukunft gemacht. Das Leben war eine Ebene, alles war voraussehbar und planbar, alles war erreichbar. Man musste fleißig sein, Leute kennen, nach Möglichkeit ein guter Mensch sein, und manchmal musste man auch ein wenig Glück haben. Das Leben hatte eine Leichtigkeit. Es war hell ausgeleuchtet. Nun aber war sie in eine dunkle Ecke geraten. Sie wusste nicht, ob sie da wieder herauswollte oder nicht. Es gefiel ihr dort, aber sie wusste auch, dass sie das leichte Leben vermisste. Valentin spürte etwas davon, dunkel und bedrohlich. Aber dieses Gefühl blieb nie lange, er sagte etwas und sie lachte oder nahm seine Hand, dann war dieses bedrohliche Gefühl wieder weg. Es verschwand spurlos, wenn Liv lachte.

»Liv, Lachte, Laut«, sagte Valentin.

»Nein, ich habe leise gelacht«, korrigierte sie, »leise, aber intensiv.«

Bei Wind und Wetter waren die beiden unterwegs, fast immer zu Fuß. Es war August, aber es regnete häufig. Sie stellten sich unter oder wurden nass. Liv mochte es, nass zu werden. Sie gingen am Wasser entlang. Valentin hatte nicht gewusst, dass es hier so viel Wasser gab. Liv hatte eine Bindung ans Wasser, die er nicht verstand. Sie konnte stundenlang am Ufer eines Kanals sitzen und aufs Wasser schauen. Sie hockten da und schauten auf einen Kanal. Liv sah Valentin an und lächelte. Sie gingen an der Mauer entlang. Auch das verstand er nicht. Wieso stand eine Mauer in dieser Stadt? Nach einer Woche zogen sie aus der Pension aus, wo Liv ein Zimmer gemietet hatte. Sie suchten sich eine kleine Wohnung für die nächsten Wochen. Die Wochen gingen schnell vorüber. Der Tag, an dem Livs Eltern sie vom Bahnhof abholen würden, rückte unaufhaltsam näher. Liv hatte keine einzige Karte geschrieben, ein paar Mal quetschten sie sich zusammen in eine Telefonzelle. Valentin stand hinter Liv, die mit ihren Eltern sprach und mit erholter Stimme aus Portugal und Andalusien berichtete. Er legte seinen Mund an ihre Schulter und hörte auf ihre Worte, von denen er nicht einmal die Hälfte kannte.

»Hat Andalusien eine Küste?«, fragte Liv als sie den Telefonhörer aufgelegt hatte.

»Andalusien, Eine, Küste«, wiederholte Valentin.

»Das ist die Frage.«

Sie würde weiß wie ein Laken aus dem sechswöchigen Strandurlaub zurückkommen. Dann würden die Karten auf den Tisch gelegt. Bis dahin lebten sie beide in den Tag hinein. Jeden Morgen aufs Neue wussten sie nicht, was sie erwartete: Für Liv war das neu. Bisher hatte ihr Leben einen Plan gehabt, einen großen und viele kleine. Pläne schmieden, sagte ihr Vater gerne. Er mochte das. Sie selber mochte es auch. Eine große, lange und weite Zeit in kleinere Einzelstücke zu unterteilen, in Kapitel die sie mit Überschriften versah. Das Studium, das Doktorat, Mann und Kinder, die eigene Praxis. Sie wollte nach Amerika gehen und dann, eines Tages, würde sie die Praxis ihrer Eltern übernehmen. Dieser Gedanke war plötzlich fremd. Liv wusste aber auch, dass sie ihr Leben so, wie sie in den letzten Wochen gelebt hatte, nicht dauerhaft verbringen konnte. Was ihr heute wertvoll erschien, war morgen schon langweilig und unbefriedigend.

Dann waren die sechs Wochen vorüber und der Tag der Ankunft am Bahnhof Zoo stand bevor.

»Was hast du eigentlich die Leute am Zoologischen Garten gefragt, als wir uns kennengelernt haben?«, fragte Liv.

»Wo der Ausgang ist.«

»Welcher Ausgang?«

»Der Ausgang vom Bahnhof. Ich wollte einfach da raus.«

Sie lachten.

»Ich dachte, dass ich in Paris bin. Ich wollte raus. Ich wollte eine Unterkunft.«

»Küss mich«, sagte Liv.

»Das mache ich die ganze Zeit.«

»Nein, die Hälfte der Zeit redest du. Diese Hälfte fällt jetzt weg. Küss mich, ohne alles vorher zu halbieren.«

Sie sahen einander an.

»Der Vater von Grete holt uns ab«, log Liv in der Telefonzelle ihren Vater an. »Wir sehen uns morgen Mittag.«

Wie sechs Wochen zuvor, klärte sie die Sache innerhalb einer Nacht mit sich alleine.

»Ich muss jetzt gehen, mein Liebling«, sagte Liv am Morgen nach dem Frühstück.

Dann ging sie zur Tür hinaus. Valentin blieb am Tisch sitzen. Sie lebten seit beinahe fünf Wochen in dieser Ein-Zimmer-Wohnung. Sie hatten sogar eine Einrichtung zustande gebracht, ein paar Sachen waren gekauft, eine Matratze und Besteck und Geschirr, den Rest hatten sie zusammengesammelt, ein ulkiges Sofa, eine verbogene Lampe und etwas, von dem sie beide nicht wussten, was es war, eine kaputte Skulptur vielleicht. Valentin hörte die Schritte Livs, wie sie die Treppe hinunterging. Er war noch nie so einsam gewesen.

»Ich, Gehen, Liebling«, sagte er leise, als er die Schritte nicht mehr hörte.

Am frühen Abend war Liv wieder da. Sie lachte, als sie Valentin sah.

»Hier, Küssen, Jetzt«, sagte sie und zeigte auf ihre Schulter.

»Was ist passiert?«, fragte Valentin später.

»Ich brauche einen Job.«

»Was ist mit deinen Eltern?«

»Sie haben mich rausgeworfen.«

»Das, Ist, Schlimm!«

»Zu dem Zeitpunkt war ich sowieso schon draußen«, antwortete Liv.

Dann weinte sie.

»Ich brauche auch einen Job«, sagte Valentin später.

Liv stellte im Handumdrehen ihr Leben auf den Kopf. Sie war nicht so viele Jahre in die Schule gegangen, um nicht zu werden, was sie werden wollte. Sie musste sich, erfuhr sie von der zentralen Studienvergabestelle, auch mit dem guten Zeugnis noch zwei Semester gedulden. In dieser Zeit arbeitete sie in einem Café. Valentin besorgte sie einen Job in einem kleinen Laden an der Käsetheke. Seine Großeltern und seine Eltern hatten Käse gemacht, davon verstand er etwas.

Im dritten Semester erfuhr Liv, dass sie schwanger war. Sie dachte nicht darüber nach, oder vielleicht hatte sie schon sehr lange darüber nachgedacht. Valentin wusste das nicht.

»Selbstverständlich bekommen wir das Kind. Selbstverständlich studiere ich Zahnmedizin.«

»Warum eigentlich Zahnmedizin?«, wollte Valentin an diesem Abend wissen. »Weil deine Eltern das wollen?«

»Nein. Ich bin es, die das will. Weil ich weiß, wie wollen geht. Und weil du die schönsten schiefen Zähne auf der ganzen Welt hast«, antwortete sie.

»Was?«, fragte Valentin.

Er ging ins Badezimmer, machte das Licht am Spiegel an und zog die Lippen hoch. Er schaute in den Spiegel. Seine Schneidezähne waren vielleicht nicht gerade. Aber schief waren sie deswegen noch nicht. Da schaute er sich schon über fünfundzwanzig Jahre lang an, er wusste, wie er aussah, wenn er lächelte und wenn er ernst schaute. Er kannte sein trauriges und sein gelassenes, sein angespanntes und sein glückliches Gesicht, aber dass seine Schneidezähne nicht gerade waren, hatte er nicht bemerkt. Er schloss die Lippen und fuhr mit seiner Zunge über die Zähne. Sie fühlten sich nicht schief an. Vielleicht täuschte das Licht und sie waren in Wirklichkeit doch gerade? Oder täuschte sich seine Zunge? Er ging wieder in die Küche, wo Liv noch immer saß und ihn anlächelte.

»Zähne, Nicht, Schief«, konstatierte er.

»Stimmt«, antwortete Liv, »deine Zähne zeigen lediglich in verschiedene Richtungen. Ich will Zahnmedizin studieren.«

»Früher waren sie nicht schief. Vielleicht werden sie mit den Jahren schiefer?«

»Davon ist nicht auszugehen.«

»Ich will nicht alt werden«, sagte Valentin.

»Wie kommst du denn darauf?«, fragte Liv überrascht.

»Einfach so. Ich will nicht alt werden.«

»Wer spricht denn von Alter? Du bist erst Ende zwanzig.«

»Ich bin am Ende von etwas.«

»Wieso das?«

»Sagst du doch selbst: am Ende von zwanzig.«

»Nach diesem Ende kommt einfach nur der nächste Anfang. Der Anfang von dreißig. Du bist im besten Alter. Es gibt keinen Grund, sich Sorgen zu machen, dass du eines Tages alt sein wirst. Jetzt bist du es nicht!«

»Alte Leute haben alte Zähne.«

Valentin zog die Lippen hoch. Liv lachte.

»Alte Leute haben auch alte Füße.«

»Ja, aber die Zähne werden zuerst alt.«

»Die Hände sind das Erste, was alt wird, nicht die Zähne.«

Valentin schaute auf seine Hände, und dann wieder zu Liv.

»Dort, wo ich herkomme, haben die Alten alte Zähne. Wenn sie überhaupt welche haben. Manche tragen die Gebisse ihrer Großeltern. Morgens hat sie noch der eine im Mund und abends schon ein anderer.«

»Valentin! Jetzt hör auf mit solchen Schauergeschichten. Wenn ich Zahnärztin bin, bekommst du alle Behandlungen gratis.«

»Wirklich?«

»Sagen wir zu einem Sonderpreis.«

Liv baute sich vor Valentin auf und stemmte ihre Hände in die Hüften.

»Ich, Zahnmedizin, Studieren.«

Das Kind kam in Paris zur Welt. Liv behauptete später, sie seien zufällig an diesem Wochenende dort gewesen. Statt einer Hochzeitsreise, die sie sich nicht leisten konnten.

»Vaakate«, sagte sie mit Valentins Stimme und hielt ihm die Fahrkarten vor die Nase.

Valentin glaubte nicht an diese Erklärung. Obwohl die Fahrt drei Wochen vor dem anvisierten Termin lag, hatte Liv gewusst, dass ihr Kind in Paris zur Welt kommen würde. Deswegen interessierte sie sich nie für die Gespräche mit der Hebamme und dem Arzt. Sie waren gerade aus dem Zug gestiegen, da ging es mit geplatzter Fruchtblase mit der Ambulanz ins Krankenhaus. Die Fahrt dauerte ewig. Dann kamen sie endlich an. Er wollte bei der Geburt dabei sein.

»Geh!«, sagte sie, »wir sehen uns später.«

»Wir sehen uns jetzt«, sagte er.

»Das hier ist was für zwei. Zu denen gehörst du nicht«, antwortete Liv.

Sie sprach die Worte in aller Ruhe aus, aber es waren Worte, die keinerlei Widerspruch duldeten.

»Du gehörst dann später zu den Dreien«, sagte sie noch, als er sich umdrehte.

Valentin saß auf einem schlecht beleuchteten Flur. Es gab kein Fenster nach draußen. Er war ganz allein. Das war doch die Geburtenstation eines großen Pariser Krankenhauses. Wo waren denn die anderen Väter? Es konnte doch nicht sein, dass hier niemand außer Liv ein Kind bekam! Vielleicht bekamen die Pariser keine eigenen Kinder und warteten auf die von außen kommenden Gebärenden. Oder das war ein Krankenhaus für Touristen. Hier war bestimmt die zweite Garnitur Ärzte beschäftigt. Die, die woanders keinen Job bekamen. Sind ja nur Touristen, sagten sich die Ärzte auf den Fluren, wenn mal wieder etwas schiefgegangen war.

Valentin ging den Flur hoch und runter. Er nahm sich vor, seine Schritte so einzuteilen, dass es jeweils hundert von der einen Seite zur anderen waren. Zuerst verschätzte er sich, aber mit jedem Mal wurde er besser. Dann setzte er sich wieder hin. Zwischendurch schaute er auf die Metalltür, die von dieser Seite keine Klinke hatte. Er konnte den Raum dahinter nicht betreten. Er stand auf, setzte sich wieder, stand wieder auf und setzte sich erneut. Er schritt den Flur ab. Inzwischen konnte er das ohne hinzusehen, es waren fast immer einhundert Schritte, die er von der einen zur anderen Seite benötigte. Er musste jetzt mindestens sechs Stunden hier sein. Es ließ sich niemand blicken. Die hatten ihn vergessen. Da war sicher etwas passiert.

Gerade als er sich entschlossen hatte, gegen die Metalltür zu treten, öffnete sie sich. Ein Arzt und eine Schwester kamen auf ihn zu. Der Mann sagte etwas zu ihm, das er ungefähr verstand. Dann sagte die Schwester dasselbe. Valentin schaute fragend. Die beiden anderen schauten ernst. Vielleicht hatte er es doch nicht verstanden. Es musste etwas geschehen sein! Haben diese Idioten was versaut? Sein Herz raste. Die Schwester ging vor und bedeutete ihm, ihr zu folgen. Er versuchte an nichts zu denken. Sie passierten zwei Türen und mussten durch einen langen Flur. Dann öffnete die Schwester eine weitere Tür. Er stand in einem taghellen Zimmer, vor einem Bett.

Da lag Liv. Gerade als er dachte, sie sei tot, schlug sie die Augen auf und lächelte schwach. Valentin kamen die Tränen.

Drei Tage später waren sie schon wieder auf dem Weg nach Berlin. Valentin hatte von Paris nichts gesehen, nur das Wenige aus dem Fenster der Ambulanz und des Taxis, mit dem sie zurück zum Bahnhof gefahren waren. Es war Valentin bei der Ankunft gar nicht aufgefallen, dass dieses Gebäude alle anderen Bahnhofsgebäude, die er bisher gesehen hatte, um einiges überragte.

»Warum hat das eigentlich so lange gedauert mit dieser Geburt? War das eine Touristenklinik? Die haben sechs oder acht Stunden gebraucht. Für eine einzige Geburt! In der Zeit hätte ich ein halbes Dutzend geschafft.«

»Das war die Universitätsklinik von Paris. Das beste Krankenhaus in ganz Frankreich. Wieso sechs oder acht? Es hat drei Stunden gedauert. Das war die schnellste Geburt des Jahres.«

»Was? Ich habe doch die einzelnen Schritte gezählt und die Zeit, die vergangen ist. Es waren genau acht Stunden! Oder sogar neun. Ich dachte schon, du bist tot.«

»Da hast du dich verzählt. Da kann wohl einer nicht bis drei zählen«, neckte Liv.

Sie lächelte das Kind an.

»Nicht, Bis, Drei«, sagte Valentin.

»Das ist unser Kind«, sagte Liv.

Sie hielten sich an den Händen.

»Die hat ja keine Zähne«, sagte Valentin.

»Babys haben keine Zähne, zum Glück«, sagte Liv, als sie sich das Baby an die Brust legte.

»Touristenklinik«, sagte Valentin verächtlich. »und auch noch ohne Zähne.«

»Die kommen noch, glaub mir.«

»Und wenn nicht?«

Liv lächelte.

Sie blieb nach der Geburt lediglich ein paar Wochen zu Hause. Diese Zeit war anstrengend und sehr schön. Liv und Valentin fühlten eine so große Nähe zueinander wie seit den Tagen ihres Kennenlernens nicht. Sie hielten sich oft aneinander fest. Auch wenn Valentin bisweilen den Eindruck hatte, dass ein erheblicher Teil von Livs Zärtlichkeit im zahnlosen, unersättlichen Rachen seiner Tochter verschwand.

Liv hatte es angekündigt, aber es kam für Valentin dennoch überraschend, als sie ihm mitteilte, dass sie von der kommenden Woche an wieder zur Uni gehen würde. Sie pumpte morgens Milch ab, die Valentin erwärmte, wenn das Baby Hunger hatte. Sie hatte einen schönen prallen Busen, an den Valentin seine Hände legte.

»Sind meine Zähne schief?«, fragte er manchmal.

»Nein!«, sagte Liv bestimmt, »sie zeigen nicht alle in dieselbe Richtung, aber schief sind sie nicht. Schief ist was anderes.«

»Meine Zähne werden immer schlechter«, sagte Valentin nach einer Woche.

»Die Geschichte des Individuums ist die Geschichte der Abrasion seines Kauflächenreliefs«, sagte Liv.

»Versteh, Ich, Nicht«, antwortete Valentin.

Valentin wusste, dass Liv nicht Kieferchirurgie studierte und nicht Kieferorthopädie. Sie wollte ganz normale Zahnärztin werden. Sie wollte seine Zähne nicht begradigen und regulieren, sie wollte nicht, dass sie in Reih und Glied standen. Sie wollte ihn nicht verändern. Es war die Situation, die sich veränderte. Liv war nur noch selten zu Hause. Sie saß in Kursen und Seminaren, sie hatte Anatomie und Biochemie und Histologie. Abends ging sie manchmal zu Repetitorien. Wenn sie zu Hause war, musste sie lernen. Er sah sie in der Küche mit Büchern und im Kinderzimmer, im Schlafzimmer. Er konnte keinen Schritt in der Wohnung gehen, ohne über einen anatomischen Atlas oder ein Fachwörterbuch zu stolpern.

»Das geht vorüber«, sagte Liv, »wenn ich erst einmal im klinischen Teil des Studiums bin. Die Vorklinik ist so. Ich muss da durch.«

»Wir müssen da zusammen durch«, korrigierte Valentin.

Eines Tages stand ein Skelett in der Wohnung.

»Das ist aus Pappe«, sagte Liv.

»So?«, fragte Valentin.

Er baute sich vor dem Skelett auf und schaute ihm in die leeren Augenhöhlen.

»Alle Mediziner haben ein Skelett in der Wohnung.«

Eine Woche später stand ein Totenkopf auf dem Schreibtisch.

»Das ist kein Totenkopf, das ist ein Schädel. Den brauche ich für meine Arbeit.«

An diesem Abend stritten sie. Sie stritten manchmal.

»Das gibt der Sache Pfeffer«, sagte Liv, wenn sie sich wieder vertrugen.

Dieses Mal stritten sie ungewöhnlich heftig. Später liebten sie sich zum ersten Mal seit langer Zeit. Auch das war ziemlich heftig. Als Liv danach das Licht ausknipste, knipste es Valentin wieder an.

»Dein neuer Freund da, der bleibt aber außerhalb des Bettes. Damit das klar ist.«

Er zeigte auf das Skelett, das in der Ecke stand.

»Das ist klar«, sagte Liv und knipste das Licht wieder aus.

Valentin knipste es wieder an.

»Du bleibst, wo du bist, Freundchen, kapiert!«, sagte er in strengem Ton in Richtung des Skeletts.

Aber Liv fand das nicht lustig.

»Mach das Licht aus, bitte. Ich muss schlafen. Ich muss morgen um sechs raus«, sagte sie gereizt.

»Ich muss auch um sechs Uhr raus«, sagte Valentin nicht weniger gereizt. »Ich hab nämlich ein Kind.«

»Wir haben ein Kind«, verbesserte Liv.

»Irrtum! Ich habe ein Kind, du hast ein Skelett und einen Schädel.«

In dieser Nacht schlief Valentin schlecht. Er träumte von dem Skelett.

In den kommenden Wochen und Monaten gewöhnte sich Valentin an, mit dem Skelett zu sprechen.

»Na, Carlos«, sagte er morgens, »gut geschlafen?«

Wenn er Liv ärgern wollte, sagte er abends: »Gute Nacht, Carlos.«

Dann veränderte er seine Stimme und gab ihr etwas möglichst Dunkles, beinahe Krächzendes und sagte mit skelettierter Stimme: »Nacht Valentin.«

Liv absolvierte die Vorklinik und die Klinik. Sie absolvierte das praktische Jahr in einem Krankenhaus und promovierte nebenher. Leonie kam in den Kindergarten. Valentin brachte sie jeden Morgen dorthin und holte sie mittags wieder ab. Wie die anderen Mütter, dachte er. Dann wurde seine Tochter eingeschult. Auch dorthin brachte er sie das erste Jahr und holte sie wieder ab. Bis sie eines Tages den Wunsch äußerte, er solle lieber zu Hause bleiben, die anderen Kinder würden auch nicht gebracht. Einige Wochen später stand sie in der Tür und sagte mit der Stimme und der Gestik ihrer Mutter: »Valentin, ich muss los.«

Zuerst musste er lachen. Dann fand er das nicht komisch. Morgens verließen seine beiden Frauen eine nach der anderen das Haus. Er hatte nichts Besseres zu tun als den Frühstückstisch abzuräumen. Seine Aufgabe bestand darin, die Hinterlassenschaften der anderen zu beseitigen. Das war keine Tätigkeit für einen Mann. Er war ja auch keiner. Kein richtiger. Er war Hausmann. Ein zahnloser Tiger. Ein Teppichvorleger. Er war auch so ein Skelett. Die meiste Zeit stand er leblos in der Wohnung herum. Valentin dachte in letzter Zeit manchmal an sein Dorf und an seine Freunde. Er überlegte, ob er ihnen einen Brief schreiben sollte. Er war jetzt Mitte dreißig, knapp darüber sogar. Er ging schon auf die vierzig zu. Es fühlte sich gar nicht so schlecht an. Das Liebesleben könnte vielleicht ein bisschen wilder sein, ein bisschen hemmungsloser. Früher war es das gewesen. Aber früher war er auch noch jünger. ›Du bist doch noch jung‹, hatte Liv vor der Geburt ihrer Tochter gesagt. Ich bin noch immer blutjung, sagte sich Valentin, und das Beste ist: Ich werde immer jünger. Das ist im Paradies so.

»Unternimm doch etwas«, sagte Liv ein oder zwei Jahre später zu ihm, »du hast doch den ganzen Tag Zeit.«

Sie war auf dem Weg zu ihrer Praxis. Sie war in Eile und hatte das gesagt, bevor sie die Tür zuzog. Valentin blieb alleine in der Wohnung zurück.

»Hörst du Carlos, ich habe den ganzen Tag Zeit«, sagte Valentin.

Liv wollte Carlos längst in den Keller verfrachten, aber Valentin bestand auf seiner Gesellschaft.

»Carlos ist mein bester Freund«, hatte er zu Liv gesagt.

Er hatte den ganzen Tag Zeit. Er trat gegen den Staubsauger. Es schepperte schön. Liv hatte gut reden. Es schien ihn hier keiner mehr zu brauchen. Leonie konnte ihr Leben bereits gut ohne ihn gestalten. Er musste sie ein halbes Jahr lang zur Musikschule bringen, dann wurde in gegenseitigem Einvernehmen das Experiment Klavierunterricht abgebrochen. Er brachte sie zu Freundinnen oder holte sie wieder ab. Dann wurde auch das abgebrochen, Leonie wollte lieber mit dem Bus oder der U-Bahn fahren. Seine Frau war sowieso nie da. Wo war Liv eigentlich immer? Er war jetzt vierzig. Vor nicht langer Zeit war er noch Mitte dreißig gewesen. Wo waren diese fünf Jahre hin? Die waren ihm abhanden gekommen. Vielleicht sollte er etwas ändern, nicht nur eine andere Couch, einen neuen Fernseher, sondern eine richtig einschneidende Veränderung. Vielleicht tut das dann mal jemandem weh. Wollte er jemandem wehtun? Etwas tat ihm selber weh. Einst war er aus Mărginime weggegangen, vielleicht sollte er erneut weggehen? Er war ja noch immer nicht dort angekommen, wohin er damals gewollt hatte. Wenn man mal von diesen drei Tagen Urlaub mit Geburt absieht.

Vielleicht sollte er sich eine Freundin zulegen, so eine knackig junge, die beim Gehen so schön mit dem Hintern wackelt. Er hatte ja Zeit, er hatte auch Lust auf eine Frau. Auf eine andere Frau als Liv, die abends immer müde war. Er fragte sich, ob Liv Lust auf einen anderen hatte. Obwohl ihm der Gedanke nicht neu war, tat er dieses Mal sehr weh. Er hatte ihn immer als zu abstrakt verworfen. Nun, da er es selbst ins Auge fasste, wurde es konkreter. Und bedrohlicher. Er vergaß das wieder, in der Hoffnung, dass auch Liv es vergessen würde. Aber sie hatte ja nicht einmal gewusst, dass er es dachte.

Er war noch nicht im Paradies angekommen. Er könnte für ein paar Tage verschwinden, vielleicht würde ihn jemand vermissen. Er legte probeweise einen Abschiedsbrief auf den Küchentisch, ging aus der Küche und kam wieder. So wie Liv nach einem Arbeitstag hereinkommen würde. Sie sähe den Zettel, nähme ihn zur Hand, läse, was da stand, nur das eine Wort ›Paradies‹ und verstünde sofort. Verstünde sie auch, warum er das getan hatte? Er wäre gerne dabei, um ihr zu erklären, warum er nicht mehr da war.

Er wollte etwas Verrücktes tun. So wie Maddox, der Freund Leonies, der im Haus gegenüber wohnte. Leonie hatte ihm gesagt, dass sie finde, er und Maddox seien einander ähnlich. Valentin musste lächeln. Er mochte Maddox, er mochte seine Art. Er glaubte nicht, dass Maddox litt. Liv hatte das vermutet. Er litt nicht mehr als andere. Litten andere, litten Liv und Leonie? Litt er selbst? Er dachte an Silvana und ihre Worte über Paris und daran, dass er zehn Jahre gebraucht hatte, um einen Entschluss zu fassen. Er könnte mit Carlos unter dem Arm weggehen. Dann waren sie schon zu zweit. Vielleicht würde auch Maddox mitkommen, sie konnten zusammen Paris unsicher machen.

Zu heiraten, vor dem Spiegel zu stehen und glücklich zu sein

Als ich ein Kind war, gab es diese Momente ungetrübten Glücks. Damals saß ich mit meiner Schwester im Fenster unseres Ladens. Mama besaß ein kleines Geschäft für Hochzeitskleidung. Laden und Wohnung waren durch einen schmalen Flur miteinander verbunden. Im Laden durften wir uns nur in Mamas Beisein aufhalten. Meine Schwester und ich sind manchmal heimlich nach vorne geschlichen. Wir stiegen in die Kleider und Anzüge und haben Mann und Frau gespielt. Diese Sachen waren aufwendig gemacht, empfindlich und sehr teuer. Es war uns verboten, die Kleider anzufassen oder sie sogar anzuziehen. Und ganz sicher war es auch verboten, darin zu heiraten, vor dem Spiegel zu stehen und glücklich zu sein.

Der Laden war nur ein Raum mit Zugang von der Straße über eine Treppe, Hochparterre. Er war nach Männer- und Frauenkleidung getrennt, dazwischen stand ein großer Spiegel, den man zu beiden Seiten drehen konnte. Die Sachen hingen in schönen alten Schränken, deren Türen weit offen standen. Wenn Mama vorne im Laden war, saßen meine Schwester und ich im Fenster. Wenn wir uns mit ihr zusammen dort aufhielten, Mama nähte und wir aus dem Fenster schauten und die Leute draußen auf den Gehweg uns anlächelten, das waren die schönsten Momente meiner Kindheit.

Wir hatten nicht viele Kunden. Es lohnte sich also nicht, den ganzen Tag vorne zu sitzen und auf sie zu warten. Wenn jemand den Laden betrat, klingelte es hinten in der Wohnung.

Meine Schwester und ich ließen dann alles fallen und stürmten nach vorne. Zwei oder dreimal im Jahr dekorierte Mama das Schaufenster neu. Dann zog sie unseren beiden Puppen etwas anderes an und wir durften ihr dabei zur Hand gehen. Manchmal, wenn keine Aufträge da waren, nähte sie etwas, das sie in einer Zeitschrift gesehen hatte. Oder sie saß an ihrer Nähmaschine und lächelte über uns beide, die wir im Fenster hockten und auf die Straße schauten. Ich habe erst viele Jahre später bemerkt, als ich längst zu Hause ausgezogen war, dass ein Teil von mir dort im Fenster sitzen geblieben ist, ein Teil, der noch immer dort sitzt und ohne davon zu wissen vollkommen glücklich ist.

Als wir Mama fragten, was genau bei einer Hochzeit passiere und warum sich Männer und Frauen füreinander schön machten, antwortete sie, dass die Leute bis spät in die Nacht feiern, tanzen und glücklich sind. Meine Schwester und ich haben uns oft gefragt, worin dieses Glück besteht. Zu uns kamen ja nur Menschen, die glücklich waren. Oder die kurz davor waren, glücklich zu sein. Sie standen in ihren neuen Kleidern vor dem Spiegel, drehten sich hin und her und dann ging ein Lächeln über ihr Gesicht. Abends im Bett habe ich dann wach gelegen und versucht, mir vorzustellen, wie sich dieses Glück wohl anfühlen mochte. Im Zimmer war es dunkel, unter der Decke war es warm. Ich hörte meinen Atem und einen zweiten, weiter entfernten, der dem Takt meines eigenen ähnlich war. Ich wusste, dass meine Schwester auf der anderen Seite des Zimmers ebenfalls wach lag, auf meinen Atem hörte und sich dasselbe vorstellte wie ich.

Meine Kindheit, das waren unser Laden und die Hochzeitskleider. Das waren die Vorstellung vom Glück, das Rattern und Surren der Nähmaschine, das Fenster zur Straße, die Häuser in dieser Straße, die eine Seitenstraße war, der Kiosk gegenüber, wo wir uns einmal in der Woche Bonbons und

Schokolade kaufen durften. Meine Schwester und ich sind Hand in Hand aus der Ladentür getreten, über die Straße in den Kiosk gegangen, wo wir vor einer Reihe Schubladen standen, in denen die Süßigkeiten lagen. Wir bekamen die Sachen in einer Tüte, der Mann hinter dem Tresen reichte sie uns herunter. Dann mussten wir wieder über die Straße. Wir sind jedes Mal gerannt, als könne sich in unserer Abwesenheit etwas geändert haben. Als wäre unser Zuhause, als wären Wohnung, Laden und Mama, als wäre das alles, kaum dass man sich umdreht, nicht mehr da.

Die andere Seite der Straße war für uns weit weg und wir waren froh, wenn wir wieder daheim waren. Dennoch war der Reiz dieser anderen Seite stets präsent und wurde größer, je älter wir wurden. Jahre später sind wir ohne Heimweh auf die gegenüberliegende Seite gegangen. Die Schule lag dort, einen Block weiter, und als ich mit der Schule fertig war, bin ich von der anderen Seite der Straße mit der Straßenbahn zur Universität gefahren.

Nun würde ich weggehen und dies alles hinter mir lassen. Ich hatte zwei Wochen zuvor mein Studium beendet und musste einen Termin bei der Schulverwaltung wahrnehmen. Bis zu diesem Tag war ich davon ausgegangen, eine Stelle in der Stadt zu bekommen.

»Da ist beim besten Willen nichts zu machen«, sagte der Mann von der Schulverwaltung, der mir gegenübersaß und mit dem Kopf schüttelte. Auf dem Land hingegen sei die Situation gut.

»Lassen Sie sich das durch den Kopf gehen. Die Landluft ist ausgezeichnet. Ich hätte etwas, das Ihren Qualifikationen entspricht. Hundert Kilometer von hier«, sagte er.

Ich wollte mir nichts durch den Kopf gehen lassen, ich wollte in der Stadt bleiben. Wenn das nicht möglich sein sollte, dann wollte ich in eine große, in eine richtige Stadt, in eine

Metropole. Landleben und gute Luft gehörten nicht zu meinen vorrangigen Interessen. Ich mag Städte und ihre Geräusche. Ich mags quietschen und knirschen hören, ich mag klatschende Geräusche, klappernde und knisternde und dröhnende. Ich höre es gerne scheppern und klirren.

Ich hatte allerdings nicht so viele Jahre studiert, um nun auf der Straße vor unserem Haus zu sitzen und der Straßenbahn beim Fahren zuzuhören. Als Kind hatte ich oft auf den Stufen unseres Ladens gesessen und auf die Straßenbahn gewartet. Nicht, weil ich mit ihr fahren wollte, sondern weil ich sie fahren hören wollte. Jetzt hingegen hatte ich einen Beruf und den wollte ich auch ausüben. Schaden würde mir die Landluft ja wohl nicht. Außerdem wollte ich nicht so werden wie meine Schwester, die in ihrem ewigen Ältersein nicht alt genug geworden ist, um das Haus zu verlassen und ein eigenes Leben zu beginnen. Meine Schwester ist zur Gänze im Fenster unserer Kindheit sitzen geblieben.

Einen Monat später war es soweit: Meine Habseligkeiten waren gepackt. Ich fühlte mich zusammengedrängt wie meine Kleidung, zusammengefaltet und in die Koffer gepresst. An einem heißen Tag Mitte August brachte mich meine Mutter zum Bahnhof. Auf dem Bahnsteig hielten wir uns an den Händen. Der Zug kam, ich nahm meine beiden Koffer und stieg ein. Nachdem ich meinen Platz im Abteil gefunden und die Koffer in das Gepäcknetz geschoben hatte, ging ich noch einmal auf den Gang hinaus und öffnete das Fenster zum Bahnsteig. Meine Mutter stand draußen und machte ein tapferes Gesicht. Ich streckte meine Hand zum Fenster hinaus und sie hat sie noch einmal ergriffen. Ein schöner, lang gezogener Pfiff kündigte die Abfahrt des Zuges an. Wir ließen uns los. Dann gab es einen Ruck und der Zug setzte sich in Bewegung.

»Wiedersehen Clara«, sagte sie.

»Wiedersehen Mama.«

Der Abschied klang wie ein Abschied für immer. Dabei waren das nur hundert Kilometer und ich würde alle paar Wochen nach Hause kommen. Aber diese hundert Kilometer waren tausend Mal weiter als einmal über die Straße bis zum Kiosk. Wie damals, würde ich mich womöglich bangen Herzens fragen, ob die Straße, das Haus und meine Familie noch da wären, wenn ich eines Tages wiederkäme. Ich schloss das Fenster und setzte mich auf meinen Platz. Ich war allein im Abteil. Die Fahrt dauerte etwa zwei Stunden. Zuerst fuhren wir durch das Industriegebiet. Bald waren wir aus der Stadt heraus und der Zug fuhr durch Landschaften, in denen ich noch nie war. Ich schaute aus dem Fenster. Es war ein schöner Tag, blauer Himmel, es war warm und die Luft roch nach Sommer. Ich war gespannt auf das Dorf, auf die Leute und vor allem natürlich auf die Kinder. Ich mag die Geräuschkulisse eines Klassenzimmers, wenn alle durcheinander schreien. Ich war gespannt, auch wenn ich mir mein neues Leben anders vorgestellt hatte, urbaner und industrialisierter. Am Horizont waren bereits die Berge zu erkennen. Schneller als erwartet wurde der Bahnhof angesagt, wo ich aussteigen musste. Ich war noch immer allein im Abteil. Ich holte die beiden Koffer aus der Ablage und brachte sie nacheinander zur Tür. Der Zug bremste nahezu geräuschlos ab und kam ziepend zum Stillstand. Ich öffnete die Tür und stieg aus.

Ich hatte mir ein schönes Backsteingebäude vorgestellt. Da war aber kein Backsteingebäude. Da war gar kein Gebäude, da war nur ein Bahnsteig. Ein Bahnsteig ohne Dach, er war nicht einmal gepflastert, sodass man ihn als Bahnsteig hätte erkennen können. Als der Zug weiterfuhr, musste ich feststellen, dass auch auf der anderen Seite nichts war, das einem Bahnhof ähnelte. Ein Mann kam auf mich zu und wollte wissen, ob ich die neue Lehrerin sei. Ich strich mir über die Bluse und nickte zustimmend.

»Die bin ich. Sie holen mich ab?«

»Das tue ich.«

Er nahm meine Koffer und wir gingen zu seinem Auto, das zwanzig Meter von den Gleisen auf einer Wiese stand.

»Ich hatte einen Bahnhof erwartet, ein richtiges Gebäude«, sagte ich, als wir losfuhren.

»Wir hatten mal ein Gebäude. Eigentlich war es eine Scheune. Sie wurde über viele Jahre baulich verändert und ausgebessert. Dann riss man sie ab und ließ nur das Dach stehen, bis man auch das abriss. Man will ein neues Bahnhofsgebäude bauen, der Zeitpunkt ist nur noch nicht klar. Solche Dinge können dauern.«

Wir fuhren los. Als wir auf eine Landstraße einbogen, schienen die Berge, die vom Zug aus weit entfernt ausgesehen hatten, sehr nahe zu sein. Keine Viertelstunde später kamen wir in Mărginime an. Mein Chauffeur stellte das Auto am Marktplatz ab. Wir stiegen aus. Ich sah mich um. Das Dorf besaß sogar eine kleine Kirche, ein etwas baufälliges Gebäude. Neben der Kirche stand das Schulhaus. Der Mann nahm meine Koffer und wir gingen über den Marktplatz, der, wie er sagte, auch als Schulhof diene. Es war der zentrale Platz im Dorf, vielmehr war es der einzige. Es schien keine Läden zu geben. Das war ein sehr kleines Dorf, es gab kein Restaurant, keine Bäckerei, keinen Blumenladen. Und einen Hochzeitsausstatter gab es auch nicht.

Der Mann überreichte mir den Schlüssel für die Schule und für meine über dem Klassenraum liegende Wohnung.

»Ich hoffe, es gefällt Ihnen. Wir müssen einiges besprechen. Was halten Sie davon, wenn ich morgen wiederkomme? Wir machen zusammen einen Besuch bei Ihrer Vorgängerin. Ich denke, Sie werden andere Vorstellungen vom Unterricht haben, aber vielleicht reden Sie dennoch miteinander. Sie kann Ihnen viel über uns erzählen.«

»Das ist sehr nett. Ich werde bis Ende dieser Woche eine Liste von Dingen anfertigen, die ich brauche. Die werden mir von der Schulverwaltung geschickt. Der Unterricht fängt ja erst in vier Wochen an. Ja, es gibt viel zu bereden. Ich freu mich darauf. Wir können gleich morgen früh damit beginnen.«

»Das ist gut. Übrigens«, sagte er, »ich bin Ioan.«

»Clara«, sagte ich und gab ihm die Hand.

Er stellte sich als Bürgermeister von Mărginime vor.

»Bürgermeister und Schuhmacher«, konkretisierte er. »Da drüben«, er zeigte mit der Hand über den Platz, »ist meine Werkstatt und dort wohne ich auch.«

Dann drehte er sich um und ging über den Platz. Ich sah ihm hinterher. Ich hatte gerade meine Mutter verlassen, die Anzüge und Kleider herstellte. Jetzt lernte ich jemanden kennen, der ebenfalls Kleidungsstücke produzierte. Das tröstete mich.

Ich wollte erst einmal meine künftige Wirkungsstätte besichtigen. Ich betrat den Flur im Erdgeschoss. Auf der einen Seite der Wand waren Haken angebracht. Jemand hatte seine Jacke den Sommer über hier hängen lassen, als wolle er signalisieren, dass er wiederkäme. An der gegenüberliegenden Wand standen Spinde, eine Tür auf der rechten Seite führte zu einem kleinen Vorratsraum, die beiden Türen dahinter zu den Toiletten. Meine Schritte klangen zu laut. Natürlich waren sie laut, sie waren ja auch das einzige Geräusch. Es hörte sich an, als kämen nie wieder Schüler hierher, nicht einmal der, der seine Jacke vergessen hatte. Die Jacke war kein Zeichen, dass er zurückkommen, sondern dass er wegbleiben würde. Ich schüttelte unwillig den Kopf.

Auf der gegenüberliegenden Seite gab es nur eine einzige Tür. Dahinter lag das Klassenzimmer. Der Raum war vielleicht sechzig Quadratmeter groß mit zwölf Tischen, an denen je zwei Schüler sitzen konnten, und einer entsprechenden Anzahl Stühle. Die Kinder, die ich unterrichten würde, kamen auch aus den umliegenden Dörfern. Ein Schulbus sammelte sie morgens ein und nach dem Unterricht brachte er sie wieder zurück. Alle Kinder saßen ohne Rücksicht auf ihr Alter in ein- und demselben Klassenraum. Das war eine Herausforderung, auf die mich mein Studium in keiner Weise vorbereitet hatte. Wieso hatte der Mann von der Schulverwaltung gesagt, diese Stelle entspräche meinen Qualifikationen?

An der dem Pult und der Tafel gegenüberliegenden Seite stand ein großes Bücherregal mit Unterrichtsmaterialien, die ausnahmslos veraltet waren. Ich würde eine ausführliche Revision machen müssen. Ich setzte mich auf den Stuhl am Pult. Hier sollte ich also die kommenden Jahre verbringen. Ich stand energisch auf. Einer solch enormen Zeitstrecke wollte ich lieber im Stehen begegnen. Ich trat ans Fenster. Das Dorf lag in einer kleinen Senke, ringsum Hügel, auf der einen Seite bewaldet. Es war ausgesprochen schön hier. Es war nur nicht das, wovon ich in den letzten Jahren geträumt hatte. Ich hatte mir vorgenommen, nicht mehr daran zu denken.

Ich verließ das Klassenzimmer, schloss die Tür hinter mir und ging über eine Treppe ins obere Stockwerk. Über eine Empore erreichte ich die Tür, hinter der sich meine Wohnräume befanden. Es gab keinen Flur, man trat sofort in die Küche. Auf dem Tisch in der Mitte des Raums sah ich eine Vase mit frischen Blumen, es standen vier Stühle um den Tisch. Es roch nach Farbe. Ich verstand, warum Ioan hoffte, dass es mir gefalle. Es war renoviert worden. Meine Vorgängerin, das wusste ich von der Schulverwaltung, hatte hier nahezu fünfzig Jahre lang unterrichtet. So lange hatte sie in diesen Räumen gelebt. Von der Küche gingen eine kleine Besenkammer und das Bad ab, das Schlafzimmer und das Wohn- und Arbeitszimmer. Von dort schaute ich auf die andere Seite des Dorfes, oben am Waldrand lag offenbar der Friedhof. Die weißen Kreuze sahen aus, als stünden die Toten und schauten ins Dorf herunter. Hinter dem Friedhof erhoben sich die jetzt sehr nahen Berge. Das war ein beeindruckendes Panorama. Das Wohnzimmer hatte nahezu denselben Grundriss wie das darunter liegende Schulzimmer, es war sehr geräumig. Es gab eine Kommode, einen großen Schreibtisch und Regale an einer Wand. Dahinter lag das Schlafzimmer, an der Kopfseite stand das Bett und gegenüber ein großer Schrank. Ich öffnete die Türen, er war leer und ebenfalls neu. Auch die anderen Möbel, der Tisch, die Stühle, das Regal an der Wand, waren nicht gekauft worden. Das hatte offenbar jemand gebaut. Es musste hier einen Tischler geben. Ich ging zurück ins Wohnzimmer und setzte mich auf die Couch.

Das war liebevoller, als ich es erwartet hatte. Ich besaß eine handgearbeitete Inneneinrichtung, die Wohnung war renoviert worden und jemand hatte mir einen Blumenstrauß in die Küche gestellt. Es war hell und freundlich. Ich stand auf, ging noch einmal durch die Wohnung und öffnete die Fenster. Die Landluft roch tatsächlich gut. Dann holte ich meine Koffer, die ich unten im Flur stehengelassen hatte. Ich verspürte keine Lust auszupacken. Stattdessen trat ich noch einmal ans Fenster in der Küche. Es war niemand zu sehen, es war wie ausgestorben. Mir fiel ein, dass es Sonntag war, ein schöner Sonntagnachmittag. Ich schaute auf meine Uhr. Sie war stehengeblieben. Ich begann meine Koffer auszupacken, dann aber ließ ich es bleiben. Ich wollte lieber einen Spaziergang machen. Außerdem bekam ich langsam Hunger. Der Kühlschrank war leer. Ich entschloss mich, zu Ioan hinüberzugehen. Außerdem wollte ich telefonieren.

»Du isst selbstverständlich mit uns.«

»Mit dir und deiner Frau?«

»Mit mir und meinem Sohn Nicolae. Wenn du telefoniert hast, ist das Essen fertig.«

Das klang gut. Am anderen Ende des Dorfes stand eine Telefonzelle. Von dort konnte ich meine Mutter anrufen. Ich schlenderte durch Mărginime. Vor vielen Fenstern hingen Vorhänge. Ich mochte keine Vorhänge. Würde es jemals so sein, dass ich sagen konnte: Ich schlendere durch mein Dorf? Würde ich dafür Vorhänge mögen müssen?

An diesem Abend machte ich die Bekanntschaft meines ersten Schülers. Und ich lernte die Kochkünste Ioans kennen. Es schmeckte ausgezeichnet. Ich wusste nicht, ob die schöne Landschaft ausreichen würde, um mich hier wohlzufühlen. Ich konnte die Menschen hier nicht einschätzen, aber Ioan war ein sympathischer Zeitgenosse.

Die erste Nacht war erholsam, ich erwachte geradezu aufgekratzt. Ich blieb dennoch einen Moment liegen. Es war nicht viel zu hören. Vogelgezwitscher, ein Traktor, ein kläffender Hund. Vor allem Ruhe. Gestern hatte ich Farbe gerochen, heute hörte ich Ruhe. Ich musste lachen. Das hallte im Zimmer. Ich hörte ein weit entferntes Klingeln. Es war Montagmorgen und mein neues Leben begann. Ich stand auf und ging ins Bad. Gerade, als ich mir das Gesicht wusch, klingelte es erneut, lauter als zuvor. Das war meine eigene Klingel! Ich wusste nicht, wie man die Tür unten öffnete. Ich schaute aus dem Fenster, Ioan stand unten. Ich bat ihn herein, aber er wollte warten. Meine Uhr stand noch immer. Es musste früh am Morgen sein. Ich hatte keine Zeit fürs Frühstück, ich hatte nicht nur keine Zeit, ich hatte gar nichts fürs Frühstück. Ich musste Ioan fragen, wie man hier an Lebensmittel kam. Als ich aus dem Haus trat, saß er auf einer der Bänke, die dort standen.

»Ioan, wer hat eigentlich die Wohnung im Schulhaus renoviert?«

»Gefällt es dir nicht?«

Ich setzte mich neben ihn.

»Es gefällt mir sogar sehr gut.«

»Die Möbel hat Varian gemacht, der Vater Marijans, einer deiner künftigen Schüler. Die anderen Arbeiten haben wir uns geteilt. Nachdem Silvana so lange dort gelebt hat, sah es nicht mehr ansprechend aus. Sie hat sich zeit ihres Lebens gegen Veränderungen gesträubt.«

Formal war Ioan mein Vorgesetzter. Aber er machte mir sogleich klar, dass er sich in den Unterricht nicht einmischen würde.

»Wollen wir losgehen?«, schlug er vor.

»Gerne. Übrigens, dein Wagen läuft nicht ruhig.«

Er sah mich erstaunt an.

»Ich habe ein sehr neugieriges Gehör.«

»Wie kommt das?«

»Ich mag Geräusche.«

Wir standen auf und gingen durchs Dorf, durch das ich gestern schon einmal gegangen war. Es gab nur diese eine Straße. Einige wenige Häuser lagen verstreut am Hang, die meisten gruppierten sich um den Marktplatz. Hier wohnten vielleicht fünfhundert Menschen, eher weniger. Ioan stellte mir die Leute vor, denen wir begegneten. Man schüttelte mir die Hand und hieß mich willkommen. Sie sahen mich neugierig an, ganz direkt, ohne falsche Scham. Wir besuchten Silvana, meine Vorgängerin. Sie saß in einem Lehnstuhl und hatte für die Dauer des Gesprächs eine Decke um die Füße geschlagen. Eine nette, schon recht betagte Frau, die einigermaßen antiquierte Vorstellungen von Unterricht und Unterrichtsinhalten hatte. Ihre Bildung entsprach auch nicht unbedingt dem gegenwärtigen Stand. Dann gingen Ioan und ich erneut in Märginime spazieren. Er erzählte mir viel über die Leute hier und über das, was er die Veränderungen der letzten Jahre nannte. Ich konnte keine Veränderungen erkennen. Das sah hier so aus, als wäre nicht nur meine Uhr stehengeblieben.

Eine Woche vor Schulbeginn veranstaltete ich einen Elternabend und kündigte einige Neuerungen für das kommende Schuljahr an. Ich informierte die Eltern, dass wir neue Unterrichtsmaterialien bekämen und wie ich meinen Unterricht zu gestalten beabsichtigte, es würde zu inhaltlichen und formalen Modifikationen gegenüber meiner Vorgängerin kommen. Ich sprach über die offiziellen Lehrpläne. Frontalunterricht hielt ich angesichts der Ein-Klassen-Situation für unangebracht, ich wollte Gruppen bilden, nach Jahrgängen zusammengefasst.

Am nächsten Tag standen einige der Männer vor dem Schulhaus und wollten mich sprechen. Ich bat sie herein, aber sie blieben lieber draußen stehen. Sie rückten nicht mit der Sprache heraus, bis sich einer hinreißen ließ, das Wort zu führen. Sie seien gekommen, sagte der, um gegen die am vorigen Abend geäußerten Absichten zu protestieren. Dagegen, dass ich alles auf den Kopf stellte.

»Ich stelle es lediglich wieder auf die Füße«, antwortete ich.

Sie sagten mir auf die Nase zu, dass sie nicht viel von diesen Dingen hielten, sie alle hätten lange genug in der Schule gesessen und es sei immer auf dieselbe Weise unterrichtet worden. Die Einschnitte, antwortete ich, seien unvermeidlich und deswegen müssten wir sie so schnell wie möglich vollziehen. Sie sahen mich unschlüssig an. Dann zogen sie wieder ab.

Am Nachmittag ging ich zu Ioan hinüber. Ich klopfte an der Tür zu seiner Werkstatt. Er steckte den Kopf heraus und sah erstaunt aus.

»Geklopft hat hier noch keiner. Komm einfach herein«, sagte er.

»Aber du klingelst doch auch bei mir«, entgegnete ich.

»Ja, weil du aus der Stadt bist. Stadtbewohner können nicht damit umgehen, wenn plötzlich jemand in ihrer Wohnung steht. Dorfbewohner können nicht mit Klingeln umgehen.«

Ich lachte.

»Außerdem«, fügte er hinzu, »weiß ich, wie sehr du Geräusche magst.«

Ioan holte zwei Stühle aus seiner Werkstatt und wir setzten uns draußen vor die Tür. Er sah mich an. Er konnte erkennen, wenn jemand etwas auf dem Herzen hatte.

»Ich glaube, die Leute akzeptieren mich nicht.«

»Wieso glaubst du das?«

»Weil ich aus der Stadt komme. Weil ich eine Frau bin. Weil ich alles auf den Kopf stelle.«

»Da haben sie ja recht. Ihr Leute aus der Stadt lebt ja auch auf dem Kopf. Hier auf dem Land, musst du wissen, leben wir lieber auf den Füßen.«

Er lachte. Ich fand das nicht lustig.

»Was ist passiert?«, fragte er in versöhnlichem Ton.

Ich erzählte ihm, was geschehen war.

»Gib uns und dir ein wenig Zeit, uns aneinander zu gewöhnen«, sagte Ioan lächelnd.

Er lächelte über meine Hemdsärmeligkeit. Darüber lächelten in den nächsten Monaten auch noch einige andere. Es dauerte seine Zeit, es dauerte Monate, bis wir die Rückstände aufgeholt und alle Altersklassen dort angelangt waren, wo der allgemein verbindliche Lehrplan sie haben wollte. Diese Zeit brauchte auch ich, um mich zu akklimatisieren. Um mich an die Luft zu gewöhnen, an die Stille, die manchmal herrschte, und an die Art und Weise, wie man mich ansah. Ich musste mir den Respekt der Leute erringen. Sie waren zwar alle vom ersten Moment an sehr freundlich, aber skeptisch waren sie dennoch.

Eines Abends saß ich mal wieder mit Ioan vor seiner Werkstatt. Ich war gerne in seiner Nähe. Er verschwand im Haus und kam mit zwei Gläsern selbstgebranntem Schnaps zurück.

»Wir müssen feiern.«

»Warum?«, fragte ich erstaunt.

»Du bist jetzt auf den Tag genau ein Jahr hier.«

Ich war perplex. Ich erinnerte mich daran, dass meine Uhr am Tag meiner Ankunft stehengeblieben war. Hatte ich sie am folgenden Tag so stark aufgezogen, dass die Zeit dermaßen schnell vergangen war? War tatsächlich ein ganzes Jahr vorüber?

An diesem Abend konnte ich mich nicht konzentrieren. Zuerst legte ich die Diktate aus der Hand und dann das Buch, das ich mir gegriffen hatte. Ioan spielte eine gewichtige Rolle im Dorfgefüge, er saß häufig vor seiner Werkstatt und sprach mit den Leuten. Die setzten sich auch gerne zu ihm. Ich tat das ebenfalls. Ioan hatte keine Frau, er sprach auch nie von einer Frau, er machte nicht einmal eine Andeutung. Ich kannte Gerüchte, dass er in der Stadt gelebt und Nicolae von dort mitgebracht hatte. Angeblich hatte es eine gewisse Lydija gegeben, mehr wusste ich nicht und ich scheute mich auch, Ioan oder Nicolae darauf anzusprechen. Die beiden waren auf eine schwer zu beschreibende Weise miteinander verbunden, es einte sie dieselbe Trauer. Vielleicht bildete ich mir das auch ein. Ich war, wenn ich bei Ioan zum Essen am Tisch saß, ein paar Mal nahe dran, ihn zu fragen. Ich habe es nie getan. Wenn jemand mit mir reden will, dann ist es besser, wenn er von sich aus kommt.

Im zweiten Jahr waren viele Dinge bereits selbstverständlich. Gegen den Unterricht protestierte niemand mehr. Meine Schüler kamen gerne zur Schule. Ich konnte ihre Neugier und ihre Begeisterung wecken und hatte damit die besten Verbündeten, die eine Lehrerin sich vorstellen kann. Auch mir selbst gings gut, ich ging ebenfalls gerne zur Schule.

Am ersten Schultag meines dritten Jahres gab es wie im Jahr zuvor auch eine große Begrüßung. Krisztina hatte mir einen Besuch abgestattet. Sie wollte Lehrerin werden, wie ich in ihrem Alter auch. Ich erkannte meinen Wunsch und vielleicht auch mich selbst in ihr wieder und ich unterstützte sie, ich gab ihr etwas zu lesen oder eine Aufgabe, einen Aufsatz oder Ähnliches. Sie wollte lernen und sie wollte meinen Zuspruch und meine Zuneigung. Das alles bekam sie auch. Die Trennung zwischen Schule und Privatem, wie sie meine Vorgängerin gehandhabt hatte, widerstrebte mir. Krisztina wollte mehr als nur Hausaufgaben machen. Sie war neugierig, sie steckte voller Lebenshunger, sie wollte wissen, wie das Leben als Lehrerin ist und ob ich manchmal von der Stadt träume.

Als die Großmutter Marijans starb, kam sein Onkel zur Beerdigung. Dieser Besuch war ein Ereignis. Varian war in Mărginime geboren und aufgewachsen, hatte das Dorf aber vor der Geburt Marijans verlassen. Er lebte seit fünfzehn Jahren in der Stadt. Die Brüder waren Zwillinge. Sie mussten sich einmal sehr geähnelt haben, sie trugen sogar denselben Namen. Als man nach so vielen Jahren wieder beide Brüder vor Augen hatte, verglich man die beiden natürlich miteinander. Gegen meinen Willen tat ich das ebenfalls.

Zwillinge mit denselben Genen, mit demselben Aussehen und demselben Namen: Das war wie ein Mensch mit zwei Möglichkeiten. Ein Mensch, der zwei verschiedene Wege gehen kann. Aus dem einen wird ein Dorf- und aus dem anderen ein Stadtbewohner. Der eine wird ein Handwerker mit Schürze und mit Kittel, der andere ein Büroangestellter in Anzug und Krawatte. Der eine redet, wie ihm das Maul gewachsen war, der andere weiß sich zu artikulieren. Einer bewegt sich und der andere versteht es, sich zu bewegen. Einer ist schwermütig, der andere leichten Sinnes, einer behäbig, der andere behände.

Varian war in Mărginime unterwegs, man sah ihn hier und dort. Man hörte ihn lachen. Man meinte, ihn laufen zu hören, als liefe er auf eine andere Weise als wir hier, nicht einen Fuß vor den anderen setzend, nirgendwo hinwollend, sondern aus Lust und Vergnügen an seinen Schritten. Er bewegte sich anders, er war anders gekleidet, er saß und stand anders. Er war gewandt, witzig und schlagfertig. Das veränderte für einige Tage die Stimmung. Ich glaube, Marijan und Nicolae sahen das mit Besorgnis. Vor allem Nicolae. Er war in Krisztina verliebt und empfand ihre Pläne, in die Stadt zu gehen, als Bedrohung. Es war ihr letztes Jahr, bevor sie Mărginime verlassen und auf die Oberschule wechseln würde. Da stand ihm ein schmerzhafter Abschied bevor.

Krisztina kam an einem Nachmittag zu Besuch. Wir kochten Tee und setzten uns ins Arbeitszimmer. Es herrschte eine geradezu freundschaftliche Stimmung, wir waren eher zwei Schwestern als Lehrerin und Schülerin. Wir sprachen über Varian, über das Leben in der Stadt, dann sprachen wir über Männer und lachten. Über die Männer oder über uns selbst. Krisztina würde einmal eine schöne Frau werden. Sie war es in ihrem Wesen und in ihren Bewegungen bereits, sie bewegte sich voller Anmut, ohne jene Falschheit, die die Pubertät manchmal in die Jungen und Mädchen hineinbrachte. Ich wollte wissen, was sie von meinen Überlegungen hielt: Angenommen, Varian und Varian wären nicht zwei Menschen, sondern ein- und derselbe, einer mit zwei verschiedenen Lebenswegen. Inwieweit, fragte ich, stehen einem Möglichkeiten und Wege im Leben offen? Verändern wir uns durch das, was wirklich da ist? Oder durch das, was uns möglich ist? Können uns die Möglichkeiten, die nur abstrakt vorhanden sind, im Leben so sehr beeinflussen? Oder hatten die beiden Männer von Anfang an grundverschiedene Anlagen? Was wäre aus dem einen geworden, hätte man ihn in die Stadt geschickt, was aus dem anderen, wäre er im Dorf geblieben? Wenn die Brüder zwei entgegengesetzte Möglichkeiten verkörperten, zwei Männer, die eine Frau im Leben kennenlernen konnte, dann würde

Krisztina keinen Moment zögern und denjenigen wählen, der in der Stadt lebte.

Wenige Wochen später war Krisztina verschwunden. Ich hatte keine Vorstellung davon, was ich mit dieser Unterhaltung auslöste. Wir hatten darüber gesprochen, dass sie das Jahr zu Ende machen würde und dann in die Stadt ginge. Sie könnte bei meiner Mutter und meiner Schwester wohnen, in meinem alten Zimmer. Diese Vorstellung gefiel ihr ausgesprochen gut. Mir selbst gefiel sie ebenfalls. Dann war sie weg, ohne mit jemandem darüber gesprochen zu haben. Ohne sich von ihren Eltern oder von mir, ohne sich von ihren Freunden zu verabschieden. Die verzweifelten Eltern, die Nachbarn, Nicolae, jeder im Dorf hatte eine Vermutung, was geschehen sein könnte. Für mich war klar, dass sie zwischen den beiden Möglichkeiten, die ich ihr vor Augen geführt hatte, gewählt hatte. Ich habe mir diesen Nachmittag später, in den Jahren danach, immer wieder vergegenwärtigt, ich habe mir ihre und meine Worte in Erinnerung gerufen, ich habe nach einem Fehler meinerseits gesucht, nach einer falschen Einschätzung. Aber ich habe kein falschen Wort, keine Heimlichkeit, keine Hinterhältigkeit und keine bösen Absichten gefunden. Dieses Bild, welches das Mädchen an jenem Tag bei mir hinterlassen hat, meine junge, kleine Schwester mit ihrem charmanten, unverstellten Lachen, mit ihren schönen großen Augen, dieses Bild ist für mich vollkommen authentisch. Ich kann nicht glauben, dass da noch irgendetwas anderes war. Und doch muss es so gewesen sein.

Ich habe mich die ersten Jahre nach ihrem Verschwinden mit dem beschäftigt, was ich meine Schuld nannte. Hätte ich damals nicht mit ihr über dieses Thema gesprochen, wäre sie nicht weggelaufen. Aber das muss man irgendwann ablegen, sonst kann man über kein Thema mehr sprechen. Ich habe es abgelegt, aber da ist immer noch ein Schatten, den ich nicht loswerde. Wenn ich in der Stadt war, habe ich über verschiedene Stellen versucht, etwas über sie herauszufinden, aber alle diese Versuche schlugen fehl. Ich wusste nicht, ob Krisztina in dieser Stadt war, ich wusste aber, dass es nicht die Stadt Varians war, der sich mit näheren Informationen zu seinem Wohnort zurückgehalten hatte. Ich hätte es sehr gerne gesehen, wenn sie zu meiner Mutter und meiner Schwester gezogen wäre. Ich stellte mir vor, wie sie mein altes Zimmer bewohnte. Ich habe mir oft vorgestellt, wie sie eines Tages vorne im Laden säße und meiner Mutter beim Nähen zuschaute. Dann ginge ihr Blick nach draußen auf die Straße, sie sähe die Leute vorübergehen, wie ich sie damals gesehen habe und dann sähe sie auch jenes Mädchen, das noch immer dort sitzt. Ein kleiner Teil von mir, der sich noch immer fragt, was das Glück ist, und der, ohne das Mindeste davon zu wissen, bereits vollkommen glücklich ist.

Als wenn ihr die Lider fehlten

Lydija ist fast noch ein Kind, sie weiß noch nicht, dass man die Augen vor manchen Dingen nicht verschließen kann, sie als Allerletzte, als wenn ihr die Lider fehlten. Sie wälzt sich im Bett herum, aber das hilft nicht. Sie will das alles nicht sehen, sie ist doch erst sechzehn. Aber sie sieht es.

Lydija sieht, dass sie ihr bisheriges Leben aufgibt, sie sieht, dass sie ihren Mann wieder treffen wird und ihren Sohn, sie sieht ihre Gesichter vor sich, dabei kennt sie sie nicht einmal, sie ist doch gerade erst sechzehn geworden. Sie liegt auf ihrem Bett, sie sieht einen zerbrochenen Flakon und sie sieht, dass sich ihr Leben vollkommen verändert. Sie wälzt sich im Bett herum, aber das hilft nicht. Sie will das alles nicht sehen, sie ist doch erst sechzehn. Aber sie sieht es.

Lydija sieht, dass sie, obwohl sie von den Naturwissenschaften träumt, eine Ausbildung zur Friseuse machen wird, sie sieht sich in einem Friseursalon stehen, vor einem Scherbenhaufen, einem zerbrochenen Flakon, dabei will sie an die mathematische Fakultät, der Lehrer spricht von ihrer außergewöhnlichen Begabung, er gibt ihr Rechenaufgaben, die sie gar nicht können dürfte, er gibt ihr solche, die man nur mit einem abgeschlossenen Hochschulstudium lösen kann und die sie dennoch löst, in vollkommener Eleganz, wie er betont, er nennt sie ein Wunderkind. Sie wälzt sich im Bett herum, aber das hilft nicht. Sie will das alles nicht sehen, sie ist doch erst sechzehn. Aber sie sieht es.

Lydija sieht, dass sie sich gegen Ende ihrer Ausbildung über die Scherben beugt, auch wenn da noch keine Scherben liegen, sie stellt sich an die Kommode, in diesem Moment geht eine Kundin vorüber, der Flakon fällt zu Boden und zerspringt in tausend Teile. Lydija sieht die einzelnen Stücke und Splitter in ihrer Anordnung auf dem Boden liegen und erkennt deren Bedeutsamkeit, sie sieht jede einzelne Scherbe und sie sieht, dass gleich ihre Chefin um die Ecke kommt und zu ihr sagt: »Was glotzt du denn so, warum kehrst du das nicht weg?« Dann kommt ihre Chefin um die Ecke und sagt: »Was glotzt du denn so, warum kehrst du das nicht weg?« Dieses Bild, die einzelnen Scherben in ihrer Anordnung, kennt sie bereits ihr ganzes Leben lang, das hat sie seit jeher vor sich, obwohl der Flakon erst an diesem Morgen geliefert wird, weiß sie von jedem einzelnen Splitter, auch von dem unter der Kommode. Sie beginnt zu zittern, ganz leicht zuerst, dann stärker, sie muss sich setzen, auch dieses Bild kennt sie, sie sinkt zu Boden und lässt Kehrblech und Schaufel achtlos beiseite gleiten, und sie sieht, dass sie seit jeher alle Bilder kennt, die ihr im Laufe ihres Lebens begegnen werden, sie sieht diese Bilder so, wie sie die Lösungswege der mathematischen Aufgaben gesehen hat, sie hat noch nie im Leben eine einzige Aufgabe gerechnet, sie hat lediglich abgeschrieben, was sie sehen konnte, was keine größere Leistung war, als von der Nachbarin abzuschreiben, und sie sieht, was auf sie zukommt, sie sieht die kommenden Tage und alles, was das Leben noch bringen wird. Sie wälzt sich im Bett herum, aber das hilft nicht. Sie will das alles nicht sehen, sie ist doch erst sechzehn. Aber sie sieht es.

Lydija sieht, wie der Vater sie aus dem Frisiersalon abholt, sie soll sich ins Bett legen, bis der Arzt kommt, auf den der Vater seine Hoffnungen setzt. Wenn er sie doch endlich an die mathematische Fakultät bringen könnte, aber der Arzt vermag nichts in dieser Richtung, er kann nicht einmal eine Krankheit feststellen. »Vielleicht ist da etwas mit den Augen«, sagt er noch, bevor er geht. Lydija sieht das in diesem Moment, da sie auf dem Boden des Friseursalons hockt, sie kann nichts dagegen unternehmen, die Dinge gehen durcheinander, die Zeiten und die Jahre, sie sieht die verschiedenen Dimensionen zur gleichen Zeit, obwohl das eine noch gar nicht geschehen ist, sie sieht, den Blick auf die Scherben gerichtet, noch andere Dinge, die weit entfernt liegen oder Monate und Jahre im Voraus, sie sieht ihre Zukunft, diese Ereignisse sind nicht näher und nicht ferner als der jetzige Moment, es ist alles gleichermaßen gegenwärtig und sie sieht, dass sie den Gang der Dinge nicht zu beeinflussen vermag. Sie wälzt sich im Bett herum, aber das hilft nicht. Sie will das alles nicht sehen, sie ist doch erst sechzehn. Aber sie sieht es.

Lydija sieht sich einige Tage nach ihrem Zusammenbruch wieder im Friseursalon, es sind nur noch wenige Wochen bis zum Ende der Ausbildung, manchmal sind es die Hände, die Art, wie Menschen ihre Hände halten, sagt mehr als alle Worte, wie sie die Finger umeinander winden, dass es aussieht als hätten sie hundert oder tausend Finger, manchmal sind es die Haare, es sind die Gesichter, sie wundert sich, dass die Menschen es nicht selber sehen können, aber so ist das, das eigene Gesicht und die eigenen Wege sind einem unergründlich, sie sieht es in den Scherben des Flakons, dass sie durch die Städte und Dörfer zieht, durch ganz Europa, sie nimmt die Hände ihrer Kundinnen und schaut deren Handflächen an, sie hält deren Haare und lässt sie durch die Finger gleiten und sie schaut ihnen ins Gesicht. »Das Mädchen ist ja geradezu wunderlich geworden«, sagen die Kundinnen, die Chefin bittet um Nachsicht, am liebsten würde sie sie sofort an die Luft setzen, wartet aber noch bis zum Ende der Ausbildung, bevor sie ihr das mitteilt. Lydija sieht sich einen Lebensweg betreten, der einsamer nicht sein könnte, sie sieht und prophezeit nicht nur die guten Dinge und sie bekommt nicht nur Dankbarkeit zu spüren, sie wird als Verrückte bezeichnet, als Hure, als Hexe. »Du sollst auf die jämmerlichste Art ersaufen«, brüllen sie ihr hinterher, als erfülle sich angesichts von Lydijas Prophezeiung auch jede andere, da kennt eine die Zukunft und wer die Zukunft kennt, der kennt auch den Tod. »Sag mir, wie ich sterbe«, sie sieht die Leute betteln und wimmern, als könnten sie auf diese Weise dem Tod entgehen, sie interessieren sich nicht für das bevorstehende Glück, als wäre das Leben nur sinnvoll, wenn man den eigenen Tod kennt, dabei ist es gerade umgekehrt, aber das sagt sie nicht, das muss ein jeder für sich erkennen. Sie sieht, wie wichtig es ist, dass man seine Zukunft nicht kennt und alles Kommende im Dunkeln liegt, die Menschen verstehen die Bedeutung der Unwissenheit nicht, wüssten wir um die Folgen unserer Handlungen und Worte, wären wir längst versteinert, wir verdanken unsere Beweglichkeit der Unwissenheit, nicht den Gelenken. Sie wälzt sich im Bett herum, aber das hilft nicht. Sie will das alles nicht sehen, sie ist doch erst sechzehn. Aber sie sieht es.

Lydija sieht sich in Richtung Norden gehen, sie geht in Richtung Süden, sie geht nach Westen und nach Osten, kreuz und quer, sie weiß nicht, wohin sie geht, die Richtungen verwirren sich wie die Zeiten, manchmal bleibt sie wochen- und monatelang an einem Ort, manchmal geht sie bereits nach wenigen Tagen wieder fort, sie muss niemals suchen, nicht nach Arbeit und auch nicht nach Unterkunft, sie sieht, wo sie beides findet, sie kommt in eine kleine Stadt, da hängt ein Schild in einem Friseursalon, suche Nachfolgerin wegen Geschäftsaufgabe, sie wird mit der Besitzerin handelseinig, übernimmt Geschäft und Kunden und gibt der Frau einen Teil der Einkünfte, sodass beide davon leben können. Anders als ihre Vorgängerin lässt sie sich die Haare ihrer Kundinnen durch die Hände gleiten, sie schaut ihnen auf die Hände und ins Gesicht, wenn die Frauen fragen, was sie da mache, sagt sie, sie suche nach der

Frisur, die ihnen am besten steht, die Frauen schütteln die Köpfe, mit dem Ergebnis jedoch sind sie mehr als zufrieden, auch wenn Lydija etwas anderes sieht, meistens sagt sie nichts, sie kann es kaum aushalten, das ist das Schlimmste an dieser Einsamkeit, der sie nicht entkommt, es sind nicht die eigenen Schritte, die sie geht, sie gibt nur ihre Füße dazu her, wären es die eigenen, würde sie diesen Zustand durchbrechen, aber das kann sie nicht, nicht einmal in dem Moment, da sie ihren Mann kennenlernt, den Vater ihres Sohnes. Gut, dass ihr der Mann gefällt, den sie da zu sich einlädt, sie kennt ihn nicht und doch kennt sie ihn und sein Gesicht seit jeher, er steht ihr gegenüber und sieht sie zum ersten Mal, er lächelt, sie sieht den gemeinsamen Sohn als erwachsenen Mann, sie laufen einander in die Arme, da hat ihr Mann schon graue Haare, der, der jetzt mit schwarzem Haar vor ihr steht und lächelt, er nennt ihr die Tage, an denen er in die Stadt kommt, sie nickt dazu, sie holt ihn jedes Mal vom Bahnhof ab, es dauert kein halbes Jahr, da wird sie schwanger, der Mann ist überrascht. Sie wälzt sich im Bett herum, aber das hilft nicht. Sie will das alles nicht sehen, sie ist doch erst sechzehn. Aber sie sieht es.

Lydija sieht sich ihr Elternhaus verlassen, sie verlässt ihren Mann und ihren Sohn, der gerade ein Jahr alt ist, sie verlässt die Städte und Dörfer, sie zieht weiter, von Ort zu Ort, über Ländergrenzen hinweg, sie spricht in fremden Zungen, die Menschen verstehen sie, sie verstehen sie immer dann, wenn sie sich selber nicht versteht, sie hat kein Ziel, sie plant ihre Wege nicht, sie sucht sich nicht aus, wohin sie geht, sie geht einfach, sie weiß nicht, wohin diese Wege sie führen, aber sie weiß, dass sie sich mit eigenen Plänen und Absichten nur im Weg ist, sie mischt sich nicht in den Gang ihres Lebens ein, sie bewegt sich, wie das Spiel der Kräfte sie bewegt, sie gibt nur die Füße dazu her, die Schritte geschehen ohne ihr Zutun, sie kann die Dinge nicht befördern oder verhindern. Als sie Mann und Kind verlässt, geht sie sehr, sehr lange, sie geht immer weiter, sie geht ihr ganzes Leben lang, durch Jahre und Jahrzehnte, sie läuft Schuhpaar um Schuhpaar durch, eines Tages steht sie vor einem Ladengeschäft, sie setzt sich auf die Stufen und wartet, bis der Besitzer herauskommt. Sie weiß, dass der Tag gekommen ist, an dem sie ihre Fähigkeit verliert, die letzte Scherbe des Flakons wird in dieser Nacht eingefügt. Sie wälzt sich im Bett herum, aber das hilft nicht. Sie will das alles nicht sehen, sie ist doch erst sechzehn. Aber sie sieht es.

Lydija sieht sich an jenem Tag, da sie ihren Sohn wiedertrifft, sie hat ihn verlassen, als er noch kein Jahr alt war, jetzt ist er Mitte zwanzig, er rennt sie zu Boden, er wankt und will schon weitergehen und sie einfach liegenlassen, da dreht er sich noch einmal um, entschuldigt sich und hilft ihr auf. Sie steckt ihm unbemerkt ein Flugticket in die Jackentasche, während er ihr beim Säubern ihrer Kleidung hilft, dann gehen sie auseinander, keine Minute dauert das, sie schaut ihm hinterher, er weiß nicht, dass das seine eigene Mutter ist, er schaut sich noch einmal nach ihr um, sie hebt den Arm und winkt ihm zu, er lächelt und winkt zurück, dann verschwindet er in einem Tränenschleier, aber es sind Tränen des Glücks, dies ist der schönste Moment ihres Lebens, und sie sieht, was sie all die Jahre nicht versteht, seit jenem Moment, da der Flakon zu Boden fällt und eine Scherbe unter die Kommode rutscht, die Bedeutung jener vereinzelten Scherbe, jenes Wortes, das sie seit jeher begleitet hat, ein Wort, das sie nicht kennt und dessen Bedeutung ihr bis zu diesem Tag verborgen bleibt: »Scarlett«. »Scarlett?«, fragt ihr Mann. »Scarlett ist der Name der Frau«, antwortet sie. »Welcher Frau denn?« »Der Name der Frau unseres Sohnes.« »Aber unser Sohn hat keine Frau.« »Morgen hat er eine.« »Morgen?« »Morgen in New York.« »New York? Was will Nicolae denn in New York?« »Ein neues Leben beginnen. In New York scheint die Sonne, es ist nahezu windstill und angenehm warm. Ein guter Tag für einen Neuanfang, findest du nicht?« Ioan sieht sie erstaunt an. Dann lächelt er und Lydija sieht, dass der Flakon vollständig ist, als wäre er nie heruntergefallen. In diesem Moment enden ihre Fähigkeiten. Wie ein Albtraum liegt die Hellseherei hinter ihr. Vielleicht hat sie das nur geträumt. Sie wälzt sich im Bett herum, aber das hilft nicht. Sie will das alles nicht sehen, sie ist doch erst sechzehn. Aber sie sieht es.

Die mesio-bukkale des vorderen Höckers des ersten oberen Molars

Entwicklungsgeschichtlich handelt es sich bei den Zähnen um ein Anhanggebilde der Haut. Die Zähne sind ein sich wiederholt bildendes Organ, das in erster Linie der Nahrungszerkleinerung und der Lautbildung dient. Im Regelfall hat der erwachsene Mensch zweiunddreißig Zähne, je zwei Mahlzähne, die Molaren, auch Backenzähne genannt, zwei Prämolaren, je Kieferseite oben und unten einen Weisheitszahn, je einen Eckzahn und jeweils zwei Schneidezähne. Jeder Zahn besteht aus einer Zahnkrone, der Corona, aus dem Zahnhals, dem Collum, und der Zahnwurzel, Radix. Alle natürlichen Zähne setzen sich aus dem äußeren Zahnschmelz, dem darunter liegenden Dentin und der Pulpa zusammen. Die lactale Dentition, das Durchbrechen der Milchzähne, findet in der Regel zwischen dem sechsten und dem achtzehnten Lebensmonat statt. Die permanente Dentition vollzieht sich zwischen dem sechsten und dem dreizehnten Lebensjahr. Dies geschieht, indem die Zahnwurzeln des Milchzahngebisses von den nachfolgenden Zähnen resorbiert werden. Während die Keime der permanenten Zähne durchbrechen, kommt es zu einer Knochenresorption der Alveolarwand auf der mesialen und einer Knochenanlagerung auf der distalen Seite. Die Milchzähne sind durch eine nahezu prismenlose Schmelzoberfläche gekennzeichnet, die Kauflächen der Milchmolaren sind schmaler, ihre Bukkal- und Lingualflächen divergieren deutlicher als bei den bleibenden Molaren. Die Dentintubuli bei der lactalen sind größer als bei der permanenten Dentition, ihr Mineralgehalt hingegen ist geringer.

Maddox sitzt im Wartezimmer des Zahnarztes. Kann man seine Zähne eigentlich spüren? Maddox kann es. Er spürt jeden einzelnen Zahn. Er spürt sie im Kieferknochen stecken. Er spürt, wie sich das Zahnfleisch um die Zahnhälse windet. Das alles ist sehr empfindlich. Mit den Milchzähnen fing das an. Er spürte, wie sie sich langsam durch sein Zahnfleisch schoben. Später spürte er sie ausfallen. Es mag sein, dass die Zähne nachwachsen, aber der Verlust wird dadurch nicht ungeschehen gemacht. Das wird auch dadurch nicht kompensiert, dass Maddox anstelle der alten neue Zähne wachsen, die in späteren Jahren ein schönes Gebiss ausbilden, das nur einer minimalen kieferorthopädischen Korrektur bedarf und das danach zwei makellose Zahnbögen zeigt: Er hat nun einmal an seinen alten Zähnen gehangen. Er spürt auch bei den neuen Zähnen, dass sie jeden Moment ausfallen können. Das ist kein Fortschritt gegenüber der alten Situation. Er wagt kaum den Mund aufzumachen. Bei jedem Bissen spürt er, wie sie wackeln, dabei kaut er ganz vorsichtig. Er spürt, wie die Atemluft eiskalt an den Zähnen vorüberzieht. Er atmet sehr sorgfältig und so selten wie möglich, um den Abrieb des Zahnschmelzes durch die Luftverwirbelung im Mundraum möglichst gering zu halten.

Morgens geht er oft als Erstes zu seiner Zahnärztin. Sie wohnt im Haus gegenüber. Er kann sich gar nicht vorstellen, weiter weg zu wohnen. Manchmal hat er spontan das Bedürfnis, den Zustand seines Gebisses überprüfen zu lassen, da wäre ein größerer räumlicher Abstand unvorstellbar. Bisweilen geht er sogar zweimal am Tag zu seiner Zahnärztin. Man putzt sich ja auch mehr als einmal täglich die Zähne. Maddox kann vom Wartezimmer aus die zahnmedizinischen Geräte hören, das feine Surren eines Bohrers oder das Schmatzen des Speichelsaugers. Das hat einen beruhigenden Einfluss auf ihn. Dieses

Gefühl des Wohlbefindens steigert sich noch, sobald er auf dem Zahnarztstuhl liegt und den Mund aufmacht. Er schließt die Augen und versinkt in eine Art Trance, während die ihm vertraute Zahnärztin sich über seinen geöffneten Mund beugt und der Sprechstundenhilfe mit ruhiger Stimme den Zustand seines Gebisses diktiert, zweiundzwanzig labial, dreiundzwanzig okklusal, vierundzwanzig palatinal, mesial, distal, lateral, dorsal: Das sind Worte, die Maddox sehr vertraut sind und die eine beruhigende Wirkung auf ihn haben.

Er spürt die Empfindlichkeit seiner Mundflora, die feuchtwarme Umgebung, in die seine Zähne eingebettet sind. Seit einiger Zeit hat er die Befürchtung, dass Ober- und Unterkiefer nicht optimal aufeinandertreffen. Die Ärztin schaut sich seinen Biss genau an, sie führt eine Funktionsanalyse durch. Von einer Fehlfunktion könne nicht die Rede sein, sagt sie. Er habe eine ideale Okklusion, was immer dann der Fall ist, wenn die mesio-bukkale des vorderen Höckers des ersten oberen Molars in die mittlere Vertiefung seines Antagonisten trifft. Maddox spürt sein Kiefergelenk sehr genau, er spürt, dass beim Öffnen des Mundes zuerst eine reine Rotationsbewegung erfolgt, welche dann in eine kombinierte Dreh- und Gleitbewegung übergeht. Die Bewegungsbahnen von Ober- und Unterkiefer sind einer komplexen Mechanik unterworfen und setzen sich aus einer Kombination von Abduktion und Adduktion, Protusion, Retrusion und Laterotrusion zusammen. Dazu kommen ventrale und mediotrusale Nebenbewegungen. Das Spiel der Kiefer ist ein komplexes Bewegungsmuster mit individuell deutlich ausgeprägten Eigenheiten, die bei allen motorischen Prozessen des orofazialen Systems zum Tragen kommen, beim Kauen, Schlucken, Sprechen, Gähnen, selbst bei der Mimik.

Er habe wunderschöne gerade Zähne, sagt seine Zahnärztin, bei denen sich eine helle Zahnfarbe mit einer guten Härte des Zahnschmelzes vereine, und eine entsprechende, altersgemäße Ausprägung des Kauflächenreliefs. Alles zusammengenommen eine hervorragende Ausgangsposition, um sich die Zahnstruktur bis ins Alter hinein zu erhalten.

»Du kannst nach Lust und Laune sprechen und atmen«, sagt sie.

Maddox schaut sie zweifelnd an.

»Du kannst das tun, wozu du Lust hast«, sagt sie.

»Ich weiß gar nicht, wie das geht«, sagt er und schüttelt dabei vorsichtig den Kopf.

Er will nichts kaputtmachen. Er ist sich sicher, dass er eine cranio-mandibuläre Dysfunktion hat. Er hofft geradezu darauf. Das Wort gefällt ihm. Es beschreibt genau sein Gefühl. Er lässt sich das auf der Zunge zergehen.

Die Muskeln des Kausystems sind nicht isoliert, sie arbeiten mit denen anderer Systeme zusammen. Bei einer Fehlstellung von Ober- und Unterkiefer kann es zu schmerzhaften Nacken- und Schulterverspannungen kommen, die sich bis zu einer Blockierung der Halswirbelsäule und sogar bis zum Beckenschiefstand ausweiten können. Maddox spürt, wie sich seit einiger Zeit seine Wirbel verschieben. Er spürt auch noch andere Aktivitäten seines Körpers, seinen Magen und seine Darmwände. Er hört, wenn es irgendwo knirscht, wenn es hapert, hakelt oder klemmt. Seine Zahnärztin beruhigt ihn. Alle Organe und ausnahmslos alle Funktionen des menschlichen Körpers gäben Geräusche von sich. Maddox achtet von da an sehr genau auf seinen Körper und dessen Geräusche. Tatsächlich hört er sein Blut rauschen, erst in den Ohren, später auch in tieferen Regionen. Er hört es in seiner Aorta. Er hört das Blut in den Venen und Arterien fließen, hier etwas heller, sauerstoffreicher und dort etwas dunkler. Manchmal hört er sein Herz hämmern, er spürt, wie es rast.

»Es ist alles in bester Ordnung, Maddox. Du musst dir keine Sorgen machen«, sagt seine Zahnärztin.

Maddox spürt, dass er aufstehen soll. Widerstrebend verlässt er die Praxis. Im Hausflur, unten im Erdgeschoss, hängt ein Spiegel, in dem Maddox seinen ganzen Körper sehen kann. Jedes Mal, wenn er aus der Praxis kommt, betrachtet er sich genau bei offenem wie bei geschlossenem Mund. Er kann sehen, wie sich sein Gebiss verschiebt und er in seiner Körperhaltung zu der Seite hinüber neigt, zu der auch das Gebiss neigt. Es dauert sicher nicht mehr lange, und es kommt zu einer Fraktur seiner Wirbelsäule, so schief steht er bereits. Gleich morgen früh will er mit seiner Ärztin darüber sprechen.

»Wie wars?«, fragt eine Stimme.

Maddox erschrickt. Seine Herzklappen flattern auf das Bedenklichste. Er dreht sich mit dem ganzen Körper um. Vor ihm steht ein Mädchen. Er hat sie nicht bemerkt. Sie lächelt ihn an. Maddox lächelt zurück, indem er sehr vorsichtig seine Gesichtszüge modelliert.

»Sprechen ist nicht gut für mich«, sagt Maddox und zeigt dabei auf seine Kiefer.

»Lassen wirs«, schlägt das Mädchen vor.

Sie setzt sich auf den Treppenabsatz und bedeutet ihm mit ihrem Blick, dass er sich daneben setzen soll.

»Sitzen ist nicht gut für mich«.

Das Mädchen nickt zustimmend.

Den Rest des Nachmittages verbringen sie gemeinsam. Keiner von beiden sagt ein Wort. Von da an treffen sie sich regelmäßig im Hausflur. Nach einigen Wochen kommt das Mädchen mit einer Schachtel in der Hand.

»Rate mal, was drin ist«, sagt sie.

Maddox schaut ratend.

»Also«, sagt sie, »du rätst es sowieso nicht. Das rätst du nie. Los, versuch es.«

Maddox versucht es.

»Versuch es intensiver!«

Maddox versucht es intensiver. Er bekommt vor Anstrengung kaum noch Luft. Das Mädchen winkt ab. Sie macht die Schachtel auf und holt ein Gebiss heraus, vollständiger Unter- und Oberkiefer, hinten am Gelenk miteinander verbunden.

»Steck mal die Hand rein«, sagt das Mädchen.

Sie hilft Maddox, mit der Hand in die Prothese zu schlüpfen.

»Passt wie angegossen«, sagt sie.

Maddox macht probeweise den Mund auf und zu, den prothetischen neuen Mund an seiner Hand. Dann lächelt er, das fühlt sich gut an. Jetzt können sie sich unterhalten, ohne dass Maddox Angst haben muss. Das Gebiss in der Hand ist sehr bequem. Es fühlt sich gar nicht an wie ein künstliches Organ. Er muss nicht lange üben. Es spricht sich auch sehr angenehm. So, als spräche er schon immer.

Maddox sitzt von nun an oft im Hausflur und wartet auf das Mädchen. Sie treffen sich im Erdgeschoss vor der Praxis. Die Zahnärztin ist ihre Mutter. Manchmal sieht er Leonie mit ihrer Freundin Tilli. Sie gehen zusammen zur Schule. Maddox findet, Tilli guckt zu aggressiv, unter dermatologischen Bedingungen ist das nicht gut. Das schädigt die kollagene Struktur der Haut und Maddox hat sehr empfindliche Haut.

Einige Wochen lang kann er sich fließend artikulieren. Aber dann schmerzt ihn die andere Hand, die sich ausgeschlossen fühlt. Die Linke mit dem Gebiss erklärt das dem Mädchen.

»Morgen«, vertröstet sie ihn.

Am nächsten Tag nach der Schule kommt sie mit einem Schlüssel in der Hand.

»Los, komm mit. Wir suchen dir was Passendes raus.«

Sie gehen zusammen in den Keller. Da ist eine Metalltür. Der Schlüssel passt. Das Mädchen schließt auf, schaltet das Licht ein und macht die Tür hinter ihnen zu.

»Leise. Uns darf niemand hören.«

Maddox dreht sich um und erschrickt. Da steht ein Skelett. Das Mädchen bemerkt seine Irritation.

»Das ist Carlos, ein verflossener Liebhaber meiner Mutter. Den hat mein Vater aus Rache filetiert, tranchiert und kastriert.«

Maddox ist schwer beeindruckt.

»Gekränkte männliche Eitelkeit«, sagt sie und zuckt mit den Schultern.

Das sieht ziemlich gut aus, dieses Zucken. Maddox hätte auch gerne solche Schultern, mit denen man einfach so zucken kann.

»Komm weiter, wir müssen dahinten hin. Da ist noch ein Raum.«

Das Mädchen tastet nach dem Schalter und macht Licht. Der Raum ist mit Regalen bestückt, die eng beieinander stehen mit Tausenden kleinen Schachteln in den Fächern.

»Wir dürfen hier eigentlich nicht hin. Dieser Kellerraum gehört nicht zur Praxis meiner Mutter, sondern zum zahntechnischen Labor im Nebenhaus. Aber die haben keinen Platz bei sich und lagern ihre Abdrücke hier bei uns ein. Komm, wir suchen dir was Passendes aus.«

In den Schachteln befinden sich Gebisse. Maddox probiert verschiedene, bis er das richtige gefunden hat. Dann gehen sie wieder, das Mädchen macht das Licht aus und die Tür zu. Maddox bleibt vor Carlos stehen und schaut sich dessen Schultern an. Vielleicht sollte er das Mädchen fragen, ob er die haben kann. Dann müsste er nicht mit den eigenen zucken. Außerdem sieht das haargenau nach seiner Größe aus.

»Abmarsch!«, befiehlt sie in diesem Moment.

Sie gibt Carlos einen Klaps auf den nicht mehr vorhandenen Hintern, dass dem die Knochen scheppern. Dann macht sie auch hier das Licht aus und schließt die Tür hinter ihnen.

»Sag nicht, wo du das her hast. Ich krieg sonst Ärger.«

»Jawohl«, sagt Maddox mit links.

»Jawohl«, sagt Maddox mit rechts.

In den kommenden Wochen zieht er sich zurück. Das Sprechen mit einer Hand ist nichts Ungewöhnliches mehr. Mit beiden Händen stehen ihm nun allerdings wesentlich komplexere Artikulationsmöglichkeiten zur Verfügung. Einige Wochen später wartet er wieder auf Leonie.

»Ich werde Synchronsprecher«, sagt Maddox, als sie die Treppen hochkommt. »Ich habe das geübt. Das ist gar nicht einfach. Wenn man mit beiden Händen dasselbe sagt, gehts noch. Schwieriger wird es, wenn man durcheinander redet.«

»Zeig mal«, sagt sie.

Maddox spricht zuerst mit der linken, dann mit der rechten Hand. Beide Male sagt er dasselbe. Danach spricht er gleichzeitig mit beiden Händen dieselben Worte. Dann variiert er die Worte und spricht sie zuerst nacheinander und dann gleichzeitig, linkshändig, rechtshändig. Das Mädchen liegt auf dem Boden vor Lachen.

»Los, kommt mit«, sagt sie, als sie wieder atmen kann.

»Mein Freund Maddox kann mit den Händen sprechen«, stellt sie ihn ihrem Vater vor.

»Sag mal was.«

Maddox steht unschlüssig da. Er weiß nicht, was er sagen soll. Außerdem hat er ein bisschen Angst, weil der Mann ja derjenige ist, der Carlos so zugerichtet hat.

»Sag mal Gipsgebisse mit einer Hand«, sagt das Mädchen.

Maddox sagt Gipsgebisse mit links.

»Jetzt mit der anderen.«

Maddox sagt Gipsgebisse mit rechts.

»Jetzt mit beiden gleichzeitig«, fordert sie ihn auf.

Maddox sagt gleichzeitig mit rechts und links Gipsgebisse.

»Und jetzt zeitversetzt.«

Maddox sagt zeitversetzt Gipsgebisse.

»Jetzt mir der einen Hand Gips und mit der anderen Gebisse.«

Maddox wiederholt mit der einen Hand immer das Wort Gips und gleichzeitig mit der anderen das Wort Gebisse. Solange, bis Vater und Tochter vor Lachen kaum noch atmen können.

»Mit dir machen wir Geld«, sagt der Vater.

»Wir machen Kohle«, sagt sie.

»Wir machen Kohle«, sagt das Gebiss in Maddox' linker Hand.

»Ohle, ohle, ohle« echot das Gebiss in der anderen Hand.

»Kohle, Kies, Kometen«, bestätigt der Vater.

»Das heißt nicht Kometen, sondern Moneten«, stellt das Mädchen klar.

Maddox' linke Hand wiederholt das Wort Kometen, die rechte wiederholt Moneten, erst gleichzeitig, dann zeitversetzt und dann synchron, bis das Mädchen und ihr Vater erneut keine Luft mehr bekommen vor Lachen.

»Agonie, Apathie, Anämie«, sagt der Vater des Mädchens später.

Er sagt gerne drei Worte hintereinander, aber Maddox hat nur zwei Hände, sodass er das nicht vollständig wiederholen kann. Maddox variiert, sodass er mal das eine und mal das andere Wort wiederholt, mit der einen oder der anderen Hand. Vielleicht gäbe es eine Möglichkeit, noch ein drittes Gebiss zu befestigen am Mund womöglich. Solange muss er sich noch einschränken. Anämie hört sich gut an. Auch Agonie und Apathie klingen gut, aber Anämie gefällt Maddox am besten. Er fühlt, dass das seinen Zustand treffend beschreibt.

»Anämie«, sagt er an diesem Abend, als er im Bett liegt, »ich habe bestimmt eine Anämie.«

Er liegt meistens schon früh im Bett, weil das viele Stehen

nicht gut für seine Knie ist. Vor ihm auf der Bettdecke liegen die beiden Gebisse, die Hände stecken noch drin. Bestimmt ist das eine Hyperanämie. Eine Hämorrhagie. Oder eine Hämozytopenie, eine Hyperhämozytopenie. Er sagt mit der einen Hand immer wieder ›Hämorrhagie‹ und mit der anderen immer ›Hyperhämozytopenie‹.

Maddox freut sich. Er lächelt. Erst mit rechts und dann mit links.

Das Geräusch des Werdens

»Die Wohnung in Berlin wurde für mich zu einer Zuflucht. Nach einer Zeit der Eingewöhnung konnte ich mich dort frei bewegen. Ohne anzuecken, ohne Stock und ohne die Befürchtung, dass sich zwischen Wohnzimmer, Bad und Küche ein Abgrund auftat. Ich griff ohne nachzudenken ins Gewürzregal und obwohl dort zwanzig Gewürze standen, hielt ich meist das richtige in den Händen. Das lag nicht an meiner verbesserten Sehkraft, sondern daran, dass meine Mutter und ich manisch ordentlich wurden. Jeder Gegenstand hatte seinen festen Ort. Die Dinge und die Orte gingen eine geradezu magische Verbindung miteinander ein.

Meine Sachen im Kleiderschrank sind an eine feste Ordnung gebunden. Ebenso Besteck, Geschirr und Essensvorräte in der Küche. Vieles ist mit Punktschrift versehen. Die Stühle werden nach ihrem Gebrauch wieder unter den Tisch geschoben und die Gläser vom Tisch geräumt. Ich brauche diese Ordnung, damit die Gegenstände nicht verschwinden. Ich wurde in den ersten Monaten in Berlin geradezu obsessiv ordentlich. Der Kleiderschrank, die Küche, die beiden Zimmer der Wohnung, das Badezimmer, die Fächer im Kühlschrank und im Vorratsraum: Alles war geordnet, und die Ordnung zwang mich mit absoluter Notwendigkeit dazu, alles wieder an dieselbe Stelle zu legen. Diesen Zwang habe ich mit der Zeit allerdings anders empfunden: Die Ordnung verbot mir, meine Sachen herumliegen zu lassen. Ich hatte das Gefühl, ich müsse der Ordnung halber ordentlich sein. Es wäre eine Befreiung gewesen, die Jacke einmal von den Schultern rutschen zu lassen und sie eine Stunde später, auf der Fußspitze balancierend, an den Haken der Garderobe zu befördern. Aber die Jacke auf dem Boden wäre unweigerlich der Anfang eines unkontrollierbaren Chaos gewesen.

Obwohl ich in der Wohnung meine Blindheit kaum bemerkte, hatte ich immer öfter das dringende Bedürfnis, raus zu müssen, weil ich in der Wohnung niemand anderem begegnete als meiner Mutter. Aber umziehen kam nicht in Frage. In der neuen Wohnung wäre ich meiner Mutter ja ebenfalls begegnet. Eine andere Wohnung würde außerdem eine andere Umgebung bedeuten, andere Straßen, wo die Bordsteine vielleicht einen halben Zentimeter höher waren als die, die ich kannte. Ein anderer Supermarkt, in dem die Lebensmittel anders sortiert waren. Eine andere U-Bahn-Station, andere Bushaltestellen und andere Nachbarn. Eine andere Wohnung ist wie eine andere Stadt, wie eine andere Welt.

Dennoch waren die ersten Jahre in Berlin auch eine Zeit der Veränderung. Ich wurde selbstständiger. Ich ging alleine zur Schule, die Louis-Braille-Schule, die nur einige Stationen mit der U-Bahn entfernt lag. Diese Schule war ausschließlich für Blinde und Sehbehinderte. Neben den normalen Fächern, die jeder auf dem Weg zum Abitur belegen musste, hatten wir Schüler an der LB mehrere Stunden in der Woche, die Mobilität genannt wurden. Blindheit wurde im Laufe meiner Schuljahre zur Normalität. Außerdem hatte ich in den ersten Jahren Deutschunterricht. Dreimal pro Woche saß ich mit sechs anderen zusammen und wir übten in Deutsch, was wir in unseren Muttersprachen längst konnten. In der Dorfschule hatte das Lernen einer fremden Sprache etwas Spielerisches. Wir gaben den alten Dingen neue Namen, aber die Dinge änderten sich dadurch nicht. Ein Baum blieb, was er war, und kein Wort hatte die Macht, etwas anderes aus ihm zu machen. Nach der

Schulstunde nannten wir ihn wieder Baum. Weil die eigene Sprache treffender wiedergab, was man meinte, wenn man von Bäumen sprach, das fremde Wort war ungeeignet, diese unübersichtliche Menge grünen Durcheinanders zu beschreiben.

Meine Mutter, die niemals eine Fremdsprache gelernt hatte, war überrascht, dass sie sich zu Beginn nur mit Händen und Füßen verständigen konnte. In der ersten Zeit war sie der einzige Mensch in meiner Nähe, der sehen konnte. Alle anderen waren für mich weit weg. Sie lebten in der einen Welt, ich in einer anderen. Diese Welten berührten sich bisweilen, im Hausflur, im Bus oder auf der Straße. Aber es waren Begegnungen flüchtiger Art, so kurz, dass wir gerade einmal ›Guten Tag‹ sagen konnten. Wenn wir Besuch bekamen, sagte ich ebenfalls ›Guten Tag‹ und zog mich dann in mein Zimmer und in mich selbst zurück. In der Schule und beim Mobilitätstraining hatte man uns vor solchen Rückzügen gewarnt. Ich bemerkte mein Verhalten trotz aller Warnungen nicht. Was sollte ich mit den Nachbarn reden? Die waren nicht in meinem Alter, die Frau gegenüber war sogar im Vergleich zu meiner Mutter alt, und die beiden Kinder aus dem dritten Stock waren halb so alt wie ich. Unser Besuch bestand aus Bekannten meiner Mutter und einem Sozialarbeiter, der regelmäßig vorbeikam und sich informierte, ob ich noch immer blind sei und ob bei uns alle Voraussetzungen gegeben waren, um weiterhin in den Genuss gewisser Vorrechte zu kommen. Er hatte eine behaarte Hand und roch nach Rasierwasser. Bestimmt rasierte er sich mehrmals am Tag. Ich stellte ihn mir pelzig vor. Er machte kratzende Haken auf seinen Block und nach einer halben Stunde war er wieder weg.

Der Rückzug in mich und das Gefühl, raus aus der Wohnung zu müssen, gehörten eng zusammen. Beides waren Reaktionen auf meine Mutter. Nach meiner Erblindung ist sie sehr viel näher an mich herangerückt, während ich weiter von ihr abrücken wollte. Je heftiger ich mich gegen ihre Nähe sträubte, desto größer wurde sie. Ich war fünfzehn, dann sechzehn und rückte in dieser Zeit nicht einen Millimeter von ihr ab. Ich wurde siebzehn und achtzehn und noch immer war nicht mehr Platz zwischen mir und ihr. Dabei wollte ich lediglich eine meinem Alter entsprechende Distanz. Ich wollte nicht weiter auf dem Niveau eines Dreizehnjährigen bleiben. Ich wollte erwachsen werden. Aber etwas hinderte mich. Und das waren die Blicke meiner Mutter, die sich nach mir umdrehte und sich vergewisserte, ob alles in Ordnung war. Mit Anfang zwanzig, ein Jahr vor meinem Abitur, begann ich mit aller Kraft, von meiner Mutter abzurücken. Ich sträubte mich gegen ihre helfende Hand, ich sträubte mich überhaupt gegen ihre Nähe. Ich wollte einen eigenen Platz im Leben, nicht den neben meiner Mutter. Ich wollte vor allem nicht, dass sie sich dauernd nach mir umsah. Dass sie mich überhaupt ansah. Ich habe es gehasst, wenn sie mich ansah. Ich hatte das Gefühl, sie umklammere mich mit ihren Augen. Wir stritten oft. Ich weiß, dass sie mehr darunter litt als ich. Aber ich konnte ihr nicht helfen. So wenig wie ich wollte, dass sie mir half.

An einem Tag, als ich wieder einmal dachte, dass mein Leben nicht lange genug dauern würde, um den ersehnten Abstand zu meiner Mutter zu erreichen, klingelte es.

›Polizei‹, sagte der Mann, als ich fragte, wer da sei.

Ich machte die Wohnungstür auf.

›Können wir reinkommen?‹

›Wir?‹, fragte ich.

›Meine Kollegin und ich. Neben mir steht noch meine Kollegin.‹

›Meine Mutter ist nicht zu Hause‹, antwortete ich. ›Vielleicht kommen Sie später wieder. In einer Stunde ist sie bestimmt da.‹

›Nein‹, sagte der Mann jetzt mit festerer Stimme.

›Können wir bitte hereinkommen?‹, formulierte die Frau etwas weicher.

›Sind sie wirklich von der Polizei?‹, fragte ich.

›Ja, sind wir‹, sagte sie.

Ich machte eine Handbewegung und ging in die Küche. Die beiden folgten mir und wir setzten uns an den Küchentisch. Sie hatten nicht mit einem Blinden gerechnet, das spürte ich. Besucher denken manchmal, ich sei gar nicht blind, weil ich mich in der Wohnung kaum anders bewege als ein Sehender. Die beiden dachten bestimmt, dass ich simuliere.

›Ihre Mutter ist über die Straße gelaufen, ohne nach links und nach rechts zu schauen‹, sagte der Mann.

›Ja?‹, fragte ich.

›Sie war sofort tot‹, sagte die weibliche Stimme.

›Ach‹, sagte ich.

Sie waren also gar nicht meinetwegen, sondern wegen meiner Mutter gekommen. Hatte sie tatsächlich nicht geschaut? Das konnte ich mir gar nicht vorstellen, sie war doch sonst so umsichtig und schaute immer für zwei.

›Warum warten Sie nicht einfach, bis sie wieder da ist? Sie müsste jeden Moment zurück sein‹, schlug ich vor. ›Sie kann ihnen das sicher erklären.‹

›Ihre Mutter ist von einem Auto überfahren worden‹, sagte die männliche Stimme.

›Sie kommt jeden Moment zurück‹, antwortete ich.

Glaubten die mir nicht? Der Mann stand auf und verließ das Zimmer. Er lief durch den Flur, öffnete die Wohnungstür und ging nach draußen. Ich hörte durch das angelehnte Fenster, wie er kräftig durchatmete. Dann erklärte mir die Frau mit ihrer warmen Stimme, dass nach einem Unfall mit Todesfolge bestimmte Schritte durchgeführt werden müssten.

›Die meisten wollen ihre Angehörigen noch einmal sehen‹, sagte sie.

Ich verstand nicht sofort, dass ich in diesem Fall der Angehörige meiner Mutter war. Aber ich wollte sie sehen, natürlich wollte ich das.

›Ich will meine Mutter auch sehen‹, sagte ich.

›Kennen Sie den Namen ihres Zahnarztes?‹, fragte sie, ›wir müssen Ihre Mutter identifizieren.‹

›Dann sind sie also gar nicht sicher, dass es meine Mutter ist?‹

›Doch‹, sagte sie bestimmt, ›aber es gibt Formalitäten, die aus rechtlichen Gründen eingehalten werden müssen. Das ist in diesem Fall die Identifikation.‹

›Dafür brauchen Sie ihren Zahnarzt?‹, fragte ich.

›Normalerweise geschieht die Identifikation durch Anschauen, aber in diesem Fall geht das leider nicht‹, sagte sie.

›Ich kann meine Mutter zwar nicht anschauen, aber ich werde sie dennoch erkennen.‹

›Ja‹, sagte die Polizistin gedehnt, ›aber für eine zweifelsfreie Identifikation ist das bloße Erkennen bedauerlicherweise nicht hinreichend.‹

Ich zeigte der Frau den Schrank, in dem meine Mutter ihre Unterlagen aufbewahrte. Ich hatte mich nie dafür interessiert, ich konnte nur Blindenschrift lesen. Ich ging wieder in die Küche. Ich hörte sie in den Unterlagen suchen. Wenn meine Mutter etwas suchte, hörte sich das anders an. Die Polizistin kramte, meine Mutter hingegen war immer sehr umsichtig mit den Unterlagen. Sie hatte eine natürliche Ehrfurcht vor Schriftstücken, während die Geräusche dieser Frau von Missachtung zeugten. Sie wühlte. Ich hatte kein gutes Gefühl und befürchtete die ganze Zeit, meine Mutter käme herein. Die Frau betrat wieder die Küche.

›So‹, sagte sie.

Sie ließ die Unterlagen auf den Tisch fallen und setzte sich auf den Stuhl. Sie versuchte noch ein Gespräch mit mir über meine Mutter zu führen. Als sie merkte, dass ich nicht gewillt war, mich daran zu beteiligen, fragte sie nach Freunden oder Verwandten, die sich um mich kümmern konnten. Zum Abschied hielt ich meine Hand in ihre Richtung. Nach kurzem Zögern ergriff sie sie.

Jene Hand, die einen Tag später nach der meiner Mutter griff und sich dann erschrocken zurückzog. Das also hieß tot. Kalt nämlich. Hätte mich jemand gefragt, ob das die Hand meiner Mutter sei, hätte ich mit ›Nein‹ geantwortet. Die Hand meiner Mutter hatte Körpertemperatur. Meine Mutter winkelte immer den Daumen an, als ob sie etwas festhalten wollte. Der Daumen an der kalten Hand war nicht angewinkelt. Vielleicht ist sie mit fremden Händen gestorben. Als ich ihr Gesicht berührte, das auch nicht wärmer war, wusste ich sofort, dass kein Irrtum möglich war. Der Unterkiefer hing auf unnatürliche Weise herunter, aber es war das Gesicht meiner Mutter. Der Zahnarzt war vor mir hiergewesen und war sicher zu demselben Ergebnis gekommen. Dass es nicht die Hände meiner Mutter waren, hat er wahrscheinlich nicht bemerkt.

An den Tagen nach der Beerdigung hatte ich manchmal intensive Angst. Angst ist ein vertrautes Gefühl. Die Situation ist meistens eine Lappalie wie der Griff ins nächste Regal. Erst ist es ein unangenehmes Kitzeln, dann ein Kratzen und schlagartig zucke ich mit der Hand zurück. Ganz plötzlich ist sie da. Angst, dass, wenn ich in den Kühlschrank nach der Milch greife, keine Milch da ist, sondern irgendetwas anderes. Vielleicht ist die Milch im Regal oder der Reis im Kühlschrank. Warum sollte man Angst haben, wenn man etwas anderes in der Hand hält als erwartet? Man könnte ja auch über seine Schussligkeit lachen. Es gibt aber keinen Grund zum Lachen, denn wenn ich nicht weiß, was mich erwartet, könnte es alles Mögliche sein, statt der Milch könnte ein Maul im Kühlschrank sein. Etwas Überraschendes in der Hand zu halten, hinterlässt ein Gefühl, dies könnte der erste Schritt sein, dem andere folgen, die unweigerlich dahin führen, dass ich die Kontrolle verliere. Ich hatte nur hingreifen müssen, meine Mutter war immer da. Auf einmal war an dieser Stelle nichts mehr. Ein großer Raum in meinem Leben war mit einem Mal nicht etwa nur leer, er war vielmehr nicht mehr da.

In diesen Tagen habe ich viel Zeit am Küchentisch verbracht. Das war der Lieblingsplatz meiner Mutter. Nah am Fenster, das nach draußen auf die Straße ging. Hier hatte sie sich wohlgefühlt. Das war bei uns im Dorf so, die Küche war das wichtigste Zimmer im ganzen Haus. Wer zu Besuch war, kam in die Küche. Ich habe meine Mutter nie gefragt, warum wir durch halb Europa gerade nach Berlin gefahren sind. Ich hatte keine Vorstellung von dieser Stadt. In meinem Dorf kannte ich viele Dinge genau. Ich kannte die Gegend und die Gerüche und die Geräusche. Ich kannte die Leute und ich wusste, was sie sagten, wenn die Ernte nicht so ausgefallen war, wie sie sich das vorstellten. Wie war meine Mutter nur auf die absurde Idee gekommen, mich aus meiner vertrauten Umgebung herauszureißen? Als Kind hatte sie, wie sie mir einmal erzählte, als ihr die ersten Zähne ausgefallen und neue nachgewachsen waren, angenommen, dass einem ein Leben lang die Zähne nachwachsen. Vielleicht hatte sie deshalb angenommen, dass mir in Berlin auch die Augen nachwüchsen.

Ich bekam Albträume. Im Schlaf hörte ich Autos hupen, ich hörte quietschende Reifen und dann einen Schlag. Der Schlag wurde lauter und intensiver. Es gab nur noch dieses sich ausweitende Geräusch. Dadurch wurde ich in mich hineingedrängt, als sei draußen kein Platz mehr für mich. Ich wurde immer kleiner und das Geräusch immer größer, bis ich schließlich ganz verschwand. Davon wachte ich auf. Ich lag in mein Laken eingewickelt wie ein Schwerverletzter, blutüberströmt und zerfetzt. Nur ganz langsam kam die Müdigkeit zurück. Sie schlich sich heran, betastete mich vorsichtig und wickelte mich dann aus meinen Verletzungen aus und in den Schlaf ein.

Tagsüber spürte ich eine bleierne Müdigkeit. Die Blindheit lastete schwerer auf mir als sonst. Ich geriet in eine Stimmung, in der ich schon einmal gewesen war: in der Zeit nach dem Krankenhausaufenthalt. Mein Leben schien mir nicht lebenswert. Ich spielte mit der Vorstellung, es aufzugeben. Ich blieb morgens einfach im Bett liegen. Es dauerte einige Zeit, bis ich mich erinnerte, dass ich derjenige war, der sich in unserem Haus nicht mehr zurechtgefunden hatte. Um meinetwillen waren wir weggegangen.

Eines Morgens beim Frühstück wurde ich wütend auf mich. Ich hatte an einem Mobilitätskurs teilgenommen, ich war jahrelang auf eine Blindenschule gegangen. Jetzt saß ich den ganzen Tag am Küchentisch oder lag im Bett. Ich hatte doch nicht so lange gegen mein Schicksal gekämpft, um jetzt aufzugeben! Ich stand auf und stieß mich am Tischbein. Ich hatte mich schon ewig nicht mehr in der Wohnung gestoßen. Ich erinnerte mich noch an die Zeit nach dem Krankenhausaufenthalt. Ich hatte mich überall gestoßen. Bis ich feststellte, dass ich mich an meiner Blindheit stieß. So war es jetzt auch! Nahezu zehn Jahre war ich schon blind und erst in diesen Momenten begann ich zu erkennen, dass ich trotz der beiden Trainer und den Jahren in der Schule etwas falsch machte. Nicht nur die Dinge hatten ihren festen Ort bei uns in der Wohnung, nicht nur sie waren mit den Orten verwachsen, an denen sie standen: Ich selber war es ebenfalls. Ich musste diese Verwachsungen lösen und raus aus meiner Einsamkeit und aus meiner Unsichtbarkeit.

Ich begann die ersten Schritte zu tun. Dazu gehörten auch die Nachbarn, die seit Jahren im selben Haus wohnten wie ich und die ich immer mit Nichtachtung gestraft hatte. Weil sie sehen konnten und ich nicht. Ich bin allen Blicken ausgewichen. Ich bin allem ausgewichen, was ich für einen Blick gehalten habe. Ich habe mich, ohne es zu bemerken, weggeduckt. All die Jahre, in denen ich in Berlin lebte. Indem ich hochnäsig über die anderen hinweggesehen habe. Oder durch sie hindurch. Das sind Variationen des Sehens, die ich besser beherrsche als alle anderen. Meine Nachbarn hatten nicht von Anfang an diese Sprachlosigkeit, die ich ihnen unterstellt habe. Sie haben sie sich vielmehr angewöhnt. Leider musste ich erkennen, dass ich es gewesen war, der sie das gelehrt hatte.

Nach dem Tod meiner Mutter haben sie es mir leicht gemacht. Einige begannen nach der Beerdigung auf mich zuzugehen und offener zu werden. An diesem Tag waren alle Leute aus dem Haus auf den Friedhof gekommen. Wir sind sogar gemeinsam hingegangen. Ich hatte nicht gewusst, dass meine Mutter Kontakt zu den Nachbarn hatte. Am Tag danach erkundigte sich die ältere Frau aus dem Erdgeschoss, wie es mir ging. Sie sprach meist übers Wetter, aber das half mir dennoch. Ich erzählte ihr, dass ich den Regen schätze. Sie hingegen hoffte auf Sonne, dann täten ihr die Glieder nicht so weh. Die Mutter mit den zwei Kindern brachte mir manchmal etwas zu essen. Ähnlich erging es mir auch mit anderen Nachbarn, wir kamen uns in kleinen Schritten näher. Es waren nicht mehr nur ihre Geräusche, die ich kannte. Ich hatte immer angenommen, meine Blindheit sei das Trennende zwischen mir und anderen. Aber meine Verschlossenheit war es. Und die lag nicht an den Augen.

Ich ging in dieser Zeit häufig spazieren. Ich entdeckte einen Park. Er lag um einiges außerhalb meiner natürlichen Reichweite, vielleicht machte das seinen Reiz aus. Ich hatte das Gefühl, eine Reise zu unternehmen mit allen dazugehörigen Aufregungen. Ich musste mit der U-Bahn fahren, dann mit der S-Bahn, eine Station mit dem Bus, dann musste ich noch eine befahrene Straße an einer ungünstigen Ecke überqueren und über Bürgersteigplatten gehen, die nicht für Blinde verlegt worden waren. Wieder zu Hause angekommen, war ich über die Maßen stolz, es geschafft zu haben. Meine Lieblingsstelle ist nahe an der Straße, da steht eine Bank. An einem dieser Tage stand ich dort am Geländer, vor mir lag die Spree. Es war windig. Das Wetter war bereits sehr herbstlich, bisweilen böig. Es begann zu regnen.

Vielleicht hatte meine Mutter tatsächlich nicht geschaut, als sie die Straße überquerte. Sie, die sonst immer für zwei sehen musste, war, wenn sie alleine unterwegs war, wohl des Sehens überdrüssig. Hatte meine Erblindung sie so ermüdet, dass sie nicht einmal mehr Kraft für einen eigenen Blick aufbrachte? Mir fiel die Polizistin wieder ein, ihre weiche Stimme. Ich musste wohl etwas falsch verstanden haben, ich wartete noch den ganzen Abend auf meine Mutter. Ich hatte zwar eine Distanz zu ihr gewollt, aber an diesem Abend wollte ich sie nicht, ich wollte nur, dass sie endlich nach Hause käme. Wahrscheinlich habe ich irgendwann angefangen zu weinen. Ich habe bis tief in die Nacht auf ihre unverwechselbaren Schritte im Hausflur gewartet, dass sie die Wohnungstür aufschloss und wie immer, wenn sie eintrat, meinen Namen sagte. Es regnete und während ich dort am Geländer stand und weinte, bemerkte ich zum ersten Mal, wie sehr ich meine Mutter und ihre Nähe vermisste.«

Der Salon Sucre

Irgendwo zwischen den Alpen und der Ostsee, zwischen Fläming und Uckermark, Ruppiner Land und Märkischer Schweiz, zwischen Vergangenheit und Zukunft, zwischen Aleutentief und Azorenhoch liegt Berlin geradewegs im meteorologischen Nirgendwo. Regen, nichts als Regen. Regen, Regen, Regen.

Es regnet in allen Stadtteilen, in Frohnau und in Friedenau, in Steglitz und Schöneberg, Hellersdorf und Hohenschönhausen, Friedrichshain und Friedrichshagen, Schlachtensee und Schmargendorf, Spindlersfeld und Spandau, Wendenschloss und Weißensee, Kaulsdorf und Karow, Buchholz und Blankenburg, es regnet in Oberschöneweide, es regnet in Johannisthal, in Grünau, in Karolinenhof, in Treptow und im Wedding, wo der Sex, wie ein Graffiti an einer Häuserwand informiert, noch so ist wie er sein muss, dreckig nämlich, richtig schön dreckig; es regnet in Hirschgarten und Elsengrund, Uhlenhorst, Rosenthal, Heinersdorf, Falkenberg, Französisch-Buchholz, Lichterfelde, Piepertswinkel, im Bayerischen Viertel, im Hansaviertel, im Frauenviertel, im Blumenviertel, im Märchenviertel, im Vogelviertel, im Geflügelviertel, im Rheingauviertel, im Schanzenviertel, im Afrikanischen Viertel, im Komponistenviertel, im Schriftstellerviertel, im Tiroler Viertel, im Schweizer Viertel und im Scheunenviertel; es regnet in der Otto-Suhr-Siedlung, in der Hufeisensiedlung und in der Tuschkastensiedlung, in der Thermometersiedlung mit Celsiusstraße, Fahrenheitstraße, Réaumurstraße und Mercatorweg, in Onkel Toms Hütte, in Cäciliengarten, in der Weißen

Stadt, in der Gartenstadt Atlantic, in Riehmers Hofgarten, im Böhmischen Dorf, in Siemensstadt, in Gropius-Stadt, im Märkischen Viertel und in Albrechts Teerofen, der südlichsten Siedlung Berlins, mit kaum zwei Dutzend Häusern, 20 Kilometer vom Zentrum entfernt. Es regnet einfach überall.

Der Regen fällt auf eine triste Weise. Er fällt einfach herunter. Er fällt von oben nach unten. Er fällt auf den Asphalt. Er fällt belanglos und eintönig. Er fällt, als fiele ihm nichts Besseres ein. Und im Regen, ein wenig verloren wirkend, beinahe einsam, steht ein Liebespaar. Die beiden schauen einander wortlos an. Man weiß nicht, ob es der Anfang oder das Ende ihrer Liebe ist.

Und überall Seen, der Grunewaldsee, der Hubertussee, der Dianasee, der Königssee, der Halensee, der Teufelssee, die Rummelsburger Bucht, wo man im Sommer einmal zwei zu Booten umgebaute Trabbis übers Wasser fahren sah mit DDR-Nostalgikern als stolzen Kapitänen, die nahezu ebenso viel Spaß hatten wie der Fahrer des amerikanischen Straßenkreuzers, der die beiden mit seinem kalfaterten kotflügelbreiten Grinsen überholte; der Groß Glienicker See, der Sacrower See, der Wannsee, der Müggelsee, Fauler See, Heiliger See, Dämeritzsee, Schlachtensee, Nicolassee, Stölpchensee, Pohlesee, Plötzensee, Griebnitzsee, Seddinsee, Zeuthener See, Weißer See, Orankesee, Obersee, Lietzensee, Stößensee, Hundekehlesee, Schäfersee, Jungfernsee und Krumme Lanke.

Im Regen steht ein wenig verloren ein Liebespaar, ein Mann und eine Frau, die sich lange ansehen, als wüssten sie nicht, ob sie es wagen sollen, und dann küssen sie sich vorsichtig, aber man ahnt, dass sie im Laufe der Zeit diese Vorsicht aufgeben werden. Die Kamera kommt ihren Gesichtern näher und näher, dann fährt sie langsam über die hinter den beiden liegende Wasserfläche und die Kamerafahrt endet mit einem verschwommenen Bild.

Und überall Beton und Häuser und Asphalt und Bürgersteige und Straßen, die längste, das Adlergestell, das von Mitte zum Flughafen Berlin Brandenburg führt, die kürzeste, die Thusnelda-Allee, keine fünfzig Meter lang, die schmalste, Thaters Privatweg, den man nur balancierend nehmen kann, die prominenteste, Unter den Linden, die Karl-Marx-Allee, im Zuckerbäckerstil erbaut, die beiden berühmten Einkaufsstraßen Kurfürstendamm und Friedrichstraße, überall Menschen mit überfüllten Taschen und entleerten Gesichtern; Straßenbaufirmen, Fahrschulen, Autos, Autohäuser, Autowerkstätten, Parkuhren, Parkplätze, Parkhäuser, Verkehrsgärten, Tankstellen, Tunnel, Chauffeurservice, Autovermietung, Gebrauchtwagenhandel, Schrottplätze, Autopressen, Asphalt- und Bitumenproduktion und bisweilen Schlaglöcher, die in anderen Regionen Europas keiner Erwähnung wert wären, da herrschen andere Ansprüche als in Deutschland, wo die Menschen die besten Autos haben, aber die jämmerlichsten Schlaglöcher.

An einer Straßenecke stehen die beiden Liebenden einander gegenüber und sehen sich an. Sie nehmen ihre Umgebung nicht wahr. Sie gehen ganz im anderen auf. Sie berühren einander nicht, sie spüren auch den langsam einsetzenden Regen nicht. Sie spüren die Menschenmenge nicht, die Kreise, die sich um sie bilden, die vielen auf ihnen ruhenden Blicke. Es ist eine nahezu idyllische Situation und doch scheint sie explosiv, eine verhaltene Liebe, aber erwartungsvoll, dicht, voller Zukunft, voller Hoffnung. Dann, als prallten dort auf der Straße zwei Autos frontal aufeinander, kollidieren ihre Köpfe, ihre Gesichter, ihre Münder, ihre Lippen und Zungen, und mit einem ohrenbetäubenden Klatschen fällt der Regen vom Himmel. Drumherum steht die Polizei und sperrt die Kreuzung ab und außerhalb der Absperrung stehen die Schaulustigen und innerhalb steht das Filmteam. Der Regisseur schaut skeptisch, neigt den Kopf in die eine, dann in die andere Richtung und entscheidet schließlich, dass sie Szene noch einmal gedreht wird, mit noch mehr Regen und noch mehr Wind, man muss die Gebläse anders ausrichten und die Ausleuchtung gefällt ihm auch noch nicht, also Mittagspause und danach alles nochmal von vorn.

Und überall Gebäude, die Bundesgebäude, die Landesgebäude und die der Stadtverwaltung, Bezirksämter, Botschaften, Landesvertretungen, Stiftungen, Archive, Altersheime, Seniorenresidenzen, Bundesanstalt für Arbeitsmedizin, der Blindenverein in der Auerbacher Straße und die Blindenanstalt in der Oranienstraße, Stadtteilbibliotheken, Stadtbibliotheken, die Zentralbibliothek, Landesbibliotheken, Universitätsbibliotheken, die Staatsbibliothek, die Kunstbibliothek, die Senatsbibliothek, private Bibliotheken, Buchhandlungen, Gewerkschaftsgebäude, Bundesamt für Post und Telekommunikation, Wasserwerke, Gesundheitsämter, Gartenbauämter, Polizei, Polizeiwachen, Abteilung für Verkehrsdelikte, Abteilung für Verbrechensbekämpfung, Sondereinsatzkommando, Einsatzhundertschaften, Bereitschaftspolizei, Bundeskriminalamt, Sondereinheiten, Kasernen, die Humboldt-Universität, die Technische Universität, die Universität der Künste, die Freie Universität, Gefängnisse, Strafanstalten, die Jugendhaftanstalt Plötzensee, die Untersuchungshaftanstalt in Moabit, der Hauptbahnhof, der Hamburger Bahnhof, der kein Bahnhof ist, sondern ein Museum, der Anhalter Bahnhof, der nicht einmal mehr das ist, immerhin hat er noch das Eingangstor und damit mehr als der Görlitzer Bahnhof, der nur noch als Park existiert, der Dresdner Bahnhof, den es nicht einmal als Park gibt; der Urbanhafen, der Westhafen, der Osthafen und der Tegeler Hafen, die Museumsinsel mit Pergamonmuseum, Altem Museum, Neuem Museum, Alter Nationalgalerie und Bodemuseum, der Martin Gropius Bau, das Deutsche Historische Museum, das Musikinstrumentenmuseum, die Gemäldegalerie am Kulturforum, das Kunstgewerbemuseum und das Kupferstichkabinett, Sporthallen, Fußballplätze, Tennisplätze, Golfanlagen, Minigolfanlagen, Freibäder, Hallenbäder, Kombibäder, Sportämter, Saunen und Thermen, der Grunewald, der Tiergarten, der Zoologische Garten, der Tierpark, der Britzer Garten, die Gärten der Welt, Botanischer Garten, Grünanlagen, Schrebergärten, Bäume, Blumen, Blumenkübel, Volksbanken, Raiffeisenbanken, Sparkassen, Versicherungen, Bausparkassen, Sparstrümpfe, Wechselstuben, die ehemaligen Grenzübergänge Checkpoint Alpha, Checkpoint Bravo und Checkpoint Charlie, der Tränenplast, die Philharmonie und der Kammermusiksaal, die beiden Opernhäuser, die Komische Oper, das Konzerthaus, die Schaubühne, die Volksbühne, das Berliner Ensemble, das Deutsche Theater, das Renaissance Theater, das Theater an der Parkaue, das Radialsystem V, der Admiralspalast, das Theater unterm Dach, das Maxim-Gorki-Theater, das Gripstheater, das Hans Wurst Theater, das Hebbeltheater, das Schloßparktheater, das Puppentheater, das Revuetheater Friedrichstadtpalast, der Wintergarten, das Theater des Westens, das kein Theater ist, sondern eine Musicalbühne, das Anatomische Theater, auch kein Theater, sondern der Hörsaal der Tierarzneischule, das älteste noch erhaltene und dem Teatro Anatomico in Padua nachempfundene akademische Lehrgebäude Berlins, ein zweigeschossiger, frühklassizistischer, villenartiger Bau mit flacher Kuppel, im dazugehörigen Gartenpark, angelegt von Lenné, sitzen im Sommer die Studenten und Studentinnen der nahen Universität und tauschen Blicke und womöglich belassen sie es nicht bei den Blicken, damit gehts vielmehr erst richtig los; Rotlichtbezirke, Nachtbars, Straßenstrich, Bordelle, Pornokinos, Table-Dance-Bars, Kondomautomaten, Läden für Sexspielzeug, Sexshops, Begleitagenturen, Berlin ist die Stadt der Einsamen, die ständig steigende Zahl der Single- und Einpersonenhaushalte macht einen selbst dann einsam, wenn man es gar nicht ist; Ecken zum Rumknutschen, Diskotheken, Matratzenläden, Eheanbahnungsinstitute, Partnervermittlungen, Standesämter, Hochzeitskleider, Brautmoden, Kutschen, Babyausstatter, Eheberatung, Geburtshäuser, Frauenhäuser, Kindernotdienst, Seelsorgeeinrichtungen, Detekteien, Scheidungsanwälte, Inkassobüros, Gerichtsvollzieher; Einkaufszentren, Kaufhäuser, Supermärkte, Tante-Emma-Läden, Bioläden, Naturkostläden, Reformhäuser, Drogerien, Reisebüros, Schuhgeschäfte, Schuster, Zeitungsläden, Eisdielen, Raumausstatter, Optiker, Fußpflege, Schreibwarenläden, Haushaltsgeräteläden, Elektrogeräteläden, Bastelläden, Fahrradläden, Küchenausstatter, Fotostudios, Fotokabinen, Änderungsschneidereien, Tapetengeschäfte, Teppichgeschäfte, Geschäfte für Farben und Lacke, Sportbekleidungsfachgeschäfte, Taschen- und Kofferfachhandel, Gardinengeschäfte, Hutgeschäfte, Spielzeuggeschäfte, Lampengeschäfte, Bettengeschäfte, Zoogeschäfte, Teegeschäfte, Uhrengeschäfte, Restpostengeschäfte, Stempelgeschäfte, Schildergeschäfte, Gravuren, Maßkonfektionäre, Herrenausstatter, Videotheken, Baguetterien, Boulangerien, Patisserien, Salumerien, Rotisserien, Trattorien, Fleischereien, Bäckereien mit Brot und Brötchen und Hörnchen und Laugenbrezeln und Käsestangen in den Regalen, mit Hefezöpfen und Pasteten und Marmeladentörtchen und Plunder und Sahnetorten und Baisers und Croissants und Tarts und Eclairs und Petit Fours und Baumkuchen und Apfeltaschen und Kirschkuchen und Pflaumenkuchen und Windbeuteln und Krapfen und Makronentörtchen und Vanillekipferl und Spekulatius und Eierschecke und Bienenstich und Kameruner und Kopenhagener und Amerikaner und Mailänder- und Linzer Schnitte und Russischer Zupfkuchen und Blätterteigtaschen und Zitronenrollen und Streuselschnecken und Ochsenaugen und Schweineohren und Mohrenköpfen und

Nussecken und Mandelhörnchen und Mutzenmandeln und Florentiner und Heidelbeermuffins und Marmorkuchen und Kalter Hund und Rumkugeln und Rhabarberkuchen und Preiselbeertörtchen und Quarkstrietzel und Joghurtschiffchen und Frankfurter Kranz und Sachertorte und Donauwelle und Lebkuchen und Printen und Dominosteine und Zimtsterne und Marzipankartoffeln.

Die beiden Liebenden stehen vor einer Bäckerei und küssen einander. Sie küssen wie andere kauen. Die beiden küssen, als ob sie an ein und demselben kauen, sie kauen etwas gemeinsam. Es regnet, es regnet Bindfäden, sie kauen und küssen und bemerken die Leute nicht, es hat etwas Besessenes, die küssen und kauen, es schüttet wie aus Eimern, es gießt, sie küssen. Vielleicht erzählen sie sich dabei etwas, vielleicht hören sie mit ihren Zungen, sie hören die Geschichten, die der andere erzählt, und sie können nicht genug davon bekommen, von diesem Geschmack im Mund, von diesem Gefühl, von dem Geräusch und dem Kuss und dem Kitzeln in den Ohren. Sie kauen mit dem Mund des anderen, sie atmen mit dessen Nase, sie lecken sich seine Lippen, sie lecken sich von oben bis unten ab. »Schnitt«, schreit jemand, aber die beiden küssen und lecken immer weiter, sie werden, das kann jeder sehen, bei der nächsten Gelegenheit kündigen, sie haben keine Lust mehr, in Filmen mitzuspielen, sie wollen sich küssen. Die Umstehenden erkennen, dass die beiden einander gefunden haben, sie lecken und küssen einander mit Wonne und Innigkeit ab und alle Beteiligten schauen andächtig zu, sie strahlen und wünschen sich, dass auch sie dies einmal im Leben erleben mögen, sollte ihnen das aber verwehrt sein, so haben sie es immerhin einmal gesehen. Aus den Löschrohren der Feuerwehr regnet es die ganze Zeit, während die Feuerwehrleute auf den Dächern ihrer Fahrzeuge sitzen und den beiden zuschauen und der Regisseur die ganze Sache endlich beenden will und »Schnitt«

schreit. Aber niemand reagiert, sie alle schauen den Liebenden zu, die sich hingebungsvoll küssen, es regnet und die beiden kauen und küssen und lecken sich von oben bis unten ab.

Und überall Kneipen, Cafés, Restaurants und Bars, die Böse Buben Bar, die BarbarBar, die Wunderbar, die Unsichtbar, die Scheinbar, die Paradiesbar, die Kaufbar, wo man alles kaufen kann, was man sieht, Tische, Stühle, Sofas, Tischdecken, Lampen, Tassen, Gläser, Besteck, Klodeckel, selbst das Personal sieht käuflich aus, das Kuba und die Q-Bar, die Bar jeder Vernunft, die keine Bar ist, sondern ein Kabarett, der Würgeengel in der Dresdner Straße, An einem Sonntag im August in der Kastanienallee, Schneeweißchen & Rosenrot in der Schönhauser Allee, Mädchen ohne Abitur in der Körtestraße, König Fischer und andere Schurken am Südwestkorso, La muse Gueule an der Kulturbrauerei, Tante Horst in der Oranienstraße, das Ex oriente Lux unweit der ehemaligen Mauer, das armenische Restaurant Semiramis, das Barbie Deinhoffs, das Eschloraque, das Wohnzimmer, Zum schmutzigen Hobby, Deponie 3, sex at seven, Schwelle sieben, Bar 11, M12, Zimmer 16, K17, Sanatorium 23, das SO 36, das Anno 64, Label 205, das 1900, das H2O, das Oxymoron, das Delicious Doughnuts, der Cake Club, das Cassiopeia, Clärchens Ballhaus, Casablanca, Cosima, der Ruderclub, vor allem nachts sind die Menschen auf der Suche nach der vielleicht schönsten aller Fertigkeiten, der Leichtfertigkeit, der Geburtstagsclub, der Bang Bang Club, der Mudd Club, RAW-Tempel, Watergate, Golden Gate, Spindler & Klatt, Zimt & Zunder, Schall & Rauch, Sauerkraut & Bulgur, der Schokoladenladen, das Rickenbacker's, Fischlabor, Zwiebelfisch, die Hafenbar, der Hafen, die Ankerklause, das Kumpelnest, das Insomnia, Shantals House of Shame, der KitKatClub, das Berghain, die Panoramabar, der Pfefferberg, Der stille Don, Zur fetten Ecke, die Naunynritze, der Salon Sucre, wo sich Mann und Frau das Ladengeschäft teilen, sie führt einen Frisiersalon, er eine Patisserie, dort gibts den besten Espresso der Stadt, sie sind ein Paar und mit viel Glück kann man erleben, wie sie sich schlagen und später wieder versöhnen, ganz großes Theater, da sitzt man dann draußen vor der Tür bei plus dreißig oder minus zwanzig Grad, die Finger um die Tasse gelegt, und denkt sich, während hinter einem die Fetzen fliegen: Das Leben ist, wie es ist, und bei allen Tiefen und Abgründen einfach schön, es ist so verdammt schön; die Gerüchteküche, der goldene Hahn, der Privatclub, das St. Oberholz, das Alte Europa, das Hackbarths, der Frittiersalon, das Shiro i Shiro, der Club der polnischen Versager, das Parapluie, wo es durch die ausgetrickste Feuerlöschanlage von der Decke regnet und die Gäste unter Schirmen sitzen; der Grill Royal, das Monsieur Vuong, das November, das Café Kreuzberg, das Eiffel, das Dunkelrestaurant Nocti Vagus, das Odessa, wo man nachts um drei mit dem Wirt die tiefsinnigsten Gespräche führt und die Gelassenheit lernt, mit der man die Anfechtungen des Lebens am besten pariert; das Ipanema, das Mama Meer am Mauerpark, Pflaumenkuchen mit Sahne und Leute, die sich gerne über die untergegangene DDR unterhalten, über die Unüberwindbarkeit der Mauer, über den Todesstreifen, und Todesstreifen klingt dabei wie Streifen von Heftpflastern; die Tadschikische Teestube, das Lina, das Lena, das Lara, das Larissa, das Laura, das Luzia, das Poulette, das Etienne, das Chagall, das Aedes, das Barista, der Freischwimmer, der Club der Visionäre, Kuchenkaiser, das Tripping Triangle, das Killerbeast, das Myslivska, der Tattersaal, da sitzen die Tattergreise und zwischendrin die jungen Leute, die sich die Alten anschauen wollen, die einen lachen und die anderen lachen auch, nur lachen sie aus verschiedenen Gründen; das meet me at midnight, das Madonna, der Salon zur wilden Renate, die Tanzwirtschaft Kaffee Burger, das CCCP, das Erdbeer, das Solar, das Anna Blume, das kein Café ist, sondern ein Blumenladen, man sitzt inmitten der Orchideen und Hyazinthen und Liebesröschen und Jelängerjelieber und Mädchenaugen und Männertreu und Gladiolen und Rosen und Tulpen und Nelken und Narzissen und Lilien und Amaryllis und Gerbera und Astern und Rittersporn und Fingerhut und Lavendel und Weihnachtsstern und Christrosen und Pfingstrosen und Geranien und Efeu und Iris und Krokusse und Fuchsien und Himmelschlüssel und Enzian und Vergissmeinnicht und Dahlien und Hortensien und Gänseblümchen und Königskerzen und Klatschmohn und Fingerhut und Malve und Frauenschuh und Anturien und Herbstzeitlose und Sumpfdotterblume und Teufelskralle und Freesien und Petunien und Löwenmaul und Fuchsien und Stiefmütterchen und Calla und Chrysanthemen und Germini und Protea und Strelitzie und Rhododendron und Wüstenrose und Rose von Jericho und Monstera und Sonnenblumen und Wasserlilien und Lotus und Passionsblumen und Flieder und Hibiskus und Schneeball und Flox und Verbene und Forsythien.

Der Liebende steht in leichtem Regen vor einem Blumenladen. Er wartet auf eine Frau, die ihm gefällt. Er hat die Hand hinter seinem Rücken und in der Hand hält er eine Blume. Kommt eine Frau, zieht er die Blume hervor, dann zieht er sie wieder zurück. Es ist nicht die Richtige, nicht die, auf die er gewartet hat, auf die er schon seit Ewigkeiten wartet. Dann geht er in den Blumenladen und kauft eine andere Blume, vielleicht liegt es nicht an den Frauen, sondern an den Blumen. Nicht jede Blume passt zu jeder Frau, dann positioniert er sich erneut vor dem Blumenladen. Er wartet auf die Frau seines Lebens. Zum Leidwesen des Filmteams und der Feuerwehr fängt es zu regnen an, es regnet ergiebig und anhaltend, es schauert, es schüttet, es pisst, es kübelt und schifft, es platscht und schaddert, sintflutartiger Regen, in Sekunden sind alle miteinander klitschnass, eine Regenwand, wie man sie sonst nur im Gebirge erlebt, schiebt sich durch die Stadt, heftiger, bisweilen böiger Wind mit orkanartigen Ausprägungen, es treibt die Menschen von der Straße. »Wie soll man bei so einem Dreckswetter drehen können?« Das ganze Team sitzt im Hotel und schaut in den Regen hinaus. »Außerdem ist das sowieso ein bekloppte Drehbuch, kein Mensch wartet vor einem Blumenladen im Regen auf die Frau seines Lebens und keine Frau lässt sich mit einer mickrigen Blume erobern«, sagt der Regieassistent. »Wieso denn nicht?«, faucht ihn die Hauptdarstellerin an, sie ist aufgebracht. »Du hast ja keine Ahnung«, sagt sie, sie ist richtig entrüstet. »Du hast ja keine Ahnung von der Liebe.«

Und überall Sporthallen, Turnhallen, Wanderwege, Trimm-dich-Pfade, Schwimmbäder, Hallenbäder, Freibäder, Spaßbäder, Schwimmschulen, DLRG-Rettungsstationen, Schiffsanlegestellen, Bootsverleihe, Tretboote, Hausboote, Golfplätze und Minigolfplätze, Kartbahnen, Eislaufstadien, Angelläden, Reitläden, Golfläden, Fußballläden, Ballettstudios, Litfasssäulen, Plakate, Werbeflächen, Kulturvereine, Antiquariate, Küstereien, Hauptschulen, Realschulen, Gymnasien, weiterführende Schulen, Berufs- und Informationszentren, Gartenarbeitsschulen, Baumschulen, Musikschulen, Sprachschulen, Hundeschulen, Schauspielschulen, Tanzschulen, Artistenschulen, Sonderschulen, Arbeitsämter, Dachgärten, Dachdecker, Reinigungsfirmen, Papeterien und Parfümerien, Spielplätze, Nagelstudios und Sozialämter, Finanzämter, Jugendämter, Ordnungsämter, Straßenbauämter, Feuerwehr, Krankenwagen, Technisches Hilfswerk, Flohmärkte, Getränkemärkte, Lebensmittelmärkte, Weihnachtsmärkte, Mittelaltermärkte, Straßenfeste, Amtsgerichte, Kriminalgerichte, Arbeitsgerichte, Nachlassgerichte, Familiengerichte, Sozialgerichte, Rathäuser, Arbeiterwohlfahrt, karitative Organisationen, Babyklappen, Zeitungsverlage, Zeitschriftenverlage,

Buchverlage, Kioske, Friseure, Eisenwarenläden, Computerläden, Fischräuchereien, Werbestudios und Werbeagenturen, Schülerhilfe, Callcenter, Uhrmacher, Messebauer, Kerzengeschäfte, Denkmäler, Gedenkstätten, Raffinerien, Kammerjäger, Outlet-Stores, Spielkasino, Handwerkerinnung, Pizzaservice, Kampfsportschule, Sportstudios, Boxcenter, Yachthafen, Reedereien, Luftschutzbunker, Weihnachtsbeleuchtung, Botschaften und Konsulate, Umzugsfirmen, Klaviertransporte, Landesarchiv, Tierfriedhof, Kinderheime, Schullandheime, Aussiedlerheime, Asylantenheime, Werbetafeln, Strommasten, Kaugummiautomaten, Perückenmacher, Kostümverleih, Krankenhäuser, Physiotherapeutenpraxen, Rehabilitationszentren, Sanitätshäuser, Hörgeräteakustiker, Apotheken, Arztpraxen, Anästhesiologie, Augenheilkunde, Allgemeinchirurgie, Gefäßchirurgie, Herzchirurgie, Kinderchirurgie, Unfallchirurgie, Plastische und Ästhetische Chirurgie, Gynäkologie, Endokrinologie, Gynäkologische Onkologie, Perinatalmedizin, Hals-Nasen-Ohren-Heilkunde, Dermatologie, Venerologie, Angiologie, Diabetologie, Gastroenterologie, Hämatologie, Kardiologie, Nephrologie, Pneumologie, Rheumatologie, Pädiatrie, Phoniatrie und Pädaudiologie, Neonatologie, Neuropädiatrie, Mund-Kiefer-Gesichtschirurgie, Neurochirurgie, Neurologie, Nuklearmedizin, Orthopädie, Physikalische und Rehabilitative Medizin, Psychiatrie, Psychotherapie, Psychosomatische Medizin, Radiologie, Rechtsmedizin, Forensik, Strahlentherapie, Transfusionsmedizin, Urologie, Entzugskliniken, Nervenheilanstalten, Irrenhäuser, Zahnärzte, Zahnkliniken, Dentallabore, Augenkliniken, Rollstuhlhersteller, Orthopädieschuhmacher, logopädische- und ergotherapeutische Praxen, Osteopathen und eine Puppenklinik; und Kirchen, die Kaiser-Wilhelm-Gedächtniskirche am Kurfürstendamm, die im Krieg zerstört wurde und nun als Mahnmal dient, die St. Matthäus-Kirche auf dem Kulturforum, die Gethsemanekirche, wo sich in den Monaten vor und nach dem Mauerfall der Widerstand gegen das DDR-Regime verbarrikadiert hatte; die Friedrich-Werdersche Kirche der Berliner Dom auf der Museumsinsel, die ehemalige Kapelle des Hohenzollernschlosses, der Deutsche und der Französische Dom, die längst Museen sind und keine Kirchen und die mit dem Schauspielhaus einen der schönsten urbanen Plätze Europas bilden, den Gendarmenmarkt; die Nikolaikirche, eine der ältesten Kirchen Berlins aus dem 13. Jahrhundert, damals herrschte noch tiefstes Mittelalter, aus dieser Zeit stammt auch die St. Marienkirche auf dem Alexanderplatz, heute im Schatten des Fernsehturms, die St. Michael-Kirche am Engelbecken, die St. Thomaskirche, die nach Plänen von Friedrich Adler in der Luisenstadt errichtet wurde, das Gebäude gilt als bedeutendster Sakralbau der Schinkelschule und ist mit nahezu dreitausend Plätzen eine der größten Kirchen Berlins, ihre architektonischen Kennzeichen sind das Doppelturmportal, der runde Zentralraum und die Kuppel aus Backstein; die Zwölf Apostel Kirche, die St. Thomas Kirche, die St. Kamillus Kirche, die Zwingli-Kirche, die Emmauskirche, die Erlöser-Kirche, die Hugenottenkirche, die Apostelkirche, die Nathanael-Kirche, die Passionskirche, die Lutherkirche, die Herz-Jesu-Kirche, die Bethelkirche, die Kirche der Christusgemeinde, die Hephatakirche, die Christ-König-Kirche, die Christopheruskirche, die Heilandkreuzkirche, die Parochialkirche, die Neuapostolische Kirche, die Matthias-Claudius-Kirche, die Himmelfahrtskirche, die Alte Nazarethkirche, die Schiffer- und Hafenkirche, die Dreieinigkeitskirche, die Waldkapelle zum anklopfenden Christus, die Verklärungskirche, die Friedenskirche, die St. Anna-Kirche, St. Alphons, St. Antonius, St. Andreas, St. Agnes, St. Clara, St. Elisabeth, St. Konrad, St. Matthias, St. Markus, St. Norbert, St. Raphael, St. Joseph, St. Richard, St. Teresia vom Kinde Jesu, die Kirche Zum Guten Hirten, die

Kirche Zu den heiligen Märtyrern von Afrika, die Zuversichtskirche, die Zuflucht-Kirche, die Ölbergkirche, die Stefanus-Kirche, die Melanchthon-Kirche, die Segenskirche, die Regina-Mundi-Kapelle, die Adventskirche, die Eliaskirche, die Hoffnungskirche, die Nikodemuskirche, die Baptistenkirche, die Golgathakirche, die Kapernaumkirche, die Kirche Jesu Christi der Heiligen der letzten Tage, die Kapelle der Versöhnung, die Augustana-Kirche, die Kirche zur frohen Botschaft, die Kirche St. Marien zur unbefleckten Empfängnis, die Emmaus-Kirche, die Zwingli-Kirche, die Pfingstkirche, die Samariterkirche, die Trinitas-Kirche, die Maria-Schutz-Kirche, die Sühne-Christi-Kirche, die Cranisius-Kirche, die Friedenskirche, die Epiphanien-Kirche, die Syrisch-orthodoxe Kirche von Antiochien; Moscheen und Synagogen und buddhistische Tempel, Veranstaltungsagenturen, Wasserwerke, Gaswerke, Kläranlagen, Mülldeponien, Müllverbrennungsanlagen, Krematorien, Schornsteinfeger, Ofensetzer, Kohlenhandlungen, Stromwerke, Gaswerke, Rohstoffhandlungen, Speditionen, Gärtnereien, Sportgeschäfte, Fotogeschäfte, Geschäfte für Musikinstrumente, Notengeschäfte, Fußballstadien, Tennisplätze, Reithallen, Reitplätze, Billardsalons, Spielotheken, Bowlingbahnen, Kegelbahnen, Vereinshäuser, Pfarrämter, Sozialämter, Sozialdienste, Sozialbauten, Trabantenstädte, Stadtvillen, Slums, Gesundheitsämter, Grünflächenämter, Katasteramt, Bundesamt für Materialprüfung, Schulamt, Wohnungsamt, Sozialamt, Liegenschaftsamt, Forstämter, Postämter, das Postfuhramt, Meldestellen, Ausländerbehörden, Vermessungsbüros, Hausverwaltungen, Setzereien, Kostümfundus, Bahnhöfe, Flughäfen, Bushaltestellen, Busbahnhöfe, S-Bahn- und U-Bahnlinien, S-Bahn- und U-Bahnhöfe, S- und U-Bahnhofseingänge, S-Bahn und U-Bahnbetriebshöfe, S-Bahnen und U-Bahnen, Straßenbahnen, Busse, betreutes Wohnen, Miederwarengeschäfte mit Büstenhaltern und Dessous und

Strumpfbändern, ein Laden für Linkshänder und Filmaufnahmeteams, überall Filmaufnahmen, man gerät ohne es zu ahnen hinein, man stolpert in die nächste Rolle und ehe man sich versieht, wird man zur Hauptdarstellerin befördert, man wird drei-, viermal am Tag angesprochen, ob man nicht Karriere machen möchte, ob man nicht hier oder da mitspielen, ob man nicht diesen oder jenen Darsteller küssen könne, die ganze Stadt ist voll von Talentsuchern, Facebookern, Locationscouts, man kann nicht in Ruhe in einem Café sitzen, ohne dass am Nebentisch schon wieder irgendein Depp oder Pitt oder DiCaprio oder Clooney oder Law sitzt, und weil man gelangweilt abwinkt, küsst er dann irgendeine Paltrow oder Blanchett oder Johansson oder Ryder oder Jolie, die immer noch so die Lippen vorstreckt, wie man selbst mit 13, als man unbedingt zum ersten Mal geküsst werden wollte; Schaltwerke für Ampelschaltungen und Weichenstellungen, Schaufensterpuppen, Schaufensterscheiben mit Klamotten über Klamotten, man weiß kaum noch, was man kaufen soll, man will nicht sein wie die anderen, denn dann wäre man ja nicht mehr man selbst, aber man will sich auch nicht so sehr unterscheiden, dass man nur noch man selbst wäre; Planetarium, Antiquariate, Antiquitätenhandel, Springbrunnen, Irrgärten, Labyrinthe, Residenzen, Schlösser und Schlüsseldienste, Kandelaber, Essen auf Rädern, Post, Telekommunikation, Solarium, Kontaktlinsenspezialisten, Sanitäranlagenbauer, Woll- und Strickgeschäfte, Fitnesscenter, Kanalisation, Katakomben, Geisterbahnhöfe, Copyläden, Tierheime, Stadtreinigung, öffentliche Toiletten, Lackierbetriebe, Klöster, Wasserspielplätze, Aquarien, Aquarienbedarf, Tierärzte, Tierkliniken, Skaterbahnen, Ausflugsdampfer, Börse, Dritte-Welt-Läden, Afroshops, 2nd Hand Shops, Wettbüros, Import- und Exportläden, Fabrikhallen, Stadtmissionen, Suppenküchen, Mitfahrzentralen, Mitwohnzentralen, Papierfabriken, Tätowierstudios, Gardinengeschäfte, Handwerkskammer, Anwälte, Notare, Steuerberater, Wirtschaftsprüfer, Packstationen, Versandhäuser, Zigarettenfabriken, Zigarettenautomaten, Bierbrauereien, Forschungsinstitute, gemeinnützige Vereine, Poolreinigunsgbedarf, Touristeninformationen, Fremdenverkehrsämter, Schleusen, Esoterikläden, Mietervereine, Krankenkassen, Kurierdienste, Fahrradkuriere, Schreibdienste, Übersetzerbüros, Briefkästen, Telefonzellen, Parkbänke, Laternen, Ampelanlagen, Zebrastreifen, Geldautomaten, Gullideckel, Altenheime, Hospize, Beerdigungsinstitute, Friedhöfe, der berühmteste unter ihnen, der Friedhof der Dorotheenstädtischen und Friedrichswerderschen Gemeinden in der Chausseestraße, wo Bertolt Brecht und Helene Weigel liegen und Hegel und Fichte und Heinrich Mann und Herbert Marcuse und Heiner Müller und Anna Seghers, der Dreifaltigkeitsfriedhof, der Luisenfriedhof, der Waldfriedhof Zehlendorf, der Sophienfriedhof, der Landschaftsfriedhof Gatow, der Friedhof am Rauchfangwerder, der Künstlerfriedhof in Friedenau, der Heidefriedhof in Mariendorf, der Alte St. Matthäus Kirchhof in Schöneberg, wo die Gebrüder Grimm begraben liegen und andere Berühmtheiten, die heute kaum einer mehr kennt, der Heilig-Kreuz-Kirchhof in Mariendorf, der Parkfriedhof in Neukölln, der Urnenfriedhof im Wedding, die Friedhöfe in der Rehberge, der Friedhof in der Bergstraße in Mitte, der Invalidenfriedhof, wo die Fliegerhelden des Ersten Weltkrieges begraben sind, der Rote Baron, der hier liegt und dennoch nicht mehr hier liegt, weil er schon wieder woanders ist, gleichermaßen ruhelos im Tod wie im Leben; der Waldfriedhof in Zehlendorf, der Dreifaltigkeitsfriedhof, wo Felix Mendelssohn Bartholdy begraben liegt, der Friedhof der Albertuskapelle in Mittelheide, der Armenfriedhof im Scheunenviertel, der jüdische Friedhof in Weißensee, der Friedhof Grunewald-Forst, Selbstmörderfriedhof genannt, der Friedhof II der Domgemeinde, der alte Friedhof der St. Hedwigs-Gemeinde, der Friedhof II der Französisch-Reformierten Gemeinde an der Südseite der Liesenstraße im Bezirk Mitte, Theodor Fontane liegt dort.

Auf einem der vielen Friedhöfe liegt sie nun, keine fünfzig Jahre ist sie alt geworden, kein Alter zum Sterben, es stehen gerade einmal ein Dutzend Menschen um das frische Grab herum, unter ihnen der Sohn, er steht am Grab seiner Mutter, die in dieser Stadt vom Auto überfahren wurde, vor zehn Jahren sind die beiden hierhergekommen, wie man das im Leben so macht, man geht an einen anderen Ort ohne einen Gedanken daran, dass man von dort möglicherweise nicht mehr wegkommt. Da liegt sie nun und morgen schon wird sie von den Würmern zerfressen, von den Mikroben, sie löst sich auf und gelangt durch die Schichten und Sedimente ins Grundwasser und von dort in die Ostsee, wo die Meeresoberfläche an einem brütend heißen Tag verdunstet und sich in Wolken formiert, über der Brandenburger Landschaft, über der Müritz, über Feldberg und dem Odertal, sich gegen Abend langsam Berlin nähert und dort nach einem sonnigen Tag in der Nacht niederregnet in heftigen Schauern in der Nähe der Koppenplatzes und in der Joachimstraße, wo in dieser Nacht ein junger Mann am geöffneten Fenster dem Regen lauscht.

Unter dem Hauseingang steht mitten in der Nacht ein Liebespaar, da stehen ein Mann und eine Frau, sie haben lachend Zuflucht vor den Regenschauern gesucht. Nun sind sie mit einem Mal sehr ernst. Sie sehen einander im Schein der Laterne an und langsam, unendlich langsam nähern sich ihre Lippen. Sie haben keine Eile. Sie haben Zeit. Sie haben alle Zeit der Welt.

Es war dasselbe, es fühlte sich nur vollkommen anders an

Ich habe manchmal Lust, mich zu prügeln. Ich mag die Vorstellung, einem anderen meine Faust ins Gesicht zu schlagen. Ich mag es und ich mag es nicht. Ich glaube nicht, dass es Krisztina gefällt. Aber ich kann nicht nur tun, was ihr gefallen könnte. Ich wills auch nicht. Ich will tun, was ihr nicht gefällt. Aber ich tus nicht.

Ich dachte lange, ich könne mit Krisztina meine Mutter vergessen. Oder mich mittels ihrer an sie erinnern. Vergessen und Erinnern waren für mich keine Gegensätze. Das waren zwei einander ähnliche Gesichter. Mal sah es eher wie das eine, dann wie das andere aus. In der Mitte dazwischen lag das Wort Mutter. Mein Vater sagte, ich hätte das Gesicht meiner Mutter. Ich sah, wenn ich mein Gesicht betrachtete, nicht mich, sondern sie. Ich suchte in diesem Gesicht nach ihren Zügen, nach ihrem Wesen, und vielleicht suchte ich auch nach einer Art Botschaft, die sie mir hinterlassen hatte. Eine Nachricht, ein Testament, etwas, das ich öffnen und lesen, eine geheime Übereinkunft, die nur ich entziffern konnte. Ich hörte zu suchen auf, als ich einen Bart bekam. Ich begann, meine Mutter zu verachten. Ich hätte ihr Gesicht am liebsten aus meinem herausgeschnitten. Ich wollte keine Ähnlichkeit mit ihr, keine Verwandtschaft, ich wollte keine Botschaften und keine Nachrichten, ich wollte den größtmöglichen Abstand. Das war mein Gesicht und ich hätte dieses Gesicht für keine Mutter dieser Welt hergegeben. Für meine eigene schon gar nicht.

Heute ist das Wort Mutter eine entfernte Erinnerung an

einen Geruch, an etwas Warmes, Weiches, eine Erinnerung an einen Namen, den ich niemals laut ausspreche. Man weiß nicht, was das Aussprechen bewirkt. Vielleicht sorgt es dafür, dass sie für immer verschwindet und mit ihr jeder Funken Hoffnung, den man hat und von dem man nichts weiß und nichts wissen will. Als sei sie auf eine nicht begreifliche Weise noch um mich herum und halte schützend ihre Hand über mich. Vielleicht vertreibt das Aussprechen ihres Namens sie für immer oder es macht, dass sie plötzlich leibhaftig vor mir steht. Ich wusste nicht, was schlimmer war.

Krisztina war zwei Jahre älter als Marijan und ein Jahr älter als ich. Sie war die Älteste unserer Clique, die bloß aus uns dreien bestand. Wir waren schon lange befreundet, jeder mit jedem. Eines Tages stellte ich fest, dass ich in Krisztina verliebt war. Es war nicht so schlimm. Es war schön. Es war nichts anderes als das, was vorher auch war. Ich wollte in ihrer Nähe sein. Ich wollte sie anschauen. Das habe ich früher auch gewollt. Ich wollte mit ihr lachen und Unsinn machen. Es war dasselbe, es fühlte sich nur vollkommen anders an.

Einmal habe ich eine Scheune angesteckt. Die brauchte sowieso keiner. Die stand nur noch herum. Ich wusste, dass Krisztina vorbeikommen würde. Sie kam auch. Ich saß dort im Gras und sah zu, wie das Feuer die Scheune vernichtete. Krisztina setzte sich neben mich. Ohne ein Wort zu sagen. Ich hätte mich gerne auf sie gelegt, aber ich wusste nicht, wie ich ihr das erklären sollte. Ich wollte es nicht erklären. Ich wollte es tun. Ich wollte ihr nicht sagen, dass ich verliebt war. Ich wollte ihr wehtun. Ich wollte es und ich wollte es nicht. Wir saßen den ganzen Nachmittag zusammen da und haben kein Wort geredet. Dann standen wir auf, warfen Sand und Erde auf die glühenden Reste und gingen zurück ins Dorf.

Ich habe Marijan nichts davon erzählt. Ich befürchtete, dass er auch in sie verliebt war. Ich wollte nicht, dass er an sie dachte. Dass er die Dinge dachte, die ich dachte, wenn ich mir vorstellte, mich auf sie zu legen. Aber ich war heftiger in sie verliebt als er. Wir wollten, dass sie sich zwischen uns entschied. Ich wollte es. Ich wollte, dass sie sich für mich entschied.

»Ich bin näher an ihr dran«, sagte ich zu Marijan.

»Was meinst du mit ›näher dran‹?«

»Altersmäßig. Du bist zu jung.«

Er antwortete nicht. Vielleicht hat ers nicht kapiert.

»Derjenige von uns beiden«, versuchte ich es erneut, »der Krisztina mehr liebt, soll sie bekommen.«

»Wie willst du das messen?«

Ich wollte es nicht messen. Es war einfach so. Ich wusste, dass es so war.

An einem Nachmittag lagen wir an einem Abhang im Gras. Das war unsere liebste Stelle. Wir lagen oft dort. Wir kamen auf die Idee, einen Boxkampf zu veranstalten. Ich kam auf die Idee.

»Wir könnten uns prügeln«, sagte ich.

Ich sprang auf, ballte die Fäuste und stellte mich breitbeinig vor ihn hin. Er öffnete die Augen, blinzelte und schien zu überlegen. Dann schloss er sie wieder.

»Nein«, sagte er.

»Warum nicht?«

»Weil es sinnlos ist.«

»Kann man nur sinnvolle Dinge tun?«

Marijan antwortete nicht. Vielleicht wusste er es auch nicht. Ich setzte mich wieder.

»So kann es nicht weitergehen«, sagte ich nach einer Weile.

»Warum nicht?«

Ich sagte nichts. Ich wusste es ja auch nicht. Ich wusste nur, dass ich Krisztina für mich alleine wollte.

»Ich will sie nicht mit dir teilen.«

»Wir teilen sie ja nicht.«

Er hatte recht. Wir waren die besten Freunde. Wir teilten alles. Das Einzige, das wir nicht teilten, war Krisztina.

»Sie mag mich mehr als dich.«

Er reagierte nicht. So konnte man keine Diskussion führen. Ich ballte erneut die Fäuste.

»Ich möchte mich mit dir prügeln.«

»Ja«, sagte er, »ich weiß.«

»Woher weißt du das?«

»Du sagst es dauernd.«

»Tu ich das?«

»Ja, aber du kannst es nicht.«

»Woher willst du das wissen?«

»Du müsstest mir die Faust ins Gesicht schlagen.«

Ich ließ die Fäuste sinken. Er hatte recht. Das konnte ich nicht.

»Dann hör wenigstens auf, an sie zu denken«, sagte ich drohend.

»Wieso?«

»Ich mag es nicht, wenn du an sie denkst.«

»Verstehe«, sagte er.

Ich konnte ihm ansehen, dass er es nicht verstand.

»Denkst du dasselbe wie ich?«

»Ja.«

»Wie sie unter den Klamotten aussieht?«

»Ja.«

»Denkst du an ihre Beine und ihren Arsch?«

»Ja.«

»Wie ihre Brüste wippen?«

»Ja.«

»Du Drecksau denkst an ihre Titten?«

»Die ganze Zeit.«

»Denkst du auch daran, sie zu …«

»Das vor allem.«

»Du machst mich krank! Du verdammter Idiot! Hör auf, das zu denken.«

»Ja.«

Aber er hörte nicht auf. Ich konnte ihm ansehen, dass er nicht aufhörte.

»Hör auf«, brüllte ich und lief mit erhobenen Fäusten um ihn herum, »hör sofort auf!«

»Wie?«

»Wie? Was weiß ich wie. Machs einfach.«

Er sah mich ratlos an.

»Versuchs wenigstens«, sagte ich bittend.

»Ich versuchs ja.«

»Und?«

»Ich schaffs nicht«, antwortete er.

Ich setzte mich ins Gras. Ich hätte heulen können. Ich hätte ihm meine Faust ins Gesicht schlagen können. Aber ich konnte es nicht.

Eines Tages kam sein Onkel zu Besuch. Seine Mutter, Marijans Oma, starb. Sie starb schon immer, aber sie hatte das bis dahin offenbar auf die leichte Schulter genommen. Sie starb aus Langeweile, nicht weil sie tot sein wollte. Dieses Mal jedoch schien es ihr ernst zu sein. Deswegen kam der Onkel. Um die Angelegenheit zu beaufsichtigen und zu befördern. Wir kannten ihn nicht. Wir kannten Gerüchte über ihn und Marijans Vater. Varian stand eines Tages am Marktplatz, niemand hatte gewusst, dass er kam.

Ich habe mir oft vorgestellt, wie das aussähe, wenn meine Mutter zu uns käme. Sie kennt Mărginime nicht, sie kennt unser Haus nicht. Sie war noch nie hier. Sie steht am Marktplatz und weiß nicht wohin. Ich komme um die Ecke und obwohl ich sie noch nie gesehen habe, erkenne ich sie. Ich weiß auch, dass sie mich erkennt. Sie steht auf eine gespannte und sehnsüchtige Art dort. Sie wartet auf mich. Ich bin wütend. Ich weiß nicht, was sie hier will. Ich gehe um die Bänke herum, in enger werdenden Kreisen, ich gehe immer schneller. Sie beobachtet mich. Sie dreht sich dabei um ihre eigene Achse. Ich benehme mich, als sähe ich sie nicht. Ich sehe sie auch nicht. Ich gucke auf den Boden. Dann wirds mir langweilig, ich stehe direkt vor ihr und schaue ihr ins Gesicht.

Varian, auf den niemand gewartet hatte, stand übertrieben lässig und großspurig bei den Bänken. Er war ein Aufschneider und Wichtigtuer. Fünf Tage war er auf seine penetrante Art präsent. Er war überall. Er ging spazieren, wie er das nannte, er ging ununterbrochen spazieren. Ich fand dieses sinnlose Herumlatschen in der Gegend unmännlich. Und seine affektierte Art zu reden auch. Varian erzählte, wie man in der Stadt lebte, weil er Krisztina beeindrucken wollte. Als lebe man dort auf eine andere, eine beeindruckendere Art. Dabei steht man da auch bloß morgens auf und geht abends zu Bett und zwischendurch läuft man auf seinen zwei Beinen. Der log, wenn er das Maul aufmachte. Er summte und pfiff vor sich hin. Er lachte, wenn wir nicht lachten, und er sagte Sachen, die wir nicht sagten. Die wir nicht verstanden und die wir auch nicht verstehen wollten. Ich wollte nicht.

Ich konnte ihm ansehen, was er sich vorstellte. Es war dasselbe, was ich und Marijan uns vorstellten. Er wollte sich auf Krisztina legen. Er wollte sie an sich drücken, sie küssen, ihre Brüste streicheln. Er stellte sich vor, wie sie vor ihm lag, wie sie sagte, dass sie mit ihm Liebe machen wolle. Ich könnte durchdrehen, wenn ich mir vorstelle, was er sich vorstellt. Dabei war es dasselbe, das ich mir vorstelle. Es fühlte sich nur vollkommen anders an.

Ich wollte ihm ins Gesicht schlagen. Meine Wut wurde immer größer, je unverschämter er Krisztina ansah. An einem Morgen wachte ich auf und wusste, dass ich es tun würde. Als hätte er das geahnt, verschwand er an diesem Tag. Als wenn sie ihm selbst auf die Nerven gefallen wäre, seine penetrante Anwesenheit in Mărginime.

Nachdem er weg war, war mein Gefühl für Krisztina nicht mehr dasselbe. Ich war immer noch in sie verliebt, aber ich war wütend auf sie, weil sie sich so unverschämt hatte anschauen lassen. Von uns ließ sie sich nicht so anschauen. Ich hätte sie schlagen können. Aber ich konnte es nicht. Sie war von einem auf den nächsten Tag nicht mehr da. Ich weiß, was Varian sich vorgestellt hat. Das, was Marijan und ich uns auch vorstellten. Dann kam Marijan ins Krankenhaus, wo er erblindete. Ich hatte den Eindruck, das sei eine Art Schönheitsoperation. Er hat sich sein Augenlicht wegmachen lassen, weil er Krisztina nicht wiedersehen wollte. Dabei war sie ja sowieso nicht mehr da.

Ich wollte sie auch niemals wiedersehen. Dennoch habe ich auf sie gewartet. Ich stellte mir vor, dass ich, wenn sie wieder da wäre, auf sie zugehen würde, um ihr zu sagen, dass ich sie nicht wiedersehen wollte. Ich würde mich auf sie legen und ihr sagen, dass ich das nicht wollte. Ich würde ihr alles sagen, was ich mir vorgestellt hatte, seit ich verliebt war. Ich würde ihr sagen, dass ich nicht mehr verliebt war und dass ich ihr wehtun wollte. Ich wollte es und ich wollte es nicht. Ich saß am Marktplatz und wartete auf sie. Ich wartete in stiller Wut und tiefer Sehnsucht, in Liebe und Hass. Ich würde ihr all das sagen, wenn sie wieder da wäre. Ich würde es nicht tun.

Eines Tages saß Marijan auf der Bank, auf der ich sonst saß. Das konnte er nicht wissen, er hatte mich ja nie dabei gesehen. Einem ersten Impuls folgend, wollte ich ihn wegstoßen. Er saß nur dort und dennoch hielt er sich mit beiden Händen an der Bank fest. Es sah aus, als säße er mit den Händen und nicht mit dem Hintern.

Ich erschrak, als ich ihm so unvermutet begegnete. Er wendete seinen Kopf in meine Richtung. Es dauerte einen Moment, bis ich begriff, dass er mich nicht sehen konnte. Er war ja blind. Er war so dermaßen blind, dass er mich nicht einmal hören konnte. Er hörte irgendjemanden, aber nicht mich. Ich wollte mich umdrehen und weggehen. Er hob den Kopf. Er sprach laut und vernehmlich. Keine Ahnung, warum er so laut sprechen musste.

»Denkst du dasselbe wie ich?«, fragte er.

Ich sagte nichts.

»Ob du dasselbe denkst!«

»Woher soll ich wissen, was du denkst?«, fragte ich.

Ich hatte ganz vergessen, dass er mich bis dahin ja gar nicht hatte erkennen können.

»Hör auf damit«, sagte er.

»Was?«, fragte ich.

Ich wusste überhaupt nicht, wovon er eigentlich redete.

»Hör auf, das zu denken«, sagte er dann noch einmal.

Ich wollte mich mit ihm prügeln.

»Du willst mir deine Faust ins Gesicht schlagen, stimmts?«, sagte er.

Ich antwortete nicht.

»Aber du kannst es nicht.«

»Ich kann nicht«, sagte ich leise.

Da war er schon wieder weg. Ich weiß nicht wie lange, eine Minute, eine Woche oder einen Monat. Das verschwamm. Das verschwamm so sehr, dass er gar nicht mehr da war, er hatte Märginime verlassen. Wie Krisztina.

Ich saß auf der Bank und schaute auf den gegenüberliegenden Hügelkamm, wo vielleicht eines Tages Krisztina stehen würde. Sie käme langsam den Hügel herunter. Sie sähe mich hier sitzen und sie wüsste sofort, dass ich auf sie warte. Sie ginge direkt auf mich zu. Sie setzte sich einfach daneben wie damals, als ich die Scheune in Brand gesteckt habe. Als wir zusammen im Gras saßen, auf das Feuer geschaut haben und ich mich gerne auf sie gelegt hätte. Als ich ihr wehtun wollte und es nicht wollte. Als ich ihr sagen wollte, dass ich verliebt bin. Als alles noch so war wie immer, sich aber anders anfühlte.

»Ich kann nicht«, sagte ich leise, »Marijan, ich kann nicht aufhören, an sie zu denken.«

Es war wie seit Jahren genau sieben Uhr

Die Schule ist mir leichtgefallen. Ich musste mich nicht besonders anstrengen und bekam dennoch gute Noten. Das Jahr vor dem Abitur war anders. Uns wurde eingetrichtert, wie wichtig gute Noten auf dem Lebensweg seien. Lebensweg klang spannend. In den Monaten vor dem Abitur saß ich oft bis abends am Schreibtisch. Nach den Hausaufgaben wiederholte ich den Stoff der vergangenen Jahre. Eine Woche vor den letzten Klausuren wurde ich volljährig. Meine Eltern spendierten eine Flasche Champagner. Am frühen Abend alberte ich angetrunken mit Maddox auf den Treppenstufen herum. Maddox war ein paar Jahre älter als ich und bereits auf anderen Wegen unterwegs. Das Wort Lebensweg klang in seinen Ohren wohl anders als in meinen. Seine Ohren waren etwas spezieller als die der meisten Menschen, ich weiß nicht mehr genau, die Ohrmuscheln, die Gehörgänge oder die Art, wie die Worte auf der Suche nach einer Bedeutung dort herumirrten. Nach einer Stunde verabschiedete ich mich und ging ins Bett.

Ich mochte es schon immer, im Bett auf dem Rücken zu liegen und an die Decke zu schauen. Die Arme locker an der Seite, den Kopf ins Kissen geschmiegt, sinke ich in ein Gefühl von Geborgenheit und Wohlbefinden. Ich dachte an Maddox. Ich mochte ihn gern. Schade, dass damals nichts aus dem Kuss geworden ist, den ich ihm angeboten hatte. Ich stellte mir seinen Mund vor und meinen, den ich mir nicht richtig vorstellen konnte, obwohl ich ihn besser kannte als seinen. Ich sah meinen Mund ja jeden Tag und doch stellte ich mir einen anderen vor. Ich stellte mir vor, wie unsere Lippen sich langsam näherten, und dann schlief ich ein.

Zu Beginn der kommenden Woche stand die erste Klausur an. Mitte der folgenden war alles erledigt. Ich hatte das Abitur in der Tasche. Am Abend nach der letzten Klausur ging ich erleichtert ins Bett und nahm mir vor, drei Tage und Nächte durchzuschlafen. Am nächsten Morgen um sieben wachte ich auf. Gewöhnlich wachen meine Glieder nacheinander auf, sie klettern aus dem nächtlichen Abgrund nach oben, die Ohren zuerst, dann Füße und Hände, Beine und Arme, die Augen wachen auf, ich wasche mir mein Gesicht, ich ziehe mich an, dann wacht mein Mund auf, ich frühstücke, putze mir die Zähne, meine Schultern, mein Rücken und mein Bauch wachen auf und gegen halb elf, in der dritten Stunde, wacht auch mein Kopf auf und ich bin zur Gänze wach. Und so, wie ich aufwache, schlafe ich auch oft ein. Nacheinander sinken die Glieder in den Abgrund zurück, aus dem sie am Morgen geklettert waren. An diesem Morgen allerdings mussten meine Glieder nicht klettern, sie waren auf einen Schlag oben. Ich wusste sofort, dass ich nicht wieder einschlafen würde. Ich schaute auf den Wecker. Es war wie seit Jahren genau sieben Uhr. Seit Jahren musste ich um sieben aufstehen. Nun, da ich so lange schlafen konnte, wie ich wollte, konnte ich nicht mehr schlafen. Ich war so wach wie nie zuvor.

Bisher hatte mein Leben aus kleinen Abschnitten bestanden, der Vormittag, der Nachmittag, der Abend, der nächste Tag, das Wochenende, die nächste Klausur und in der Ferne die Ferien. Damit war es nun offenbar vorbei. Es lag kein Abschnitt vor mir, sondern etwas Unüberschaubares. Nichts, das beherrschbar schien. Was vor mir lag, war ein langer unübersichtlicher Lebensweg. Statt der großen Erleichterung kam die Krise.

Was ich seit Monaten schon ahnte, wurde zur Gewissheit: dass ich nicht wusste, was ich mit meinem Leben anfangen wollte. Wohin mit all der Zeit? Wohin mit diesem Tag? Was machen die Leute nur den ganzen Tag? Angenommen, ich müsste jetzt sofort aufstehen? Ich würde mit einem gemächlichen Frühstück beginnen, es in die Länge ziehen, mich langweilen und dann vor demselben Problem stehen, vor dem ich jetzt lag. Da konnte ich ja gleich liegen bleiben. Ich könnte Papa besuchen. Aber dazu hatte ich keine Lust. Papa war meist hin und her gerissen zwischen zehn Sachen, die er zuerst tun musste. Er stand auf der Stelle, zuckte in zehn Richtungen gleichzeitig und tat dann nichts. Das war lustig anzuschauen, aber an diesem Tag würde das sicher nicht zu meiner Erheiterung beitragen. Ich könnte auch Mama besuchen, allerdings war die Praxis morgens rappelvoll und ich hätte bloß im Weg gestanden. Außerdem lagen die beiden um diese Zeit sowieso noch im Bett.

»Scheiße!«, sagte ich laut.

Das half. Ungefähr zehn Sekunden lang. Dann fühlte es sich noch schlimmer an als zuvor. Ich überlegte, ob ich es noch mal probieren sollte, vielleicht lauter. Brüllen wäre gut. Das entsprach meinem momentanen Zustand. Womöglich würde es aber nach der kurzen Entlastung erneut schlimmer und da es bereits einmal schlimmer geworden war, entschied ich mich dagegen. Außerdem sagen Mädchen nicht ›Scheiße‹.

Ich schaute auf die Uhr. Es wurde immer später. Wenn das so weitergeht, bin ich uralt, bevor es halb acht ist. Was zum Teufel soll ein Mensch um diese Zeit mit sich anfangen? Was soll ein Mensch mit all der Zeit? Was soll ich mit meinem Leben? Die Frage hatte ich bereits mit meinen Eltern erörtert. Mama hatte natürlich Zahnmedizin vorgeschlagen. Ich hatte aber keine Lust, in den Mündern und im Speichel anderer Leute herumzufuhrwerken.

»Ich auch nicht. Deswegen trage ich Latexhandschuhe«, sagte Mama.

»Ich habe aber keine Lust auf Spucke.«

»Die Spucke anderer ist keine Spucke, sondern Speichel.«

»Ich will das nicht sehen. Mir wird übel.«

»Das sieht man irgendwann nicht mehr.«

»Was sieht man stattdessen?«

Mama mags nicht, wenn ich schnippisch bin. Ich eigentlich auch nicht. Aber Zahnärztin ist der Beruf meiner Mutter. Das würde nicht meiner werden, so viel war klar. Auch Papa hat sich in meine Ratlosigkeit eingemischt.

»Mach doch im Paradies mit«, sagte er.

Ich weiß, er mochte die Begleitung seiner Tochter, die er gerne herumzeigte wie eine viel zu junge Freundin. Er sah es sowieso gerne, wenn ich ihn auf der Arbeit besuchte. Papa wurde mit zunehmendem Alter immer lustiger, Mama immer ernster, Papa immer jünger, Mama immer älter. Es gab weder für das eine noch für das andere einen Grund, aber Papas Einstellung war mir sympathischer. Mama war oft streng.

»Hier gehts nicht ums Mitmachen, sondern um die Lebensplanung deiner Tochter«, sagte sie.

Papa hat ziemlich dämlich aus der Wäsche geguckt. Aber Mama hatte recht. Papas Vorschlag bot mir keine langfristigen Möglichkeiten. Das war es, was mich nervös machte: Ich hatte keine Perspektive.

»Mach doch erst mal eine Tour.«

»Oh Mama!«

Ich wusste genau, was dann kam.

»Interrail hieß das zu meiner Zeit«, sagten Mama und ich gleichzeitig.

»Ich weiß!«, sagte ich dann alleine.

Wenn ich dieses ›zu meiner Zeit‹ schon höre! Vielleicht sollte ich mal einen Monat nach Paris, London oder New York gehen. Aber ich wollte nicht nach Paris, London oder New York, ich wollte wissen, wie es weiterging.

Einige aus der Stufe wussten, was sie werden wollten. Zumindest schmiedeten sie Pläne. Ich hatte keinen Plan, keine Begabung und keine besonderen Fähigkeiten. Ich war in den meisten Schulfächern gut, aber ich konnte mir nicht vorstellen, eines davon zu einem Studium auszudehnen. Ich sprang aus dem Bett und ging ins Badezimmer. Ich brauchte auf jeden Fall Bewegung. Ich streckte mir die Zunge heraus und untersuchte meine Zähne. Soweit ich sehen konnte, waren sie alle noch da. Ich zog mich aus und stellte mich auf den Badewannenrand. So konnte ich mich am besten im Badezimmerspiegel betrachten. Ich bin zu dünn. Ich sollte wirklich anfangen, Sport zu machen. Oder werde ich davon noch dünner? Ich kannte keine Sportart, die mich interessierte. Ballwerfen vielleicht. Aber in welche Richtung? Laufen? Zehn, hundert oder tausend Meter, alles stinklangweilig. Weitsprung? Ich bin zu alt für den Sandkasten. Speerwerfen? Indiskutabel. Rudern? Zu aufwendig, die Rudervereine sind alle weit weg. Kugelstoßen vielleicht, das gibt ordentlich Muskeln. Will ich aber nicht haben. Ich zog mich an. Dann zog ich mich wieder aus und stellte mich erneut auf den Wannenrand. Eigentlich fand ich mich ziemlich schön. Vor allem meine Brüste und meine Schlüsselbeine. Ich zog mich wieder an.

Mama und Papa hatten bereits die Wohnung verlassen. Also Frühstück, Kaffeetrinken, Musikhören. Mein Frühstücksplatz war liebevoll arrangiert, mit Schokolade und einem Geschenk zum Abitur. Ich setzte mich auf meinen Stuhl. Ich zog die Beine an, wie ich das am liebsten mache. Ich versuchte, so laut zu schlürfen wie möglich. Ich versuchte, mit dem Denken aufzuhören. Klappte auch ganz gut. Ich sprang auf, versuchte den Abwasch, so wie ihn meine Eltern gerne sahen. Dann verließ ich die Wohnung. Immerhin war es schon deutlich nach zehn.

Die Sonne schien, als ich auf die Straße trat. Ich hatte Geld zum Abitur bekommen. Es war ein ziemlich anständiger Betrag. Ich würde wohl mal einen Teil davon auf den Kopf hauen müssen. Ich musste lachen.

»Was ist denn so lustig?«.

Ich blieb stehen und drehte mich um. Der Typ meinte mich, so wie der mich anschaute. Ich tat so, als fühlte ich mich nicht angesprochen.

»Wohin gehst du?«, fragte er.

»Ins Paradies«, sagte ich.

»Sehr witzig. Willst du nicht mit mir reden?«

»Worüber denn?«

»Willst du einen Kaffee trinken gehen?«, fragte er mich.

Ich schüttelte den Kopf. Der Typ schien irgendwas zu suchen. Er drehte sich um.

»Suchst du was?«, fragte ich.

»Ein Thema«, sagte er.

Keine schlechte Antwort.

»Passiert jedem mal«, sagte er jetzt.

»Was denn?«

»Ist gut für den Kehlkopf. Ich meine das Reden«, sagte er.

Was hatte das mit dem Kehlkopf zu tun?

»Dann hast dus ja gefunden«, sagte ich.

»Was denn gefunden?«, fragte er.

»Das Thema.«

Er nickte.

»Ich rede schon den ganzen Tag mit mir«, sagte ich.

»Der ist noch nicht alt.«

»Wer ist nicht alt?«, fragte ich.

»Der Tag«, antwortete er.

Jetzt nickte ich. Ganz schön schwerfällig, unsere Unterhaltung. Ich wusste nicht, wo ich hinschauen sollte.

»Worüber denn?«, fragte er.

»Worüber was?«, fragte ich zurück.

»Worüber du redest.«

»Über das, was ich werden will.

»Was willst du werden?«

»Weiß ich nicht.«

Er lachte. Ziemlich komisches Lachen. Klang so aufgesetzt. Ich lachte auch.

»Ist das echt?«, fragte ich.

»Was denn?«, fragte er zurück.

»Dein Lachen.«

Fand er nicht witzig. Wir sind dann doch etwas trinken gegangen. Wurde aber nicht flüssiger, unser Gespräch. Er hieß Hannes und lachte komisch.

»Sag mal, Hannes …«, sagte ich gedehnt.

»Ja?«

»Was hältst du eigentlich von Kugelstoßen?«

Hannes lachte, statt eine Antwort zu geben.

Wir haben uns für denselben Abend verabredet. Ich hatte nichts vor. Ich hatte keinen Verehrer. Wenn ich mal einen hatte, ließ ich ihn abblitzen. Ich war erleichtert, wenn er fort war, und enttäuscht, dass er sich nicht als hartnäckiger erwies. Hannes war nicht mein Typ. Ich fands gut, dass er mich gut fand. Aber ich fand ihn nicht so gut. So schlecht auch wieder nicht. Aber eben nicht, wie ich manche Typen finden kann, die ich richtig gut finde. Ich kann die so gut finden, dass mir schwindlig wird.

Ich kam an diesem Abend auf die letzte Minute. Er hatte mich zu einem Vortrag eingeladen. Nicht ganz die klassische Variante. Wir mussten sofort unsere Plätze einnehmen. Hannes war nervös. Ich war froh, mich auf etwas anderes konzentrieren zu können als auf die Frage, ob ich ihn vielleicht doch gut genug finden würde. Wir saßen in einer der vorderen Reihen. Vorne stand ein Rednerpult. Ich wusste nicht, worum es ging. Hannes zappelte hin und her. Er überlegte wohl, wie er mich nach dem Vortrag möglichst schnell ins Bett bekommen könnte. Das Licht im Saal ging aus. Vorne trat ein Mann ans Mikrofon. Er schaute ins Publikum, lächelte und legte das Manuskript beiseite, das er in Händen hielt. Er wirkte konzentriert und schloss manchmal, während er sprach, die Augen. Er hatte eine schöne, eindringliche Stimme. Gegen Ende seines Vortrages sagte er, dass wir uns mit dem soeben Dargestellten auf die Erkundung eines der letzten großen Geheimnisse menschlicher Existenz einließen, die menschliche Stimme. Seine eigene Stimme klang, als er diesen Satz formulierte, zu Beginn dunkel und tief und glockenförmig hell zum Ende hin. Es hellte sich auf, dieses Geheimnis, indem er es aussprach. Hannes hatte ich vergessen.

Aber Hannes mich nicht. Draußen an der Garderobe berührte er mich an der Schulter. Vielmehr legte er seine Hand dort ab. Das gefiel mir nicht. Dabei sehnte ich mich danach, an der Schulter berührt zu werden. Kann das gleichzeitig geschehen? Ich atmete heftig. Das muss er falsch verstanden haben. Als wir auf der Straße standen, zog er mich an sich heran und küsste mich. Ich war vor einer Woche achtzehn Jahre alt geworden, ich fand mich sehr erwachsen und auch ziemlich gutaussehend, aber ich hatte in meinem Leben noch nie einen Typ geküsst. Also öffnete ich meinen Mund.

Und das wars auch schon. Meine Beteiligung bestand in dem geöffneten Mund. Während Hannes mich küsste, habe ich gedacht, dass ich Speichel einfach nicht mag.

»Fertig?«, fragte ich, als er mich losließ.

Danach sind wir gemeinsam zu S-Bahn gegangen, nebeneinander und ohne ein Wort zu sagen. Vielleicht fand ers scheiße. Vielleicht kann ich nicht küssen? Ich seh super aus, aber ich küss' scheiße. Ich erinnerte mich, wie ich mit Tilli übers Küssen gesprochen hatte. Tilli hatte gesagt, dass man die

Zunge dabei bewegen müsse. Und dass man das ab einem bestimmten Alter nicht mehr lernen könne. Vielleicht war es für mich bereits zu spät. Ich hatte vor einer Woche die Grenze überschritten und konnte beim Küssen jetzt bloß noch den Mund aufmachen. Am Hackeschen Markt angekommen, hielt Hannes mir die Hand hin. Ich war empört. Der hatte mich gerade geküsst und nun hielt er mir seine Hand hin! Ich hätte ihm am liebsten eine heruntergehauen. Stattdessen musste ich laut lachen. Ich stand Hannes gegenüber, der mir seine ausgestreckte Hand hinhielt, lachte, drehte mich wortlos um und ging die Treppen zum Bahnsteig hoch. Hannes lief mir hinterher. Aber ich ignorierte ihn. Ich streckte die Zunge raus und putzte sie am Ärmel meiner Jacke ab. Der Kuss war allerdings schon eine Viertelstunde her, da gab es nichts mehr abzuputzen. Ich ärgerte mich über mich selbst. Andere in meinem Alter hatten längst Sex und ich ekelte mich vor einem Kuss wie ein Schulmädchen. Ich war vermutlich die Einzige, die noch nie mit einem Typ im Bett war. Ich war so mit mir selbst beschäftigt, dass ich beinahe die Bahn verpasst hätte. Erst das Tuten der sich schließenden Türen, schreckte mich hoch. Ich sprang hinein. Natürlich hätte ich auch auf die nächste Bahn warten können. Aber mit dem Sprung, das wusste ich, als sich die Tür hinter mir schloss, schloss ich ebenfalls etwas: das Kapitel mit Hannes. Auf der Fahrt zum Savignyplatz eröffnete ich ein neues.

Am nächsten Morgen war ich erneut zeitig wach. Diesmal jedoch mit anderen Gefühlen als am Tag zuvor. Ich wusste, was ich wollte. Am Abend zuvor hatte ich einen Flyer mitgenommen. Ich rief die angegebene Telefonnummer an und trug mein Anliegen vor. Die Frau am Telefon gab mir einen Gesprächstermin für denselben Vormittag. Ich hatte gerade noch Zeit fürs Frühstück.

Als ich gegen Mittag wieder nach Hause kam, stand Papa in

der Küche. Er kochte. Ich setzte mich im Schneidersitz auf meinen Stuhl. Ich mag unsere Küche und meinen Platz dort. Ich kann mich, wenn ich mit dem Stuhl schaukle, an die Heizung anlehnen. Die Küche ist der einzige Ort unserer Wohnung, wo Papas Geschmack maßgeblich ist, totale Unübersichtlichkeit und Unordnung nämlich. Der Einzige, der dort klarkommt, ist Papa. Mama und ich müssen suchen. In den anderen Zimmern herrscht Mamas Ordnungsliebe vor. Da muss ich auch suchen. In meinem Zimmer herrscht eine Mischform von beidem. Ich bin ja auch eine Mischung von Mama und Papa.

»Versuch bloß nicht, dich an der Hausarbeit zu beteiligen«, sagte Papa.

»Versuch ich ja gar nicht«, antwortete ich grinsend.

»Ich hatte schon Sorgen um deine Verfassung«, sagte er.

»Kein Grund zur Sorge. Meine Verfassung ist erstklassig.«

»Gestern schien mir das Gegenteil der Fall.«

»Gestern ist vorbei.«

»Was ist passiert?«, fragte er.

»Phoniatrie und Pädaudiologie«, sagte ich.

»Was ist das?«, fragte er, ohne von der Arbeit aufzusehen.

»Was ich werde.«

»Nur zwei Sachen?«

»Spinnst du?! Die meisten Menschen auf der Welt werden überhaupt nur eins. Gestern um dieselbe Zeit hatte ich noch gar nichts.«

»Dafür gings ja jetzt ziemlich schnell. Was hat dazu geführt?«

»Ein total armseliger Kuss von gestern Abend.«

Papa schaute zum ersten Mal von seiner Arbeit hoch. Obwohl wir beide einen lockeren Umgangston pflegten, machte ich nie derartige Anspielungen. Ich glaube, er ging davon aus, dass ich dauernd mit irgendjemandem rumknutsche. Er zeigte keinerlei Bereitschaft auf meine Äußerung einzugehen. Wenn er schon nicht nach dem Kuss fragte, hätte er ja immerhin mal fragen können, was eigentlich genau aus seiner Tochter werden würde. Er kannte ganz sicher keines der beiden Worte. Ich wartete noch eine Weile, dann stand ich wortlos auf und ging in mein Zimmer.

»Was ist denn los?«, rief er mir im Flur hinterher.

»Nichts«, sagte ich aufgebracht und knallte die Tür.

Ich setzte mich aufs Bett. Nach so einer Enthüllung wie dem Kuss, hätte er doch nachfragen können. Ich stand wieder auf und öffnete die Tür meines Zimmers.

»Du hättest ja mal fragen können!«, brüllte ich in den Flur.

Stimmlich war ich damit bereits im Grenzbereich. Da durfte jetzt keine große Steigerung mehr kommen. Dann habe ich die Tür zu meinem Zimmer wieder zugeknallt. Mir fiel ein, dass er ja gefragt hatte. Vielleicht wusste er einfach nicht, wonach genau er hätte fragen sollen, nach den unbekannten Worten oder nach dem Kuss. Vielleicht traute er sich nicht, sich mit dem Liebesleben seiner Tochter zu beschäftigen. So locker ist der Ton nämlich auch nicht. Jedenfalls nicht für Details. Die beiden haben mich vor hundert Jahren mal kurz aufgeklärt und sich dann verschämt zurückgezogen. Aber Liebeskummer wird man doch wohl den Eltern erzählen können! Liebeskummer ohne Liebe. Das war Knutschkummer! Vielleicht war ich es selbst, die sich nicht traute, mit meinem Vater darüber zu sprechen. Sollte ich ihm vielleicht erzählen, dass ich mit einem Jungen ins Bett gehen will? Eher würde ich mir die Zunge abschneiden!

Um meine Misslaunigkeit zu demonstrieren, blieb ich dem Mittagessen fern. Das ist ein klares Zeichen in unserer Familie. Papa hat mit Mama in der Küche gestritten. Ich habe es gehört ohne zu hören, worum es ging. Es klang ziemlich heftig. Meine Eltern haben in letzter Zeit manchmal Krisen. Die hatten sie früher nicht. Oder ich habe es nicht bemerkt. Papa sieht man das deutlicher an als Mama. Die kann das mit Arbeit kompensieren. Mama kann alles mit Arbeit kompensieren. Vielleicht herrschte gerade wieder Krisenstimmung. Gings da um mich?

Ich lag auf dem Bett, auf dem Rücken, mit offenen Augen, als er zu mir ins Zimmer kam. Er wusste nicht, was er sagen oder tun sollte. Er blieb an der Tür stehen.

»Was ist los, mein Schatz?«

Ich tat so, als bemerkte ich ihn nicht.

»Na komm. Erzähl mal«, sagte er.

Er setzte sich an den Rand des Bettes.

»Ich komm nicht klar mit Typen.«

»Du kommst nicht klar?«, fragte er.

Er war tatsächlich überrascht.

»Gar nicht.«

Ich musste weinen. Ich hab den Kopf von ihm weggedreht. Papa wusste wieder nicht, was er sagen sollte. Dann legte er seine Hand auf meinen Kopf und strich mir über die Haare. Fand ich total süß.

»Deine Mama kommt auch nicht klar«, sagte er.

Da musste ich lachen.

»Ist eben eine Familie.«

Dann musste ich wieder weinen. Wieso bloß? Ich weinte doch nicht diesem Hannes hinterher. Eigentlich war das ein guter Tag. Das Abitur war vorüber und ich hatte einen Ausbildungsplatz im Herbst und einen freien Sommer.

»Ihr habt gestritten?«, fragte ich, weil ich nicht wusste, was ich sonst hätte sagen sollen.

»Das kriegen wir wieder hin«, antwortete er, »manchmal knirscht es eben, aber wir kennen uns schon ziemlich lange und wissen auch, wie wir den anderen zu nehmen haben.«

Bevor er mein Zimmer verließ, streichelte mir Papa noch über die Wange. Das hatte er seit vielen Jahren nicht getan. Dann schlief ich ein.

Als ich wieder aufwachte, begann es dunkel zu werden. Ich horchte. Es schien niemand außer mir da zu sein. Vielleicht waren Mama und Papa nach dem Streit heute Mittag zu einem Versöhnungsessen ausgegangen. Das machten sie manchmal. Ich fühlte mich etwas besser.

Ich musste an meine Eltern denken, an uns drei. Warum hatte Papa gesagt, dass Mama nicht mit Männern klarkam? Meinte er damit lediglich sich selbst, weil sie wieder einmal gestritten hatten? Oder gab es in Mamas Leben noch andere Männer? Der Gedanke war mir gar nicht angenehm. Er war sogar ausgesprochen irritierend. Das fand ich noch beunruhigender als meine eigenen Schwierigkeiten. Hatte meine Mutter etwas mit einem anderen Mann? Schaute Papa da einfach zu? Mir fiel auf, dass ich meine Eltern kaum kannte. Ich kannte ihre Gesichter, ich kannte manche ihrer Verhaltensweisen, aber ich wusste vieles nicht. Wir waren eine Familie, inzwischen ging jedoch jeder mehr oder weniger seine eigenen Wege. Wir drei waren einmal ein Ganzes gewesen, aber wir bröckelten langsam auseinander. Vielleicht stritten die beiden deswegen so oft. Sie spürten dieses Auseinanderdriften womöglich noch deutlicher als ich. Ich war selbstständiger geworden in den letzten Jahren. Wann hatte das angefangen? War das gestern geschehen, durch den missratenen Kuss, durch die Entscheidung von heute Morgen oder durch Papas Hand auf meinem Haar? Ich wusste plötzlich, dass dies nie wieder geschehen würde. Die liebevolle Geste war der Abschied eines Vaters von seiner Tochter gewesen. Papa hatte sich von seiner kleinen Leonie verabschiedet.

Ich würde eine Ausbildung zur Logopädin machen. Wollte ich das überhaupt? War das mein Weg? Wird es meiner, indem ich ihn gehe? Dann würde auch jeder andere Weg meiner, wenn er es allein durch das Gehen wird. Ich könnte also auch eine Ausbildung zur Jongleuse machen. Ich stand auf und stellte mich vor den Spiegel im Flur. Ich zog mich aus. Dann zog ich mich wieder an und ging ins Badezimmer. Ich zog mich erneut aus und stellte mich auf den Badewannenrand. Warum stand ich hier eigentlich dauernd nackt vor dem Spiegel? Und warum habe ich so abweisend auf den Kuss von Hannes reagiert? Ich sehne mich so sehr danach, geküsst zu werden. Ich sehne mich nach jemandem, der mich in die Arme nimmt, der mich an sich drückt, mich festhält und meinen Namen flüstert. Ich weine schon wieder!

Die dritte Hälfte

Liv arbeitete nach dem Abschluss des Studiums in einer Gemeinschaftspraxis in Kreuzberg, zehn Minuten zu Fuß von der Wohnung. Sie zogen, als Leonie geboren wurde, in eine Zwei-Zimmer-Wohnung. Valentin fiel der Abschied aus der alten Wohnung schwer. Er kannte die Umgebung, er kannte die Leute im Haus. Vor allem spürte er hier den Anfang seines gemeinsamen Lebens mit Liv. Die erste Woche hatten sie in einer billigen Pension in Schöneberg gelebt. Dann waren sie nach Kreuzberg gezogen. Valentin fand das komisch. Wo er herkam, zog man nicht um, da besaß man ein Haus. Man konnte das Haus nicht einfach an eine andere Stelle stellen. Jedenfalls kannte er niemanden, der das je versucht hatte. Aber man könnte es ja mal versuchen. Liv lachte, als er vorschlug, mit der Wohnung zusammen umzuziehen. Sie zögen doch deswegen um, weil sie die Wohnung verlassen wollten, sagte sie. Nach einigen Jahren ergab sich die Möglichkeit, bei einer Kollegin in deren Praxis in Charlottenburg einzusteigen, die sie dann später übernehmen konnte. Es waren Investitionen vonnöten, aber Liv verdiente viel Geld. Da sie dafür auch viel arbeiten musste, schlug sie erneut vor umzuziehen. Valentin wusste nicht, was er dagegen vorbringen sollte. Er wäre gerne in Kreuzberg geblieben, aber es sprach nichts dafür. Er konnte Liv nach einem Zwölfstundentag nicht noch eine Stunde Fahrt zumuten. Die erste Wohnung hatte nur aus einem einzigen Zimmer bestanden, Toilette und Küche, danach lebten sie einige Zeit in einer Zwei-Zimmer-Wohnung. Beim Umzug nach Charlottenburg wurden daraus drei und dann, als im Haus, in dem sich die Praxis befand, eine Wohnung frei wurde, zogen sie in fünf Zimmer, von denen jedes so groß war wie die erste gemeinsame Wohnung in Schöneberg.

Valentin begann spazieren zu gehen. Wie er zehn Jahre zuvor mit Liv zusammen durch Kreuzberg gezogen war, zog er jetzt durch Charlottenburg, allerdings allein. Er kam sich überflüssig vor. Liv arbeitete meistens. Wenn sie nicht arbeitete, ruhte sie sich von der Arbeit aus. Leonie ging zur Schule. Wenn sie nicht zur Schule ging, machte sie Hausaufgaben. Wenn sie keine Hausaufgaben machte, traf sie sich mit ihren Freundinnen. Immerhin hatte sie drei Tätigkeiten und variierte in größerem Umfang als ihre Mutter, die nur zwei hatte. Er selbst hatte gar nichts zu tun. Seit Leonie ihr Leben größtenteils selbstständig organisierte, besorgte er nur noch den Haushalt. Er war eine Art Putzfrau. Seit einiger Zeit hatte er wieder das Gefühl, das er hatte, als er aus Mărginime weggegangen war. Obwohl er nicht mehr wusste, welches Gefühl das gewesen war.

Wenn er heute mit Liv spazieren ging, war das anders als früher. Zu Beginn hatten sie jeden Moment genutzt, einander an den Händen zu halten. Valentin hatte sich absichtlich ein kleines Stück zurückfallen lassen und sofort hatte Liv seine Hand ergriffen und ihn zu sich herangezogen. Heute gingen sie nebeneinander, redend oder schweigend, aber ihre Hände suchten nicht mehr die des anderen. Es hatte nicht mehr die Unbeschwertheit damaliger Tage. Obwohl sie zu der Zeit kein Geld hatten, jedenfalls hatte Valentin keins. Heute hatte er auch keins. Liv hatte es. Er kannte ihre finanziellen Verhältnisse nicht genau, aber er hatte das Gefühl, dass Liv Geld hatte. Alle hatten Geld, selbst Leonie hatte welches. Als er vor einiger Zeit Wäsche wusch, rutschte aus einer ihrer Hosentaschen ein zwanzig Euro-Schein. Valentin besaß nur zehn Euro. Als er Liv vor einiger Zeit nach ihren Finanzen fragte, lachte sie nur und sagte, er solle sich keine Sorgen machen. Das war es ja eben, was ihm Sorgen machte. Er hing an der Nabelschnur seiner Frau. Das war kein guter Zustand.

Es musste sich etwas an seiner Situation ändern! Er könnte Liv verlassen und nach Paris gehen. Von Paris hatte er nichts gesehen. Er hatte aus dem Ambulanzwagen geschaut, aus dem Fenster des Krankenhauses und schließlich noch aus dem des Taxis, als sie auf dem Weg zurück zum Bahnhof waren. Er könnte dorthin gehen, wo er hingewollt hatte, als er sein Dorf, seine Freunde und seine Familie verlassen hatte. Er könnte auch eine Affäre mit einer hübschen Frau beginnen. Beides erforderte jedoch das Abschließen mit seinem bisherigen Leben, seinem Leben mit Liv. Soweit war er noch nicht. Allerdings steuerte er darauf zu.

Eines Tages entdeckte er ein leer stehendes Haus in der unmittelbaren Umgebung. Er blieb stehen und schaute an der Fassade hoch. Er war hier schon oft vorbeigekommen, aber dieses Haus hatte er nie gesehen. Es sah aus, als hätte es gebrannt. Das musste schon ein paar Jahre her sein. Seltsam, dass man die Brandspuren in diesem gutbürgerlichen Viertel nicht längst beseitigt hatte. Vielleicht war der Besitzer nicht mehr aufzufinden. Das Schild hing noch draußen, es waren nur noch die letzten Buchstaben zu erkennen: »… dis« stand da.

Eine Woche später wusste er, dass seine Vermutung mit dem Brand richtig war. Der damalige Besitzer sei geflohen, was auf Brandstiftung schließen lasse, erzählte ihm eine Frau am Telefon. Sie arbeitete bei der Stadtverwaltung, die das Haus verwaltete. Er bat um einen Besichtigungstermin. Der Laden machte einen ramponierten Eindruck, durch die Löscharbeiten waren erhebliche Schäden entstanden. In den oberen Etagen sah es besser aus, da waren einzelne, vielleicht etwas zu sehr ins Rot geratene, aber hübsch eingerichtete Zimmer.

»Gehen Sie zur Investitionsbank und holen Sie sich einen Kredit. Wir sind froh, wenn wir das hier los sind«, sagte die Frau vom Bezirksamt.

Kaum zu Hause, rief er bei der Bank an und vereinbarte einen Termin. Er wusste nicht, was man da sagen musste. Termine dieser Art hatte Liv immer alleine wahrgenommen. Sie konnte mit Geld umgehen, er konnte das nicht. Das war auch der Einwand, den sein Schwiegervater gegen ihn vorbrachte, er könne ja nicht mit Geld umgehen. ›Aber ich kann mit deiner Tochter umgehen‹, hatte Valentin damals geantwortet. Er war kurz davor gewesen, ihm ein paar saftige Details aus ihrem Liebesleben zu erzählen, überlegte es sich dann allerdings anders. Liv schien derselben Meinung zu sein wie ihr Vater, sie hatte ihn nie gebeten, ihn zu ihren Bankterminen zu begleiten. Vielleicht schaffte sie Geld beiseite. Valentin musste lachen. Liv hatte bestimmt eine Lebensversicherung abgeschlossen für alle vorstellbaren Todesarten. Er ging mit einem komischen Gefühl zu seinem ersten Banktermin. Er brauche, sagte man ihm, einen Investitionsplan. Das musste er mit Liv besprechen.

Valentin schlug seiner Frau vor, in ein Restaurant zu gehen. Nachdem sie das Essen bestellt hatten, erzählte Valentin ihr von dem abgebrannten Haus, von seinem Gespräch mit der Stadtverwaltung und dem mit einer Beraterin der Bank. Liv hörte zu, ohne etwas zu sagen.

»Was denkst du?«, fragte er.

»Klar geben die dir einen Kredit. Die sind froh, wenn sie die abgehalfterte Immobilie los sind. Später bist du dann derjenige, der dafür haftet. Woher weißt du, dass deren Berechnungen stimmen? Du verstehst doch gar nichts von Betriebswirtschaft. Da sind leicht ein paar hunderttausend Euro versenkt. Weißt du, was ein Handwerker in der Stunde kostet?«, fragte Liv.

»Da kann man auch viel selber machen!«, antwortete Valentin.

»Was ist denn das eigentlich für ein Laden?«

Valentin antwortete ausweichend.

»Raus mit der Sprache!«

»Ein Bordell«, sagte Valentin.

»Was?«

»Ein Puff. Hat die Frau von der Stadtverwaltung gesagt. Das klingt doch wunderbar. Vielleicht nenne ich es auch so: Puff.«

»Das kling ja fürchterlich«, sagte Liv.

»Piff, Paff, Puff.«

Wider Willen musste Liv lachen. Für Valentin hatte das Wort einen zauberhaften Klang. Während des Essens wiederholte er es noch mehrere Male und hatte eine Art, die Luft dabei auszustoßen, dass Liv jedes Mal aufs Neue lachte. Nach dem Essen tranken sie Wein und sprachen über Leonies Schule, die Entwicklung der Praxis, über die neue Software, die alles leichter machen sollte, aber das Gegenteil tat. Dann sprachen sie über Grete, die wieder einmal an den falschen Mann geraten war.

»Dann ist ja alles in Ordnung«, sagte Valentin.

»Wieso denn?«, fragte Liv, »Grete leidet.«

»Grete leidet nicht, im Gegenteil. Sie ist glücklich.«

»Sie ist vollkommen unglücklich.«

»Eben.«

»Was eben? Das ist einfach der falsche Mann für sie«, sagte Liv.

»Eben! Grete steht auf falsche Männer. Ihrer Meinung nach sind das doch die besten.«

»Wie kommst du nur darauf?«

»Wenn die richtigen Männer die besseren wären, hätte Grete sich längst so einen herausgefischt.«

Valentin hatte mit seinen Bemerkungen nicht unrecht, das wusste Liv auch. Dennoch schüttelte sie den Kopf. Grete war seit Schulzeiten ihre Freundin. Auch wenn sie beide manchmal anderer Meinung waren, mochte Liv es nicht, wenn Valentin etwas gegen sie vorbrachte. Selbst wenn er recht hatte.

»Wie viele Zimmer hat denn dein Bordell?«, brachte sie das Thema wieder auf die Immobilie.

»Weiß ich nicht genau. Vierzig vielleicht. Es hat Charme. Ich würde ganz viel so lassen, wie es ist. Du müsstest mal diese Nachttischlampen sehen!«

An diesem Wochenende sprachen sie noch oft über das Projekt. Valentin wollte den Laden übernehmen und ein kleines Hotel daraus machen. Liv interessierte sich nicht für die Nachttischlampen, sie wollte wissen, ob sich mit der Zahl der Zimmer eine wirtschaftlich darstellbare Situation herstellen ließ. Sie wollte Kostenvoranschläge für den Umbau sehen. Sie wollte wissen, wie viel Personal nötig sei, um das Haus zu betreiben. Daran könne man errechnen, wie hoch die Auslastung der Zimmer sein müsse. Dann könne man eine Entscheidung treffen und nicht anhand der Nachttischlampen.

»Ich will Zahlen sehen«, sagte sie.

Valentin musste zugeben, dass sie nicht ganz unrecht hatte. Livs Bedenken allerdings, jeder müsse gleich an ein Etablissement bestimmter Couleur denken, was dazu führe, dass man das Haus mied, schlug Valentin in den Wind.

»Hat dieser Laden eigentlich einen Namen?«

»Ja sicher, habe ich das gar nicht gesagt? Paradies!«

»Daher weht also der Wind.«

»Was ist mit dem Namen?«

»Da denkt man doch sofort an Sex.«

»Dann bist du der erste Gast in meinem Puff.«

»Was soll das denn heißen?«

»Das täte dir ganz gut, wieder mal an Sex zu denken.«

Liv war ehrlich sprachlos.

»Ich muss etwas machen. Ich weiß nichts anderes. Bis auf

die paar Jobs in der ersten Zeit hatte ich seit Jahren keine richtige Arbeit.«

»Lass es uns machen.«

»Uns?«, fragte Valentin.

»Sicher uns.«

»So sicher ist das nicht. Ich hatte nicht das Gefühl, dass wir sehr viel zusammen machen in den letzten Jahren.«

»Wir leben zusammen.«

»Zusammen, Aneinander, Vorbei.«

Beim Frühstück am Sonntagmorgen kam Valentin erneut auf das Hotelprojekt zu sprechen. Er stand am Herd und buk Brötchen und Croissants auf. Liv saß am Tisch und schaute ihm zu. Sie mochte es, wenn Valentin in der Küche stand und herumfuhrwerkte. Sie hatte sich völlig von der Küchenarbeit zurückgezogen mit der Ausrede, sie fände sich in dem Durcheinander, das Valentin hier regelmäßig anrichte, nicht zurecht. Dabei entsprach das gar nicht der Wahrheit, sie mochte es einfach, Valentin in der Küche zuzuschauen. Sie mochte sein Durcheinander, obwohl sie eigentlich die Ordnung liebte. Sie mochte es, wenn er für sie sorgte, und das konnte sie in der Küche am besten spüren. Sonst sorgte ja sie für ihn. Sie betrachtete das Hotelprojekt, anders als sie das darstellte, nicht nur aus monetären Erwägungen. Es würde Unruhe in ihr Leben bringen und Veränderungen, von denen Liv nicht wusste, ob sie ihr willkommen waren. Sie fand das Leben mit Valentin, auch wenn der sich in den letzen Jahren manchmal beschwerte, sehr angenehm und sie fürchtete sich vor Veränderungen.

»Ich sehe es schon fertig vor mir. Ich weiß auch, wie ich es nenne«, sagte Valentin, als er seiner Frau ein Croissant mit Marmelade hinhielt.

»Wie denn?«

»Valentins Paradies«, antwortete Valentin.

Die Kosten blieben dann nicht an der Stelle stehen, die die Bank prognostiziert hatte.

»Ich bin die Erste, die für dein Bordell arbeitet«, sagte Liv, als sie wieder einmal eine dicke Rechnung im Briefkasten fand.

Inzwischen fanden die sich in mehr als einem Ordner in Livs Arbeitszimmer zusammen.

»Dein Geld bekommst du zurück.«

»Es geht nicht um das Geld. Ich sagte ja schon: Wir machen es zusammen.«

»Liv, erinnerst du dich noch, wie wir uns damals am Bahnhof getroffen haben?«

»Das ist das Letzte, was ich im Leben vergessen werde. Selbst wenn ich eines Tages alt und vergesslich bin, wird das klar und deutlich bleiben, bis zuletzt.«

»Ich denke in diesen Tagen oft an die ersten Wochen unseres gemeinsamen Lebens«, sagte Valentin.

»Ich auch«, sagte Liv nach einer Weile.

Beide wussten, dass diese Zeit das Fundament war, auf dem sie noch immer lebten. Sie wussten es bei jedem Streit. Und sie wussten, dass der andere es ebenfalls wusste.

»Ich hatte mal daran gedacht, dich zu verlassen.«

Liv schaute aus dem Fenster.

»Warum hast du es nicht getan?«, fragte sie dann.

»Wegen dieser Zeit. Das waren die besten sechs Wochen meines Lebens.«

»Es waren auch meine besten sechs Wochen.«

»Kann man ein ganzes Leben auf sechs Wochen aufbauen?«

»Man kann ein Leben auf einer einzigen Sekunde aufbauen.«

Liv und Valentin erlebten in den kommenden Monaten eine Zeit großer Nähe. Sie lachten wieder wie früher. Sie sahen einander manchmal an, wie sie sich damals angesehen hatten. Sie drehten sich nachts wieder zueinander, nicht voneinander weg. Wenn sie morgens aufwachten, hielten sie sich in den Armen. In den letzten Jahren waren sie immer vom Wecker wach geworden, jetzt wurden sie wach, wenn der andere aufwachte. Sie frühstückten miteinander. Leonie ging kurz vor acht Uhr in der Schule, die Praxis machte erst um neun auf. Valentin und Liv hatten eine gemeinsame Stunde. Sie wunderten sich beide, dass sie diese eine Stunde zuvor nie entdeckt hatten. Was hatten sie denn früher mit dieser Zeit gemacht?

»Jetzt, Küssen, Hier«, sagte Liv eines Morgens und deutete auf ihre Schulter.

Wann hatte sie das eigentlich zum letzten Mal gesagt? Valentin konnte sich nicht erinnern. Dabei liebte er ihre kleinen Gesten. Keine andere Frau auf der Welt konnte den Kopf so zur Seite neigen. Keine andere konnte mit so viel Anmut lächeln wie seine eigene. Valentin wunderte sich, wie wichtig ihm das war, diese Neigung des Kopfes und das Lächeln Livs. Sie küssten sich zum Abschied im Flur, dann ging Valentin in sein Hotel, das eine Baustelle war, und Liv ging in die Praxis.

Vom Unterschreiben des Kaufvertrages bis zur Eröffnung dauerte es nahezu eineinhalb Jahre. Die Einrichtung ließ Valentin so gut es ging im alten Zustand. Veränderungen wollte er so moderat wie möglich. Für ihn und sein Ohr klang Puff gut und er wollte, dass alles so aussah, wie sein Ohr es empfand. Liv hatte sich angewöhnt, Valentin freie Hand zu lassen. Es war schließlich sein Hotel. Er redete ihr auch nicht herein, wie sie den Bohrer halten sollte. Er nannte alle zahnmedizinischen Instrumente Bohrer, was Liv nicht ausstehen konnte.

»Bohr doch noch ein kleines Loch«, hatte er vor Jahren einmal im Scherz gesagt.

Das war das einzige Mal, dass Liv ausgerastet war. Obwohl es Valentin leidtat, dass er sie so in Rage brachte, fand er sie in diesen Momenten sehr schön. Sie hatte ein leidenschaftliches Gesicht, wenn sie sich aufregte, es ging dann etwas Erotisches und Wildes von ihr aus. Sonst war sie die Selbstbeherrschung in Person. Am Abend hatte sie sich wieder beruhigt.

»Ich bohre keine Löcher«, sagte sie, »ich bewahre Zähne vor dem Verrotten, indem ich Karies entfernte. Meine Arbeit ist eine kurative. Ich heile.«

Die erste Nacht vor der Eröffnung verbrachten Valentin und Liv gemeinsam im Hotel. Außer ihnen war niemand da. Valentin hatte ein Kleid für Liv gekauft, extra für diesen Abend. Liv schaute Valentin an, als sie das Paket öffnete, dann das Kleid und dann wieder Valentin.

»Du willst nicht wirklich, dass ich das anziehe!«

»Doch, Will, Ich!«

Liv zog sich ins Badezimmer zurück. Valentin saß auf dem Bett und wartete. Er wartete auf einem Stuhl und dann wartete er wieder auf dem Bett. Als sie schließlich aus dem Badezimmer kam, kam sie eigentlich gar nicht, sie streckte lediglich den Kopf heraus und zog ihn dann wieder zurück. Die Tür ging zu. Dann ging sie wieder auf, und als Liv schließlich vor ihm stand, musste Valentin eingestehen, dass das Kleid ausgesprochen freizügig war. Man konnte Livs Brüste sehen. Man sah kaum etwas anderes.

»Ich finds geil«, sagte er.

Liv schüttelte missbilligend den Kopf. Sie mochte es nicht, wenn er so sprach. Früher war sie nicht verkrampft gewesen. Valentin erinnerte sich, was sie damals alles gemacht hatten. Sie hatte sich für nichts geschämt. Warum hatte sich das verändert?

Sie hatten zur Einweihung alle Leute eingeladen, die sie kannten. Alle Handwerker, die am Bau mitgewirkt hatten, die Frau von der Stadtverwaltung, die Bankerin, alle, die in den letzten eineinhalb Jahren in die Sache involviert gewesen waren. Selbstverständlich waren auch die künftigen Angestellten eingeladen. Es gab eine Küche, den Zimmerservice und den

Nachtdienst, etwa fünfzehn Leute. Valentin, der höchst unkompliziert und optimistisch an die Sache herangegangen war, wurde es mitunter mulmig, wenn er daran dachte, dass all diese Leute bezahlt werden mussten. In einem Monat waren die ersten Gehälter fällig.

Am nächsten Tag war die offizielle Eröffnungsfeier. Zu Valentins größtem Erstaunen trug Liv das Kleid vom Abend zuvor. Da fand sie es zu sexy, obwohl sie allein gewesen waren, und heute, wo hundert fremde Leute dabei waren, zeigte sie ihre Brüste in aller Öffentlichkeit. Sie hatte fast nichts an! Liv schien sich prächtig zu amüsieren. Sie schämte sich offenbar nur vor ihm. Sie stand im Foyer und unterhielt sich mit den Handwerkern, als kenne sie die bereits seit Jahren. Dabei war sie höchstens alle paar Wochen auf der Baustelle erschienen. Jetzt legte sie einem sogar die Hand auf den Arm. Das sah verdammt vertraut aus. Und dieser Dreckskerl schaute seiner Frau auch noch gierig auf die Titten. Wie kam Liv dazu, diesen Mann anzufassen?

»Papa, guck nicht so verkrampft«, sagte seine Tochter, die plötzlich neben ihm stand. »Du bist doch nicht etwa eifersüchtig?«

»Ich und eifersüchtig? Das ist ja wohl ziemlich aus der Luft gegriffen«, antwortete er entrüstet.

»Sieht mir aber nicht so aus«, sagte Leonie, lächelte und drehte sich um.

Komisches Lächeln, fand Valentin. Woher hatte seine Tochter dieses Lächeln? Von ihm jedenfalls nicht. Und was hatte sie da eigentlich an?

»Sag mal, was trägst denn du für Klamotten?«

»Tango«, sagte sie lediglich.

Konnte sie nicht in ganzen Sätzen reden?

»Tango? Wieso Tango?«, rief er ihr hinterher.

Leonie schüttelte den Kopf und verschwand. Valentins Laune

sank. Er drehte sich weg, um Liv nicht länger anschauen zu müssen.

An diesem Abend fand eine Tanzaufführung statt, von der Valentin nichts gewusst hatte. Es war eine Überraschung. Leonie gehörte zur Gruppe der Tänzer und Tänzerinnen. ›Pantomimische Darstellung eines Bordells‹, nannte sich die Gruppe. Zum Abschluss der Veranstaltung tanzte Leonie einen Tango mit einem Mann und Valentin bemerkte zum ersten Mal, dass seine Tochter nicht mehr wie ein Mädchen aussah, sondern wie eine Frau. Eigentlich bemerkte er es nicht zum ersten Mal, aber jedes Mal wenn er es bemerkte, hatte er das Gefühl, er habe das noch nie zuvor bemerkt. Sie sah einfach hinreißend aus. Aber der Kerl, mit dem sie da tanzte, war für seinen Geschmack ein bisschen zu nah dran an seiner Tochter. Und der sah sie auch ein wenig zu gierig an. Leonie war fast noch ein Kind!

»Du bist doch nicht etwa eifersüchtig?«

Liv stand neben ihm. Sie lächelte auf dieselbe Weise wie ihre Tochter.

Das ›Valentins Paradies‹ entwickelte sich besser als erwartet. Es war ein Hotel der mittleren Kategorie. Es kamen jedoch vor allem Leute, die sich etwas Besseren hätten leisten können. Ein halbes Jahr nach der Eröffnung musste Valentin weiteres Personal einstellen und ein Jahr später musste er erneut aufstocken. Das Hotel lief gut, das Restaurant und die Bar im Erdgeschoss gingen sogar noch besser. Er hatte den ganzen Tag lang zu tun. Leonie besuchte ihn manchmal, alleine oder mit ihren Freundinnen aus der Schule. Valentin fand, dass seine Tochter hübsche Freundinnen hatte. Sie waren vielleicht ein bisschen jung, sahen aber trotzdem ziemlich gut aus. Er konnte sich nicht erinnern, dass Mädchen früher in dem Alter so gut ausgesehen hatten, so verdammt verführerisch!

Einige Jahre später schien sich Liv erneut nur noch für Geld zu interessieren. Mit der Finanzierung des Hotels hatte das angefangen. Oder war es damit schlimmer geworden? Obwohl sie große Stücke auf ihren Steuerberater hielt, tauschte sie ihn gegen einen anderen aus, den sie dann nicht weniger kontrollierte als den alten.

Valentin stand an der Arbeitsplatte in der Küche. Vor ihm lag, was in einer Stunde die Bezeichnung Mittagessen tragen sollte. Sie hatten sich, als Leonie eingeschult worden war, angewöhnt, zusammen zu Mittag zu essen. Dieses gemeinsame Essen war ein wichtiger familiärer Haltepunkt, inzwischen vielleicht sogar der einzige. Obwohl er nahezu so viel verdiente wie seine Frau und ihm ein Hotel gehörte, war er immer noch für das Mittagessen verantwortlich. Das wollte er sich auch nicht aus der Hand nehmen lassen, zumindest solange Leonie noch zu Schule ging. Für zwei Personen lohnte sich diese Arbeit dann wirklich nicht mehr. Liv und er würden zum Essen ins Hotel rüber gehen. Vielleicht würden sie auch gar nicht mehr zusammen essen.

Es war November. Das Wetter war trüb. Valentin schaute aus dem Fenster. Er erinnerte sich an Mărginime, wo der Winter nicht so grau und trist gewesen war wie hier in der Stadt. Er dachte an Silvana, die behauptet hatte, dass man in der Stadt jung bliebe. Er konnte sich an ihre beschwörende Stimme erinnern. Vielleicht hatte sie etwas anderes gemeint, als sie vom Jungsein sprach. Sie hatte nicht leugnen wollen, dass man älter wurde. Er war jetzt fünfzig. Eigentlich war das keine schlechte Zahl. Das ist jetzt die Hälfte, sagte er sich. Die Hälfte seines Lebens, die vorüber war. Dann erinnerte er sich, dass er dasselbe an seinem vierzigsten Geburtstag gedacht hatte und an seinem dreißigsten womöglich auch schon. Erst war er schockiert, doch da er das jetzt schon so lange dachte, konnte es ruhig dabei bleiben. An seinem Sechzigsten würde er sich sagen: So weit so gut, das war also die Hälfte.

Er gab sich einen Ruck und begann, das Gemüse zu schälen

und kleinzuschneiden. Er setzte Wasser auf und holte einen Topf für die Soße. Er erhitzte das Öl in der Pfanne. Vielleicht hatte Silvana das gemeint: Man ist jung, solange man in der ersten Hälfte ist. Wie man sich die Hälften einteilte, konnte ja jeder für sich entscheiden. Er sah erneut aus dem Fenster, dann lächelte er und beschloss, dass er sich am Tag seines sechzigsten Geburtstages ein Geschenk machen wollte: die dritte Hälfte. Zum Glück lag das noch in ferner Zukunft.

Jahre später sah es so aus, als hätte er sich seinem sechzigsten Geburtstag nicht Stunde für Stunde angenähert, sondern als käme dieser Tag mit einem gewaltigen Sprung durch die Zeit näher. Der fünfundfünzigste Geburtstag lag bereits hinter ihm.

»Wir, Müssen, Reden«, sagte Valentin beim Essen zu seiner Frau.

»Worüber?«, fragte Liv.

»Klingt gerade so, als störte es dich.«

»Was soll mich stören?«

»Meine Absicht zu reden.«

»Unsinn. Worüber willst du reden?«

»Könntest du bitte die Zeitung weglegen.«

Liv legte die Zeitung weg.

»Kannst du dich noch an das Restaurant erinnern, in dem ich dir vor vielen Jahren von dem abgebrannten Laden erzählt habe und dass ich ein Hotel daraus machen will?«

»Ich kann«, antwortete Liv.

»Ich habe dort für Freitagabend einen Tisch reserviert.«

»Freitag passt mir aber gar nicht«, sagte Liv.

»Machs passend!«, sagte Valentin.

Dann stand er vom Frühstückstisch auf und verließ die Küche. Liv fand Valentins Tonfall in letzter Zeit etwas anstrengend.

Zweimal in seinem Leben hatte Valentin bisher das dringende Gefühl gehabt, etwas ändern zu müssen. Beim ersten Mal war er aus Mărginime weggegangen. Beim zweiten Mal hatten sie das Paradies gekauft. Jetzt geschah das zum dritten, zum entscheidenden Mal. Leonie befand sich in der Ausbildung. Sie brauchte ihre Eltern nicht mehr. Sie brauchte manchmal etwas Geld. Man sah sie kaum noch, obwohl sie in derselben Wohnung lebte. Sie büffelte oft und manchmal ging sie aus und kam frühmorgens nach Hause. Sie besaß ein Telefon und einen Laptop, mit diesen Geräten hatte sie mehr Kontakt als mit ihren Eltern.

»Leonie ist inzwischen erwachsen. Sie hat bald eine abgeschlossene Berufsausbildung. Sie braucht uns in gewisser Weise nicht mehr. Würdest du da zustimmen?«

Valentin hatte ohne Ankündigung das Gespräch eröffnet.

»Deswegen hast du mich herbestellt? Um mir das zu sagen?«, fragte Liv.

»Ich wollte einfach mal wieder reden.«

»Dazu mussten wir uns hier treffen?«

»Na, zu Hause gehts ja offensichtlich nicht.«

»Wieso?«

»Weiß ich nicht«, sagte er.

»Du führst doch etwas im Schilde. Ich kenn dich doch!«

»Kennst du mich?«

Liv sah ihn befremdet an.

»Was ist los?«, fragte sie.

»Ich werde das Paradies verlegen.«

»Was heißt verlegen?«

»Ich verlege es an einen anderen Ort.«

»Wieso denn das? Es liegt doch sehr gut dort, wo es liegt. Außerdem kann man das nicht verlegen.«

»Es ist mein Paradies. Steht sogar draußen dran.«

»Und wohin willst du es verlegen?«, fragte Liv nach einer kleinen Pause.

»Nach Mărginime.«

Liv sah ihn eindringlich an, sagte aber nichts.

»Wie findest du meine Idee?«, fragte Valentin schließlich.

»Ausgesprochen kapriziös.«

»Sonst noch was? Etwas Zweites vielleicht. Oder sogar etwas Drittes?«

Liv sah ihn an. Dann schüttelte sie den Kopf.

»Nein. Bedauerlicherweise nicht. Ich finde es lediglich kapriziös.«

»Schade. Ich kann mich an Zeiten erinnern, da warst du zu differenzierteren Urteilen in der Lage.«

»Wollen wir jetzt bitte essen. Ich habe Hunger.«

»Wie du willst«, sagte Valentin.

»Ich hatte einen anstrengenden Tag«, sagte Liv noch.

»Das höre ich seit Jahren.«

»Ich habe ja auch seit Jahren anstrengende Tage.«

Valentin fand, dass in Livs Stimme eine Spur Verachtung lag. Vielleicht sogar mehr als nur eine Spur. Sie fragte nicht nach dem Grund für diesen Entschluss. Aber sie kannte Valentin gut genug, um zu wissen, dass er das ernst meinte. Durch ihre Reaktion fühlte er sich sogar noch bestärkt. Valentin wusste selbst, dass man ein Haus nicht verlegen konnte. Aber er konnte den Laden verkaufen und mit dem Geld ein kleines Hotel in seiner Heimat eröffnen. Liv hätte fragen können, wie er sich das vorstelle, schließlich lebten sie in Berlin. Sie hätte Interesse und Anteilnahme äußern können. Er wollte seiner Frau gerne die Hand reichen, er meinte jedenfalls, eine derartige Geste gemacht zu haben. Aber sie ergriff sie nicht. Sie sah nicht einmal, dass er ihr die Hand hinhielt. Hatte er sie vielleicht gar nicht hingehalten? Sie saßen einen Meter voneinander entfernt. Valentin wusste nicht, wie er diese Entfernung hätte überwinden sollen. Größer als in diesem Moment, schien ihm, war der Abstand zwischen ihnen beiden nie gewesen.

All die Qual der letzten Jahre wird dann vorüber sein

Heute ist Krisztinas Geburtstag. Ich sitze am Küchentisch und halte ein Foto von meiner Tochter in Händen. Ich grüble nicht mehr. Ich versuche nicht, etwas zu verstehen. Ich suche auch nicht mehr nach einem Grund. Früher habe ich das getan. Ich habe den ganzen Acker umgegraben auf der Suche nach einer Antwort. Ich habe gegraben, gefunden habe ich nichts.

Nur an ihrem Geburtstag ist es anders. Da grüble ich. Ich sitze den ganzen Tag bewegungslos in der Küche am Tisch und halte das abgegriffene Foto zwischen meinen Fingern. Clara hat es gemacht. Sie macht nach jedem Schuljahr von den Kindern Fotos, die sie den Eltern schenkt. So können die beobachten, wie sich ihre Kinder entwickeln und verändern. Über den Rand des letzten Fotos von Krisztina schaue ich meiner Frau beim Backen zu. Wenn sie fertig ist, setzt sie sich zu mir an den Tisch. Wir sitzen da, ohne ein Wort zu wechseln. Am Nachmittag, wenn der Unterricht vorüber ist, kommt Clara zu Besuch. Sie kommt immer an Krisztinas Geburtstag. Wir sitzen gemeinsam am Küchentisch und sprechen über allerlei belanglose Dinge. Clara und ich sprechen. Zum Abschied drückt Clara mir die Hand. Meine Frau umarmt sie, aber Dora bemerkt das nicht. Sie lebt nicht mehr in dieser Welt, seit unsere Tochter vor vielen Jahren spurlos verschwunden ist.

Da ist keine Träne mehr. Nicht mehr dieses stundenlange Weinen. Nicht diese Weinkrämpfe. Schmerz ja. Der Schmerz ändert sich durch all die Jahre nicht, das frisst sich in mich hinein. Manchmal bemerke ich ihn nicht einmal mehr. Man wird stumpf und taub davon. Man wird krank und stirbt daran und muss doch weiterleben. Schlimmer als dieser Schmerz sind die Fragen. Fragen, die einem niemand beantwortet. Lebt Krisztina noch? Unvorstellbar, dass das eigene Kind tot ist. Unvorstellbar, dass jemand unsere Tochter getötet haben sollte, ein junges hübsches Mädchen, das gerne lachte. Wer sollte so etwas Unmenschliches getan haben? Jemand aus Mărginime vielleicht, der mir Tag für Tag unter die Augen tritt? Ich kenne all die Leute schon mein Leben lang. Dennoch wurden sie mir mit einem Mal fremd. Jeder war mir gleichermaßen suspekt. Obwohl ich mir bei keinem vorstellen konnte, dass er so etwas getan hatte, stellte ich es mir bei allen vor.

Wenn sie aber lebte, war sie freiwillig fortgegangen? Hatte jemand sie gezwungen? Ein Vorüberreisender, dem sie zufällig über den Weg gelaufen war? Es gab hier so gut wie keine Reisenden. Der Geheimdienst vielleicht, dessen Namen alle kannten und den doch niemand laut aussprach. Was konnte eine Sechzehnjährige getan haben, das diese Leute interessierte? War Varian, der Bruder unseres Tischlers, einer von diesen Leuten? Nicolae glaubte das. Er nahm an, dass der Tod seiner Mutter nur ein Vorwand für Varians Besuch war und er seine Freundlichkeit bloß spielte. Krisztina war ein ausgesprochen hübsches und charmantes Mädchen, das sicher den einen oder anderen Mann für sich einnehmen konnte. Dennoch halte ich Nicolaes Annahme für absurd. Varian hätte Krisztina seine Zuneigung gestanden, er hätte sie nicht verschleppt. Noch absurder ist die Annahme, unsere Tochter habe uns freiwillig verlassen. Wer das glaubt, hat Krisztina nicht gekannt.

Viele Fragen, aber keine Antwort. Manchmal ist es so schlimm, dass ich mir fast wünsche, sie wäre tot. Damit die Unsicherheit und die Selbstquälerei aufhören, die wie Geschwüre das Leben und die Vergangenheit zerstören. Man zweifelt an allem, man zweifelt an der Liebe seines Kindes und schließlich zweifelt man sogar an der Liebe zu seinem Kind. Wenn man so weit ist, verliert man den letzten Halt. Dann rutscht man in einen Abgrund, aus dem man nicht mehr herauskommt.

Das ist leider bei meiner Frau der Fall. Dora und ich haben aus Liebe geheiratet. In der vorhergegangenen Generation wurden Frauen unter die Haube gebracht. Die Liebe kam dann entweder dazu oder sie kam nicht. Aber die Sitten und Gewohnheiten veränderten sich und ich wusste, dass ich aus Liebe heiraten wollte. Im Dorf habe ich keine geliebt. Also musste ich anderswo suchen. Das bedrückte mich ein wenig. Ich fühlte mich außerhalb unseres Dorfes nicht wohl. Das war eine andere Welt. Als ich loszog, wusste ich nicht, wie lange ich weg sein würde, Wochen oder Monate. Ich hatte keinerlei Erfahrung damit. Ich habe dann sehr schnell eine Frau gefunden, die ich liebte, in den Dörfern bei uns in der Gegend. Dort, wo die Menschen noch nicht vollkommen anders sind als wir.

Dora und ich haben es nicht bereut. In den ersten Jahren nicht, in denen wir alleine waren, und später erst recht nicht, als Krisztina da war. Es war vom ersten Moment an so, als wäre sie schon immer dagewesen. Das waren die schönsten Jahre meines Lebens. Wenn ich vom Feld kam, wenn ich mir die Stiefel am Hauseingang auszog, den Flur betrat und die Stimme meiner Tochter hörte, wenn ich dann die Küche betrat und meine beiden Frauen sah, dann war ich der glücklichste Mensch der Welt.

Ich höre noch heute ihre Stimme. Das geht mir durch Mark und Bein. Ich höre sie jeden Tag. Ich höre die Worte, die sie gesagt hat. Ich höre sie Worte formulieren, die sie nie gesagt hat. Ich höre, was sie sagt, wenn ich nicht weiter weiß. Sie gibt mir Ratschläge. ›Papa, mach das doch so‹, sagt sie. Ich lege den Kopf schief, sinniere und dann stimme ich ihr zu. Ich höre sie lachen. Ich höre ihre Schritte, sie kommt auf mich zugelaufen.

Ich spüre, wie sie die Arme um mich legt. Ich höre sie ›Papa‹ und ›Rhabarberkuchen‹ sagen. Wenn Dora sie früher fragte, was sie essen wolle, sagte Krisztina immer ›Rhabarberkuchen‹. Sie sagte das mit einem Gesicht, dass man die Welt aus den Angeln heben möchte, um ein paar Stangen Rhabarber aufzutreiben. Die eigene Seligkeit, die man dabei empfindet, ist vielleicht sogar noch größer als die des Kindes.

Dora steht tagsüber herum. Sie hat jede Orientierung in Mărginime verloren. Sie lebt nur noch nachts, wenn sie schläft. Seit vielen Jahren träumt sie das Leben unserer Tochter weiter, jede Nacht einen Tag. Krisztina liebte die Schule, seit Clara bei uns Lehrerin wurde. Es dauerte nicht lange und Krisztina wollte ebenfalls Lehrerin werden. Sie wollte in die Stadt gehen und studieren. Sie könne gut mit Menschen umgehen, sagte Clara, die diese Pläne unterstützte. Um zur Universität zu gehen, müsste sie noch weitere zwei Jahre auf der Oberschule absolvieren. Meine Frau will Krisztina nicht allein gehen lassen, und so ziehen wir gemeinsam um. Ich suche eine Wohnung für uns drei und dann lösen wir unseren Haushalt im Dorf auf und ziehen in die Stadt. Meine Frau kauft eine Kamera. Gleich beim Einzug macht sie das erste Foto. ›Zur Sicherheit‹, sagt sie, ›damit es später nicht heißt, es sei in Wirklichkeit ganz anders gewesen.‹ Ein Foto zeigt Krisztina vor dem Haus, in dem wir wohnen. Auf einem anderen sieht man sie in der Stadt vor der Schule stehen, die mit einem Dutzend Klassenzimmern viel größer ist als die alte. In der Dorfschule ist unserer Tochter das Lernen sehr leichtgefallen, in der Stadt sitzt sie manchmal bis spät abends vor den Büchern. Auf einem anderen Foto fallen ihr fast die Augen zu. In der zwölften Klasse kommt die erste große Liebe und gleich hinterher der Liebeskummer. Einige Wochen lang geht es ihr schlecht, sie weint viel. Auf den Fotos sieht sie aus, als wäre etwas aus ihr herausgerissen worden. Drei Monate später, sie sitzt im Wohnzimmer auf der Couch neben ihrer Mutter, wird sie nicht mehr verstehen können, wie sie deswegen hat Kummer und Leid empfinden müssen. Sie schaut fragend in die Kamera. Ein anderes Foto zeigt Krisztina lächelnd mit ihren typischen Grübchen in den Wangen, die aussehen, als wollten sie ihr gleich aus dem Gesicht hüpfen. Einige Fotos zeigen sie in der Wohnung, ihre Kleidung verändert sich, sie betont nun ihre weibliche Seite. Dann kommt das Foto von der Abschlussprüfung und einen Monat später der Sommerurlaub, für den meine Frau und ich lange gespart haben. Der letzte gemeinsame Urlaub, bevor unser Mädchen erwachsen wird. Drei Menschen mit angestrengten Gesichtern steigen aus einem Wagen. Die Gesichtszüge schlagen unvermittelt in Erleichterung um, als sie das kleine Häuschen erblicken, in dem sie für die nächsten zwei Wochen wohnen werden. Das Meer ist in der Nähe. Die Sonne scheint. Irgendwo lachen Kinder. Eine Serie von Fotos zeigen Mutter und Tochter bei Strandspaziergängen, Bilder von großer Ruhe und Gelassenheit. Die beiden sehen aus wie zwei Schwestern, die kraftvoll federnden Schrittes sehr persönliche Gespräche führen. Dann ist da ein Bild von Krisztina mit einem jungen Mann, das nächste zeigt sie in legerer Pose am Strand. Im Kreis einer Gruppe junger Leute sitzt sie abends am Meer. Es wird gegrillt und gelacht, man spielt Volleyball im Mondlicht und sitzt in kleinen Gruppen oder zu zweit nah am Wasser und blickt in eine Weite hinaus, die der ihrer Herzen ähnelt. Wir sind schon im Bett, wenn Krisztina nach Hause kommt. Dora macht kein Auge zu, wenn unsere Tochter abends lange ausbleibt. Eine Aufnahme mit Blitzlicht im Flur zeigt sie erschrocken innehaltend. Man muss nicht viel von seinem Kind verstehen, um durch dieses Erschrecken hindurch den soeben noch heiß geküssten Mädchenmund zu erkennen und die Finger eines Mannes, der ihr später am Abend die Haare zerwühlt, während sie ihm die Schulter küsst und ihr Bein sich langsam an seinem reibt. Dann eine Abreise aus dem sonnigen Süden unter Protest und Tränen, den bis ans Lebensende schmerzenden Verlust dieser Liebe im Gesicht, tief verletzt in die Kamera blickend. Einige Liebesbriefe gehen zwischen der Stadt und den Hügeln am Meer hin und her, dann gehen sie nur noch in eine Richtung, und dann gar nicht mehr. Krisztina beginnt mit dem Studium. Sie zieht für uns überraschend in eine eigene Wohnung. Ein Foto zeigt sie beim Abschied. Zwischen den nächsten Fotos liegen größere Zeitabstände, die meisten werden bei Besuchen aufgenommen, die uns unsere Tochter abstattet. Wir nehmen deutliche Veränderungen an ihr wahr. Es liegt etwas Ernstes in ihrem Gesicht, die Unbeschwertheit früherer Kindertage ist fort. Schneller als gedacht, zwei, drei Seiten weiter im Fotoalbum, ist Krisztina auf ihrer Abschlussveranstaltung zu sehen. Wenige Tage zuvor hat sie die letzte Prüfung bestanden. Auf einem Bild ist sie vor ihrer ersten Klasse zu sehen. Dann folgen das Bild eines Mannes und das nächste, auf dem Krisztina und dieser Mann einander anschauen. Es folgt der nackte Bauch unserer Tochter. Eine Seite weiter sieht man die Ultraschallaufnahme. Angeblich kann man erkennen, dass es ein Mädchen wird. Bald nach der Geburt gibts zur Feier des Tages Rhabarberkuchen. Es vergeht keine Nacht, ohne dass meine Frau Rhabarber sagt.

Einige Zeit sah es in Mărginime so aus, als sei das Verschwinden Krisztinas lediglich der Anfang gewesen. Als hielte das Unglück Einzug bei uns. Zuerst konnte man das bei Silvana erkennen. Vergangene Zeiten waren für sie seit jeher so lebendig wie die Gegenwart. Oder sogar noch lebendiger. Sie, die ein hervorragendes Gedächtnis besaß und sich an Zeiten erinnern konnte, die sie gar nicht erlebt hatte, stellte mit einem Mal das Erinnern ein. Sie verbreitete das Gerücht, dass der Teufel Krisztina geholt habe. Silvana behauptete, dass Krisztina unter einem weißen Laken mit dem Teufel gerungen hatte.

Angeblich waren an diesem Tag, dem Tag ihres Verschwindens, alle Bewohner von Mărginime dabei gewesen. Ich habe alle gefragt, es konnte sich niemand an ein Laken, geschweige denn an einen Kampf Krisztinas mit dem Teufel erinnern. Silvana hatte offenbar ihren Verstand verloren. Sie schaute uns wie Fremde an. Sie vergaß die Vergangenheit, sie vergaß sogar die Gegenwart, sie vergaß ihren Namen und schließlich vergaß sie sogar sich selbst.

Varian, der Vater Marijans, gab die Tischlerei auf. Er ging morgens in den Wald, um Holz zu machen, und kam erst abends wieder zurück. Er brauchte das Holz nicht. Er stapelte es nicht, er trocknete es nicht und er bearbeitete es auch nicht mehr. Er schlug bloß noch Bäume tot. Eines Tages zog er aus dem Haus aus und wohnte von da an nur noch in seiner Werkstatt. Er suchte irgendetwas im Holz, irgendwelche Gesichter, die Vergangenheit oder die Erlösung von seinen Qualen, die wir nicht kannten. Er sprach mit niemandem mehr, manchmal schrie er zusammenhangloses Zeug. Er ließ seine Frau und seinen Sohn im Stich. Marijan kam ins Krankenhaus, wo er erblindete. Ein halbes Jahr später gingen Elena und ihr Sohn für immer fort. Von da an sah man nachts Licht in der Werkstatt. Ihn selbst sah man nicht mehr. Es war ein schwaches Licht und dennoch hatte man den Eindruck, er leuchte das ganze Dorf aus. Eines Tages war auch Varian verschwunden. Vielleicht ist er unter einen seiner Holzstapel geraten oder von einem Baum erschlagen worden. Als wir nach einem halben Jahr das leere Haus betraten und dann seine Werkstatt, fanden wir unzählige Holzstümpfe in den Regalen und auf dem Boden, geschnitzte Kinderkörper, allesamt ohne Gesicht und ohne Hände.

Auch Ioan und sein Sohn verließen das Dorf. Nicolae weigerte sich, wieder zur Schule zu gehen. Er saß davor, auf einer der Bänke. Immer an derselben Stelle. Er hielt den Kopf gerade und schaute auf einen Punkt in der Ferne. Als ob er Krisztina durch sein Warten wieder zurückbringen könnte. Ioans Geschäft lief seit Jahren schon schlecht und schlechter. Die Leute fuhren in die Stadt und kauften dort Schuhe. Man wollte nicht mehr ein Paar für alle Tage, sondern mehrere Paar für verschiedene Gelegenheiten. Selbst wenn man die Gelegenheiten gar nicht hatte. Man setzte sich am Sonntagnachmittag in seinen neuen Schuhen an die Straße und bildete sich ein, die Gelegenheit käme noch. Eine Zeit lang reiste Ioan in der Gegend herum und reparierte Schuhe vor Ort. Aber seine wirtschaftliche Situation wurde immer angespannter. Er konnte es wohl auch nicht mehr mit ansehen, wie sein Sohn da saß und in die Gegend stierte. Er packte seine Sachen und verließ mit Nicolae das Dorf.

Das war eine Zeit, da wir nicht wussten, wie es weitergehen würde. Ob es überhaupt weiterging. Unsere Vorfahren waren hierhergekommen, sie hatten, so erzählte Silvana das oft, angehalten und Mărginime gegründet. Sie hatten einen Brunnen gegraben, Häuser gebaut, Felder angelegt und Vieh gezüchtet. Sie hatten einfach angefangen. Wenn etwas anfangen konnte, konnte es dann nicht auch aufhören? Der Tod, der uns früher oder später alle holen kam, schien nur noch auf die Gelegenheit zu warten, uns alle mit einem Mal zu verschlingen. Wir erstarrten geradezu.

Und dann lachte Clara. Zuerst fühlte man sich von dem Geräusch abgestoßen. Wie konnte jemand bei all dem Unglück lachen? Man fand es unpassend, geradezu obszön. Es klang, als lache sie über Krisztinas Verschwinden, als lache sie über Silvana und Nicolae, Marijan und Varian. Sie lachte so, dass sich die Leute fragten, ob sie sie jemals zuvor hatten lachen hören. Es musste eine Ewigkeit her sein, dass in Mărginime jemand gelacht hatte. Mit der Zeit aber verstanden die Leute, dass das Claras Art war, mit den Ereignissen umzugehen. Oder sie womöglich sogar abzuwenden. Möglicherweise warteten das Unglück und der Tod in den Hügeln ringsum. ›Und wenn schon‹, schien Claras Lachen zu sagen, ›der Tod wartet überall. Lasst ihn warten!‹ Seither empfinde ich eine große Nähe zu ihr. Sie war noch ganz jung, als sie zu uns gekommen ist, beinahe selbst noch ein Kind. Inzwischen ist sie erwachsen geworden.

Eines Tages steht Krisztina da. Ich weiß es ganz sicher. Sie steht in der Tür. Sie klopft nicht. Warum sollte sie? Sie hat ja nie geklopft. Das ist ja hier ihr Zuhause. Sie steht dort drüben in der Tür und schaut mich an. Es gibt nichts im Leben, was ich mehr ersehne als diesen Moment. Ich bemerke jemanden in meinem Rücken. Ich drehe mich um und sehe sie vor mir stehen. Sie schaut für einen Moment zu Boden und dann blickt sie auf. Sie sieht mir ins Gesicht mit ihren klaren Augen. All die Qual der letzten Jahre wird dann vorüber sein.

Das Geräusch des Werdens

»Ich durfte mich nicht länger verschließen, indem ich in der Wohnung blieb und den Blicken der anderen auswich. Ich musste in die Welt hinausgehen. Wobei Welt sehr großzügig formuliert ist. Meine Welt ist meine unmittelbare Umgebung. Natürlich hatte ich bereits zuvor Kontakt mit dieser Welt. Ich bin mit meiner Mutter bekannte oder unbekannte Wege gegangen und ich bin sie ohne sie gegangen. Nach ihrem Tod veränderte sich allerdings etwas Entscheidendes. Sie hatte zuvor im Hintergrund gestanden. Ob sie nun tatsächlich anwesend war oder nicht, ob sie eingriff oder nicht: Sie stand da. Ich wurde von Fäden gehalten wie eine Marionette. Damals vor ihrem Tod hatte ich gewollt, dass sich diese Fäden lösten. Fäden, an denen Eltern ihre Kinder lebenslang halten. Mit einem Mal war niemand mehr da, der mich hielt und meine Bewegungen arrangierte. Ich baumelte die erste Zeit nach ihrem Tod schlaff herunter. Da meine Mutter die Fäden besonders straff gehalten hatte, schlenkerte ich mit meinen losen Gliedern wahrscheinlich mehr als andere.

Im Sommer vor zwei Jahren entdeckte ich eine Eisdiele. Normalerweise erkenne ich nicht, woran ich vorübergehe. Ich brauche frontale Ereignisse. Vor mir liegt eine schmale Schneise, durch die ich gerade so hindurchpasse. Nur ich, mehr nicht. Nur mein Körper, der steckenbliebe, wäre er nur einige Zentimeter breiter. Manchmal eröffnen sich allerdings auch Lichtungen, breite Schneisen durch die, so fühlt sich das an, die halbe Welt passen würde. Dann atme ich erleichtert auf.

Ich fühle mich vom Druck der Straßen und Gebäude befreit. Die Eisdiele war so eine Schneise. Erst war da nur ein Loch in einem Zaun, dann war da ein Vorgarten. Einem Gespräch entnahm ich, dass dahinter ein Weg war und an seinem Ende, keine fünf Meter vom Gehsteig entfernt, ein Geschäft. Von da an bin ich nahezu täglich in die Eisdiele gegangen. Sollte ich sie beschreiben, würde ich nicht sagen können, wie sie aussieht, fühlte aber, wie sie jenseits ihres Aussehens ist.

Die Leute, die dort arbeiteten, waren sehr freundlich zu mir. Sie lachten, wenn ich kam. Ich wollte immer Waffeln mit Vanilleeis und heißen Kirschen und ich setzte mich immer auf denselben Platz. Akustisch betrachtet, war das die beste Ecke. Andere mögen sich ihren Platz nach der Aussicht aussuchen. Oder sie nehmen das gemütlichste Sofa und lassen sich mit einem Stöhnen hineinfallen. Es gibt viele Arten, einen Platz zu besetzen, manche plumpsen einfach hinein, andere senken ihren Körper ganz vorsichtig ab, so als gäbe es nichts Gefährlicheres auf der Welt. Wieder andere lassen sich Stück für Stück fallen, sie fallen auseinander, unten angekommen, setzen sie sich wieder zusammen. Dann freuen sie sich, weil sie wieder derjenige sind, der sie zuvor waren.

In diesem Sommer spielte ich mit der Idee, in dieser Eisdiele zu arbeiten. Ich könnte sicher mit derselben Geschicklichkeit wie die anderen Verkäufer Eiskugeln auf die Waffeln balancieren. Fragt mich dann ein Kunde, wie ich die Eissorten unterscheide, würde ich sagen: anhand ihres Namens. So unterscheiden sie ja auch alle anderen. Nach dem Geschmack könnte ich die Sorten ebenfalls unterscheiden. Nahezu alle in dieser Welt bekannten Unterscheidungskriterien für Eissorten stehen auch mir zur Verfügung. Wer will sein Eis schon nach dem Aussehen? Ich fand diese Vorstellung schön: Ich stehe im Eisladen, verkaufe Eiskugeln und verschenke obendrein gute Laune und schlagfertige Bemerkungen. Aber ich wusste, dass es unrealistisch ist. Ich hatte diesen Wunsch, weil ich ein Bild von der Eisdiele hatte. Oder vielmehr gehörte alles zu dem Bild, auch meine Vorstellungen, wie die Kunden, wenn sie sehen, dass ich sie nach meiner Antwort freundlich anlächle, zurücklächeln. Sie sehen, wie ein Blinder, ohne die Eissorten eines einzigen Blicks zu würdigen, Malaga von Mango und Zitrone von Zabaione unterscheidet. Sie wundern sich darüber. Ich weiß, dass sie sich wundern, auch wenn ich die verwunderten Gesichtszüge nicht sehe.

Die Vorstellung von meiner Souveränität in dieser Situation hat mich den ganzen Sommer lang begleitet. Die Vorstellung meines Lächelns, denn das war die größte Veränderung dieser Zeit. Ich begann, Leute anzulächeln. Auch wenn ich nicht wusste, ob sie es bemerkten oder ob es ungesehen an Hauswände prallte oder vom Auto überfahren wurde. Selbst wenn niemand es bemerkte, war es ein Erfolg für mich. Ich lächelte und manchmal spürte ich, wie die Leute zurücklächelten.

Von diesen Bildern, die nach meiner Erblindung entstanden sind, habe ich nicht viele. Sie lassen sich nicht absichtlich herstellen, sie entstehen zufällig. Will ich mir bewusst vorstellen, wie es an einem Ort aussieht, geschieht genau das Gegenteil. Es entsteht eine Leerstelle. Dunkelheit wäre nicht das richtige Wort. Zu Anfang meiner Blindheit wurde es dunkel, inzwischen ist es eher undefinierbar. Wenn ein Blinder Dunkelheit sagt, meinen Sehende, er sähe etwas Dunkles. Er sähe statt Blumen und Bäumen einfach eine geblümte und gebäumte Dunkelheit. Manche verstehen dann gar nicht, was an Blindheit so schlimm sein soll. Sie sind geradezu begeistert und möchten am liebsten auf der Stelle selbst erblinden.

Anders sind jene Bilder, die ich aus meiner Zeit als Sehender habe. Manche haben die Jahre der Blindheit schadlos überdauert. Diese Bilder stehen in der Gegenwartsform. Ich sehe, wie meine Mutter morgens in die Küche kommt und mir

Brote für die Schule macht. Ich sehe das Wohnzimmer und die Lampe, die dort gestanden hat, den Hof mit den Blumenkübeln, die Felder vor dem Haus, den Wald dahinter, den Blick aus dem Küchenfenster ins Dorf und mein Zimmer, mein Bett, die Bettwäsche, das Haus. Ich sehe die Kirche mit dem steinernen Turm, den Platz davor, die Kirchentür, die meist geschlossen war, altes, verwittertes Holz, das modrig roch, einzig der Handlauf am Geländer davor war neu. Ich sehe die alte Lehrerin, wie sie im Unterricht die Hände in die Hüften stemmt und einen strengen Gesichtsausdruck aufsetzt, der ihre Stirn in tiefe Falten legt. Ich sehe ihre Nachfolgerin, die ein anderes Gesicht hat und einen ganz anderen Ausdruck darin. Ich erinnere mich an meinen Schulweg, an den Marktplatz und die Kirche, an die Menschen in meinem Dorf, ihre Gesichter und ihre Gesten. Ich habe auch Bilder, von denen ich nicht genau sagen kann, woher sie stammen. Da ist die Erinnerung an einen Winter und an drei Personen vor unserem Haus. Es beginnt, in dicken Flocken zu schneien. Die Eltern gehen voraus, der Junge hinterher. Dann dreht sich die Mutter um und sagt aus der Entfernung etwas, das vom Schnee verschluckt wird. Sie kommt auf ihren Sohn zu und der Junge bleibt erwartungsvoll stehen. Das ist alles. Ich sehe den Schnee, ich sehe die drei Personen. Ich bin relativ sicher, dass es sich bei dem Sohn um mich handelt und bei der Frau um meine Mutter. Aber ich bin mir nicht sicher, was die Farbe angeht. Ich erinnere mich, ich habe vielmehr das Gefühl, mich zu erinnern, wie dieses Weiß aussah und wie die drei Personen im Schnee aussahen.

Manchmal denke ich daran, wie Stroh gedroschen wurde. Ich denke an große Strohbündel, an eine Mähmaschine, an einen Traktor und an eine Stalltür, die zugeschlagen wird und deren Metallbeschläge dann zwei, drei Mal gegeneinander schlagen. Ich erinnere mich an eine Scheune, die gebrannt hat, an die Flammen in der Ferne. Aber ich sehe die Flammen und das Stroh nicht. Sind nicht Flammen und Stroh gleichermaßen Gelb? Haben sie verschiedene Gelbtöne? Erinnere ich mich an die Farbe Gelb? Oder an den Geruch von verbranntem Stroh? Ich kann das nicht entscheiden. Ich erinnere mich daran, wie ich damals mit meinen beiden Freunden Nicolae und Krisztina über die gemähten Felder gegangen bin. Ich erinnere mich an eine Häckselmaschine und deren Geräusche. Ich erinnere mich an ein Paar Schwimmflossen und an einen Schnorchel, das ist kaum ein Jahr her. Waren die gelb? Habe ich jemals Schwimmflossen gesehen? Oder denke ich nur, dass sie gelb sind, weil sie mir gerade jetzt einfallen? Ist das, woran ich denke gelb? Kann ich überhaupt die Farbe Gelb denken? Oder ist es nur das Wort, das einen gelblichen Anstrich bekommt und in Wirklichkeit sehr weit weg ist von der tatsächlichen Farbe? Schwarzweiß scheint mir als Erinnerung viel verlässlicher als Farbiges.

Mein Vorrat an Bildern scheint mir sehr klein: Ist das alles, was ich im Leben gesehen habe? Ich habe doch dreizehn Jahre lang meine Augen benutzt, wo sind denn all diese Bilder geblieben? Vielleicht hätte ich in den letzten Tagen im Krankenhaus, als noch Gelegenheit dazu war, einen Vorrat an Bildern anlegen sollen. Ich hätte meine Speicher füllen müssen. Ich hätte weglaufen und mir in der verbleibenden Zeit all das noch einmal ansehen sollen, was mir wichtig war. Stattdessen sind die Tage im Krankenhaus überpräsent. Man könnte meinen, ich hätte Jahre dort gelegen, aber nur ein paar Tage lang den Garten bei uns hinterm Haus gesehen. So sehr ich auch in meinem Kopf danach suchte, ich habe kein Bild mehr von diesem Garten. Keins, wie der Wald sich dahinter erhob. Ich sehe ihn nicht mehr. Gibt es das überhaupt, eine Erinnerung ohne Bild? Oder habe ich deswegen kein Bild, weil ich weiß, dass ich ihn nie wieder sehen werde? Das gilt doch auch für alles andere, die beiden Lehrerinnen und den Markplatz. Wo ist die Kirche, wo sind all die anderen Gesichter aus meinem Dorf? Wo sind meine Erinnerungen? Wo ist meine Kindheit geblieben? Ich habe zu so vielen Dingen, an die ich mich erinnern kann, keine Bilder gefunden. An wie viele Dinge kann ich mich nicht einmal erinnern, weil ich keine Bilder dazu habe?

Eines Tages sprach mich ein Mann an. Das ist nicht ungewöhnlich. Manche wenden sich ab, andere eilen sofort zu Hilfe. Ich saß an dem Tag auf einer Parkbank und genoss die letzten Sonnenstrahlen des Jahres. Der Wetterbericht hatte noch einmal einen schönen Tag vorhergesagt, bevor der Herbst Einzug halten würde. Ich zog am frühen Nachmittag einen Pullover und eine Jacke an und setzte mich gegenüber der Nationalgalerie auf eine Bank. Als ich die Stelle im Jahr zuvor entdeckt habe, bat ich jemanden, mir die Gegend zu beschreiben.

›Vor der Bank ist eine Mauer mit einer Brüstung, dann kommt der Fluss und auf der anderen Seite steht ein gigantisches Gebäude‹, sagte die Frau, die ich um eine Beschreibung bat.

Seither ist dieses Gebäude für mich etwas Besonderes. Außerdem kann ich behaupten, ein Lieblingsgebäude in Berlin zu haben. Die meisten Blinden haben eine Lieblingsoper oder einen Lieblingsgeruch. Sie mögen Flakons, weil die Formen ihren Händen schmeicheln. Ich bin da keine Ausnahme. Blinde mögen Töne. Wir mögen es, Dinge zu berühren. Wir mögen das Gefühl an den Händen. Gebäude oder Gemälde bedeuten uns in der Regel nichts. Ich saß auf der Bank und spürte die gigantische Masse auf der anderen Seite des Flusses. An diesem Tag hatte ich noch nicht lange dort gesessen, als ein Mann fragte, ob er sich dazusetzen könne.

›Bitte‹, sagte ich und machte eine entsprechende Handbewegung.

Er setzte sich auf eine mir sympathische Art. Dann begann er ein Gespräch über das Wetter und über den bevorstehenden Winter.

›Ich würde ihnen gerne etwas schenken‹, fügte er überraschend hinzu.

Ich war erstaunt. Das war noch nie vorgekommen.

›Was ist es denn?‹, fragte ich nach einer kleinen Pause.

›Eine Kamera.‹

›Eine Kamera?‹, fragte ich überrascht.

›Ja! Ich möchte sie nicht verkaufen oder versteigern. Vor allem möchte ich nicht, dass sie herumliegt. Das tut ihr nicht gut. Ich möchte sie gerne verschenken. Ich trage sie mit mir herum, weil ich der Überzeugung war, ich würde den Richtigen für das Geschenk treffen. Als ich Sie hier sitzen sah, wusste ich, dass Sie diese Person sind.‹

Ich hatte eine Sonnenbrille auf und bewegte mich nicht, der Stock lag zusammengeklappt neben mir. Auch Sehende, daran musste ich mich in den Jahren meiner Blindheit erst gewöhnen, sehen nicht alles.

›Ich bin blind‹, sagte ich.

Der Mann lachte leise. Er rückte ein Stück näher an mich heran, nahm meine Hand und drückte die Kamera hinein.

›Blind sind sie hier alle‹, sagte er. ›Man muss nicht unbedingt etwas sehen, um zu fotografieren.‹

Dann rückte er wieder ein Stückchen weg.

›Man guckt den ganzen Tag und sieht doch sehr wenig. Man würde bestimmt besser sehen, wenn man gar nicht sähe‹, sagte er und stand auf.

Er ging ein paar Schritte weg, drehte sich dann aber noch einmal um.

›Eigentlich stört das Sehen nur‹, sagte er.

Dann drehte er sich erneut um. Ich hörte seine Schritte auf dem Kies. Der Mann ging über die Friedrichsbrücke auf die andere Seite der Spree, auf die Museumsinsel, dorthin, wo die Alte Nationalgalerie stand. Er ging nach rechts, dann klangen die Schritte dunkler hinter einem Gebäude hervor, dann wieder heller. Sie liefen über eine zweite Brücke. Ich hörte die Schritte, sie klangen erleichtert und zufrieden. Ich hörte sie noch eine halbe Stunde lang, ich hörte sie noch mitten in der Nacht über das Pflaster gehen, als ich schon lange im Bett lag, einen Schritt nach dem anderen, in vollkommener Symmetrie.

Ich saß auf der Bank und hielt den Fotoapparat zwischen den Fingern. Als mir kalt wurde, stand ich auf. Ich wusste nicht, wohin mit dem Apparat. Er war zu groß, um ihn in die Tasche zu stecken. Erst wollte ich ihn liegenlassen. Was sollte ich damit? Ich konnte nichts weniger gebrauchen als einen Fotoapparat. Ich ärgerte mich über den Mann. Er musste doch wissen, dass das für einen Blinden ein nutzloser Kasten war. Ich schob den Apparat von einer in die andere Hand. Ich entdeckte eine Schlaufe und hängte mir die Kamera um den Hals. Ich klappte den Stock auseinander, stand auf und ging los. Die Kamera zog mich nach vorne. Ich hatte das Gefühl, aus dem Gleichgewicht zu kommen.

Es muss ein dämliches Bild abgegeben haben, ein Blinder mit Brille und Stock und Kamera um den Hals. Aber was kümmerte mich das Bild, das ich bei anderen abgab? Was interessierte es mich, was andere sehen? Was hatte der Mann gesagt? Man würde besser sehen, wenn man gar nicht sähe. Was meinte er damit? Er konnte sich den Luxus einer solchen Äußerung leisten. Normalerweise bin ich beim Gehen sehr konzentriert, aber dieses Mal war ich in Gedanken vertieft. Ich musste meine Aufmerksamkeit hinter mir herziehen. Üblicherweise läuft sie voraus.

Zu Hause angekommen, hängte ich den Mantel an die Garderobe, öffnete ein Fenster und setzte mich an den Küchentisch. Ich legte die Kamera ein Stückchen von mir entfernt ab.

Ich hatte Lust, sie in die Hand zu nehmen und aus dem Fenster zu werfen. Ob ich wohl die geöffnete Seite träfe? Wenn nicht, gäbe es in jedem Fall ein interessantes Geräusch. Ich stand auf und schloss das Fenster. Ich könnte sie weiterverschenken. Aber an wen? Ich nahm sie erst einmal in die Hand. Ich spielte ein wenig mit ihr herum, da sprang ein Fach auf. Ich schloss das Fach wieder. Ein Knopf erzeugte ein Summen, als ich darauf drückte, unmittelbar danach vernahm ich ein Geräusch.

Ich musste lächeln. Ich war blind, hatte einen Fotoapparat in den Händen und offenbar gerade ein Foto gemacht. Wo war das Objektiv? Es zeigte nach vorne. Ich hatte wahrscheinlich meine eigenen Hände fotografiert. Dann fiel mir ein, dass so ein Apparat ja Licht brauchte. Wenn es draußen dunkel war, war auf dem Bild wahrscheinlich nichts zu sehen. Ist bei einem Blinden ja auch kein Wunder, dachte ich und musste erneut lächeln. Das wäre die ideale Fotografie eines Blinden. Mein erstes Foto im Leben und gleich ein Volltreffer! Ich legte den Apparat auf den Küchentisch und ging ins Bett. Vielleicht hat die Kamera einen Blitz, dachte ich beim Einschlafen noch, und das Foto zeigte doch etwas. Ich hörte noch immer die Schritte des Mannes.

Am nächsten Morgen fand ich die Angelegenheit nicht mehr lustig. Ich hatte ein Foto gemacht und konnte es nicht sehen. Ich war ja nicht nur beim Fotografieren blind, sondern auch beim Anschauen. Beim Frühstück jedoch fiel mir ein, dass ich zu meinen Nachbarn gehen konnte, um sie nach dem Foto zu fragen. Aber wie fragt man danach? Eigentlich war das ja noch gar kein Foto, ich musste den Film erst zum Entwickeln bringen. Wie viele Bilder hat so ein Film eigentlich? Wenn der Film voll wäre, könnte ich die einzelnen Situationen gar nicht mehr mit dem jeweiligen Foto in Verbindung bringen. Verärgert stand ich auf, nahm die Kamera und legte sie in den Küchenschrank. Hatte ich etwa gestern ernsthaft daran gedacht, mich mit dem Ding zu beschäftigen? Ich hatte lediglich den Gedanken hin und her geschoben, wie damals den mit der Eisdiele. Ich öffnete den Schrank erneut und schob die Kamera so weit wie möglich nach hinten.

Nun hatte ich das Gefühl, sie wäre überall in der Wohnung. Dieses Gerät breitete sich aus. Wie ich mich in den ersten Wochen nach meiner Erblindung an allen Ecken und Kanten gestoßen hatte, stieß ich mich nun überall an dem Apparat. Je weiter ich ihn im Schrank nach hinten beförderte, desto deutlicher schob er sich in meiner Aufmerksamkeit nach vorn. Nach zwei Wochen gab ich den Widerstand auf. Ich holte den Apparat aus dem Schrank und legte ihn erneut vor mich auf den Küchentisch. Dann nahm ich ihn in die Hand. Er fühlte sich nicht schlecht an. Nicht mehr so kalt wie am ersten Tag. Ich brauchte ein Tuch, mit dem ich das Objektiv abwischen konnte, sonst würde man auf allen Bildern meine Fingerabdrücke sehen. Ich brauchte Filme. Ich könnte sie nummerieren, die Bilder könnte ich ebenfalls mit Nummern versehen. Ich musste dann nur noch eine Möglichkeit finden, diese Nummern mit den entsprechenden Situationen, in denen ich ein Foto gemacht hatte, zu verbinden. Ich legte den Apparat wieder weg. Das wiederholte sich in den folgenden Tagen. Ich nahm ihn in die Hände, spürte, dass er sich gut anfühlte, und legte ihn weg.

Es gab verschiedene Phasen der Auseinandersetzung mit der Blindheit. Zu Anfang war sie von einer unfassbaren Dichte und Penetranz, Blindheit inmitten einer Welt des Sehens, Gefangenschaft in einer Welt aus Freiheit. Dem Verlust des Augenlichts folgten andere Verluste. Von der Schwerelosigkeit meiner Kinderjahre in die Gravitation, von meiner Muttersprache zur Fremdsprache, von der Selbstverständlichkeit zur Verständigung. Ich hatte das Gefühl, die Blindheit steigere sich und ich würde von Tag zu Tag blinder. Sie war nicht mehr länger äußerlich, sondern sie packte mich von innen und fraß mich auf. Es kam eine Phase des Trotzes. Ich habe nicht bemerkt, dass ich ein schwieriger Mensch wurde. Das Mobilitätstraining hatte mich manches gelehrt, aber vor den Veränderungen und Verformungen meines Charakters hat es mich nicht bewahren können. Einmal hatte ich eine Auseinandersetzung mit meiner Mutter. Im Laufe unseres Streites habe ich ihr vorgeworfen, meine Situation nicht zu verstehen. Ich redete mich in Rage, ich schrie sie an: Die beiden Mobilitätstrainer hätten gut reden, wenn sie sagten, man solle der Blindheit mit Stolz und Verachtung begegnen. Wenn man seine Augen benutzen kann, kann man so etwas leicht behaupten.

›Augen?‹, sagte meine Mutter, ›wieso Augen? Die beiden waren doch auch blind.‹

Meine Wut brach innerhalb einer Sekunde zusammen. Das hatte ich nicht gewusst! Sie äußerten sich nie zu ihrer Blindheit. Ich erinnerte mich an jenen Tag, als es zu einer Konfrontation zwischen ihnen und uns gekommen war. Wir haben ihnen vorgeworfen, sie hätten keine Ahnung, wovon sie eigentlich sprachen. Selbst bei dieser Gelegenheit haben sie nichts gesagt. Damals meinte ich zu verstehen, was die beiden meinten: sich nicht mit seiner Blindheit identifizieren. Erst viele Jahre später fiel mir auf, dass die beiden immer nur zusammen auftauchten und ich erkannte erst in diesem Moment, dass der eine sich an den Geräuschen des anderen orientiert hatte.

An einem Morgen im April bin ich in ein Fotofachgeschäft gegangen. Ich stand um neun Uhr davor. Der Laden war geschlossen. Ich musste fragen. Ein Schild informierte über die Öffnungszeiten. Ich hatte noch eine Stunde Zeit. Ich bin einmal um den Block gegangen. Oder um das, was ich für einen Block hielt. Zu dem Zeitpunkt wusste ich das noch nicht und ich habe es auch erst Monate später erfahren: Bei diesem Spaziergang bin ich zum ersten Mal Leonie begegnet. Vor mir auf dem Bürgersteig stand eine Frau. Sie machte nicht den Eindruck, als wolle sie mir aus dem Weg gehen. Ich hatte sie erst im letzten Moment gehört. Ich blieb stehen und roch an ihr. Das war mir sofort peinlich. Selbst als sie längst weg war, konnte ich mich nicht davon befreien. Ich blieb stehen und roch solange, bis der Wind auch das letzte Quentchen ihrer Anwesenheit mit sich genommen hatte.

Später stand ich im Fotogeschäft, ließ mich lange beraten und über die Funktionsweise des Apparates aufklären. Der Verkäufer war erst unwillig, dann amüsiert und schließlich einfach nur neugierig.

›Können Sie mir die Funktionsweise des Apparates erklären.‹

›Aber Sie sind blind.‹

›Bitte erklären Sie mir den Apparat. Ich kaufe in Zukunft auch alle meine Filme bei Ihnen.‹

›Das ist eine Digitalkamera. Die hat keine Filme, die hat einen Speicherchip.‹

›Meinetwegen, dann kaufe ich eben alle meine Speicherchips bei Ihnen.‹

Zum Abschluss des Gesprächs hielt er mir die Tür auf.

›Können Sie mir vielleicht noch erklären, warum Sie ausgerechnet fotografieren wollen?‹, fragte er, als ich mich von ihm verabschiedete.

Das war keine unberechtigte Frage. Ich hatte sie mir ebenfalls gestellt. Und ich hatte auch die Antwort.

›Haben Sie vielleicht eine bessere Idee?‹«

Liebe ist so ’ne Sache

Reifen quietschten. Jemand hinter mir schrie auf. Der Fahrer des Wagens brüllte durchs geöffnete Fenster etwas Unanständiges. Vollkommen überrascht stand ich halb auf der Straße. In diesem Moment dachte ich seltsamerweise, dass ich schöne Schlüsselbeine habe. Dann erst erschrak ich. Ich ging zurück auf den Bürgersteig.

»Da ist Rot«, sagte ein Mann mit besorgter Stimme.

»Hab ich nicht gesehen«, antwortete ich, »ich war wohl in Gedanken.«

Ich bin einfach losgegangen. Ich habe zur Ampel geschaut und es dennoch nicht gesehen. Ich konnte keine Farbe sehen, ich konnte einen Moment lang gar nichts sehen. So wenig, dass ich nicht einmal bemerkte, dass ich nichts sah. Mir wurde schwindlig. Ich atmete tief durch, ich reckte mich, ich richtete mich auf. So wie ich das gelernt hatte.

Ich kam gerade von der Arbeit und war auf dem Weg zu einer Freundin. Ich rief an und erzählte ihr, was beinahe passiert wäre.

»Tilli, ich bin so müde, dass ich nicht mehr aus den Augen gucken kann«, log ich.

Dabei war ich gar nicht müde. Ich bat um eine Verschiebung unserer Verabredung. Das war schade, Tilli und ich hatten uns in den vergangenen Jahren aus den Augen verloren und waren gerade dabei, uns wieder anzunähern. Aber ich fühlte mich jetzt nicht in der Lage, sie zu treffen. Zu Hause angekommen, zog ich mich aus und ging ins Bett. Früher konnte ich stundenlang im Bett liegen. Auch heute flüchte ich mich manchmal noch dahin. Im Liegen kann ich die Gedanken fließen lassen. In der Vertikalen bewerte ich vieles strenger und unnachgiebiger. Wenn ich von dort aus dem Fenster schaue, kann ich ein Stück des Himmels sehen. Früher habe ich auch beim Liegen aus dem Fenster geschaut in einen dieser typischen Berliner Innenhöfe in Charlottenburg. Inzwischen lebe ich in einer Wohnung in Berlin Mitte. Eineinhalb Zimmer und ein wunderschöner Blick über die Dächer bis zu den Wolken. Für den Preis bekäme ich woanders eine größere Wohnung. Ich wollte aber keine größere Wohnung. Meine Ausbildung habe ich im vergangenen Jahr beendet. Im Anschluss konnte ich eine Kollegin vertreten, die für ein Jahr in Mutterschutz ging. Seit einem Jahr arbeite ich in einer Gemeinschaftspraxis.

Heute Morgen auf dem Weg zur Arbeit ist etwas passiert, das mir erst jetzt im Bett wieder einfiel. Ich war in Eile und schaute nicht auf den Gehweg. Ich hörte etwas, ein regelmäßiges Geräusch. Es kam näher, aber es kam nie so nahe, dass es die Schwelle zum Bewusstsein übersprang. Ich hörte es klopfen. Das Klopfen kam näher, die Sache selbst blieb jedoch auf Abstand. Dann hörte es plötzlich auf. Da erst bemerkte ich, dass etwas gewesen war. In dem Moment, als es aufhörte, war er da. Ich blieb stehen und sah auf. Einen halben Meter vor mir stand ein Mann. Er hatte die Augen geschlossen. Er hielt einen Stock vor sich. Ich dachte an das Wort balancieren und erinnerte mich, wie ich früher auf dem Badewannenrand herumbalanciert war, mit der für mich sehr dringenden Frage, ob ich schön bin. Hatte ich jemals eine Antwort darauf gefunden? Der Mann und ich standen uns gegenüber, so wie ich damals meinem Spiegelbild gegenüberstand. Keiner von uns beiden bewegte sich. Keiner schien freiwillig beiseite treten zu wollen.

»Entschuldigung«, sagte ich schließlich und ging an ihm vorbei.

Nachmittags ging ich von der Arbeit direkt nach Hause. Ich wollte mich umziehen und dann Tilli treffen. Als ich vor der Ampel stand, hatte ich diesen sensorischen Ausfall: Ich konnte nichts mehr sehen. Jetzt, als ich im Bett lag, fiel mir auf, dass die Straße »Unter den Linden« heißt, und mir fiel auch auf, dass da ein Buchstabe fehlte, ein B. »Unter den Blinden« müsste es heißen. Der Mann heute Morgen hatte nicht die Augen geschlossen gehalten, wie ich angenommen hatte, er war blind! Seltsam war, dass ich das heute Morgen schon bemerkt hatte. Ich wollte es nur nicht wissen. Ich hatte mich an die Badewanne erinnert. Statt einer Entschuldigung hätte ich ihm gerne gesagt, dass ich schön bin. Dass ich mich schön finde, vor allem meine Schlüsselbeine, und dass ich gerne möchte, dass er das auch tut. Ich musste lächeln.

Am nächsten Morgen dachte ich beim Aufwachen erneut an diese Situation. Woher war der Mann gekommen? Wohin war er gegangen? Er stand auf eine etwas ungelenke Weise vor mir, als ob er sich an dem Stock festhalten müsse. Ich stand auf, ging ins Bad, schaute auf die Uhr und hetzte zur Arbeit. Am Tag zuvor hatten zwei Patienten ihre Termine abgesagt. Unverhofft war ein freier Nachmittag entstanden. Kurz nach ein Uhr trat ich aus der Praxis und ging schnurstracks zu der Ecke, wo ich den Blinden am Tag zuvor getroffen hatte. Er war nicht da. Natürlich nicht! Es war nicht zu erwarten gewesen, dass er demselben Tagesablauf folgte wie ich. Schräg gegenüber lag ein Café. Von dort konnte ich die Stelle überblicken, an der wir beinahe zusammengestoßen wären. Es begann zu regnen. Es war Ende April und es regnete häufig. Hält ein Blinder, wenn es regnet, einen Schirm, um nicht nass zu werden?

Ich ging ins Café und bestellte einen Kaffee und ein Wasser. Dann setzte ich mich nach draußen unter das Vordach. Es regnet romantisch, dachte ich. Ich fühlte mich nicht unwohl. Ich hatte einen freien Nachmittag vor mir, eine Zeitung und ein

Buch. Ich rückte einen Stuhl heran und legte meine Füße auf die Sitzfläche. Ich schlug das Buch auf und dann wieder zu. Ich hörte den Regen, der auf die Markise tropfte. Nach kaum einer Stunde war mir kalt. Es hatte aufgehört zu regnen. Ich ging hinein und suchte mir einen Platz am Fenster. So entspannt wie zuvor fühlte ich mich nicht mehr. Wenn ich in die Zeitung oder ins Buch schaute, konnte ich die Straße nicht sehen. Bloß weil gestern jemand durch diese Straße gegangen war, hieß das nicht, dass er heute wieder hierher kam. Ich konnte genauso gut aufstehen und nach Hause gehen. Ich konnte auch dort aus dem Fenster schauen. Wenn er im Viertel wohnte, würde er sicher nicht nur diesen einen Weg benutzen. Sein Leben besteht wohl kaum aus dem permanenten Auf- und Abgehen einer Straße. Ich wusste nichts über Blinde und deren Lebensgewohnheiten.

Aber wie sonst sollte ich ihn suchen? Ich konnte schlecht einen Zettel an einen Laternenpfahl kleben. In den Stadtmagazinen gibt es Rubriken für verpasste Gelegenheiten. Sowohl das eine wie das andere würde er nicht bemerken. Selbst wenn ich den Zettel oder die Anzeige in Blindenschrift verfasste, sähe er sie nicht. Wieso wartete ich eigentlich? Verärgert stand ich auf. Ich wollte gehen und setzte mich wieder. Ich könnte herumlaufen, ich könnte ihn suchen. Meine Chancen waren viel größer, wenn ich ihn suchte. Ich blieb sitzen. Ich hatte das Gefühl, er müsse einfach vorbeikommen. Ich bestellte einen dritten Kaffee und ein drittes Wasser.

Die meisten Gäste blieben nicht lange. Es herrschte ein Kommen und Gehen. Dann wechselte auch das Personal. Der eine Kellner kassierte und der nächste wollte wissen, ob ich etwas wünsche.

»Tee«, sagte ich und sah ihn an.

»Welche Sorte?«, fragte er.

»Keine Sorte«, sagte ich langsam, »einfach nur Tee.«

Er lachte. Neugieriger Gesichtsausdruck, als hätte ihm der Vorgänger gesagt, dass ich schon den ganzen Nachmittag hier sitze und Kaffee und Wasser trinke. Jetzt war er überrascht, dass ich zu Tee wechselte. Es war ein sehr gut aussehender Mann. Ungefähr mein Alter. Großer, schlanker Typ, beinahe hager, schöne lockige Haare, das Hemd saß ihm locker auf der Brust, sehr, sehr sexy. Etwas Ähnliches konnte auch er sehen, wenn er mich ansah. Eine große, schlanke Frau, der die Klamotten locker auf dem Leib saßen. So, als könne man sie ebenso locker von dort entfernen. Aber ich bin anders als ich aussehe. Würde das ein Blinder bemerken?

Es regnete wieder. Was für ein trister Tag. Ich schaute aus dem Fenster. Ich schaute in die Zeitung, dann ins Buch und dann wieder aus dem Fenster. Der Kellner brachte die Getränke. Er hatte einen schönen Gang, große, weite Schritte. Hatte ich mich gestern verliebt? Oder verliebte ich mich gerade? In einen Mann mit einem schönen Gang? Hatte der Blinde einen Gang? Oder hatte er bloß einen Stock, dem er hinterherlief?

Später bestellte ich noch einen Tee bei dem schönen Kellner und setzte mich wieder nach draußen. Die Scheiben spiegelten nur noch das Innere des Cafés, seit es zu dunkeln begann. Der Kellner stellte den Tee auf den Tisch und setzte sich dann auf den Stuhl gegenüber. Er fragte mich, ob ich warte.

»Sieht man, nicht?«

»Ja. Wartest du auf einen Mann?«

Der sah nicht nur sehr gut aus, der war auch sehr direkt. Das gefiel mir. Ich bin manchmal auch so. Ich mag es, wenn man aufs Ziel losschießt. Dennoch war mir das gerade ein bisschen zu viel.

»Ich warte auf einen Blinden. Kennst du einen?«

»Woher soll ich einen Blinden kennen?«

»Vom Sehen, woher sonst!«

»Hui, ganz schön schnippisch.«

»Arbeitest du öfter hier?«

»Ich habe gegen zehn Schluss.«

»Das meinte ich nicht. Ich wollte wissen, ob du den Blinden kennst.«

»Was hast du denn immer mit deinem Blinden?«

»Ich habe mich verliebt.«

»Liebe ist so 'ne Sache. Ich würde mich blind stellen, wenns dir hilft«, sagte er.

»Tuts nicht«, antwortete ich.

Er sagte nichts, stand auf und ging wieder hinein. Ich hatte ihn verletzt.

Ich war die Einzige, die noch draußen saß. Es war inzwischen kühl. Ich nahm das Teeglas zwischen beide Hände und schaute auf die Straße. Die Straßenlaternen verbreiteten ein warmes Licht. Wenn die Regentropfen in die Lichtkegel fielen, sahen sie wie lang gestreckte Fäden aus. Wie auf einer Kette aufgereiht standen diese Laternen auf der anderen Straßenseite, als ob sie ebenfalls warteten. Das war ein tröstlicher Gedanke, der mir Hoffnung machte.

Ich sah mir die Leute an, die die Straße herunterkamen. Ich würde ihn erkennen. Er war ja blind und hatte einen Stock. Wieso wartete ich auf diesen Mann? Um mich herum war einer, den ich sehr attraktiv fand und dem ich gefiel. Ich spürte das an jedem seiner Blicke. Ich mag solche Blicke. Ich mag das Brennen auf der Haut. Manchmal jedenfalls. Warum also ein Blinder? Warum einer ohne Blicke? Spüre ich dann weniger? Oder mehr? Ich drehte mich nach dem Kellner um. Er stand am Tresen und schaute zu mir herüber. Ich wollte, dass er sich zu mir setzte. Ich wollte seine Gesellschaft. Er sollte mich aufmuntern. Ich brauchte einen Hoffnungsschimmer. Die Laternen hatten ausgedient. Sie warteten nicht, sie standen nur herum.

»Geht aufs Haus«, sagte der Kellner, als er mir ein Glas heißen Tee nach draußen stellte.

Die grünen Blätter schwammen im heißen Wasser und verströmten ein intensives Pfefferminzaroma.

»Tut mir leid«, sagte ich versöhnlich, »wegen eben, meine ich.«

»Mir tuts auch leid. Auch wegen eben«, antwortete er.

Wir lächelten uns an.

Es ging auf acht Uhr zu. Ich war wieder drinnen. Ich hatte meinen Kellner gebeten, mir einen Fensterplatz freizuhalten. Draußen konnte man nichts mehr erkennen. Drinnen auch nicht. Nach einer kurzen Aufwärmphase ging ich wieder raus. Einem Blinden ist es egal, ob es draußen hell oder dunkel ist.

»Sieht er gut aus, dein Blinder?«

Mein Kellner stand wieder neben mir.

»Weiß ich nicht.«

»Wieso nicht? Bist du auch blind?«

»Nicht dauerhaft jedenfalls. Ich suche mir Männer nicht nach dem Aussehen aus.«

»Wonach denn sonst?«, fragte er.

»Ich suche mir Männer nicht mit den Augen aus, sondern mit den Knien.«

»Mit den Knien?«, fragte er erstaunt. »Wie funktioniert denn das?«

»Je weicher, desto besser!«

Er ging hinein. Fand er bestimmt schon wieder schnippisch. Ich schaute ihm hinterher. Sein Gang war lasziv. Suche ich wirklich nicht nach dem Aussehen aus? Suche ich überhaupt? Sah der Blinde gut aus? Ich wusste es nicht. Ich hatte keine Ahnung, wie er aussah.

Eine halbe Stunde später war der Kellner wieder da. Ich hörte ihn kommen. Ich war so durchgefroren, dass ich mich kaum noch bewegen konnte. Er brachte eine Decke und legte sie wortlos um meine Schultern. Ich hätte nichts dagegen gehabt, wenn er mich in den Arm genommen hätte. Ich spürte die Wärme seines Körpers, ich sah seine schönen Arme. Es war bestimmt schon nach neun, er hatte gleich Feierabend. Dann würde er mich auftauen können. Ich konnte ihn nicht ansehen, ohne auf seinen Mund zu schauen. Der würde mir guttun, jede Faser meines Körpers würde es genießen. Ich stellte mir seine Hände auf meiner Haut vor, seine Arme, seinen Geruch, seinen Mund an meinen Brüsten und seine Lippen zwischen meinen Beinen.

»Du lässt nicht locker, oder?«, fragte ich nach einer Pause.

»Du gefällst mir«, sagte er.

»Du mir auch«, antwortete ich.

»Wo ist dann das Problem?«, fragte er hitzig.

Ich hätte ihn umarmen können. Das war genau das, was ich brauchte, diese Hitze.

»Nicht so hitzig«, sagte ich dennoch.

»Wo ist das Problem?«, fragte er etwas leiser.

Wir schwiegen. Sollte ich ihm meine Telefonnummer geben, falls er den Blinden doch sehen würde? In dem Fall würde er mich sicher nicht anrufen. Er könnte mich anrufen und mir von seiner Sehnsucht erzählen. Dann allerdings könnte ich ihn auch gleich mit nach Hause nehmen.

»Ich würde gerne mit dir kommen.«

Können Männer Gedankenlesen? Sind Frauen so einfach, dass ihre Gedanken jederzeit zu erraten sind?

»Hmmm«, sagte ich.

Warum habe ich nicht ›Nein‹ gesagt?

»Ich habe mich in dich verliebt«, sagte er.

»Geht ja ziemlich schnell«.

»Ich schlaf auch in der Küche«, bot er an.

»Da schlaf schon ich«, antwortete ich.

Er schwieg.

»Tut mir schon wieder leid«, sagte ich.

»Mir auch schon wieder«, sagte er und stand auf.

Ich saß allein dort und schaute auf die Straße. Es musste auf zehn zugehen. Ich konnte sowieso nichts mehr sehen. Der Kellner kam. Ich zahlte. Er versuchte den Moment in die Länge zu ziehen. Ich drehte mich weg und ging durch die Dunkelheit nach Hause. Würde ich ihn wiedererkennen? Sicher, er war ja blind, nicht ich! Ich wusste nicht, wie er aussah. Anders als der Kellner, der mir mit seinem Aussehen ziemlich naheging. Sein Gesicht und seine Körperhaltung, seine Art hinter mir zu stehen und mich seinen Körper spüren zu lassen. Seine Art, um mich zu werben.

Zu Hause angekommen, ging ich ins Bett. Ich zitterte vor Kälte. Ich fühlte mich, als hätte ich eine ganze Woche nicht geschlafen. Als hätte ich seit Monaten gefroren. Ich war enttäuscht. Ich weinte. Ich wollte nicht mehr nachdenken, ich wollte schlafen. Ich wollte mit dem Kellner schlafen. Wenn ich mich ein bisschen anders verhalten hätte, läge er jetzt neben mir. Mir war heiß. Ich begann zu schwitzen. Je mehr ich den Gedanken an ihn verdrängte, desto näher kam er. Er lag auf mir und küsste mich, seine Hände, seine Finger gruben sich in mein Fleisch, er tat mir weh, er tat mir gut, ich weiß nicht, was er mit mir machte. Ich wollte einschlafen. Aber ich schlief nicht ein.

Als ich am nächsten Morgen aufwachte, machte ich Kaffee und trank Orangensaft. Ich frühstücke nicht mehr richtig, seit ich zu Hause ausgezogen bin. Ich schaute aus dem Fenster. Es hatte zu regnen aufgehört. Ich schaute in den Himmel, ein grauer, undurchsichtiger Brei. Dann schaute ich auf die Uhr. Wann war ich gestern aus dem Haus gegangen? Um Viertel vor neun. Jetzt war es zwei Minuten vor Viertel vor neun. Ich ließ alles stehen und liegen, griff meine Jacke und rannte die Treppen hinunter. Warum hatte ich nicht eher daran gedacht?

Auch ein Blinder hat einen Tagesrhythmus. Eine Minute später war ich an derselben Stelle wie am Tag zuvor. Aber er war nicht da.

Am späten Nachmittag ging ich wieder in das Café. Mein Kellner war schon da.

»Ich dachte schon, du kommst nicht mehr«, sagte er.

Es klang wie ein Vorwurf, aber er freute sich, mich zu sehen. Ich freute mich auch.

»Ich musste arbeiten«, sagte ich.

»Draußen oder drinnen?«, fragte er.

»Arbeiten oder sitzen?«, fragte ich zurück.

Wir lächelten uns an.

»Wie heißt du eigentlich?«

»Leonie.«

»Freut mich, Leonie. Schöner Name, den du da hast. Steht dir gut. Ich bin Carlos.«

»Hallo Carlos. Ich kannte mal ein Skelett mit diesem Namen. Einige Jahre später habe ich den Hund meiner Großeltern so genannt. Wenn es keiner gesehen hat, habe ich ihm manchmal die Zunge rausgezogen.«

Wir setzten uns nach draußen. Er musste nicht arbeiten, er war gekommen, um mir zu zeigen, dass er es ernst meinte. Er wich den Nachmittag und den Abend nicht von meiner Seite. Gegen zehn verließ ich das Café und ging nach Hause. Das fand Carlos nicht komisch. Er bemühte sich um mich. Er tat es auf eine dreiste und auch entzückende Weise. Manchmal gingen die Pferde mit ihm durch. Das gefiel mir. Das gefiel mir sogar besonders. Ich mag die galoppierende Lebensweise.

Am nächsten Morgen habe ich von halb neun bis halb zehn an der Ecke auf den Blinden gewartet. Ich musste kurzfristig einen Termin verschieben. Auch das war vergeblich. In der Mittagspause rief ich beim Blindenverein an. Man führe zwar eine Adressenliste, könne mir bedauerlicherweise aber nicht sagen, ob mein Blinder in der Nähe des Koppenplatzes wohne. Carlos war an diesem Nachmittag mit einer anderen Frau da. Ich war sicher, dass er mich provozieren wollte. Es war ihm anzusehen, dass er litt. Ich litt auch. Warum konnte ich solche Dinge nicht einfach geschehen lassen? Carlos wurde immer anschmiegsamer und ich immer spröder. Ich hatte Lust, es auszuprobieren. Ich hätte zu ihm rübergehen können. ›Los komm, könnte ich zu ihm sagen, ich will mit dir schlafen.‹

Ich wartete bis zum späten Abend und ging nach Hause. Ich weinte. Ich schlief schlecht. Am nächsten Morgen stand ich erneut eine Stunde an der Ecke. Ich ging jeden Tag in das Café. Inzwischen kannte ich alle Angestellten. Carlos setzte mich auf Entzug. Es war Anfang Mai und deutlich wärmer geworden. Man sah überall Menschen, die Arm in Arm spazierengingen. Ich sah nur noch Liebespaare. Überall auf den Straßen, schien es, küssten sich die Leute.

Es wurde Mitte Mai und es wurde Ende Mai. Ich hatte an der Stelle gestanden, ich hatte den geplanten Urlaub in Kaffee, Wasser, Limonade und Tee umgesetzt. Carlos tauchte bisweilen auf. Wenn er da war, schaute er mich verzweifelt an. Wenn er nicht da war, sehnte ich mich nach seinen Blicken. Nachts träumte ich davon, mit ihm zu schlafen. Ich spürte seinen Körper und seinen Schwanz. Ich spürte nichts anderes mehr. Ich träumte davon, dass er vor meiner Wohnungstür stand. Ich träumte davon, dass er im Hauseingang über mich herfiel. Erst träumte ich nur nachts, dann auch tagsüber.

Eines Tages, es war Ende Mai, saß ich im Café. Carlos war nicht da. Der Blinde auch nicht. Da gab ich das Warten auf. Einfach so, von einer Sekunde auf die andere. Ich zahlte, stand auf und ging nach Hause. Das hatte keinen äußeren Anlass. Es war nichts geschehen. Ich wusste lediglich, dass es auch nicht geschehen würde. Der Blinde und Carlos waren zu einer Person verschmolzen, sodass ich, als ich den Blinden aufgab, auch

Carlos aufgeben musste. Zu Hause angekommen, ließ ich mich auf die Couch fallen. Diese Wochen hatten mich furchtbar angestrengt. Das tägliche Warten und Hoffen. Die Einsamkeit, die ich zuvor nicht gespürt hatte. Der Zweifel, der durch Carlos permanent neue Nahrung gewann und den ich immer wieder ausblenden musste. Die Enttäuschung, dass ich es nicht geschafft hatte, diesen einen Menschen zu finden. Die Wut, dass ich so etwas Absurdes tat. Das alles hatte Kraft gekostet. Ich war furchtbar erschöpft. Ich hatte in den letzten Wochen öfter geweint als in den vergangenen Jahren. Ich wollte im Sommer wegfahren, das war seit dem vergangenen Jahr geplant. Ich entschied mich, den Urlaub nicht anzutreten. Ich hatte keine Kraft, mich zu erholen.

Drei Wochen später, Mitte Juni, sah ich ihn wieder. Ich wollte es zuerst ignorieren. Es war viel Zeit vergangen. Ich schaute ihm hinterher. Dann ging ich los. Er war ungefähr hundert Meter vor mir. Ich habe in den letzten Monaten viele Blinde gesehen. Ich weiß, dass sie nicht schnell gehen.

»Warte!«, sagte ich.

Er drehte sich um. Ich brauchte eine Sekunde, um die Situation zu verstehen, ich brauchte sogar ziemlich viele Sekunden. Ich stand eine halbe Ewigkeit lang vor ihm und sagte kein Wort. Er hielt eine Kamera vor der Brust und machte genau in dem Moment, als er sich umdrehte, ein Foto von mir.

»Sie haben ein Foto gemacht«, sagte ich dann schließlich.

»Ja«, sagte er, »ich hoffe, es stört Sie nicht.«

»Nein. Also nein, meine ich. Habe ich ja schon gesagt. Stört mich nicht, gar nicht.«

Ich war nervös. Ich wollte weg. Ich wollte, ich hätte niemals auf ihn gewartet. Ich wollte sogar, ich wäre ihm nie begegnet. Ich war enttäuscht. Ich war aufgeregt. Ich fühlte mich krank. Ich wusste nicht weiter. Was sollte ich sagen? Mir fiel nichts ein. Meine Zunge klebte am Gaumen fest.

»Ich weiß nicht, was ich sagen soll«, sagte ich wahrheitsgemäß.

»Kennen wir uns?«, fragte er.

»Ja. Also nein. Oder doch. Wir sind uns einmal begegnet. Vor ein paar Monaten hier in der Nähe. Da haben wir uns eine Minute lang gegenübergestanden und sind dann einfach weitergegangen.«

»Ich erinnere mich. Das war wirklich seltsam. Ich habe Sie erst im letzen Moment gehört, Sie sind ganz leise gegangen. Die Schuhe haben beinahe kein Geräusch gemacht. Sie haben gut gerochen. Ich hätte sie sofort erkannt, aber sie tragen ein anderes Parfüm.«

»Ich habe gewechselt. Ich war es leid. Man riecht es ja nicht mehr mit der Zeit.«

»Ich bin noch minutenlang stehengeblieben, bis der Wind die letzten Partikel mit sich genommen hat.«

»Wirklich? Ich habe mich geärgert, dass wir aneinander vorbeigegangen sind.«

Wir schwiegen.

»Gehen Sie auch in diese Richtung?«, fragte er.

»Welche Richtung?«, fragte ich.

»Ich weiß auch nicht«, sagte er.

Ich lächelte. Er lächelte ebenfalls. Dann bewegte er seinen Kopf sehr vorsichtig nach vorne und wieder zurück. Ich wusste sofort, dass er zustimmte: irgendeine Richtung eben. Ich kannte das von Maddox, je mehr er sich freute, desto vorsichtiger zeigte er es. Bei dieser Gelegenheit schaute ich ihn zum ersten Mal an. Dieses Mal trug er eine Sonnenbrille. Er hatte einen sehr schönen Mund und ein männliches, etwas hervorstehendes Kinn. Sah er gut aus? Ich wusste es nicht. Aber meine Knie wussten es.

»Ja«, sagte ich nach einer Weile, »ich gehe auch in diese Richtung.«

Saubere Fingernägel und ein wohlproportionierter Bizeps brachialis

Maddox ist eine auffällige Erscheinung. Er trägt immer einen schwarzen Anzug, einen Zylinder und einen Spazierstock. Seine Hände stecken in den beiden Gebissen, von denen eines den Silberknauf des Stockes zwischen den Zähnen hält. Er hat eine Nelke oder eine Rose im Revers. Interessierten überreichen die Gebisse eine Visitenkarte, die zwischen ihren Vorderzähnen steckt. Es sieht aus, als ob sie dabei grinsen. ›Amputationen, Transplantationen, Prothetik‹ steht da. Das war Valentins Idee gewesen.

In Berlin laufen jede Menge Verrückte herum. Alle buhlen um Aufmerksamkeit. Da muss man sich einiges einfallen lassen. Im letzten Sommer hatte Maddox sich einen Blutkreislauf um die Schultern gelegt, arterieller und venöser Strang schön herauspräpariert, wie eine Brosche trug er das Herz auf der Brust. Da bekam er Schwierigkeiten mit der Polizei, Erregung öffentlichen Ärgernisses nannten sie das. Wenn die Polizei einschreitet, zeigt er ein Gutachten eines ihm wohlgesonnenen Arztes vor, Chefarzt für Neurologie und Psychiatrie. Auch das hält er mit den Zähnen seiner Hand fest. Das hilft ihm meistens aus der Patsche. Oder reitet ihn erst richtig rein.

Maddox läuft schon den ganzen Vormittag herum. Ohne Erfolg. Die Geschäfte gehen nicht gut. Das ist schon die ganze Woche der Fall. Auf dem Nachhauseweg probiert er es noch einmal in der S-Bahn. Die Strecke zwischen Savignyplatz und Hackeschem Markt ist seine Lieblingsstrecke. Auch der 100er-

Bus, zwischen Alexanderplatz und Zoologischem Garten, ist gut. Allerdings nur während der Saison. Da sind Touristen unterwegs, die sich gerne ein Andenken mitnehmen.

Heute trägt er einen Arm über der Schulter. Als er die S-Bahn betritt, starren die Leute ihn an. Daran hat er sich längst gewöhnt. Er muss die wirklich Interessierten herausfiltern. Gleich beim Hereinkommen sieht er eine Dame, etwa Anfang vierzig. Er setzt sich ihr gegenüber. Er legt den Arm auf seine Oberschenkel ab.

»So ein starker Arm macht was her, nicht?«, sagt seine Linke zu der Dame.

Die bemüht sich, nicht hinzuschauen.

»Gibts mit oder ohne Schultergelenk.«

Schräg gegenüber sitzt ein Typ, der Schwierigkeiten machen könnte. Solche Leute muss man ablenken. Maddox hat da seine Erfahrungen. Ablenkung ist alles, wie beim Zaubern. Die meisten Menschen können sich nicht auf zwei Sachen gleichzeitig konzentrieren. Anders als Maddox, der sogar mit zwei Händen gleichzeitig sprechen kann. Den Interessierten muss Raum gegeben werden, in dem sie sich artikulieren können, frei von Scham und ähnlichen störenden Empfindungen.

»Sie sind ja nicht in jedem Moment Frau. Die meiste Zeit des Tages bestehen wir alle doch lediglich aus einem ungeschlechtlichen Stoff. Um sich als Frau zu fühlen, bedarf es eines Mannes und seiner starken Arme. Wenn Sie abends von den Mühen des Tages erschöpft aufs Sofa sinken, legt dieser Mann seine Arme um Ihre Schultern, Sie werden in einem Traum versinken oder in Ekstase. Am folgenden Morgen holt er sie wieder zurück, aus dem Traum und der Nacht, ein Mann, der Sie auf ausgestreckten Armen durchs Leben trägt. Und so einen Arm, ein außergewöhnlich schönes Exemplar, kann ich Ihnen hier anbieten, saubere Fingernägel und ein wohlproportionierter Bizeps brachialis«, formuliert die Linke.

Zur gleichen Zeit spricht die Rechte mit dem Typ auf der Sitzbank gegenüber.

»Externe Organe haben gegenüber internen erhebliche Vorteile, und temporäre gegenüber permanenten. Man fühlt sich nicht so ausgeliefert. Nicht so hilflos. Man geht befreit durchs Leben. Da ist für jeden Geschmack etwas dabei«, sagt die Rechte.

»Wenn Sie mal etwas Deftiges brauchen, ich habe da einen wohlgeformten gluteus maximus am Lager, der wird Ihnen gefallen«, sagt die Linke zwinkernd zu der Dame.

»Ein richtig schöner, knackiger Arsch, wenn Sie verstehen, was ich meine«, sagt die Rechte zu dem Typ.

Solchen Typen muss man mit geschlechtsspezifischen Versatzstücken kommen, sonst reagieren die nicht.

»Frauenarme gibts auch und Frauenbeine. Ich habe gerade einen ganzen Schwung neu hereinbekommen, sauber aus der Hüfte geschnitten. Schöne Beine, schöne Brüste«, sagt die Rechte.

»Mann oder Frau ist man ja nicht nur zwischen den Beinen, nicht wahr?«, fragt die Linke.

»Schöne Lippen«, sagt die Rechte.

»Was zum Reinbeißen«, sagt die Linke.

»Augenbrauen, sehr sensibler, femininer Schwung«, formuliert die Rechte.

»Lecker, lecker«, sagt die Linke.

Sie hält der Dame diskret eine Visitenkarte mit den Vorderzähnen hin. Das hat Stil.

»Contenance Madame, Contenance.«

Die Dame ziert sich. Die Rechte grinst den Typ an, der jetzt unverschämt guckt. Er scheint Schwierigkeiten machen zu wollen, er nuschelt. Leute, die nuscheln, gehen schnell zum Schreien über. Maddox hat Erfahrung mit renitenten Personen. Sind die Hemmungen einmal gefallen, haben sie freie Bahn.

»Könntest du dich mal verpissen, du Wichser?!«, sagt der Typ jetzt.

Immer diese vulgären Ausdrücke! Maddox hasst das. Er hat ein ganz feines Empfinden und fühlt sich verletzt von solchen Formulierungen.

»Ich weiß gar nicht, wie das geht«, sagt er und schüttelt vorsichtig den Kopf.

Die Dame schaut aus dem Fenster. Dann steht sie plötzlich auf und verlässt fluchtartig die Bahn, ohne sich die Visitenkarte näher anzuschauen. Die Linke und die Rechte sehen ihr ratlos hinterher, während Maddox aus dem Fenster schaut.

Die Rechte spricht lieber über Preise. Preisverhandlungen werden zwar von beiden paritätisch geführt, allerdings nur zum Schein, den Preis bestimmt immer die Rechte. Die Linke lässt sich zu leicht übers Ohr hauen, dafür hat sie einen Englischkurs gemacht. Viele Leute schauen Maddox amüsiert oder entsetzt an. Das eine wie das andere führt lediglich zu einer Kaufhemmung, eine in einer Konsumgesellschaft geradezu fatale Reaktion.

Maddox steigt aus und geht zu Fuß nach Hause. Dass das Geschäft seit Wochen nicht mehr läuft, liegt an ihm selbst. Er hat eine Krise. Eine ausgewachsene Lebens- und Sinnkrise. Vor einem Jahr war er schon einmal in einer ähnlichen Situation. Das hatte einen äußeren Anlass. Direkt vor seinen Augen war jemand aus dem Fenster in den Tod gesprungen. Nun sieht man ja in Berlin dauernd Menschen aus dem Fenster springen. Meistens fluchen sie bloß und stehen wieder auf. Sie wischen sich den Staub von der Kleidung, atmen einmal tief ein, dann laufen sie wieder los. Sie laufen in den nächsten Hauseingang und hasten die Treppen hoch. Oben angekommen, rennen sie so schnell sie können den Flur entlang, mit größer werdenden, raumgreifenden Schritten, schneller und schneller und am Punkt der höchsten Geschwindigkeit springen sie ab, sie machen einen gigantischen Satz, bei dem sie sich um die eigene Achse drehen und idealerweise das Fensterkreuz mit dem vorgestreckten Hintern treffen. Unten auf dem Bürgersteig hört man es klirren und Millisekunden, bevor die Splitter der zerborstenen Fensterscheibe herunterregnen, sieht man sie erneut, wie sie mit einer einwandfreien Arschbombe aufs Pflaster schlagen.

Geht man durch die Straßen Berlins, hört man, wie die Fenster über einem geöffnet werden. Man schaut unwillkürlich nach oben, und da sieht man sie dann in den Fensterrahmen stehen. Sie sitzen auf den Fensterbrettern, auf den Balkonbrüstungen, auf den Dächern und Dachvorsprüngen. Sie halten sich mit den Händen an den Regenrinnen fest, wie die Trauben hängen sie dort. Manche springen mit einem Schrei, andere lassen sich geräuschlos in die Tiefe fallen, ohne ein Wort der Klage oder des Bedauerns. Der sechste, der siebte, der zehnte Stock, sie steigern sich in der Höhe, ebenso wie sich ihre Genussfähigkeit steigert oder ihr Überdruss. Sie springen allein, in Gruppen oder in Formationen. Sie springen aus Einsamkeit oder aus Eifersucht oder aus Langeweile. Oder sie springen, um ihre Existenz auf einen einzigen Moment hin zu verdichten. Weil ihnen die Erstreckung auf Jahre, dieses Auseinandergezogenwerden auf Jahrzehnte, als dem Leben nicht gemäß erscheint, als seiner Schönheit und seiner Einzigartigkeit widersprechend.

Das muss ein Amateur gewesen sein, der da vor Maddox aufs Pflaster geschlagen ist. Überall nur Blut. Maddox kann viel ertragen, aber er kann eben kein Blut sehen. Damals schlief er wochenlang schlecht. Er spürte zum ersten Mal, dass es möglicherweise einer Kurskorrektur seines bisherigen Lebens bedurfte. Vielleicht war er den falschen Weg gegangen. Er hätte bei seinem Kerngeschäft bleiben sollen. Mit Zähnen kannte er sich am besten aus. Er begann damals, im Netz zu recherchieren. Er suchte Menschen, die so waren wie er. Aber wie war er? Fühlte er sich wohl in seiner Haut? Fühlten sich andere dort wohl? Fast alle Menschen haben doch Probleme mit ihrem Körper. Schränkt das das Wohlbefinden ein oder gehört das sogar dazu? Die Menschen haben zu viel Fett oder zu wenig Muskeln. Sie stellen das mit einem Schreck beim Blättern in einer Zeitschrift fest. Oder der Hausarzt oder Orthopäde sagt es ihnen. Dann treiben sie Sport, um ihren Körper auf Vordermann zu bringen. Sie arbeiten am Waschbrettbauch und an der Wespentaille. Oder sie fressen sich eine gigantische Wampe an, weil das so schön schaukelt beim Gehen und weil sie sich dadurch an das Schaukeln aus Kindertagen erinnert fühlen. Andere lassen sich ein Tattoo stechen, eine kleine rote Rose auf dem Schulterblatt oder ein Tribal. Dann muss etwas Größeres her und dann etwas Drittes und Viertes. Manche mögen Piercings oder Ohrlöcher, Nase und Zunge, der Intimbereich. Dann kommen Brandings und Tackerings. Wieder andere gehen zum Schönheitschirurgen. Sie lassen sich ihre Muttermale lasern. Mit der Zeit bevorzugen sie dann das Skalpell, sie mögen seine Form, seine Schärfe und die Unwiderruflichkeit, mit der es sich durch das Fleisch arbeitet. Sie lassen sich die Nase begradigen und die Ohrläppchen verkleinern oder gleich in Gänze amputieren. Diese knorpeligen Lappen an den Seiten ihres Kopfes stören ihr geometrisches Empfinden oder die Stromlinienförmigkeit und Windschlüpfrigkeit ihres Körpers auf dem Weg nach oben. Sie hätten schon längst Karriere gemacht, stünden ihnen nicht die eigenen Ohren im Weg. Nach der Amputation lassen sie sich dann Prothesen anpassen, die sie bei Bedarf anlegen oder abnehmen können. Oder sie belassen es bei der Leerstelle. Sie finden es ästhetisch, wenn an einer von ihnen ausgesuchten Stelle nichts ist. Ansonsten ist ja beim menschlichen Körper überall etwas. Später lassen sie sich vielleicht eine Fingerkuppe, ein Fingerglied oder eine Hand amputieren. Sie lassen sich einen Herzschrittmacher einsetzen und stellen ihn einfach ab, wenn sie mal eine Pause vom Leben brauchen oder sie sich die von ihnen bevorzugten Urlaubsgebiete nicht mehr leisten können. Nach drei Wochen verpasster Karibik springt das Gerät mit einem feinen Sirren wieder an. Sie lassen sich die Leberwerte einstellen und den Pankreas optimieren, Blutzucker und Cholesterin ein bisschen nach unten, ein paar kleine Veränderungen an der Hypophyse, Testosteron, Serotonin und Dopamin nach oben, das ganze hormonelle Gefüge wird dem gefühlten Alter entsprechend auf Vordermann gebracht.

Maddox stieß auf einen Zirkel arbeitsloser Chirurgen und Anästhesisten, die mit ihren eigenen Gesichtern experimentierten. Das Gesicht ist ein Teil der Persönlichkeit, der nicht verändert werden kann, ohne dass es zu massiven Persönlichkeitsstörungen kommt. Diese Leute wollten nicht auf das Alter warten, das sie entstellt. Sie begaben sich auf die Suche nach dem Selbst und seinen Störungen, nach Original und Entstellung, Substanz und Akzidens. Maddox entdeckte Menschen, die Kollisionen im Straßenverkehr herbeiführten, sie wollten mit dem Außenspiegel einen Radfahrer touchieren. Diese Leute wollten andere nicht töten, sie wollten sie berühren. Sie wollten anderen Menschen nahe sein. Manchen ging es um eine möglichst artifizielle Unfallgestaltung, sie wollten einem Schadensereignis die eigene Handschrift aufdrücken. Sie bereiteten sich akribisch darauf vor, sie tüftelten mögliche Szenarien aus, sie recherchierten nach Fahrzeugen und Schadensklassen, sie kannten die Instabilität von Fahrgastzellen, die Unzuverlässigkeit von Airbags, sie wussten, wie Motoren bei Frontalzusammenstößen auf die Lenksäule drückten. Sie erarbeiteten eine entsprechende Choreografie und inszenierten dann ihre Unfälle. Manche wollten Narben und Verstümmelungen davontragen, sie wollten zeigen, was sie schon alles überlebt hatten. Anderen ging es darum, so nah wie möglich am Tod vorbeizuschrammen. Wieder andere gingen noch einen Schritt weiter, sie suchten nach einem finalen Arrangement, einem absolut spektakulären, einmaligen Crash, der alles bisher Dagewesene in den Schatten stellte. Bis zur Unkenntlichkeit verstümmelt, lagen sie in ihren Fahrzeugen und warteten auf die Identifikation.

Maddox saß nächtelang vor dem Rechner. Zuerst spürte er vor allem Faszination. Er spielte mit dem Gedanken, sich der einen oder anderen Gruppierung anzuschließen. Der Reiz ließ jedoch schnell nach und er empfand diese Angebote bald als schal und abgestanden. Das würde ihm nicht aus seiner Krise helfen. Er hatte das Gefühl, dass sein Leben sich vom existenziell Wichtigen entfernte. Er war weit weg von dem, was er eigentlich wollte. Was er einmal gewollt hatte. Aber was war das? Hatte er überhaupt etwas gewollt? Oder war es das Gefühl heutiger Leere, das ihm dies vorspiegelte. Zu seiner Überraschung ging die Krise vorüber, wie sie gekommen war. Die Geschäfte liefen gut wie selten zuvor. Die Hände wurden immer besser, die Linke war rhetorisch bisweilen geradezu eloquent. Sie verkauften zu exorbitanten Preisen.

Jetzt, ein Jahr später, kehrte das mit doppelter Intensität zurück. Was nach der Geschäftsgründung auf ein Minimum zurückgegangen war, die Hypersensibilität seines eigenen Körpers, kehrte ebenfalls zurück. Er spürte ein allgemeines Ungleichgewicht, Bauchspeicheldrüse und Stoffwechsel harmonierten nicht miteinander, seine Magenscheidewände und seine Darmzotten. Er versuchte regelmäßig zu atmen, aber nicht sehr tief, weil das die Lunge nicht verkraftete, er besaß empfindliche Lungenflügel mit ganz feinen Lungenbläschen, sehr, sehr speziell. Er atmete auch nur Landluft, weil die Luft in der Stadt kontaminiert war. Seine empfindliche Haut war schädlichen Umwelteinflüssen schutzlos ausgeliefert, die ultraviolette Strahlung zerfetzte ihn. Eines Tages war sogar seine Hautfarbe weg. Sein Ischiosakralgelenk schmerzte und seine maroden Herzkranzgefäße machten ihm zu schaffen, sie pfiffen aus dem letzen Loch. Vor einem halben Jahr war ihm eines Morgens mit einem ohrenbetäubenden Krachen das Fußgewölbe eingestürzt.

Maddox ist auf dem Weg ins Geschäft in Gedanken. Zu Hause angekommen, legt er den Spazierstock, den Arm und die beiden Gebisse auf den Arbeitstisch. Bei warmem Wetter schwitzen die Hände in den Lederstulpen. Er ist ja immer in voller Montur. Er hat es so satt, dieses Leben. Alles ist sinnlos. War das einmal anders? Oder war es immer sinnlos, nur dass seine Sensorien inzwischen feinfühliger sind? Er sollte seinen Laden zumachen. Leonie wollte ihn damals zum Zirkus schicken, was er abgelehnt hatte. Jetzt erscheint es ihm, als wäre er lediglich der Dompteur seiner Organe. Am Ende der Vorstellung wird, wenns schön lustig war, Beifall gespendet. Und wenns nur die beiden Gebisse sind, die mit den Zähnen klappern. Er ist lediglich ein armseliger Unterhalter in der U-Bahn, ein Clown. Er schaut in den Spiegel. Er nimmt den Zylinder ab.

»Ein einsamer, trauriger Clown«, sagt er vor dem Spiegel.

»Bin ich einsam?«, fragt er sich.

Er nickt. Sein Gegenüber nickt ebenfalls.

»Bist du eigentlich mein Spiegelbild oder bin ich deins?«, fragt Maddox sein Gegenüber. Oder sein Gegenüber fragt ihn.

»Vielleicht sollten wir getrennte Wege gehen?«, fragt einer von beiden.

»Stör ich?«

Maddox dreht sich erschrocken um. Da steht eine Frau im Eingang des Ladens.

»Wir haben geschlossen«, sagt er unwillig.

»Wer ist ›wir‹?«, fragt die Frau.

Gute Frage. Ob sie da schon lange steht? Sie schaut ihn interessiert an. Früher hätte er dieses Interesse an seiner Person sofort zu nutzen und in ein monetär und fiskalisch messbares Ereignis umzumünzen verstanden. Jetzt ist es ihm egal. Das alles ist nur noch das letzte Flackern seines morbiden zirzensischen Daseins. Wenn die Frau geht, wird er den Laden für immer zuschließen. Sie macht allerdings keine Anstalten zu gehen. Sie kommt sogar auf ihn zu.

»Na, du bist ja ein ulkiger Vogel«, sagt sie flapsig.

Maddox antwortet nicht.

»Wir kennen uns doch«, sagt sie und sieht ihn dabei durchdringend an.

»Ich kenne keine fremden Menschen«, antwortet er.

Maddox kann nichts dagegen tun, seine Stimme klingt traurig. Sie klingt nicht nach seiner eigenen Stimme, sondern nur noch nach Trauer. Er setzt sich an seinen Schreibtisch. Vor ihm steht ein Totenkopf mit einer brennenden Kerze. Er schaut auf seine Rechte, dann auf seine Linke. Seine Artikulationshilfen sind verschwunden. Normalerweise spricht er ja nur unter Zuhilfenahme der Gebisse, um seine Stimmbänder zu schonen. Jetzt liegen nur seine leeren und verletzlich wirkenden Hände auf dem Tisch, als hätte sie jemand von den Unterarmen abgetrennt. Die Frau schaut ihn noch immer an. Dann greift sie den Schlüsselbund, der auf seinem Schreibtisch liegt. Sie geht zur Tür, dreht das Schild um, auf dem jetzt ›Geschlossen‹ zu lesen ist, und schließt ab. Dann kommt sie zurück und setzt sich auf den Schreibtisch. Direkt neben Maddox Hände. Sie zieht ihre Jacke aus und hängt sie über einen Stuhl.

»Was hast du denn die letzten Jahre so getrieben?«, fragt sie.

»Getrieben?«

Die Frau knöpft sich langsam die Bluse auf. Maddox weiß nicht, wo er hingucken soll.

»Worauf stehst denn du so?«, fragt sie in dem Moment, in

dem sie ihre Bluse mit einer weit ausholenden Bewegung hinter sich befördert.

»Stehen?«, fragt Maddox.

Sie schiebt sich die Schuhe von den Füßen, die mit einem Poltern auf den Boden fallen.

»Na im Bett eben.«

»Also, äh … ich, äh, also mein Herz tut weh.«

»Vom Sex?«

»Wovon?«

»Ob dir was vom Sex wehtut.«

»Nicht direkt. Ich weiß gar nicht, wie das geht«, sagt er und schüttelt vorsichtig den Kopf.

Die Frau zieht den Rock aus.

»Mein Herz ist wahnsinnig empfindlich«, versucht er zu erklären.

»Meins auch.«

»Ich habe Herzrhythmusstörungen.«

»Die sind in solchen Situationen normal.«

»Ich habe arteriosklerotische Interferenzen.«

»Erotische Differenzen? Sei froh, dass du die hast!«

»Ich habe eine Tachyarrhythmie, eine arrhythmogene ventrikuläre Kardiomyopathie, eine idiopathische Perikarditis.«

Das scheint der Frau nicht zu imponieren, sie nickt nur beiläufig.

»Ich habe furchtbare Angst«, sagt Maddox.

»Angst haben alle.«

»Ich könnte daran sterben«, sagt er in betont vorwurfsvollem Ton.

»In solchen Situationen stirbt man immer.«

Die Frau zieht ihre Strümpfe aus. Maddox versucht sie nicht direkt anzugucken. Das fällt ihm schwer. Sie sitzt ja genau vor ihm.

»Könntest du mir mal bitte den BH öffnen?«, fragt sie ihn.

Maddox schwitzt. Er weiß nicht, wo er hingucken soll.

»Ich weiß gar nicht, wie das geht«, sagt er und schüttelt vorsichtig den Kopf.

»Ich könnte es dir aber zeigen«, sagt sie.

Maddox zittert jetzt am ganzen Leib.

»Dann kannst du es ja gleich selbst machen«, sagt er.

»Es gibt Dinge, die kann man anderen zeigen, aber man kann sie nicht selbst machen«, antwortet die Frau.

»Kannst du mich bitte in den Arm nehmen?«, fragt sie.

»Ich weiß gar nicht, wie das geht«, sagt er so leise, dass man es kaum hören kann.

»Ich könnte dir zeigen, wie das geht, aber selbst machen kann ich es nicht.«

Maddox will aufstehen und weglaufen. Aber die Frau wendet sich blitzschnell herum und drückt ihn mit einem Fuß in den Sessel zurück. Sie spreizt die Beine und lässt sich auf seinen Schoß fallen, indem ihre nackten Beine in die Aussparungen der Armlehnen rutschen. Maddox ist in seinem eigenen Sessel gefangen und kann sich nicht mehr bewegen.

»Wie gefallen dir meine Brüste? Sind die nicht saugeil?«

Die Frau strahlt ihn an.

Maddox weiß nicht, ob die saugeil sind. Irgendwie schon. Er nickt ganz vorsichtig. Etwas im unteren Teil seines Körpers ist nicht in Ordnung. Das brennt und pocht wie verrückt.

Jeder versucht doch das Leben auf seine Weise, nicht wahr?

Der Schmerz kommt im Stechschritt, der Stolz hingegen ist eine fließende, geschmeidige Bewegung. Vor Stolz habe ich den Schmerz gar nicht gespürt. Der Schmerz wird zurückkehren, der Schmerz, dass mich alle verlassen haben. Nicolae hat heute Morgen das Haus verlassen. Es werden nicht die sichersten Schritte gewesen sein. Aber er wird es wieder lernen. Nicolae ist der Spross einer Familie, die das Gehen im Blut hat. Ich habe immer gewusst, dass er sich eines Tages erheben wird. Unzählige Versuche hat er gemacht, seit wir hier leben. Er zögerte, nahm Anlauf, zögerte erneut, gab sich einen Ruck und ging dann doch nur in sein Zimmer zurück. Jedes Mal, wenn er hinter der Tür stand und sich mit der konkreten Absicht herumschlug, plagten mich Schmerzen im Rücken. An diesem Morgen waren sie nahezu unerträglich. Mir kamen die Tränen. Aber ich versenkte mich in meine Arbeit. Ich wusste, dass er es dieses Mal schafft. Tatsächlich hörte ich, wie die Haustür leise ins Schloss fiel. Im selben Moment knackte es unerträglich laut in meinem Rücken und der Schmerz war dem Stolz gewichen.

Ich mache Schuhe. Seit wir hier sind, rede ich auch wieder mehr. Ich habe mich auf die beiden großen Traditionen meiner Familie besonnen. Ich erteile Ratschläge. Zum einfachen Gehen, zu den einzelnen Schritten, die jeder machen muss. Zum Gang des Lebens, den man nur versuchen kann. Meine Kunden glauben, ich sei jemand, der mit beiden Beinen im Leben steht und sein Gleichgewicht gefunden hat. Sie glauben an ein Leben im Gleichgewicht. Dabei ist das Gegenteil wichtig: das Gleichgewicht zu verlieren. Mit dem nächsten Schritt sucht man es dann wieder herzustellen. Das ist alles. Das ist das Leben.

Ich selbst verliere es bedauerlicherweise nicht in der Art, die ich mir wünsche. Ich finde meinen Ort nicht. Mein Großvater und mein Vater hatten jene Kontinuität im Leben, die ich nicht erreiche. Ich wollte sie auch gar nicht, als ich jung war. Ich wollte kein Schuhmacher in Mărginime sein. Ich wollte in die Stadt. Vielleicht wollte ich nicht einmal das. Als ich Bürgermeister wurde, bekam ich dennoch die Gelegenheit dazu. Dort habe ich jedoch, trotz Frau und Kind, nicht Fuß fassen können. Ich bin ins Dorf zurückgegangen. Dort wollte ich kein Bürgermeister mehr sein. Als mein Vater starb, musste ich mich fragen, welche Stelle im Leben ich denn nun besetzen wollte. Ich tendierte in die eine und dann in die andere Richtung, bis ich feststellte, dass es keine sich ausschließenden Alternativen waren. Sie waren sogar gut miteinander zu verbinden. Ich hielt am Grab meines Vaters eine Rede und wurde so auch als Redner wahrgenommen. Genau darin lag die Verbindung, ob als Schuhmacher oder als Bürgermeister: Meine Worte und meine Meinung waren gefragt.

Viele Jahre später, an dem Tag als Krisztina verschwand, musste ich feststellen, dass mir die Verbindung der beiden Rollen nicht mehr gelang. Es gelang mir nicht, das in Worte zu fassen und begreiflich zu machen. Ich sah Emil und seine Frau Dora, sprachlos vor Schmerz. Emil konnte in den folgenden Jahren über nichts anderes mehr reden als über seine Tochter. Jedes Gespräch endete damit, dass er mir erzählte, dass Krisztina eines Tages zurückkommt.

»All die Qual der letzten Jahre«, sagte er jedes Mal, »wird dann vorüber sein.«

Ich verstand das Leben nicht mehr, das uns so etwas zumutete. Das Leben, diese Strecke zwischen Geburt und Tod, für die ich die Schuhe herstellte. Jahrelang stand ich unentschlossen auf der Stelle, ich konnte mich nicht für das eine und auch nicht für das andere entscheiden. Ich wollte beides nicht. Erneut bin ich weggegangen wie viele Jahre zuvor, dieses Mal mit Nicolae zusammen. Heute, da mein Sohn sein eigenes Leben begonnen hat, frage ich mich erneut, ob das Dasein als Schuhmacher mir eigentlich entspricht und ob die Stadt mein Ort ist.

So ist mein Leben, das Hin und Her, die Fragen, die Zweifel. Vielleicht wäre mein Großvater sogar stolz auf mich, wenn er meine Gedanken kennen würde. Er sähe gar nicht, was ich sehe, die Ruhelosigkeit, das Nicht-Finden des rechten Ortes. Womöglich sollte ich erneut weggehen. Nun, da ich alleine bin.

»Bist du alleine?«

Redet da jemand? Ist Nicolae etwa zurückgekommen?

»Nicolae?«

»Nicolaes Stimme kennst du ja.«

Ich sehe von meiner Arbeit auf.

»Ist da jemand?«, frage ich.

Es antwortet niemand. Die Tür der Werkstatt steht offen. Ich werde alt. Ich höre Stimmen.

»Ich habe mit fremden Zungen geredet, aber immer mit meiner eigenen Stimme. Mit dieser Stimme rede nur ich.«

Da ist doch jemand! Ich stehe auf und gehe nach draußen. Auf den Stufen sitzt eine Frau. Sie schaut mich an.

»Setz dich doch«, fordert sie mich auf und weist auf die Stufen.

Die Frau sieht mich an. Ich sehe sie an. Ich sehe sie genauso an wie damals, als ich sie zum ersten Mal gesehen habe vor dem Bahnhofsgebäude. Ich bekomme kein Wort heraus.

»Setz dich, Ioan. Nun setz dich doch her zu mir.«

Ich setze mich.

Dann sagen wir lange nichts. Sehr lange. Wir sitzen nur da. Wir sitzen den halben Tag lang auf der Stelle. Ich schaue sie nicht mehr an. Ich schaue einfach nur geradeaus.

»Seit wann bist du hier?«, frage ich schließlich.

»Nicolae habe ich nicht mehr gesehen«, sagt sie.

»Du hast ihn nicht mehr gesehen?«, frage ich sinnlos.

»Nein. Ich wusste, dass er heute geht.«

»Und da bist du nicht ein bisschen eher gekommen! Du hast deinen Sohn nicht noch einmal sehen wollen?«

»Ich habe ihn all die Jahre hindurch vor mir gesehen. Jeden Tag und jede Minute.«

Wir schweigen wieder.

Dann legt sie ihre Hand auf meine Schulter. Ich schaue sie an.

»Du siehst müde aus«, sagte sie.

»Ich fühle mich gar nicht müde. Das ist das Alter. Das ist das Leben.«

Ich schaue sie an. Dann kommen mir die Tränen. Ich kann das nicht verhindern. Sie lächelt.

»Was wissen wir schon über das Leben?«, fragt Lydija.

»Ja, du hast recht. Wir machen Erfahrungen, wir sammeln sie, und dann ist man plötzlich alt und hat das Gefühl, nichts zu wissen, nichts verstanden zu haben, und das Wenige, das man weiß, das Wenige, das man versteht, hilft einem nicht.«

»Wir müssen gehen«, sagt sie nach einer Weile.

»Wohin denn?«, frage ich überrascht.

»Komm, schließ deinen Laden zu. Es kommt sowieso niemand mehr.«

»Woher willst du das wissen?«, frage ich.

Sie lächelt.

Ich schließe den Laden zu und wir gehen los. Wir gehen durch Straßen, die ich nicht kenne, rechts und links und wieder rechts, durch Nebenstraßen, ich bin hier noch nie gewesen. Genau wie damals.

»Ja, wie damals«, sagt sie.

»Du weißt nicht, wohin wir gehen?«

»Das habe ich noch nie gewusst.«

»Woher wusstest du dann vorhin, dass wir gehen mussten?«

Sie bleibt stehen.

»Woher weißt du, dass Nicolae heute Morgen gegangen ist, und woher weißt du überhaupt, dass wir in diesem Land, in dieser Stadt, in dieser Straße sind? Woher weißt du das alles?«

Sie lächelt.

»Warum hast du uns damals verlassen?«

Sie hört zu lächeln auf. Ich sehe, dass ich ihr mit dieser Frage wehtue. Aber sie hat mir auch wehgetan.

»Hier ist es.«

»Was ist hier?«, frage ich.

Sie geht hinein. Ich gehe ihr hinterher.

»Ein Zimmer für zwei Personen bitte«, sagt sie zum Mann an der Rezeption.

»Nach so langer Zeit wollen wir wieder zusammen in einem Zimmer schlafen?«, frage ich.

»Nein. Ich muss heute Nacht noch etwas tun. Das geht nur in dieser Nacht.«

»Wer ist denn dann die zweite Person?«

Sie schaut den Mann an der Rezeption an. Mein Blick folgt ihr.

»Das Zimmer ist für euch beide. Da gibt es eine Menge zu erzählen.«

Der Mann an der Rezeption und ich sehen einander ungläubig an.

»Ich komme morgen wieder. Zum Frühstück«, sagt sie.

Sie dreht sich um.

»Lydija!«

»Endlich«, sagt sie.

»Was endlich?«

»Endlich sagst du meinen Namen.«

»Was sollte dir daran liegen?«

»Viel, sehr viel sogar. Du hast einen schönen Mund. Ich habe unzählige Nächte meines Lebens wach gelegen und daran gedacht, wie du meinen Namen ausgesprochen hast.«

Ich bin überrascht.

»Keine Angst, ich komme wieder. Aber diese eine Nacht bin ich noch unterwegs.«

»Was machst du?«, frage ich.

»Ich muss ein Flugticket organisieren.«

»Wohin willst du denn?«

»Ich gehe dir nicht mehr verloren, Ioan. Wie beide bleiben zusammen bis zum Ende. Das Ticket ist nicht für mich. Es ist für Nicolae. Ich muss es ihm im richtigen Moment zustecken. Er wird morgen in aller Frühe durch die Straßen irren und nicht wissen, wohin mit sich. Dann greift er in die Jackentasche und findet dieses Ticket. Ich muss tun, was du bereits getan hast.«

»Was denn?«

»Abschied nehmen.«

»Wird er dich erkennen?«

»Nicht so, wie ihr beide euch gerade erkannt habt. Aber er wird, wenn er mit Scarlett zusammenlebt, wenn er Kinder hat und sie nach ihrer Mutter rufen hört, wenn er sich an die Bank erinnert und an Krisztina, er wird anders über mich denken und immer, wenn er anders über mich denkt, wird er an jenen Moment erinnert, da er eine Frau niedergerannt hat, die ihm noch einmal gewunken hatte.«

Ich sehe sie an und verstehe, dass ich aufhören muss zu fragen. Auch wenn es mir schwerfällt. Eines Tages wird sie mir alles erzählen. Eines Tages wird sie mir erzählen, warum sie damals gegangen ist. Oder sie wird es nicht tun. Es ist einerlei.

»Ja«, sagt sie, »es ist einerlei.«

Jetzt lächle ich. Es ist das erste Mal an diesem Tag, dass ich lächle. Das fällt mir nun auf. Vielleicht habe ich schon lange nicht mehr gelächelt. Als sie aus der Tür ist, drehe ich mich um.

»Ich glaube, ich muss dir etwas erklären«, sagt Valentin.

»Allerdings«, sage ich, »das glaube ich auch.«

»Lass uns da drüben hingehen. Da kann man ungestört sitzen.«

Der Raum ist mit Ledersesseln und schweren Teppichen ausgestattet. Die Stimmung zwischen uns ist gespannt. Ich kann in ihm kaum noch den Freund meiner Jugend erkennen. Nicht, weil er sich äußerlich verändert hätte. Auch nicht wegen des sozialen Unterschieds zwischen uns, der ganz offensichtlich ist. Valentin holt zwei Gläser und füllt sie. Er fragt mich nicht einmal, was ich trinken will. Es ist seine Umgebung und er tut hier das, was er will. Hat so ein Gespräch überhaupt einen Sinn, nach so langer Zeit?

»Weißt du, ich habe einfach versucht, mit meinem Leben klarzukommen«, sagt Valentin, als wir in zwei einander gegenüberstehenden Sesseln sitzen.

»Wärst du weniger gut klargekommen, wenn du Emil und mir die Beweggründe für deine Flucht erklärt hättest?«

»Das war keine Flucht«, sagt er bestimmt.

»Was war es dann deiner Meinung nach?«, frage ich ihn.

»Ob du es glaubst oder nicht: Ich bin einfach gegangen.«

Es entsteht eine lange Pause.

»Silvana hat mich bei der Feier am letzten Schultag beiseite gezogen und mir von Paris erzählt.«

»Was wusste Silvana von Paris?«, frage ich.

»Nichts, absolut gar nichts. Sie hat vermutlich einfach nur

davon geträumt wegzugehen. Den Vater und das Leben dort hinter sich zu lassen. Vielleicht hatte sie auch einen Mann, den sie liebte und mit dem sie gemeinsam davon träumte. Dann sind sie nicht gegangen, weil sie es nicht vermochten, sich gegen die Tradition aufzulehnen. So stelle ich mir das vor.«

»Erzähl weiter!«

»Mich hat das Wort Paris und das, was Silvana mir in den fünf Minuten erzählt hat, nicht losgelassen. Jeden Tag, an dem ich Emil und dir nichts davon erzählt habe, entfernte ich mich auch von der Möglichkeit, euch etwas zu erzählen. Vielleicht habe ich nichts erzählt, weil es nur meine Sache war. Oder weil ich, als ich bemerkte, dass ich es erzählen müsste, schon zu weit davon entfernt war. Dass ich gegangen bin, ohne euch einzuweihen, bedeutet nicht, dass mir die Freundschaft zu dir und Emil weniger wichtig gewesen ist als euch, sondern lediglich, dass ich über dieses eine Thema nicht reden konnte. Manche Dinge kann man nicht teilen. Man teilt sie nicht durchs Reden und man teilt sie auch nicht mit der Axt.«

Erneut entsteht eine Pause.

»Außerdem hat Silvana damals im Klassenraum ihre Bluse heruntergezogen und mir ihre Brüste gezeigt.«

»Was hat das mit Paris zu tun?«

Er antwortet nicht.

»Was hatten die Brüste Silvanas mit Paris zu tun?«, frage ich.

»Verdammt, ich weiß es nicht mehr.«

Es ist inzwischen dunkel geworden. Valentin macht keinerlei Anstalten, das Licht anzuschalten.

»Ich konnte es dir damals nicht sagen und ich kann es dir auch heute noch nicht sagen. Ich kann dir aber eins sagen: Was Silvana mir ankündigte, ist tatsächlich in gewisser Weise eingetreten, auch wenn ich nicht bis Paris gekommen bin. Man bleibt jung. Jedenfalls hat meine Frau mir genau das vor einiger Zeit vorgeworfen, als sie sagte, ich sei ein Kindskopf.«

»Silvana hatte immer die Tendenz, sich an die Vergangenheit anzulehnen. Für sie besaß die Vergangenheit jene Wärme, die die Zukunft nicht bieten konnte. Ich wusste nicht, dass sie auch Prophezeiungen gemacht hat.«

»Prophezeiungen ist nicht das richtige Wort. Sie hatte in diesen Momenten wohl mehr ihre eigene Vergangenheit im Auge als meine Zukunft. Silvana hatte keine Möglichkeiten und Perspektiven. Sie hatte keine Zukunft. Deswegen hat sie sich an die Vergangenheit geklammert.«

»Und du?«, frage ich, »klammerst du dich an die Zukunft?«

»Klammern ist nicht die richtige Bezeichnung. Sagen wir mal so: Ich setze auf sie.«

»Ist das hier ein Casino?«

»Nein, das ist ein Hotel. Mein Hotel. Oder eigentlich ist es gar kein Hotel, sondern ein Freudenhaus. Aber ich habe es als Hotel genutzt. Und ab morgen ist es nicht mal mehr meins. Ich habe es verkauft.«

»Lief der Laden nicht?«

»Der lief sogar sehr gut. Aber ich muss mich noch einmal verändern.«

Wir sagen nichts.

»Und du«, fragt er nach einer Weile, »was hast du all die Jahre gemacht?«

Ich überlege, ob ich ihm von Lydija und von Nicolae erzählen soll. Ich könnte ihm erklären, wer diese Frau gewesen ist, mit der er mich in seiner Hotelhalle gesehen hat. Ich könnte ihm von den Varian-Zwillingen erzählen, von Marijan und Krisztina. Ich überlege lange. Ich weiß nicht, wo ich anfangen soll. Außerdem will ich ebenfalls nicht alles mit ihm teilen. Vielleicht aus Trotz oder aus Scham. Ich könnte erzählen, wie sehr Emil und Dora unter dem Verlust ihrer Tochter leiden. Ich könnte erzählen, wie sich bei uns alles verändert hat, ich könnte ihm etwas über die politischen Verhältnisse erzählen, denen er entgangen war. Er hatte sich die richtigen Jahre ausgesucht, um zu verschwinden. Vielleicht hatte er das alles im Fernsehen gesehen.

»Ich habe versucht, in Würde alt zu werden«, sage ich stattdessen.

»Wieso denn das?«, fragt er überrascht.

»Was ist daran so verwunderlich?«, frage ich zurück.

»Wir sind doch auch nicht in Würde jung gewesen«, antwortet er.

Ich sage nichts dazu.

»Wir können es probieren«, meint Valentin dann nach einer Pause.

»In Würde alt werden?«

»In Würde jung zu sein!«

»Aber wir sind nicht mehr jung.«

»Ich sagte ja, ich setze auf die Zukunft.«

»Ich verstehe nicht, was du meinst«, antworte ich.

Aber irgendwie verstehe ich es doch. Valentin steht auf und macht das Licht an. Dann setzt er sich erneut.

»Es käme auf einen Versuch an«, sage ich mehr zu mir selbst.

»Wie meinst du das?«, fragt er mich.

»Das Leben meine ich. Man muss es versuchen. Mehr kann man sowieso nicht tun. Jeder versucht doch das Leben auf seine Weise, nicht wahr? Mehr kann man sowieso nicht tun. Man muss es versuchen und man muss es in Versuchung bringen. Man muss nach dem Leben greifen, aber man muss auch das Leben dazu bringen, dass es nach einem selbst greift. Es geht sonst an uns vorüber. Es kennt uns gar nicht.«

Ich sprach vor mich hin wie so oft in den vergangenen Jahren. Meine Gedanken zum Leben. Das Leben ist nun einmal das Thema der Schuhmacher aus Mărginime. So ist das schon immer gewesen.

»Hast du sie gepflegt?«, frage ich.

»Wen habe ich gepflegt?«

»Die Schuhe, die du damals trugst, als du aus Mărginime weggegangen bist. Solche Schuhe muss man pflegen. Wie man sein Leben pflegen muss.«

Er sagt nichts dazu.

»Du hast von deiner Frau gesprochen«, sage ich, um das Thema zu wechseln.

»Ja, ich bin verheiratet. Ich war kaum aus dem Dorf heraus, da bin ich Liv in die Arme gelaufen. Und da bin ich heute noch. In ihren Armen, meine ich. Wir haben eine Tochter, Leonie. Sie hat vor einiger Zeit das Haus verlassen und geht ihre eigenen Wege, leider. Die Jahre ihrer Kindheit waren so schnell vorüber, ich habe es kaum gemerkt. Als ob ich ein Buch darüber gelesen hätte. Nun ist es aus und ich stelle es bloß noch ins Regal. Ich fürchte mich davor, dass die Liebe zu meinem Kind mit den kommenden Jahren verstauben könnte. Ich hätte sie gerne noch ein bisschen bei uns gehabt.«

Seine Stimme klingt traurig.

»Und du? Bist du verheiratet?«

Ich überlege erneut, ob ich ihm von den letzten fünfundzwanzig Jahren in Mărginime erzählen soll. Ich stehe auf und gehe ans Fenster. Warum fällt mir das so schwer? Bin ich immer noch wütend auf Valentin? Bin ich verheiratet? Das kann ich nicht mit einem Satz beantworten. Was ist das bloß für ein Tag gewesen? Erst verlässt mich mein Sohn, dann spaziert seine Mutter bei mir herein nach so langer Zeit und benimmt sich, als wäre sie nur einen Tag lang weggewesen. Und jetzt kommt auch noch der Freund meiner Jugend. Was soll ich Valentin erzählen? Dass ich den Ort nicht finde, an den ich gehöre? Dass ich mein Gleichgewicht suche, auch wenn ich weiß, dass es wichtiger im Leben ist, es zu verlieren? Dass das Leben aus Suchen besteht? Und manchmal auch nur aus dem Suchen nach den richtigen Worten. Was hatte der Großvater immer gesagt: ›Der Mensch geht als Ganzes.‹ Tut er das wirklich? War das früher so? Oder heute? Geht ein Mensch heute noch als ein Ganzes? Läuft er nicht immer nur etwas hinterher, seinen Träumen und seinen Hoffnungen? Läuft er vor der nächsten Enttäuschung davon? Geht er etwas anderem aus dem Weg? Sucht er die Konfrontation, den Zusammenstoß mit den Ereignissen, weil die dabei entstehenden Trümmer ihm Aufschluss über das eigene Leben geben? Über die eigene Zukunft oder Vergangenheit. Geht der Mensch als Ganzes? Folgt er seinen Augen oder seinem Herzen? Dies ist vielleicht das, was der Großvater, den die Leute im Dorf für seine Menschenkenntnis schätzten, mit Ganzheit meinte: sich selbst hinterherzugehen oder sich selbst voraus zu sein. Es gibt so vieles, was ich Valentin erzählen könnte. Oder ist es gar nicht viel? Er hat fünfundzwanzig Jahre seines Lebens zusammengefasst mit vier Worten: ›Verheiratet und eine Tochter‹. Ich drehe mich um und schaue ihn an.

Als sei man nicht älter geworden, sondern immer schon gewesen

»Ich bin ja noch jung«, sagte Valentin und stieg in den Zug.

»Du Kindskopf«, sagte ich leise.

Er konnte das nicht hören. Die Türen hatten sich geschlossen und der Zug fuhr an.

»Du Kindskopf hast den Zettel auf dem Küchentisch liegen lassen!«, rief ich dem Zug hinterher.

Die Leute auf dem Bahnsteig drehten sich um. Zugegeben, das klang etwas schrill für eine Frau in meinem Alter.

Valentin hatte mich tatsächlich gerade verlassen! Nach fünfundzwanzig Jahren Ehe! Ich hätte schreien können. Leider ist die Schreierei nicht meine Art. Die mittlere Lautstärke ist meine.

»Du verfluchter Idiot«, sagte ich mehr zu mir selbst.

Ich setzte mich auf eine Bank am Bahnsteig. Und schreckte sofort wieder hoch. Ich drehte mich um, tatsächlich, da hing noch immer das Schild mit der Aufschrift ›Berlin – Zoologischer Garten‹, das ich Valentin damals gezeigt hatte. Als ob ich nicht einen Moment woanders gewesen wäre und mein Leben da draußen jenseits des Bahnsteigs eine Illusion gewesen war. Ich stand noch immer an derselben Stelle, fünfundzwanzig Jahre, nachdem Valentin und ich uns hier kennengelernt hatten. Zwischen zwei Blicken auf dieses Schild lag beinahe mein ganzes Leben. Ich setzte mich erneut. Ich wollte hier nicht weggehen. Ich konnte doch nicht einfach nach Hause gehen, als sei nichts geschehen. Ich wollte hierbleiben. Ich wollte, dass Valentin zurückkam. Dieser Kindskopf. Dieser Idiot.

Valentin hatte mich schon einmal verlassen wollen. Damals hatte er es nicht getan. Vor einigen Jahren hatte ich einen Zettel mit einem einzigen Wort auf dem Küchentisch gefunden. Ich hatte seine Bedeutung sofort verstanden. Er wollte mich verlassen, aber er fand die beiden fehlenden Worte nicht. Und mit nur einem Wort kann man nicht gehen. Das war nicht unsere beste Zeit. Was machte das schon? Der Himmel hängt nicht jeden Tag voller Geigen, es sind nicht immer die großen Ausschläge, die das Leben bestimmen. Ich habe ebenfalls gespürt, dass nicht alles in Ordnung war. Ich dachte vor allem an andere Frauen. War ich eifersüchtig? Mäßig, würde ich sagen. Natürlich habe ich auch andere Männer gesehen und andere Verlockungen gespürt. Ich habe so manches gespürt. Aber gemacht habe ich es nicht. Vielleicht war Valentin da bereits einen Schritt weiter. War das automatisch der nächste Schritt? Sollte ich diesen Schritt auch gehen? Würde das unserer Beziehung guttun oder wäre sie damit vorüber? Und wenn er diesen Schritt gar nicht getan hatte? Ich war zu stolz, das anzusprechen. Ich war zu verletzlich. Soll er doch kommen, dachte ich. Soll er zu mir kommen und es mir erzählen. Ich würde ihn jedenfalls nicht fragen. Warum kommt er nicht?, habe ich gedacht. Warum tut er mir weh?

»Im Schmerz wächst man doch auch zusammen«, hatte Grete einmal gesagt.

Wir waren seit der Schule miteinander befreundet. Sie hat die Sache mit Valentin nahezu vom ersten Tag an mitbekommen. Sie war diejenige, die ich gebeten hatte, den anderen zu sagen, dass ich nicht mit in die Ferien käme. Sie war auch diejenige, die mir in den ersten Jahren zur Seite stand, wenn es schwierig wurde mit meinen Eltern. Ich hatte sie, als Valentin mich verlassen wollte, nach langem Zögern eingeweiht. Sie schien mir in solchen Fragen kompetenter als ich selbst.

»Man wächst nicht nur zusammen, man wächst auch auseinander«, entgegnete ich.

»Es sieht nur so als, als entferne man sich voneinander«, antwortete Grete.

Ich war mit ihren Antworten zu unserer Krise nicht einverstanden. Sie, die selber nie verheiratet gewesen ist, besaß eine sonderbar romantisierende Vorstellung von der Ehe. Damals hatte sie eine Affäre am Strand, die sich schnell wieder aufgelöst hatte. Urlaubsbekanntschaften eben. Seither konnte sie nie lange bei einem Mann bleiben. Der Traum von der großen Liebe und dem Glück war bei Grete nicht auf Dauer angelegt wie bei mir. Als wenn die ersten Männer unsere Vorstellung von der Liebe lebenslang beeinflussen. Ich konnte mir nicht vorstellen, mein Leben ohne Valentin zu verbringen. Ich fragte sie einmal, ob sie ihre abgelegten Liebhaber nicht vermisse. »Nach Jahren«, sagte Grete, »wirft man den Blick noch einmal zurück. Denselben Blick, nur ohne das damalige Begehren. Da ist man entsetzt.«

Das klang nicht gerade verlockend. Aber ich wusste ungefähr, was sie meinte. Blicke ändern sich, die eigenen ebenso wie die der Männer. Diese Blicke der Männer, die einem plötzlich sagen, dass man nicht mehr in Frage kommt. Diese Blicke, die einem sagen, dass man älter geworden ist. Gerade so, als sei das Altern keine Frage der Zeit. Als sei man nicht älter geworden, sondern immer schon gewesen. Blicke, die einem gar nichts mehr sagen, die an einem vorbei und durch einen hindurch gehen. Ich hatte Angst, dass Valentin nicht etwa einen Seitensprung beichtete, sondern mich verlassen würde. Männer haben es, sagt man, immer auf jüngere Frauen abgesehen. Und ich wurde nun einmal nicht jünger. Das Gesicht, der Körper, das verändert sich im Laufe der Jahre. Es ist nicht angenehm, dem Schwinden der eigenen Attraktivität zuschauen zu müssen. Aber wegsehen kann man auch nicht.

Valentin gehörte zu den Männern, die im Alter eher noch gewannen. Er hatte immer schon ein männliches, markantes Gesicht. Dann waren Falten um Augen und Mund hinzugekommen. Die Haare grau meliert, was ihn sehr interessant machte.

Ich bin jetzt fünfzig. Als ich jung war, hat sich einfach nur die Zahl geändert, ohne dass ich dabei älter wurde. Dann bin ich älter geworden, indem die Jahre aufeinander folgten, schön geordnet und der Reihe nach, eins nach dem anderen. Jetzt werde ich älter, indem die Jahre sich auftürmen. Mit jedem Jahr wird der Turm um ein Zehnfaches höher. Valentin wird ganz anders älter. Wenn man ihn fragte, wo die Jahre geblieben seien, würde er erschrocken seine Taschen absuchen, als suche er seinen Schlüssel, dann würde er mit den Schultern zucken und mit einem überraschten Gesichtsausdruck und einem Lächeln auf den Lippen sagen: »Keine Ahnung, gerade waren sie doch noch da.«

Dabei ist er tatsächlich jung geblieben. Selbst die damals minderjährigen Freundinnen unserer Tochter fanden ihn attraktiv. Wenn ich mich an diese Tilli erinnere! Die hat tatsächlich versucht, dem Vater ihrer besten Freundin den Kopf zu verdrehen. Valentin lächelte darüber. Man sah ihm einfach das Alter und die Zeit nicht an. Weil sie ihm gleichgültig waren. Die Zeit lief ihm nicht davon.

Warum geht er nicht? ›Geh doch!‹, dachte ich, wenn ich abends aus der Praxis hochkam. ›Geh doch endlich!‹, dachte ich, wenn ich morgens die Wohnung verließ. ›Geh! Geh endlich. Ich will dich nicht mehr sehen!‹ So habe ich ihn innerlich angeschrien. Vielleicht war meine Angst größer, als ich mir eingestehen wollte. Meine Angst, dass aus dem einen Wort, aus dem einen Drittel ganz schnell zwei Drittel werden würden. Vielleicht reichten ihm zwei, um zu gehen. Vielleicht reichte ihm ein kleines Übergewicht zur einen Seite? Zu der

Seite, auf der ich nicht stand. Dieser Zustand quälender Unsicherheit dauerte ungefähr ein halbes Jahr. Ich habe es bisweilen kaum ausgehalten. Den ganzen Tag in der Praxis nicht zu wissen, ob er noch da wäre, wenn ich hochkomme. Ich ließ mir die sonderbarsten Ausreden einfallen, um hundert Mal am Tag in die Wohnung zu gehen. Tausend Mal schaute ich aus dem Fenster, ob er gerade draußen vorbeiging mit seinem Koffer in der Hand. Ich konnte im Behandlungszimmer hören, wenn die Haustür zufiel. Ich bin jedes Mal zusammengezuckt. Es war zum Verrücktwerden.

Valentin ist nicht gegangen. Ich bin nicht verrückt geworden. Vielleicht hat sein Gefühl für mich eine Rolle gespielt oder das für Leonie. Ich war oft bis spät in der Nacht mit der Praxis beschäftigt. Ich war permanent bei der Arbeit, während Vater und Tochter eine Nähe zueinander entwickelten, die mich ausschloss. Sie zwinkerten einander beim Frühstück zu und ich saß teilnahmslos daneben.

Valentin hat mich nicht verlassen. Wir haben stattdessen das Paradies gekauft. Dadurch gab es wieder ein Wir. Die Krise, die wir hatten, ging, wie sie gekommen war, und wir erlebten dann, was man einen zweiten Frühling nennt. Ich weiß heute nicht mehr, warum das so war. Ich hatte weniger Arbeit in der Praxis. Oder ich organisierte sie anders. Obwohl Valentin mit seinem Hotel plötzlich viel Arbeit hatte, fanden wir Zeit füreinander. Zwei, drei Jahre gings uns richtig gut. Das war anders als in den ersten Jahren der Beziehung. Wir waren nicht mehr so verrückt aufeinander wie am Anfang. Wir konnten damals gar nicht ohne den anderen, nicht einen Tag. Später wurde daraus eine Art verminderter Leidenschaft, die meinem Naturell eher entsprach als diese großen Ausschläge auf der Skala. Ich empfinde die moderaten Töne viel intensiver als das, was zwar möglicherweise tief in den Raum der Liebe hineinragt, manchmal aber auch einfach nur ins Leere geht.

Ich saß noch immer am Bahnhof Zoo. Dieser Bahnhof hatte für uns etwas Mythisches. Hier haben wir uns kennengelernt, hier habe ich Grete und die anderen der Clique nach dem Abitur alleine gelassen. Von hier sind wir einige Jahre später nach Paris gefahren, hier sind wir wenige Tage später mit Leonie auf dem Arm auch wieder angekommen. Von hier ist Valentin gerade nach Mărginime verschwunden. Eigentlich ist er bloß mit der S-Bahn zum Hauptbahnhof gefahren. Am Bahnhof Zoo halten schon lange keine Fernzüge mehr. Hier hat sich ja alles geändert. Man kann es fast nicht wiedererkennen. Auch wenn es noch genauso aussieht wie früher.

Ich riss mich zusammen. Es war noch früher Morgen, ich rief in meiner Praxis an und bat, alle Termine für diesen Tag abzusagen. Das ist für eine Arztpraxis keine gute Entscheidung. Zu dieser Zeit sitzen bereits die ersten Patienten im Wartezimmer. Meine Angestellten würden nicht nur verständnisvolle Bemerkungen zu hören bekommen. Aber ich war schlechterdings nicht in der Lage zu arbeiten. Mein zweiter Anruf galt Grete. Dann stand ich auf und ging nach Hause.

Ich hatte das Gefühl, mich verstecken zu müssen, und bin über den Hof durch die Hintertür ins Treppenhaus gegangen. Ich schloss die Wohnung auf und fand es sofort unvorstellbar, dass Valentin nicht mehr da sein sollte. Das war unmöglich, wir lebten doch seit so vielen Jahren in dieser Wohnung. Es konnte nicht sein, dass dieser Mann wegen einer absurden Entscheidung unser beider Leben aufs Spiel setzte.

»Total absurd. Verstehst du?«, sagte ich zu Grete, die eine halbe Stunde später klingelte und in der Tür stand.

»Übertreibst du da nicht ein bisschen?«, fragte sie.

»Nein! Das ist eine vollkommen absurde Entscheidung. In dem Dorf gibt es keinen einzigen Touristen. Nur Leute, die da wohnen. Die haben allesamt ein Haus. Die brauchen kein Hotelzimmer. Dieser Mann verlässt mich und unser gemeinsames Leben, um seiner absurden Idee eines Hotels in seinem Dorf nachzugehen.«

»Ach, Liv«, sagte sie.

»Valentin ist einfach verrückt. Er ist ein Kind. Der Mann ist nicht erwachsen geworden.«

»Das ist doch genau das, was du immer an ihm geliebt hast«, sagte Grete.

»Habe ich?«, fragte ich zurück.

Ich war wütend. Grete lächelte mich an.

»Was lachst du denn? Ich weiß wirklich nicht, was es da zu lachen gibt! Der Mann meines Lebens hat mich gerade verlassen und du lachst.«

»Wenn das der Mann deines Lebens ist, dann gibts nur eine einzige Möglichkeit.«

»Und die wäre?«

»Geh ihm hinterher.«

»Du bist ja genauso verrückt wie Valentin.«

Ich war inzwischen richtig aufgebracht. Wozu hatte ich Grete hergebeten? Um mir einen solchen Vorschlag zu machen?

»Warum sollte ich das tun? Kannst du mir das bitte mal erklären! Ich arbeite noch zehn Jahre, höchstens. Dann hätten wir nach Paris gehen können. Wir haben darüber gesprochen, an vielen Abenden haben wir gemeinsam davon geträumt. Dahin hat er immer gewollt, nach Paris. Der wollte nicht in dieses Dorf. Er ist, seit er in Berlin ist, nicht ein einziges Mal dorthin gefahren! Ich habe oft genug den Vorschlag gemacht, unseren Sommerurlaub dort zu verbringen. Weißt du, was er gesagt hat? Da kann man keinen Urlaub machen. Jetzt will er da ein Hotel eröffnen. Da, wo niemand Urlaub macht. Wir könnten auch an den Strand fahren. Ich habe mein ganzes Leben von Strand und Sonne geträumt.«

»Vielleicht hat Valentin einfach keine Lust darauf, irgendwo einen Lebensabend zu verbringen. Weder in Paris noch sonstwo. Kapier das endlich! Strand ist sterbenslangweilig! Das ist mit achtzehn noch aufregend, aber dann ist das vorbei. Später sind ganz andere Sachen interessant. Valentin steht mittendrin. Der will noch was erleben.«

»Jetzt fängst du auch schon so an. Du redest wie Valentin. Der will mich doch bloß provozieren.«

»Dann lass es zu.«

»Wie soll das aussehen, bitteschön?«

»Brich deine Zelte hier ab.«

»Das sind keine Zelte. Wir sind erwachsen geworden, Grete. Das sind erdbebensichere Konstruktionen. Das ist eine ganz spezielle Mischung, die bekommt man nicht hin, wenn man jünger ist.«

»Ab einer bestimmten Magnitude sind auch deine schönen Konstruktionen nur Kartenhäuser. Zelte täten euch beiden gut. Sei doch froh, dass Valentin solche Eskapaden hinbekommt. Dass das Leben mit ihm noch so sein kann, wie es damals gewesen ist, und dass es noch Zukunft und Dichte hat.«

Das war typisch für Grete. Sie war der Meinung, dass das Leben mit zunehmendem Alter an Reichhaltigkeit und vor allem an Dichte verlöre. Die damalige Dichte des Lebens sei durch die Zukunft entstanden, durch das, was einem bevorstand und mit Macht auf die Gegenwart drückte. Sie erinnerte sich heute nicht mehr daran, dass sie diesen Druck damals lediglich als Last empfunden hatte.

»Ich denke ja gar nicht daran, irgendetwas abzubrechen. Ich bin jetzt fünfzig. Ich bin Zahnärztin. Soll ich in meinem Alter anfangen, ein leer stehendes Hotel zu managen? Soll ich vielleicht die Zimmer saubermachen? Ich hatte Pläne für unsere Zukunft.«

»Ändere sie.«

»Das geht nicht so einfach.«

»Das geht sogar sehr einfach. Damals hast du dich doch auch nicht so schwergetan. Du warst eine verwöhnte Zehlendorfer Göre, die total etepetete mit ihren Klamotten war.«

»Ich war nicht etepetete.«

»Warst du wohl. Und dennoch hattest du keine Schwierigkeiten, dich mit einem Kerl aus einem osteuropäischen Land einzulassen, der kein Wort Deutsch konnte. Alles, was dir etwas wert war, deine gute Bildung, deine vornehme Erziehung, deine exzellenten Zukunftsaussichten, das hast du alles über Bord geworfen. Und jetzt? Was kann dir denn passieren? Gar nichts! Wenn es nicht läuft, kommst du wieder zurück. Oder ihr zieht dann wirklich zusammen nach Paris. Jetzt, wo nichts mehr für dich auf dem Spiel steht, kannst du nicht, was du damals konntest, wo alles auf dem Spiel stand: deine Liebe beweisen. Dann ist es vielleicht nicht der Mann deines Lebens. Vergiss Valentin. Du lernst bestimmt eines Tages einen anderen kennen!«

Zu meiner Verwunderung war jetzt Grete verärgert. Sie tröstete mich nicht, sie machte mir sogar noch Vorwürfe. Dann verließ sie die Wohnung. Ich hörte, wie sich die Wohnungstür schloss. Sie war tatsächlich gegangen! Der zweite Mensch innerhalb weniger Stunden.

»Fein. Jetzt, da alle weg sind, kann ich ja machen, was ich will.«

Nur wusste ich gerade nicht, was ich wollte. Dann tat ich, was ich noch nie im Leben getan habe. Ich nahm eine Vase und warf sie gegen die Wand. Das Geräusch tat mir gut. Also nahm ich noch eine zweite und warf sie an die gegenüberliegende Wand.

»Ist ja schließlich meine Wohnung.«

Ich überlegte, ob ich noch eine dritte Vase werfen sollte. Das war ein Set gewesen und eine Vase alleine ergab keinen Sinn. Aber in der verbliebenen Richtung war das Verandafenster. Es würde richtig Geld kosten, das reparieren zu lassen. Vor vielen Jahren hat mir Valentin einmal im Streit vorgeworfen, dass ich nur noch ans Geld denken könne. Dabei war das in den ersten Jahren viel ausgeprägter gewesen. Da hatte ich die Verantwortung für drei Personen, die ich ernähren musste. Später habe ich an Geld gedacht, weil ich wollte, dass es uns gut ging. Aber Valentin meinte, darin eine Art Gefühlsersatz erkennen zu müssen. Dabei hat er immer gewusst, dass ich die moderaten Emotionen schätze und mit meinen Gefühlen nicht so um mich schlage. Deswegen fühle ich nicht weniger, ich fühle es vielmehr intensiver.

Ich verbrachte den Tag im Sessel. Mir fiel jede Bewegung schwer. Ich hatte das Gefühl, mein Leben sei zertrümmert worden. Die beiden Vasen waren viel zu wenig. Wenn ich nicht dafür hätte aufstehen müssen, wäre ich in die Küche gegangen und hätte Geschirr an die Wände geworfen. Davon haben wir ja genug. Was heißt ›wir‹? Grete behauptete, dass Valentin nicht der Mann meines Lebens gewesen wäre, wenn ich nicht die Kraft und den Mut aufbrächte, meine Vorstellungen von der Zukunft zu ändern. Ich hatte schon einmal diese Kraft gehabt, da hatte sie recht. Jetzt habe ich sie offenbar nicht. Da hat sie ebenfalls recht. Aber muss ich sie jeden Moment meines Lebens haben? Warum konnte ich nicht schwach und ängstlich sein, ohne dass mir das als Zeichen mangelnder Liebe vorgehalten wurde?

Ich hatte einen freien Tag. Ich wusste nicht, was ich mit meiner Zeit machen sollte. Ich könnte Leonie anrufen. Vielleicht wusste sie längst, was passiert war. Vielleicht beriet Valentin sich ausführlich mit seiner Tochter, bevor er etwas unternahm? Seine Frau hingegen stellte er vor vollendete Tatsachen. Selbst wenn Leonie nichts wusste, was sollte ich ihr sagen? ›Dein Vater hat mich gerade verlassen‹. Sie würde vermutlich etwas Ähnliches antworten wie Grete. Vielleicht beriet sich Grete auch mit Leonie? Muss ich meine Liebe jeden Moment beweisen? War das der Grund, warum Valentin weg wollte? Weil wir unsere Liebe nicht mehr spürten? Liebte ich Valentin? Liebte ich ihn, ohne diese Liebe zu spüren? Oder spürte ich sie? Hatte er recht, wenn er ging? Warum nicht optimistisch in die Zukunft schauen? Liebte ich diesen Mann?

Irgendwann stand ich auf. Ich ging eine Weile umher. Ich lief durch die Wohnung. Ich ging ins Badezimmer, dann in die Küche, ins Schlafzimmer, in Leonies ehemaliges Zimmer und wieder ins Wohnzimmer. Dann blieb ich stehen. Ich wusste nicht, wohin ich noch hätte gehen sollen. Ich war ja schon überall. Was sollte ich jetzt tun? Ich hatte noch nie in dieser Wohnung gestanden und nicht gewusst, wohin mit mir. Ich fühlte mich in der eigenen Wohnung fremd. Ich wusste, dass wir Jahre hier verbracht hatten, unzählige Male war ich durch diese Tür gekommen und Valentin hatte dort drüben auf der Couch gesessen und mich angeschaut. Leonie hatte früher am Fenster gespielt, ganz versunken in sich und ihre Kinderwelt. Dort drüben hatte sie auf dem Sessel gesessen und gebannt in den Fernseher geschaut. Wir hatten einmal versucht, die Möbel anders anzuordnen, sie nach drei Wochen aber wieder an ihre früheren Stellen gerückt, weil keiner von uns sich an die neue Situation gewöhnen konnte. Jetzt waren nicht nur die Möbel durcheinander, die Zeit und der Raum waren es. War Leonie wirklich vor zwei Jahren ausgezogen, hatte Valentin mich wirklich heute Morgen verlassen? War das überhaupt unsere Wohnung? War das mein Leben? Vielleicht hatte ich mich in der Etage geirrt, als ich heute Morgen vom Bahnhof zurückkam. Das ist die Wohnung unter unserer eigenen. Seither sitze ich hier auf der Couch. Deswegen also kommt keiner. Vielleicht sitzt Valentin oben bei uns auf der Couch und wartet auf mich?

Ein mediterranes Fluidum und in der Ferne das Meer

Ich kam nach dem Tag mit Marijan nach Hause. Als ich in den Koppenplatz einbog, fiel mir die Ruhe auf. Vor meiner Haustür lag ein Spielplatz. Ich wunderte mich, dass keine Kinder zu sehen waren. Man hörte sie sonst zu jeder Tageszeit. Dann fiel mir auf, dass es Abend war und Kinder um diese Zeit bereits im Bett lagen. Mir strich ein lauer Wind ums Gesicht. Ich blieb stehen und atmete tief ein. Ebenso gut hätte ich über eine italienische Promenade bummeln können. Ich spürte ein mediterranes Fluidum und in der Ferne das Meer.

Ich schloss die Tür auf und betrat den Hausflur. In der Wohnung schaute ich zuerst in den Flurspiegel. Dann ging ich ins Badezimmer und schaute dort in den Spiegel. Ich schaute mir in die Augen. Marijan ist blind. Er wird mir niemals so in die Augen schauen, wie ich mir in die Augen schaue. Er wird mich niemals sehen. Warum musste ich mir gerade einen Blinden aussuchen? Warum musste ich es mir so schwer machen? Mache ich es mir schwer, nur weil er blind ist? Niemals wird er mich so betrachten, wie ich mich jetzt betrachte. Er wird nie meine Hände sehen. Mein erwartungsfreudiges Gesicht, meine Ungeduld oder mein Zögern. Er wird auch den Blick nicht sehen, mit dem ich ihn anschaue, mit dem ich seine Ungeduld sehe, seine Erwartungen und sein Zögern. Er wird nie sehen, wie sich das Licht einer Kerze in meinen Augen spiegelt, nie meine Tränen, mein Lächeln und alle anderen Emotionen, die dazwischen liegen, ob sie nur für die Dauer eines kurzen Moments über mein Gesicht huschen oder tiefe, irreversible

Eindrücke hinterlassen. Er wird nie die Frau sehen, die als Mädchen auf dem Badewannenrad balancierte und sich fragte, ob sie schön ist. Die sich schön fand, aber nicht wusste, ob das ausreichte, und die noch heute vor dem Spiegel steht, jetzt in diesem Moment, die ihr Gesicht betrachtet, ihre Schultern und ihre Schlüsselbeine und die gerade diese Schlüsselbeine mag, als fände man sie nur an diesen sich unter der Haut abzeichnenden Knochen und auch nur dann, wenn man seine Hände dorthin legt und ihr leise und zärtlich sagt, dass man sie liebt. All das wird Marijan nie sehen.

Er wohnte in der Joachimstraße, ich am Koppenplatz, keine fünfhundert Schritte voneinander entfernt. Das Café, das wochenlang mein zweites Zuhause gewesen ist, war kein Ort, an dem ich ihm hätte begegnen können. Es lag abseits seiner Routen, er kannte es nicht einmal. Ich hätte noch hundert Jahre dort sitzen können.

Zu Beginn wussten wir nicht, in welche Richtung wir gehen sollten. Und das hat sich auch den Tag über nicht verändert, die Richtung blieb unklar. Wir gingen hierhin und dorthin. Wir saßen in einer Eisdiele oder auf einer Bank an der Spree. Wir gingen im Monbijoupark spazieren. Er hat sich bei mir eingehakt. Ich habe seine Hand genommen. Wir haben uns an den Händen gehalten. Marijan hat mir von seiner Erblindung erzählt, von seiner Mutter und ihrem Tod, von der Einsamkeit in der Wohnung und seinen Nachbarn. Als ich ihn nach der Zeit vor der Erblindung fragte, nach seinem Vater, wich er aus.

Wir bewegten uns den ganzen Tag in den Straßen, die zwischen seiner und meiner Wohnung lagen. Ich wusste, was ich wollte, und doch wusste ich es nicht. Carlos war direkt aufs Bett zugesteuert. Da musste ich nur zustimmen oder ablehnen. Marijan hingegen steuerte gar nicht. Wir liefen ziellos in der Gegend herum. Keiner tat den ersten Schritt. Den, der über das Halten der Hände hinausging. Als ob wir beide nicht gewusst hätten, wohin es gehen konnte. Dabei konnte es doch nur in eine Richtung gehen. Oder nicht?

»Lebst du eigentlich gerne in Berlin?«, fragte er einmal, als wir im Park saßen.

»Ich bin ein ziemliches Durcheinander in dieser Beziehung. In Paris geboren, habe ich mich lange auch als Pariserin gefühlt. Dabei ist Paris eigentlich die Liebe meines Vaters. Er war allerdings nur ein einziges Mal dort, bei meiner Geburt. Meine Mutter liebt Küsten und Meer. Auch das ist die Geschichte einer verpassten Liebe. Ich hänge irgendwie dazwischen, zwischen Vater und Mutter und zwischen Paris und Meer. Erst in den letzten Jahren habe ich festgestellt, dass ich mich in Berlin sehr wohlfühle. Ich fühle mich hier zu Hause. Ja, ich lebe sehr gerne hier. Und du?«

»Ich weiß es nicht. Ich bin schon zehn Jahre hier und kenne die Stadt gar nicht. Ich kenne ein paar Straßen, aber die könnten sich auch woanders befinden. Wenn du mir sagst, Berlin läge wie Venedig am Wasser, würde ich dir das abnehmen.«

»Lass uns ans Wasser fahren«, sagte ich, ohne darüber nachzudenken.

»Wie meinst du das?«

»Ich zeige dir dieses Berlin. Berlin am Meer. Ich habe noch eine ganze Woche Urlaub. Ich habe Zeit. Morgen früh um zehn gehts los.«

Er hatte gelacht und dann überrascht und freudig zugestimmt.

Wir blieben bis zum Abend zusammen. Vor seiner Haustür trennten wir uns. Wir wollten auseinandergehen, wir waren bereits auseinandergegangen, dann ging ich noch einmal einen Schritt zurück. Ich drehte mich um und wir haben uns geküsst. Plötzlich und heftig. Unverhofft und doch lange erwartet.

Nun stand ich vor dem Spiegel im Badezimmer und suchte

etwas in meinem Gesicht oder in meinen Augen. Ich hatte Monate auf ihn gewartet, dann hatte ich ihn aufgegeben und als ich ihn aufgegeben hatte, sind wir einander über den Weg gelaufen. Ich wollte einen Plan für die Tage machen. Was könnte ich ihm von Berlin zeigen? Ich setzte mich an den Rechner und begann zu recherchieren. Als ich zu Bett ging, hatte ich für jeden Tag ein Programm. Vielmehr hatte ich es für sechs Tage. Was am siebten Tag geschehen sollte, darüber hatte ich nur vage Vorstellungen.

Am nächsten Morgen um zehn klingelte ich an seiner Haustür. Als er herunterkam, musste ich lächeln. Er sah tatsächlich nach Urlaub aus, ein Tourist mit einem bunten Hemd, einer Kamera um den Hals und einer Sonnenbrille auf der Nase.

»Wo gehts hin?«, fragte er.

»Abwarten«, antwortete ich.

Wir fuhren vom Hackeschen Markt mit der S-Bahn nach Köpenick, kauften eine Taucherbrille, einen Schnorchel und Schwimmflossen für Marijan und für mich eine Strandtasche. Von dort gings zum örtlichen Fahrradverleih.

»Ich kann nicht Fahrrad fahren«, sagte er, als wir vor den Rädern standen, und er begriff, dass er den Lenker eines Fahrrads zwischen den Fingern spürte.

»Dieses Fahrrad kannst du fahren.«

Wir bestiegen das bestellte Tandem und fuhren los. Zu Beginn war das schwieriger als gedacht. Marijan konnte auch das Gleichgewicht nicht halten. Aber nach einer Anlaufphase ging es nahezu wie von selbst. Wir fuhren aus der Altstadt Köpenicks durch Friedrichshagen, am Großen Müggelsee vorbei, ließen das Strandbad rechts liegen, fuhren durch Rahnsdorfer Mühle und bogen dann in den Rialtoring ab. Wir suchten uns eine Bank. Von dort hatten wir einen wunderbaren Blick. Ich hatte ihn. Ich schaute über den Dämeritzsee.

»Was sieht man?«, fragte Marijan.

Er stellte diese Frage zum ersten Mal. Ich hatte Angst davor gehabt. Solche Dinge sind schwer in Worte zu fassen. Wie beschreibt man eine Wasserfläche und die Bäume am anderen Ufer? Wie beschreibt man das eigene Gefühl, das man bei solchen Bildern hat? Jeder sieht etwas anderes und dennoch geht man davon aus, dass die anderen ähnliche Gefühle dabei haben wie man selbst.

»Man sieht bis nach Neuseeland und Klein Afrika.«

»Nein!«

»Wirklich wahr! Wir sind hier in Neu-Venedig und Neuseeland heißt die Siedlung auf der anderen Seite des Dämeritzsees. Klein Afrika ist ein Sandhügel, eine Art Wanderdüne, gleich daneben.«

»Das meine ich nicht. Ich habe mich vor langer Zeit entschieden, nicht wissen zu wollen, was andere sehen. Und dabei bleibts. Ich schaue für mich selber und auf meine Art und Weise. Und du für dich auf deine Weise. Andere Dinge erleben wir gemeinsam, aber der Blick ist ein getrennter.«

»Einverstanden«, sagte ich erleichtert.

Die Stelle, an der wir saßen, war wenige Meter breit, ein Haus, eine Bank davor, links und rechts Wohnhäuser. Das war ein exponierter Ort. Wir aßen zu Mittag, was wir unterwegs gekauft hatten, und hielten uns an den Händen. Die Kamera lag unbeachtet neben uns. Ich hatte erwartet, dass er den See fotografieren würde. Oder mich. Das hatte ich sogar gehofft. Aber Marijan machte nie Fotos, wenn ich welche machen würde. Er machte sie dann, wenn ich es nicht getan hätte. Daran musste ich mich in den nächsten Tagen gewöhnen. Ich verstand nicht, was er eigentlich fotografierte. Ich fragte ihn auch nicht, weil ich erwartete, dass sich dann ein kompliziertes Gespräch entwickeln würde. Er legte seine Hände an mein Gesicht. Ich spürte seine Finger.

»Was siehst du?«, fragte ich.

»Ein schönes Gesicht, sehr weiche Züge«, sagte er.

Dich kriege ich schon noch dahin, wo ich dich haben will!, dachte ich.

Später fuhren wir wieder zurück. Anders als am Morgen, da er noch etwas nervös gewesen war, nahm er die Angelegenheit dieses Mal lockerer.

»Los, schneller!«, forderte er mich auf.

»Wieso?«, fragte ich.

»Der Wind tut gut. Die Geschwindigkeit fühlt sich großartig an.«

Wir traten fester in die Pedalen.

»Das ist doch wohl noch nicht alles«, rief Marijan von hinten, »los, volle Pulle!«

Wir strampelten wie die Verrückten und lachten uns kaputt. Die Leute, die uns entgegenkamen, schüttelten die Köpfe. Aber sie lachen ebenfalls. Hätten sie gewusst, dass hier ein Blinder fuhr, wäre ihnen das Lachen wohl vergangen. Schweißgebadet kamen wir am Fahrradverleih an. Wir gaben das Rad ab und fuhren mit der S-Bahn zurück nach Mitte. Von dort gings ins Restaurant Seeblick.

»Was gibts zu essen?«, fragte er, als der Kellner ihm eine Speisekarte hinhielt.

»Was es immer gibt, wenn man am Wasser Urlaub macht: Fisch«, antwortete ich anstelle des Kellners.

Wir hatten gute Laune und tranken Schnaps und Bier. Dann wankten wir zu Fuß nach Hause, zuerst zu ihm. Und ich dann alleine zu mir.

Am nächsten Morgen stand er schon vor der Tür, als ich kam.

»Warum tust du das?«, fragte er ohne Begrüßung.

»Ich habe Urlaub, ich sehne mich nach Erholung und ich möchte dir Berlin zeigen.«

»Aber du könntest deine Zeit auch anders verbringen.«

»Anders schon, aber nicht besser«, antwortete ich.

Ich lächelte. Das konnte er nicht sehen.

»Ich lächle«, sagte ich.

»Ich weiß«, sagte er.

»Das kannst du nicht wissen«, antwortete ich.

»Ich weiß, dass ich es nicht wissen kann. Aber ich weiß es trotzdem.«

Wir lachten und gingen los.

Wir fuhren zum Wannsee und stiegen dort in den Bus zur Pfaueninsel. Dann mussten wir die Fähre benutzen. Wir spazierten in aller Ruhe zum Schloss, wir schauten uns das Palmenhaus und die Fregatte an. Ich tat das. Es war ein unerträglich heißer Tag und ich war froh, wenn wir uns im Schatten aufhielten. Marijan trug unseren Verpflegungsbeutel, der vor allem Wasserflaschen enthielt. Ich war enttäuscht von seinen Reaktionen. Die Pfaueninsel ist ein wunderschönes Eiland, überall sieht man das Wasser, eine traumhaft gestaltete Parklandschaft mit zauberhaften Gebäuden wie aus einem Märchen, eingebettet in die Potsdamer Schlösserlandschaft. Man fühlt sich wie im achtzehnten Jahrhundert. Marijan interessierte das herzlich wenig. Er konnte nichts von alldem sehen und es war ihm viel zu ruhig. Er machte kein einziges Foto. Richtig begeistert war er erst, als wir zur Menagerie kamen. Ich erzählte ihm auf dem Weg dorthin, dass König Friedrich Wilhelm III. eine Vorliebe für exotische Tiere hatte. Zur zoologischen Hochzeit lebten auf der Insel Lamas, Affen, Löwen, Kängurus und unzählige Vogelarten. Es gab eine Büffel- und eine Biberbucht und sogar einige Braunbären. Wir setzten uns abseits ins Gras. Marijan wollte wissen, welche Töne diese Tiere von sich geben. Wir ahmten ziemlich ausgelassen diverse Tierarten nach. Ich war peinlich berührt, als ich bemerkte, dass uns ein älteres Ehepaar beobachtete. Marijan hingegen fühlte sich unbeobachtet. Ihm war es egal, dass ich gerade als

Pfau ein Rad schlug und er auf allen Vieren kroch und dabei brüllte wie ein liebeskranker Büffel.

Wieder auf dem europäischen Festland angekommen, aßen wir im nahe gelegenen Restaurant Nikolskoe zu Abend. Auch von dort hatte man einen schönen Blick aufs Wasser. Das sorgte bei mir für eine entsprechende Stimmung. Aber eben nur bei mir, er konnte das offenbar nicht teilen. Er empfand nichts angesichts ausgedehnter Wasserflächen. Er hatte noch nie das Meer gesehen.

»Man hat ein Gefühl von unendlicher Weite«, versuchte ich es ihm zu beschreiben.

»Hast du Geld?«

»Wie kommst du denn jetzt darauf? Du redest ja beinahe wie meine Mutter.«

»Wieso denn? Ich liege dir auf der Tasche.«

»Das ist meine Urlaubstasche. Die ist prall gefüllt. Damit ist das Thema beendet.«

»Ist es nicht. Das ist nicht gut so.«

»Dann verkauf deine Fotos und lad mich ein.«

»Was?«

»Du sollst die Fotos verkaufen, die du machst. Dann kannst du mich in das beste Restaurant der Stadt einladen. Das wird ein teurer Spaß, kann ich dir sagen. Meine Eltern machen in solchen Lokalitäten ihre Versöhnungsessen.«

»Kann man die verkaufen?«

»Keine Ahnung.«

»Ich wünsche dir eine gute Nacht«, sagte ich, als wir am Abend vor seiner Haustür standen.

Ich berührte mit meiner Hand seine Wange, drehte mich um und ging langsam nach Hause. Wieder einmal hatte ich ihn berührt, aber ich sehnte mich nach Marijans Berührung. Er war eben kein liebeskranker Büffel, ich musste ihn offenbar erst dazu machen. Vielleicht hatte er keine Lust auf mich? Erneut fragte ich mich, warum ich die, die sich von alleine erhitzen, nicht wollte und stattdessen jene wählte, bei denen ich das Feuer mühsam entfachen musste. Ich hatte mir vorgenommen, mich in Geduld zu fassen. Das fiel mir am zweiten Abend schon schwer.

Am nächsten Tag fuhren wir zur Spitze der Rummelsburger Bucht auf die Halbinsel Stralau. Dort setzten wir uns neben der kleinen Kirche ins Gras, picknickten und balgten herum. Wir waren beide sehr ausgelassen, fast kindisch. Später spazierten wir am Wasser entlang. Abends stand ein Besuch des Liquidroms auf dem Programm, ein Sohlebad, von dem ich gehört hatte, dass es der ideale Ort für Verliebte ist. Man schiebt seinen Auserwählten zu sphärischer Musik durchs Wasser. An diesem Abend spielte ein Aborigine auf seinem Didgeridoo. Unter die Betonkuppel wurden Farben projiziert. Ich war sicher, dass Marijan, auch wenn er die Farben nicht sehen konnte, die intensive Atmosphäre empfand. Wenn er mich nicht verführte, dann musste ich eben ihn verführen. Ich sah, wie sich seine Badehose beulte. Ich krieg dich schon noch, dachte ich. Abends, allein zu Hause, stand ich nackt vor dem Spiegel und betrachtete meinen Körper.

Am vierten Tag fuhren wir zum Neptunbrunnen am Alexanderplatz, wo ich einen etwas holprigen Vortrag zu Neptun und den anderen dargestellten Göttern und Göttinnen hielt. Ich hatte mir das in der Nacht zuvor anlesen müssen, möglicherweise brachte ich einiges durcheinander. Es hörte sich jedenfalls durcheinander an. Wir saßen am Brunnenrand in der Sonne, schauten und hörten den halbnackt im Wasser des Brunnens tobenden Kindern zu. Ich beneidete sie um ihre Unbeschwertheit. Es war ein sonniger Tag, überall waren leicht bekleidete Menschen unterwegs. Überall waren entspannte Gesichter zu sehen, in denen man etwas von Sommer lesen konnte, von einem freien Nachmittag. Auf einer Seite des Platzes stand das Rote Rathaus, auf einer anderen der Fernsehturm. Das alles entging Marijan. Ich hatte seltsamerweise ein beklemmendes Gefühl.

Später fuhren wir zur aqua gefühlsanstalt und kauften ihm ein T-Shirt und mir ein Sommerkleid. Wir behielten die Sachen gleich an. Wenige Straßen entfernt, im Restaurant Kptn. A. Müller wollten wir zu Abend essen. Der Bootsführer persönlich servierte uns das Essen.

»Ein blinder Passagier, endlich«, meinte er lachend, »mein ganzes Leben habe ich darauf gewartet und jetzt, da ich pensioniert bin, bekomme ich einen blinden Passagier. Das Essen geht selbstverständlich aufs Haus.«

»Matrose, kein Passagier«, korrigierte Marijan gutgelaunt, »ich will Matrose werden. Ich brauche einen nautischen Intensivkurs.«

Später an diesem Abend fuhren wir mit dem Wassertaxi ins King Kamehameha, eine der Strandbars Berlins. Von dort gings zum Luisenstädtischen Kanal und zum Engelbecken, wo wir mitten in der Nacht die Füße ins Wasser hielten und schwiegen.

Am fünften Tag hörten wir uns einen akademischen Vortrag über die Anomalien des Wassers bei vier Grad Celsius und Oberflächenspannungen auf ausgedehnten Wasserflächen an der Technischen Universität an. Das war, trotz des Themas, reichlich trocken. Danach waren wir beide erschöpft, sodass wir andere Pläne ins Wasser fallen ließen. Wir entschieden uns spontan für einen Besuch des Badeschiffs. Mit der U-Bahn gings bis zum Schlesischen Tor. Dort in der Nähe lag ein ausrangiertes, mit Süßwasser gefülltes Containerschiff in der Spree. Das Schwimmbecken ist umgeben von einer Terrasse aus Holzdielen auf verschiedenen Ebenen, die im Wasser standen. Ein Treffpunkt vor allem für junge Kreuzberger mit Tätowierungen. Es war brüllend heiß und wir lagen im Sand. Es kamen nur noch der morgige Tag und der Sonntag. Am Montag würde ich wieder arbeiten müssen. Wir hatten beinahe Tag und Nacht miteinander verbracht, aber eben nur beinahe. Ich hatte nicht das Gefühl, dass wir uns nähergekommen waren. Eher waren wir weiter voneinander weggedriftet. Jedenfalls waren wir uns nicht mehr so nahe wie vor seiner Haustür, wo wir uns geküsst haben. Zum ersten und zum einzigen Mal.

Was sollte ich tun? Ich hatte mir vorgenommen, mir keine Gedanken zu machen. Ich wollte es laufen lassen, weil ich dachte, es liefe automatisch in die richtige Richtung. Es lief jedoch nicht, es stand. Marijan hatte seine Sonnenbrille im Gesicht. Man konnte nicht sehen, dass er blind war. Er war es aber dennoch. Zumindest war er blind für mich. Er hatte trotz der Temperaturen sein Hemd an. Ich trug meinen besten Bikini, ein Hauch von Nichts. Ich schaute an mir herunter. Eigentlich kann man so etwas nicht in der Öffentlichkeit anziehen. Die Männer gafften. Der Einzige, der nicht gaffte, war Marijan. Ich war bitter enttäuscht.

»Ich gehe schwimmen«, sagte ich ohne Erklärung.

Das klang schroff. Ich schwamm nicht, ich setzte mich lediglich an den Beckenrand. Nein, ich hatte nichts gegen einen blinden Mann! Ich hatte allerdings etwas dagegen, dass sich alles nur um seine Blindheit drehte. Morgens, mittags, abends, keine Zeit des Tages, zu der es nicht um dieses eine Thema ging. Ich konnte es nicht akzeptieren, dass es nichts außer dieser Blindheit gab. Ich war eine Frau und das wollte ich spüren. Das musste er mich spüren lassen. Und das konnte er nur, indem er mich spüren ließ, dass er ein Mann war. Auf keine andere Weise würden wir miteinander auskommen können. Ansonsten würden die Blicke der anderen Männer gefährlich. Marijan und ich steckten ganz offensichtlich in der Klemme. Ich lächelte einem Mann zu. Der sah aus wie Carlos. Mir gings nicht gut. Mir gings beschissen. Der Mann lächelte zurück.

Oder wars ein anderer? Hau ab, dachte ich. Scher dich zum Teufel. Er setzte sich neben mich. Ich stand auf und setzte mich woanders hin.

Als ich zurückkam, berührte ich Marijan kurz an der Schulter, wie ich das immer tat, um ihm zu zeigen, dass ich da war. Aber ich sagte nichts. Ich konnte nicht bei jeder Gelegenheit etwas sagen. Er war verwundert und konnte es nicht verbergen. Er konnte keine seiner Gefühlsregungen verbergen. Das tat mir leid. Aber ich selbst tat mir ebenfalls leid. Ich sehnte mich nach Berührung, nach Zärtlichkeit, die über das Halten der Hände hinausging. Ich sehnte mich nach Liebe und Leidenschaft. Ich wollte seine Hände auf meinem Körper spüren. Ich wollte seine Lippen spüren. Sein Verlangen. Ich wollte spüren, dass er mit mir schlafen wollte. Und vor allem wollte ich es endlich tun.

»Bis morgen«, sagte ich an seiner Haustür.

Am nächsten Tag gabs die längste Tour, nach Schmöckwitzwerder. Ich mietete ein Auto bei »Stadtauto statt Auto«, holte ihn zu Hause ab und wir fuhren los, am Langen See vorbei, durch Karolinenhof und dann ganz nach Süden. Am südlichen Zipfel des Werders, der auch die südlichste Stelle Berlins war, stand ein unbebautes Grundstück. Ich war zufällig in einer Immobilienanzeige darauf gestoßen. Ich führte ihn am Arm über das Grundstück, wir mussten über einen Zaun klettern. Am Wasser setzten wir uns auf einen verfallenen, aber noch begehbaren Steg, der kaum einen halben Meter breit und mehrere Meter lang war. Die Stimmung war wieder besser als am Tag zuvor, wir lachten, als wir dort herumbalancierten. Ich zog den Rock und die Bluse aus und ließ mich in meinem Bikini Hals über Kopf ins Wasser fallen.

»Los, komm ins Wasser. Es ist herrlich.«

Er sträubte sich. Ich hatte mir vorgenommen, mich von seinem Verhalten nicht irritieren zu lassen.

»Komm! Du musst das Wasser fühlen. Sonst ist das kein Urlaub und meine ganzen Vorbereitungen waren für die Katz. Komm bitte ins Wasser. Es ist wunderschön. Du tauchst in ein anderes Element ein. Man vergisst sofort die allgemeine Schwere. Das ist eine unvergleichliche Erfahrung.«

Er schüttelte den Kopf. Ich schwamm ohne ihn hinaus, drehte aber bald wieder um. Ich stieg aus dem Wasser und schüttelte den nassen Haarschopf über ihm aus. Ich wollte ihn ärgern. Er reagierte nicht. Ich trocknete mich ab und setzte mich dann direkt vor ihn. Anders als am ersten Tag, als wir auf der Bank vor dem Wasser gesessen hatten, saßen wir hier auf dem Steg, mitten im Wasser. Ich lehnte mich an ihn. Dann nahm ich seine Hände und legte sie mir auf die Hüften. Wieder einmal ging die Annäherung von mir aus. Aber ich wollte in diesem Moment keine negativen Gedanken. Ich wollte etwas anderes. Ich wollte seine Nähe, nicht nur seine leere Anwesenheit. Ich wollte endlich spüren, dass dieser Mann mich begehrte. Ich nahm seine Hand in meine eigene und küsste sie, ich streichelte sie, ich legte sie mir an den Busen. Das erregte mich. Hier konnte uns niemand sehen. Ich wurde sehr aufgeregt. Es musste jetzt passieren, jetzt sofort. Das war nicht mehr aufzuschieben. Als ich seine Hand losließ, um mir mein Oberteil auszuziehen, fiel sie einfach an mir herab und lag auf dem Steg wie ein totes Stück Fleisch. Ich war fassungslos! Ich hielt in meiner Bewegung inne, die Arme hinter dem Rücken verschränkt, um den Verschluss zu lösen. Ich starrte seine auf dem Steg liegende Hand an. Mir kamen die Tränen. Er schien einfach nichts zu spüren, wenn er mich berührte.

»Ich weiß nicht, ob du verstehst, was ich damit sagen will, aber ich habe die schönsten Schlüsselbeine, die du dir vorstellen kannst!«, sagte ich unter Tränen.

Er antwortete nicht.

»Nein, ich glaube, du verstehst es wirklich nicht.«

Ich ging wieder ins Wasser und schwamm hinaus. Ich blieb lange draußen, bis ich nicht mehr schwimmen konnte. Bis mir Arme und Beine wehtaten. Bis mir alles wehtat und ich zitterte. Ich weinte. Ich hatte die ganze Zeit diese tote Hand vor Augen.

Als ich wieder zurückkam, saß er noch immer an derselben Stelle. Ich war dabei, die Hoffnung aufzugeben. Ich konnte mit einem Blinden zusammenleben. Ich konnte ertragen, dass er nicht das sieht, was ich sehe, und wir diese Dinge nicht miteinander teilen. Man sieht, wenn man etwas sieht, sowieso immer etwas anderes. Aber ich konnte nicht damit leben, dass dieser Mann mich nicht berührt. Er fasst ja sonst auch alles an, seine Hände greifen immer nach allem, er muss alles berühren. Nur mich nicht!

Von diesem Moment an versuchte ich nicht mehr, meinen Ärger zu unterdrücken. Wir sprachen nicht mehr miteinander. Wir standen auf und gingen zurück. Ich half ihm nicht einmal mehr über den Zaun hinweg, ich wartete einfach auf der anderen Seite. Ich kämpfte mit den Tränen. Wieder im Zentrum Berlins angekommen, gingen wir noch in ein Restaurant. Das hatte schon nichts mehr mit Wasser zu tun. Wir saßen uns sprachlos gegenüber. Mir war es egal. Ich wartete auf eine Gelegenheit, den kommenden Tag mit ihm abzusagen. Ich hatte ihm viel von mir gezeigt und gegeben, aber es kam einfach nichts zurück. Ich habe ihn meine schlechte Stimmung spüren lassen. Er war dem wehrlos ausgesetzt. Ich hatte keine Lust mehr auf Mitleid. Dieser Mann musste doch nachfragen, warum das so war. Oder wusste er das? Warum änderte er dann nichts daran? Warum redete er nicht mit mir darüber? Wenigstens eine vorsichtige Annäherung, eine Andeutung hätte er machen müssen, damit ich wusste, woran ich war.

Jeden Morgen habe ich vor dem Spiegel gestanden und meine Kleidung durchprobiert. Warum tat ich das? Warum probierte ich morgens Kleider und Röcke und Blusen an? Marijan konnte es nicht sehen. Ging ich davon aus, dass er es dennoch bemerken würde? Nein! Ich wollte mich lediglich nicht anders verhalten, als ich mich auch sonst verhalten hätte. Ich wollte mich für ihn hübsch machen, weil ich ihm gefallen wollte. Selbst wenn er das nicht bemerken würde: Ich bemerkte es und für mich war es wichtig. Ich gefiel mir, aber ich gefiel ihm nicht. Von ihm kam nichts. Wenn ich seine Hand losließ, fiel sie wie abgestorben herunter. In diesem Moment auf dem Steg war auch etwas von mir gestorben.

Als wir aus dem Restaurant kamen, gingen wir in den gegenüberliegenden Monbijou Park. Von hier fände er auch allein nach Hause. Warum dachte ich das? Wir gingen langsam nebeneinander her. Er griff intuitiv wieder zu seinem Stock. Das war in der vergangenen Woche noch nicht ein einziges Mal passiert. Ich hatte ihn immer geführt. Bis auf dieses eine Mal, heute Nachmittag, da ich ihm nicht über den Zaun geholfen hatte. Die ganze Sache, das war nun vollkommen klar, war nicht mehr gut für mich. Damit war der Punkt gekommen. Wir mussten uns voneinander verabschieden. Ich fand die richtigen Worte nicht. Also wählte ich andere. Die, die mir gerade durch den Kopf gingen. Ich blieb stehen.

»Warum willst du nicht mit mir ins Bett gehen?«

Marijan blieb ebenfalls stehen. Er schwieg. Ich wusste nicht, was ich machen sollte. Ich hatte keine Lust mehr, Rücksicht zu nehmen.

»Sprich mit mir! Jetzt!«

Die Leute schauten uns an. Es war mir egal. Daran hatte ich mich längst gewöhnt. Wir standen hier wie zwei Fremde. Jeder für sich, jeder in seiner Welt, die dem anderen unzugänglich war. Vielleicht war es das Beste für uns beide, ich drehte mich um, ginge weg und vergäße die ganze Angelegenheit. Ja, das war das Beste: umdrehen, weggehen, vergessen. Ich drehte mich bereits um, ich nahm zumindest Schwung, da schluckte er einmal und begann zu reden.

»Ich hatte einmal eine Freundin. Eigentlich hatte ich sie nicht. Mein Freund Nicolae hatte sie. Oder sie hatte uns. Das war zwischen uns nicht geklärt. Wir waren eben befreundet. Das ist lange her. Oder ich habe nur lange nicht daran gedacht. Wie mans nimmt. Ich habe sie geliebt. Vielleicht so, wie du Maddox geliebt hast. Diese Kinderliebe, die dennoch sehr ernst ist. Man liebt bereits mit aller Kraft. Vielleicht übersteigt es sogar die eigenen Kräfte. Deswegen tut man sich so schwer mit seinen Gefühlen. Ich war dreizehn, Nicolae vierzehn und Krisztina war noch ein Jahr älter. Wir haben sie beide geliebt und sie liebte uns ebenfalls. Dann kam mein Onkel Varian für ein paar Tage zu Besuch. Nicolae bildete sich ein, dass er Krisztina nachstelle. Er wurde eifersüchtig und aggressiv. Nachdem Varian wieder weg war, änderte sich das nicht. Er fühlte sich betrogen und argwöhnte, Krisztina habe den Nachstellungen Varians nachgegeben. Sie war in seinem Empfinden nicht mehr die, die sie gewesen war.«

Marijan Stimme zitterte. Ich konnte ihm ansehen, dass ihm das nicht leichtfiel. Aber ich verspürte keine Neigung, ihn zu unterbrechen. Ich wollte wissen, warum das so war. So wie bisher gings jedenfalls nicht weiter. Ich wollte jetzt wissen, warum es nicht weiter ging und wir nicht endlich im Bett landeten. Da liege ich gerne auf dem Rücken und da bin ich mit mir im Gleichgewicht.

»Dann verschwand Krisztina. Weder die Eltern noch die Polizei haben je wieder etwas von ihr gehört. Vielleicht ist das im Leben so, dass man bisweilen liebt. Eines Tages hört das auf, weil einer der beiden nicht mehr will oder nicht mehr kann, nicht mehr liebt oder nicht mehr lebt. Ich weiß es nicht. Habe ich mich damals schon geschämt? Oder schäme ich mich erst heute? Ich schäme mich dafür, dass wir es haben geschehen lassen. Dass wir beide sie nicht gesucht, sondern sie einfach aufgegeben haben. Wir hätten sie suchen sollen. Wir hätten es sogar tun müssen. Wir hätten meinen Onkel aufsuchen müssen. Das haben wir nicht getan. Wir haben uns verkrochen. Nicolae in seiner Warterei und ich in meiner Blindheit. Dafür schäme ich mich. Vielleicht habe ich seither Angst vor der Liebe, weil ich Angst davor habe, dass es keine ist. Dass ich mich nicht auf die Suche machen würde. Auch wenn ich mich zehn Jahre lang nicht an sie erinnert habe, ist Krisztina dennoch das, woran ich mich am besten erinnern kann. Sie war das Letzte, was ich gesehen habe. Mit ihrem Verschwinden bin ich erblindet. Als ob mit Krisztina die ganze Welt verschwunden wäre. Ich habe mich wohl deswegen nicht an sie erinnert, weil die Erinnerung so intensiv ist. Wenn ich nicht aufgehört hätte, an sie zu denken, hätte ich nur noch an sie gedacht. Vielleicht habe ich jetzt Angst, nur noch an dich zu denken.«

Dann drehte Marijan sich um und ging. Ich hatte ja bereits festgestellt, dass er von hier alleine nach Hause fand. Ich sagte nichts zu seinen Worten. Ich wusste nicht, was ich hätte sagen können. Ich setzte mich an Ort und Stelle ins Gras. Ich saß einfach da und konnte mich nicht rühren. Ich kann mich nicht erinnern, aufgestanden zu sein. Aber es muss wohl so gewesen sein, denn irgendwann stand ich zu Hause im Bad vor dem Spiegel. Ich betrachtete mein Gesicht. Ich sah furchtbar aus. Das schien mir nicht mein eigenes Gesicht zu sein. Ich stellte mir vor, wie Krisztina wohl ausgesehen hatte. Ich stellte mir ihr Lachen vor und ihren Blick, mit dem sie Marijan und Nicolae betrachtet haben mochte. Ich sah Tillis Gesicht, dann das Gesicht einer ehemaligen Lehrerin, einer Kollegin in der Praxis, und dann das meiner Mutter als junge Frau in meinem Alter. Ich konnte meinen Blick nicht scharf stellen, ich fand zwischen all diesen Gesichtern mein eigenes nicht.

Ich fing an zu weinen. Was können Erlebnisse in einem

Menschen anrichten, dass einer davon blind wird? Oder bestand zwischen dem Verschwinden des Mädchens und Marijans Blindheit kein ursächlicher Zusammenhang? Ich weinte auch darüber, dass ich mit meiner Ungeduld seine Erinnerungen an das Mädchen provoziert hatte. Auch wenn ich es schon hundert Mal gedacht hatte, dachte ich es eben jetzt noch einmal: dass er blind war und mich niemals sehen würde. Er würde nicht morgen die Augen aufmachen und mich anschauen. Hatte ich das tatsächlich geglaubt? Ich wollte nichts mehr hören von dieser Blindheit. Das Thema hing mir zum Hals heraus. Ich ging ins Bett und versuchte zu schlafen. Aber der Schlaf kam nicht. Mitten in der Nacht stand ich auf, zog mich an und ging zu ihm. Ich klingelte. Es öffnete niemand. Ich klingelte erneut. Keine Reaktion. Plötzlich war ich in Sorge. Er hatte dieses Ereignis zehn Jahre lang aus seiner Erinnerung und aus seinem Leben verbannt. Wie hatte er die vergangenen Stunden verbracht? In diesem Moment sprang die Sprechanlage an.

»Marijan! Ich halts nicht alleine aus.«

Er sagte nichts. Ich konnte ihn atmen hören. Dann ging der Türsummer und ich drückte die Haustür auf. Ich war noch nie bei ihm in der Wohnung gewesen. In der Tür blieb ich stehen. Dann schob ich sie zu. Ich ließ mich am Türrahmen auf den Fußboden rutschen.

»Wenn du mich suchst, ich bin hier unten«, sagte ich.

Schöne große runde Kreise

Ich stand im Klassenraum und schaute aus dem Fenster. Es war Sonntagnachmittag. Draußen saßen einige der Alten in der Sonne. In den vergangenen Tagen war es noch einmal warm geworden. Am Hang gegenüber wurde Heu gewendet und dann zu großen Heuhaufen aufgeschichtet mit einem langen Stab in der Mitte. Der Wind ging leicht über die Felder. Es roch gut. Jemand am Hang rief etwas, ich konnte es nicht verstehen, ein anderer lachte. Ich hörte eine Kuhglocke und eine zweite. Die Obsternte war in vollem Gange. Es war noch Sommer, aber man konnte bereits die Wehmut spüren, mit der die Jahreszeit sich dem Ende zuneigte. Die Bäume waren noch grün, jenes Grün, das sich bereits ins Rote, Gelbe und Braune hinüberneigte. Das ging, wenn es einmal so weit war, sehr schnell. Das Grüne stürzt sich kopfüber ins Bunte. Der Tag war nicht mehr weit, da würde ich morgens aufstehen und wissen, dass der Herbst da ist.

Die Sommerferien waren vorüber, morgen würde die Schule beginnen. Ich hatte alle Fenster geöffnet und lüftete den Klassenraum. Für die Dauer der dreimonatigen Ferien war hier niemand, die Luft steht und es riecht muffig. Ich bereitete einige Dinge für den ersten Schultag vor, aber ich war mit den Gedanken nicht bei der Sache. Die Rückkehr aus dem Urlaub fiel mir schwerer als sonst. Ich war erst bei meiner Mutter und meiner Schwester gewesen und dann habe ich eine Reise nach Paris unternommen. Das lag zwar über meinen finanziellen Möglichkeiten, aber in den Jahren zuvor bin ich immer darunter geblieben und so glich sich das wieder aus. In den zwei Wochen in Frankreich habe ich viel erlebt, das sich von meinem Leben in Mărginime unterschied. Ich hatte die Ruhe schätzen gelernt, mein Leben hier bewegte sich viel gemächlicher als das Leben in der Stadt. Obwohl ich als junges Mädchen von der Großstadt geträumt hatte, fühlte ich mich in Paris fremd. Ich war abgestoßen vom Lärm, vom Verkehr und von der Hektik, die man in den Gesichtern und in den Gesten der Menschen sah. Ob in der Metro oder im Museum, es gab keinen Ort, wo die Pariser nicht gestresst wirkten. Selbst die Touristen waren es und auf der Suche nach etwas anderem wurde ich es ebenfalls. Ich konnte kein Gefühl für die Stadt entwickeln. Es sah überall so aus, wie man das von Paris erwartete, aber es hätte dennoch ebensogut eine andere Stadt sein können.

Zu Anfang war Mărginime für mich nur eine Durchgangsstation gewesen. Ich wollte in der Stadt leben, ich mochte laute Geräusche, mir konnte es nicht laut genug sein. Man verändert sich offenbar, wenn man älter wird. Und doch bleibt man derselbe. Man wird sogar deutlicher der, der man war, je mehr man sich verändert. Vielleicht arbeitet man nur seine Eigenheiten besser heraus. Man nimmt sich selbst leichter, für die anderen aber wird man womöglich schwieriger. Ich war fünfundzwanzig, als ich herkam, jetzt bin ich fast fünfunddreißig. Wenn ich noch heiraten und Kinder haben wollte, musste ich mich beeilen. Ich wollte durchaus Kinder, allerdings wusste ich nach den Jahren hier nicht mehr, wie man sich beeilte.

Mărginime ist in den Jahren tatsächlich mein Zuhause geworden. Vielleicht wurde es das gerade in der schwierigen Zeit nach dem Verschwinden Krisztinas. Da brach der latente Aberglaube der Leute wieder deutlicher durch. Hinter jedem Baum und jedem Busch lauerte etwas Unheimliches, jede Katze, jeder Igel, der einem am falschen Tag aus der falschen Richtung über den Weg lief, schien zu bezeugen, dass eine ominöse Macht am Werk war, die es nicht gut mit Märginime und seinen Bewohnern meinte. Dabei gab es für die Ereignisse natürliche Erklärungen. Das Verschwinden Krisztinas, die Erblindung Marijans, der Wahn seines Vaters Varian, der Weggang Ioans und Nicolaes: Das alles waren keine Gründe, an das Böse oder an dämonische Mächte zu glauben. Ganz sicher war das Mädchen nicht vom Teufel geholt worden. Der Teufel lauerte nicht in unbewohnten Häusern, es knackte lediglich im Gebälk. Er fuhr nicht in Menschen hinein, er ernährte sich nicht von deren Seelen und er schlich nicht nachts ums Gemäuer. Dieser Aberglaube, der Hang zum Mystizismus, war wohl nur die andere Seite jenes fehlenden Realitätssinns, der mir die Leute hier so sympathisch machte.

Ich stand am Fenster und träume vor mich hin. Dann gab ich mir einen Ruck, schloss die Fenster und verließ das Klassenzimmer. Im Flur roch es noch immer muffig. Über den Kleiderhaken hingen Fotos und Zeitungsausschnitte. Da hingen die Fotos aller Abschlussklassen, seit ich hier Lehrerin bin. Da hingen auch die Ansichtskarten, die die Leute aus dem Urlaub schrieben. Meine Vorgängerin war der Meinung, dass man solche Karten nicht öffentlich zeigen sollte. Die Leute sähen sich dadurch aufgefordert, Märginime zu verlassen, weil es woanders schöner wäre.

Silvana wollte die Welt unterdrücken, damit keiner ihren Verlockungen erlag. Ich war anderer Meinung. Man hielt niemanden, indem man ihn am Weggehen hinderte. Die Leute mussten das Leben hier lieben, nicht das anderswo meiden. Ich forderte sie sogar auf, bisweilen wegzufahren und sei es nur in die nächste Stadt. Außerdem war es woanders nicht schöner. Es war nirgendwo so schön wie hier.

Unter den Ersten, die das Dorf verlassen hatten, war einer, der nach Wien gegangen war. Von dort hatte er viele Jahre lang Ansichtskarten geschrieben, auf denen man den Vergnügungspark mit einem Riesenrad sehen konnte, eine Straßenbahn oder das Schloss Schönbrunn. Die Leute im Dorf begannen damals, von Schloss und Straßenbahn zu träumen, und noch heute sprechen sie manchmal davon. Vor allem die Alten, die damals dabei waren, als Ansichtskarten ein Ereignis waren und Silvana sie laut vorgelesen hatte. Ich verließ den Flur und ging die Treppe hoch in meine Wohnung.

Eine Woche nach Schulanfang saß am frühen Morgen ein Fremder am Marktplatz. Ich kenne alle Menschen in Mărgineme und viele aus den Nachbardörfern. Die Schule wird von allen schulpflichtigen Kindern aus der Umgebung besucht. Eines dieser Dörfer hat einen Arzt, unseres die Schule, ein anderes einen Bahnhof, wieder ein anderes einen Lebensmittelladen, einen Schuhmacher, einen Tischler, einen Schneider, einen Bürgermeister. Seit ich ein Auto besitze, fahre ich am Wochenende oft in der Gegend herum. Ich liebe die Landschaft mit dem sich auftürmenden Hochgebirge im Rücken. Hier kenne ich die Menschen und die Art und Weise, wie sie sitzen, wie sie gehen und stehen, wie sie von einem Fuß auf den anderen treten. Den Mann am Marktplatz kannte ich nicht. Er saß anders als man hier sitzt. Er saß wie die Menschen in Paris sitzen. Der würde jede Sekunde aufspringen und durchs Dorf und die Berge hetzen. Er war auch nicht gekleidet, als käme er aus der Gegend. Ich öffnete das Fenster des Klassenraumes und fragte, ob ich ihm helfen könne.

»Kann man hier irgendwo unterkommen?«, fragte er.

»Was meinen Sie mit ›unterkommen‹?«

»Gibt es ein Hotel, eine Pension oder etwas in dieser Art? Das meine ich.«

»Nein«, sagte ich, »ein Hotel gibt es nicht.«

»Dem Himmel sei Dank«, antwortete er, »ich hatte schon die schlimmsten Befürchtungen.«

Ich schüttelte den Kopf. Ich hatte keine Gelegenheit, darüber nachzudenken, die ersten Schüler betraten den Klassenraum. Die Konzentration in den ersten beiden Stunden war allerdings mangelhaft, sie schauten dauernd aus dem Fenster. In der ersten Pause stürmten die Jungs geschlossen nach draußen, die Mädchen gingen schüchtern hinterher. Auch während der nächsten zwei Unterrichtsstunden blieb der Mann dort sitzen. Ich hatte mich offenbar in ihm getäuscht. Er saß mit derselben Gelassenheit, mit der die Menschen von hier sitzen. Inzwischen war er mit anderen ins Gespräch gekommen. In der zweiten Pause ging ich ebenfalls hinaus. Da wusste ich bereits, dass er kein Unbekannter war. Er hatte Mărginime vor mehr als einem Vierteljahrhundert verlassen.

Valentin kannte die Geschichte nicht, die in den vergangenen Jahren ohne ihn weitergegangen war. Weil die Häuser und Bänke am Marktplatz noch dort standen, wo sie bei seiner Abfahrt gestanden hatten, weil alles noch so aussah wie vor fünfundzwanzig Jahren, ging er womöglich davon aus, dass es auch noch so war wie damals.

Valentin bemühte sich vor allem um Emil. Sie waren vor fünfundzwanzig Jahren hier verabredet gewesen und Valentin war nicht gekommen. Nun saß er mit einer sehr ausgeprägten Verspätung dort und vielleicht auch mit einem schlechten Gewissen. Emil brauchte Zeit, sich an den Freund von damals zu gewöhnen.

»Was ist mit deiner Frau?«, fragte Valentin in der ersten Woche arglos.

Er hatte am Abend zuvor Dora kennengelernt und fand ihr Verhalten gewöhnungsbedürftig.

»Sie ist über den Verlust nicht hinweggekommen.«

»Welchen Verlust denn?«

»Wir haben unsere Tochter verloren.«

Valentin war wohl seine Muttersprache nicht mehr gewohnt, jedenfalls begriff er nicht.

»Ich habe meine auch verloren. Leonie ist zu Hause ausgezogen. Zwanzig Jahre lang haben wir für sie gesorgt und dann nutzt sie die erste Gelegenheit und haut einfach ab. Sie ist in eine eigene Wohnung gezogen. Meine Frau hat genau das Gegenteil gemacht, sie ist nicht ausgezogen. Jedenfalls nicht mit mir zusammen. Jetzt sitzt sie alleine in unserer Wohnung. Wie habt ihr eure Tochter denn verloren?«

Emil sah ihn lange an. Dann begann er stockend zu erzählen, wie er seine Frau kennengelernt hatte, wie Dora schwanger wurde und Krisztina zur Welt kam und wie die Jahre im Flug vergingen und, als Krisztina verschwunden war, mit einem Mal die Zeit stillstand und sich seither nicht mehr bewegt hatte, keinen Deut. Wie ein Esel steht sie auf der Stelle.

»Sie hätte uns niemals verlassen, ohne uns das zu erklären, niemals.«

Emil schüttelte den Kopf. Ich glaube, er weinte.

Die beiden saßen noch den ganzen Tag dort. Ich konnte sie vom Fenster aus sehen. Sie haben nicht mehr gesprochen. Aber ich habe gesehen, dass sie ein Stück enger zusammengerückt sind.

Am nächsten Tag traf ich Valentin auf der Straße.

»Was willst du eigentlich hier?«, fragte ich ihn.

»Ich weiß es noch nicht genau. Ich habe hier fünfundzwanzig Jahre gelebt, dann habe ich fünfundzwanzig Jahre in Berlin gelebt und jetzt lebe ich vielleicht weitere fünfundzwanzig hier. Bevor ich noch eine vierte Hälfte in Berlin anhänge. Mal sehen, wie ich Lust habe.«

»Was meinst du mit dritter und vierter Hälfte? Soweit ich weiß, gibt es nur zwei.«

»Ein weitverbreiteter Irrtum. Meine Frau ist auch so eine

Anhängerin der strengen Mathematik. Ich bin nicht aus Nostalgie gekommen. Ich will nichts Altes weiterführen oder beenden. Ich will etwas beginnen. Ich will noch einmal von vorne anfangen. Ich habe viele Jahre lang nur herumgesessen und zugeschaut, wie Leonie zur Schule und Liv arbeiten ging. Hier gibt es viel zu tun. Auch wenn es auf den ersten Blick anders aussieht. Man müsste sehr viel Energie in die Entwicklung des Tourismus stecken. Aber es ist vielversprechend, das ist eine gute Gegend hier.«

»Ja, es ist eine gute Gegend. Aber die Leute verarmen. Die alten Berufe sind nicht mehr gefragt und neue Konzepte gibt es nicht. Die politischen und wirtschaftlichen Umbrüche in den vergangenen Jahren waren gewaltig, aber das ist hier so abgelegen, dass wir kaum etwas davon mitbekommen haben. Der Wandel lässt auf sich warten. Aus einer Agrargesellschaft wird nicht von heute auf morgen eine industrielle. Dafür sind die Voraussetzungen nicht gegeben. Ich mache mir seit Jahren Gedanken. Die Bezirksregierung in der Stadt hat ein offenes Ohr für mich und meine Ideen, aber die haben kein Geld, jedenfalls habe ich die Stelle noch nicht gefunden, die Geld hat. Die Hauptstadt ist weit weg, dort hat man anderes zu tun.«

»Das wird nicht von heute auf morgen funktionieren. Ich habe in Berlin ein paar Jahre gebraucht, bloß um ein kleines Hotel aufzubauen und zum Laufen zu bringen. Das hier dauert sehr viel länger. Touristen kommen nicht, weil die Luft gut ist. Denen muss man ein bisschen mehr bieten. Ich will etwas machen. Es muss nicht unbedingt ein Hotel sein. Es kann ruhig ein wenig verrückt sein. Es gibt Leute, die sind verrückt, wenn sie jung sind, andere werden es, wenn sie älter werden. Vielleicht war es das, was Silvana mir damals sagen wollte: Sei verrückt, solange es geht. Ich habe das, ohne es zu bemerken, immer befolgt.«

»Silvana hatte es mit der Verrücktheit?«, fragte ich und lachte.

»Ja, aber das erzähle ich dir ein anderes Mal.«

»Ist dir eine Straßenbahn verrückt genug?«

»Wie meinst du das?«

»Die Leute hier haben mal von einer Straßenbahn geträumt, später wollten sie ein Schloss und ein Riesenrad.«

»Straßenbahn, Schloss, Riesenrad?«

»Das war lange vor meiner Zeit. Ich kenne diese Geschichten auch nur aus dem Mund anderer. Damals sind die Leute nicht über vage Vorstellungen hinausgekommen. Sie wollten hier eine Station einrichten und sie ›Zentrum‹ nennen. Da es kein Ziel gab und auch keine weitere Station, hätte man aussteigen müssen, wo man eingestiegen ist. Was Unsinn ist!«

»Warum?«

»Man kommt nicht vorwärts. Man fährt im Kreis.«

»Schöne große runde Kreise«, sagte er.

Ich lächelte.

»Und du? Warum bist du nicht wieder in die Stadt zurückgegangen?«, fragte er mich.

»Das ist einfach zu beantworten. So einfach, dass ich es viele Jahre nicht verstanden habe. Ich bin noch hier, weil ich nicht weggegangen bin. Inzwischen gehöre ich hierher. Ich will jedenfalls nicht mehr weg. Im Gegenteil, ich bin froh, dass ich hier bin. Es ist schön hier.«

»Ja, das ist es tatsächlich. Das ist ein wunderschöner Flecken Erde.«

»Ich lasse dich jetzt alleine, ich muss noch Klassenarbeiten korrigieren. Das muss morgen fertig sein. Es ist der letzte Tag vor den Herbstferien.«

Ich verabschiedete mich und ging aufs Haus zu.

»Clara?«

»Ja?«

Ich drehte mich um.

»Du entschuldigst das bitte, ich meine wegen unseres Altersunterschiedes und ich bin ja auch verheiratet, aber manche Sachen müssen gesagt werden, sonst liegen sie einem ewig auf der Seele. Und das ist so eine Sache.«

»Nämlich?«

»Du hast einfach einen hinreißenden Arsch.«

Ich lachte.

»Da bin ich wirklich froh, dass das in diesem Kaff mal jemand bemerkt. Ich finde das nämlich auch. Und ich freue mich auf den Tag, wo mir ein Mann auf denselben haut und sagt ›Du und dein Arsch und drei Kinder‹. Da bin ich sofort dabei.«

Am ersten Ferientag blieb ich lange im Bett liegen. Der Herbst hielt Einzug, pünktlich zu den Ferien. Der Wind trieb Wolken vor sich her. Ich konnte hören, wie er um die Ecken fegte. Irgendwo klapperte ein Tor. Ein Hund bellte. Ich stand auf und ging ins Bad. Ich schaute in den Spiegel. Wenn ich zu viel schlafe, sehe ich müde aus. Schlafen ist anstrengender, als man meint. Ich wollte in Ruhe frühstücken, im Nachbardorf einkaufen und dann vielleicht einen Ausflug in die Berge machen. Ich mag es, wenn das Wetter umschlägt. Ich mag es, mittendrin zu sein. Manchmal wird aus dem Sommer innerhalb weniger Tage der Herbst. Das war heute so ein Tag. Dann war es gut, aber auch nicht ganz ungefährlich, in den Bergen zu sein.

Als ich vor die Tür trat, saß Valentin auf den Bänken. Er schien sich dort wohlzufühlen. Das geht allen so. Man könnte noch zehn Bänke aufstellen.

»Was hast du vor?«, fragte er mich und schaute auf meine Wanderschuhe.

»Ich gehe Einkaufen und dann mache ich einen Ausflug. Mal sehen, was das Wetter heute macht.«

»Unsinn vermutlich.«

»Unsinniges Wetter mag ich am liebsten. Das könnte ein interessanter Tag werden.«

»Ich erinnere mich gerne an den Herbst hier. Er ist viel intensiver als bei uns in der Stadt. Vor allem an solchen Tagen wie diesem, wenn das Wetter von den Bergen kommt. Auch der Regen mit seinen Gerüchen ist hier intensiver.«

»Magst du mitkommen?«

»Ich bin es nicht mehr gewohnt, die Berge raufzurennen. Außerdem erwarte ich meine Frau.«

»Hat sie ihre Ankunft angekündigt.«

»Nein, das nicht. Aber sie kommt sicher im Laufe des Tages.«

»Du wartest hier auf Verdacht?«

»Wir kennen uns schon sehr lange. Dennoch ist mir nicht selten ein Rätsel, was sie tut, weil ich es nicht getan hätte. Vielleicht sind das die Grenzen zwischen Mann und Frau, dass man einander nur bis zu einem gewissen Maße versteht. Allerdings finde ich, ist Verständnis für den anderen auch nicht das Wichtigste in einer Beziehung. Oft verstehen wir uns gar nicht. Ich kenne sie sehr gut, dennoch weiß ich oft nicht, was sie tut oder warum sie es tut. Aber ich weiß, wann sie es tut.«

Ich lachte, drehte mich um und ging zum Auto. Valentin saß dort, als hätte er viele Jahre Sehnsucht nach Märginime gehabt. Ich glaubte nicht, dass er seinem Leben hier nachtrauerte, er freute sich einfach, dass er wieder da war. Ich stellte meine Einkaufstasche und den Rucksack auf den Beifahrersitz und setzte mich ins Auto. Dann fuhr ich los. Ich wollte ins Gebirge. Ich habe manchmal solche Anwandlungen, dass ich oben auf einem Berg stehen und den Wolken zuschauen muss.

Als ich zurückkam, war es bereits später Nachmittag. Valentin saß noch an derselben Stelle. Neben ihm saß eine Frau. Die beiden sahen vertraut aus. Das musste tatsächlich seine Frau sein! Als ich aus dem Auto stieg, sagte sie etwas zu Valentin, das ich nicht verstand. Sie schaute mich an.

»Clara, das ist meine Frau Liv.«

»Was hast du da gesagt?«, fragte Liv.

»Ich habe Clara erklärt, wer du bist. Das ist Clara, die Lehrerin von Märginime«, sagte er in Richtung seiner Frau.

»Hallo Clara, freut mich«, sagte Liv und gab mir die Hand.

»Was hat sie gesagt?«, fragte ich Valentin und streckte ihr ebenfalls die Hand hin.

»Sie freut sich, dich kennenzulernen«, antwortete er.

»Was hast du gesagt?«, fragte Liv.

»Dass du dich freust, Clara kennenzulernen«, antwortete Valentin.

»Was hast du gesagt?«, fragte ich.

»Dass Liv sich freut, dich kennenzulernen.«

»Hallo Liv, freut mich ebenfalls.«

»Was hat sie gesagt?«, fragte Liv.

»Was hat sie gesagt?«, fragte ich.

Valentin schaute von seiner Frau zu mir und dann wieder zu seiner Frau. Dann musste er lachen. Liv und ich lachten ebenfalls.

»Was wollt ihr jetzt unternehmen?«, fragte ich.

»Ich werde Liv ein wenig herumführen. Dann werden wir weitersehen. Eine kleine Tour mit der Straßenbahn vielleicht.«

Valentin nahm die Hand seiner Frau. Die beiden wollten sicher allein sein. Bevor ich mich verabschiedete, lud ich sie für den kommenden Abend zum Essen ein.

Dieser Abend war zu Beginn recht mühselig. Als Valentin sich schließlich weigerte, von der einen in die andere und wieder in die eine Sprache zu übersetzen, wurde es lustig. Liv und ich haben uns einfach unterhalten, ohne auf die vermittelnden Sprachkenntnisse zurückzugreifen. Das ging viel besser als mit einer Übersetzung dazwischen. Wir hatten uns eine Menge zu erzählen und sind aus dem Lachen nicht mehr herausgekommen.

Am nächsten Morgen sah ich die beiden in Richtung Friedhof gehen. Valentin war häufig dort oben und er ging sicher nicht nur um der Aussicht willen dorthin. Wie Jahre später Krisztina, hatte auch er seine Eltern verlassen. Ich hatte die beiden kennengelernt, zwei stille, in sich zurückgezogene Menschen, die nicht begeifen konnten, warum ihr Sohn sie verlassen hatte. Vielleicht stand Valentin so häufig dort oben an ihrem Grab, weil er es ihnen zu erklären versuchte. Wenn Krisztina noch am Leben war, dann sollte sie nicht so lange mit ihrer Rückkehr warten. Sonst würde sie eines Tages sehr viel Zeit mit Erklärungen verbringen müssen.

Als ich gegen Mittag noch einmal aus dem Fenster schaute, kamen die beiden gerade wieder zurück. Sie hielten einander an den Händen. Ich habe hier noch nie erwachsene Menschen Händchen halten sehen. Meine Schüler taten das manchmal. Sie übten auf die eine oder andere Weise das Erwachsensein. Sie übten die Liebe. Wenn sie dann erwachsen sind, haben sie oft die Fähigkeit zur Liebe wieder verlernt. Sie sind dann nur noch erwachsen und denken nicht im Traum ans Händchenhalten.

Was Valentin über meinen Arsch gesagt hatte, freute mich. Das hatte hier noch keiner gesagt. Da es nun ausgesprochen war, hatte es die Situation von Grund auf verändert. Ich hatte das Gefühl, es müsse gleich klingeln, dann käme ein Mann die Treppe hoch, stünde in der Küche, musterte mich von oben bis unten, blieb mit seinen Blicken an meinem Arsch hängen und sagte dann auf die eine oder andere Weise: ›Du und ich und drei Kinder‹. Ich würde lächeln, ihn anschauen und nicken. Und dann würden wir sofort damit anfangen, denn drei Kinder sind viel Arbeit. Das kann man nicht auf den St. Nimmerleinstag verschieben. Und ich habe auch keine Lust, das zu verschieben.

Am Abend traf ich Valentin auf der Straße.

»Wie fühlt sich deine Frau hier?«

»Liv braucht ein wenig Zeit. Es ging uns ganz gut in Berlin. In so einer großen Stadt gibt es alles. Mehr als alles. Das Leben hier ist ganz anders. Auf den ersten Blick sieht es arm aus. Es sieht aus, als gäbe es nichts. Daran muss man sich gewöhnen. Aber sie hat eine ausgeprägte Leidenschaft fürs Löcher bohren.«

»Löcher bohren?«, fragte ich.

Valentin lachte.

»Meine Frau ist Zahnärztin. Und sie ist sehr engagiert. Ich kann mir gut vorstellen, dass es nicht lange dauert, bis sie erkennt, dass ihre Arbeit hier gebraucht wird.«

»Die Leute können sich keinen Zahnarzt leisten.«

»Aber Liv kann es sich leisten, Zahnärztin zu sein. Sie wird auch gratis behandeln. Sie meint zwar immer, sie brauche Geld, aber wenn sie eines Tages feststellt, dass man hier sowieso nichts kaufen kann, wird sie die relative Nutzlosigkeit von Geld begreifen. Ich kann mir sehr gut vorstellen, dass es nicht lange dauert, bis sie sich hier wohlfühlt. Sie sieht, dass viele Alte schlechte Zähne haben. Und sie kann das nicht ausstehen. Sie nimmt jede Karies und jede Paradontose persönlich. Ich kenne meine Frau, glaub mir. Das dauert keine drei Wochen, dann hat sie einen Kostenvoranschlag für die Transportkosten ihrer gesamten Praxis. Liv liebt ihren Job und sie liebt Kostenvoranschläge.«

»Und dich scheint sie auch zu lieben.«

»Ja«, sagte er nach einer kleinen Pause, »das scheint so zu sein. Sie braucht immer drei Dinge. Wir beide brauchen das.«

Am frühen Abend saß ich mit den beiden auf den Bänken. Der Herbst kam jetzt mit Macht. Es begann zu dämmern und der Wind wurde heftiger. Es waren Sturm und Gewitter angekündigt worden. Ich hatte Decken aus dem Schulhaus geholt, in die wir uns einwickelten. Valentin hielt wieder die Hand seiner Frau. Liv sagte nichts, aber sie lächelte. Sie sahen glücklich aus. Emil und seine Frau Dora kamen dazu. Wir saßen dort, jeder in seine Gedanken versunken.

Ich dachte an meine Mutter und an meine Schwester, an das Glück meiner Kindheit. Ich fühlte mich wie das kleine Mädchen, das ich einmal war, das im Fenster saß und auf die Straße schaute. Ich hatte den Eindruck, dass ich nie, zu keinem Zeitpunkt meines Lebens, so sehr das Mädchen im Fenster gewesen war wie in diesem Moment. Glück als ein Zustand, von dem man nichts weiß, so hatte ich mir das zurechtgelegt. Konnte man in diesen Zustand zurückgelangen? Oder ist das Glück, einmal erkannt, für immer verloren? Alles andere, alles, was danach kommt, alles, was man sonst noch Glück nennen möchte, ist lediglich eine Reminiszenz an dieses verlorene Kinderglück?

Der Wind wurde stärker. Der Luftdruck änderte sich. Es wurde böig. Da braute sich etwas zusammen. Es war ein Grummeln zu hören, ein Brausen. Die Wolkenformationen wurden immer dunkler. Sie hetzten über den Himmel. In der Ferne konnte man den ersten Donner vernehmen. Valentin, Liv, Emil und Dora standen auf und verabschiedeten sich. Valentin sah mich an und lächelte. Ich nickte. Ich nahm die Decken der anderen und hüllte mich ein. Dann krachte es plötzlich oben auf dem Hügel. Das Gewitter brach los. Sekunden später krachte es auf der gegenüberliegenden Seite des Talkessels. Es sammelte sich oben an den Hügeln. Es sammelte sich und dann kam es die Hänge herunter. Von allen Seiten kam es auf mich zu. Genau dort, wo ich saß, in der Mitte, im Zentrum von Mărginime stieß es zusammen. Ich spürte die Luftschichten aufeinander zurollen, ich spürte den enormen Zusammenstoß. Dann war es auch schon überall. Das Gewitter tobte über mir und um mich herum. Es tobte zwischen den Bänken und zwischen meinen Beinen. Oben auf den Hügeln gab es eine Kaskade von Blitzen. Der Sturm wurde immer stärker, es war ein einziges Wirbeln. Ein Durcheinander aus Luft und Regen und Hagel. Ich wurde hin und her gerissen und musste mich an der Bank festhalten. Ein Donnerschlag jagte den nächsten, eine Explosion folgte der anderen. Ich war nass bis auf die Haut. Der Wind zerrte an meinen Haaren. Die Böen peitschen über meinen Körper. Ich schloss die Augen. Ich war mittendrin. Mitten im Sturm. Tränen liefen über mein Gesicht.

Das Geräusch des Werdens

»Eines Tages stand jemand vor mir und weigerte sich, einen Schritt beiseite zu treten. Dass jemand stehen bleibt, ohne auf sich aufmerksam zu machen, ist eher ungewöhnlich. Das verstand ich in diesem Moment allerdings noch nicht. Leonie versperrte mir nicht den Weg, sie eröffnete ihn vielmehr erst. Bis dahin aber verging viel Zeit.

Diese Zeit gehörte der Kamera. Vielmehr uns beiden, der Kamera und mir. Ich wusste, dass eine Kamera eine Linse hat, ähnlich einem Auge, wo Licht auf Nervenbahnen fällt, weitergeleitet und im Gehirn als Eindruck der umgebenden Welt festgehalten wird. Ich besaß jetzt so ein Auge. Dieses Auge war mit einem Gehirn verbunden, einem Speicherchip im Innern der Kamera. Ich hielt dieses Auge in den Händen. Was ich in Händen halte, darauf habe ich Einfluss. Also war ich im Vorteil gegenüber den anderen, die nur ein natürliches Auge besaßen. Ich konnte entscheiden, was ich sehen wollte.

Was wollte ich sehen? Diese Frage war schwerer zu beantworten als gedacht. Da wollte ich nun schon mein halbes Leben lang nichts anderes als sehen und sowie ich die Möglichkeit dazu hatte, wusste ich keine Antwort. Die Frage, was ich sehen wollte, hing nämlich eng mit einer anderen zusammen, der, was ich nicht sehen wollte. Daran hatte ich nie gedacht. Es gab etwas, das ich tatsächlich nicht sehen wollte. Etwas, das ich um keinen Preis hatte sehen wollen. Nicht einmal um den Preis meiner Blindheit. Und etwas nicht zu sehen bedarf eines ausgezeichneten Blicks.

Viele Wochen nachdem ich dieser Frau zum ersten Mal begegnet war, begegnete ich ihr noch ein zweites Mal. Ich hörte eine Stimme.

›Warte!‹

Da die Schritte genau auf mich zuliefen, wartete ich. Ohne daran zu glauben, dass ich gemeint war. Aber ich war gemeint. Vor mir stand eine Frau. Ich erkannte sie nicht sofort und als sie mir die Situation beschrieb, wusste ich auch, wieso ich sie nicht erkannt hatte. Sie hatte das Parfum gewechselt. Damals hatte ich vor allem ihren Geruch wahrgenommen. Erst als ich nichts mehr riechen konnte, ging ich weiter. Die Luft bekam die Konsistenz von Watte und die folgenden Tage waren genauso, dicht beieinanderliegende Moleküle.

Als sie mich nun fragte, ob wir etwas trinken gehen wollten, war ich hin- und hergerissen. Am liebsten hätte ich sofort in ihr Gesicht gefasst. Ich spürte auch die Tendenz, den Kopf zu schütteln und weiterzugehen, vielmehr wegzurennen. Aber Blinde können nicht rennen. Ich habe versucht zu nicken. Ich weiß gar nicht mehr wozu. Ich wollte irgendwie meine Zustimmung zeigen. Und sie verstand das und berührte mich am Arm. Wir sind dann spazieren gegangen. Ich hatte den dringenden Wunsch, ihr Gesicht zu berühren.

Später sind wir in die Eisdiele gegangen, in der ich im Jahr zuvor so oft gewesen bin. Leonie ging vor und suchte sich genau jenen Tisch, an dem ich immer gesessen hatte. Sie verhielt sich vom ersten Moment an so, als ob ihr der Umgang mit Blinden geläufig sei. Beim Betreten der Eisdiele machte sie mich auf eine Stufe aufmerksam und als wir an der Schlange vor dem Tresen vorbei mussten, bugsierte sie mich mit einer Hand an den Leuten vorüber, als hätte sie dies schon oft getan oder als sei sie ebenfalls blind und wisse, an welchen Ecken man sich stoßen konnte.

Als wir saßen, hielt ich es nicht mehr aus und fragte sie, ob ich ihr Gesicht berühren dürfe. Ohne ein Wort der Erwiderung, hat sie meine Hände genommen und an ihr Gesicht gelegt. Nach einer Minute habe ich sie wieder zurückgezogen. Schneller als üblich. Vielleicht etwas zu abrupt.

›Was ist mit meinen Gesicht?‹, fragte sie.

›Und was ist mit meinem?‹, fragte ich zurück.

›Sensible Lippen, manchmal ein ängstliches Zucken um die Mundwinkel. Schöner Schwung der Augenbrauen, sehr markantes Kinn. Ich bin nicht daran gewöhnt, Gesichter zu beschreiben. Reicht das erstmal?‹

›Ja.‹

›Du bist dran‹, forderte sie mich auf.

Ich legte meine Hände an mein Gesicht. Ich spürte sie nicht. Stattdessen roch ich ihr Gesicht, ihr neues Parfum, ihre Haut. Ich legte mir ihr Gesicht an mein eigenes. Sie erwartete, dass ich etwas zu ihrem Gesicht sagte. Ich wusste nicht, wie ich formulieren sollte, was ich gefühlt hatte.

›Ich kanns gerade nicht. Gib mir noch ein bisschen Zeit.‹

Sie lächelte. Ich spürte das. Dann habe ich noch einmal hingefasst, dieses Mal ohne vorher zu fragen. Ich musste einfach dieses Lächeln spüren.

›Los, weiter!‹, sagte ich.

›Was weiter?‹, fragte sie lachend.

›Weiter lächeln!‹

Dieses Mal dauerte es sehr, sehr lange. Ich prägte mir alles genau ein. Das war kein Allerweltslächeln. Das war ein ganz ungewöhnliches Lächeln, bei dem sich nicht nur ein paar Zentimeter um den Mund herum verzogen, sondern der ganze Raum. Die Eisdiele geriet ins Schlingern. Die anderen Leute um uns herum haben das ebenfalls bemerkt und sich nach uns umgedreht. Leonie lächelte und das fühlte sich an, als ob die Gesetze der Physik und der Schwerkraft außer Kontrolle gerieten. Meine Hände und Leonies Gesicht verschmolzen miteinander. Ich wusste nicht, wie ich sie wieder zurückziehen sollte. Sie hat mir dann dabei geholfen, indem sie ihre Hände über meine legte und sie dann gemeinsam von ihrem Gesicht nahm.

›Was machst du eigentlich?‹, fragte sie.

›Ich bin blind.‹

›Weiß ich ja. Ich meine beruflich.‹

›Ich auch. Ich bin beruflich blind.‹

Es entstand eine Pause. Vielleicht überlegte sie, ob ich einen Scherz gemacht hatte. Sie wusste ja nicht, dass ich mich jahrelang mit nichts anderem beschäftigt hatte als mit meiner Blindheit und dass ich gerade dabei war, das zu ändern.

›Ich bin dabei, mich umzuorientieren‹, sagte ich.

›Bist du dann nicht mehr blind?‹

›Doch, ich meine beruflich.‹

›Ich auch.‹

Es entstand erneut eine Pause. Dieses Mal wusste ich nicht, ob sie einen Scherz gemacht hatte.

›Wollen wir nicht endlich bestellen?‹, fragte sie nach einer Weile.

›Ja, Waffeln mit Vanilleeis und Kirschen.‹

›Sehr gute Idee‹, stimmte sie zu und bestellte auch gleich.

›Und was machst du?‹, fragte ich.

›Ich bin Logopädin.‹

›Was machen die?‹

›Sie üben mit ihren Klienten das Sprechen und das Atmen.‹

›Das klingt gut.‹

›Findest du? Viele Leute sind der Meinung, ich hätte mir damit genau jene beiden Tätigkeiten ausgesucht, die sowieso alle beherrschen.‹

›Nein gar nicht. Atmen, Sprechen, Essen und alles mit demselben Organ. Da muss man ja durcheinanderkommen. Ich wusste nicht, dass es so einen Beruf gibt. Das klingt sehr gut. Sehen ist auch das Selbstverständlichste der Welt und trotzdem kann es kein Mensch.‹

Sie lachte ein bezauberndes Lachen.

›Dein Lachen ist schön. Wie dein Gesicht.‹

›Mein Gesicht ist schön?‹, fragte sie.

Ich spürte, dass sie dabei lächelte. Die Mundwinkel verziehen dann die Worte um eine Nuance.

›Ja, aber ich brauche noch Zeit‹, sagte ich ausweichend.

Ich wusste einfach nicht, wie ich es formulieren sollte.

›Gefällt dir etwas nicht, das du verschweigen willst?‹

›Im Gegenteil.‹

›Was heißt das?‹

›Es gefällt mir so sehr, dass ich es verschweigen will.‹

›Warum willst du es dann verschweigen?‹

›Weil ich nicht weiß, wie ich es sagen soll.‹

›Jetzt hast du es ja gesagt. Wenn dir danach ist, kannst du es bei Gelegenheit noch etwas ausführlicher beschreiben. Ich möchte dein Gesicht auch berühren.‹

›Du willst mein Gesicht berühren? Aber du siehst es doch.‹

›Ich will wissen, was du empfindest, wenn du ein Gesicht berührst. Würde dich das stören?‹

›Nein, gar nicht.‹

Sie legte ihre Hände an mein Gesicht. Ich spürte, dass sie so etwas nicht jeden Tag tat.

›Gibt es einen Unterschied zwischen sehen und berühren?‹, fragte ich, als sie ihre Hände wieder zurückgezogen hatte.

›Einen großen.‹

›Kannst du ihn beschreiben?‹

›Das Berühren macht viel mehr Spaß.‹

Damit hatte ich nicht gerechnet.

›Lernt man das in deinen Kursen?‹, fragte ich.

›Was denn?‹

›Komplimente machen.‹

›Nein, das sind keine Flirtseminare. Ich arbeite mit meinen Klienten an ihrer Atmung. Sie lernen, ihren Kehlkopf in die ihm gemäße Lage zu bringen. Wir arbeiten an den Bedingungen der Artikulation, nicht an den Worten.‹

›Wie bringt man seinen Kehlkopf in diese Lage?‹

›Das bedarf einer entsprechenden Körperhaltung, nicht zu weit nach vorne gebeugt, nicht zu sehr zurückgenommen, der Kopf darf nicht überstreckt werden. Wir spielen manchmal Federball mit der Stimme. Ich gebe den Ton vor und wir schlagen uns gegenseitig den Ball zu.‹

›Könnte ich das auch machen?‹

›Sicher. Man muss ein Gespür für seine Atmung bekommen. Außerdem braucht man ein gutes Gefühl für Töne, für die eigene Stimme und für seinen Körper. Man atmet mit seinem ganzen Körper, aber nur beim Ausatmen kann man Töne von sich geben. Man muss seinen Atem spüren, wie er die untersten Ebenen verlässt, wie er durch den Körper fließt und sich mit der Luft zusammen seinen Weg nach oben bahnt. Er kommt durch die gesamte Länge der Luftröhre, die in den untersten Regionen des Beckens und der Rückenmuskulatur beginnt und mit dem ganzen Körper geformt wird. Er steigt auf an den Schleimhäuten und am Kehlkopf vorbei, zwischen den Stimmbändern und Stimmlippen und dann geben Mund und Zähne dem Ton nur den letzten Schliff, man tippt ihn mit der Zungenspitze an, bevor man ihn hinauslässt. Nur wenn der Atem offen ist, können es auch die anderen Sinne sein. Das ist die Voraussetzung für eine warme, sonore, wohlklingende Stimme. Wenn Luftröhre und Schleimhäute weich sind, wenn es fließt, in solchen Momenten hat der Ton alles, was er braucht. Ich denke, du bringst ideale Voraussetzungen dafür mit.‹

›Ich fürchte, du täuschst dich.‹

›Wieso denn?‹

›Ich kann gar nicht atmen.‹

Leonie lachte.

›Das kann auch kein Mensch. Aber man kann es lernen. Probiers mal. Tiefe Atemzüge machen. Mit jedem Atemzug muss das Fließen in den Atemwegen spürbar werden, wie der Luftstrom durch die Blutbahnen gleitet. Man atmet nicht allein mit der Lunge oder dem Zwerchfell, sondern auch mit den Augen. Die Atmung wird in die Höhe gehoben, in den Rachen, die Stirnhöhle bis zum Kopf und zu den Augen. Du musst beim Atmen in dich hinein spüren. Das Atmen dient der Herstellung einer Einheit. Der Einheit des eigenen Ich. Im Sprechen ist der Mensch ein Ganzes. Schluss mit dem Vortrag! Ich bin im Urlaub. Komm, wir gehen‹, schlug sie vor.

›Hast du denn überhaupt noch Zeit?‹

›Jede Menge, ich ersticke geradezu daran. Und du?‹

›Wir können zusammen ersticken.‹

Leonie und ich gingen spazieren. Ich hatte keine Ahnung wohin. Das war mir auch egal. Das war eine außergewöhnliche Situation und genau das Gegenteil von dem, was ich gespürt hatte, als ich ihr zum ersten Mal begegnet war, diese wattierte Umgebung, durch die ich mich kaum hindurch arbeiten konnte. Das Gehen an diesem Tag war fast nicht spürbar. Ich spürte nichts mehr außer dieser Frau. Ich schwebte mehr als ich ging.

›Was ist mit der Kamera?‹, fragte Leonie.

›Sieht dämlich aus, nicht?‹

›Gar nicht. Eher als wüsstest du genau, was du willst.‹

›Weiß ich aber nicht‹, sagte ich.

›Woher willst du das wissen?‹, fragte Leonie zurück.

Wir lachten.

Leonie schien zu spüren, wie sehr ich es genoss, an ihrem

Arm nicht mehr auf den Weg achten zu müssen. Später habe ich noch einmal meine Hände an ihr Gesicht gelegt.

›Los, weiter!‹, sagte ich.

›Was weiter?‹, fragte sie lachend.

›Weiter lächeln!‹

Der Tag ging langsam zu Ende. Wir standen bei mir vor der Haustür und verabschiedeten uns. Wir hatten einander die ganze Zeit berührt. Sie hielt meinen Arm oder ich ihren, sie meine Hand oder ich die ihre. Vor meiner Haustür standen wir einen Moment lang etwas ratlos herum.

›Bis bald‹, sagte sie.

Als ich meine Wohnung betrat, wusste ich nicht wohin. Ich hatte auf eine seltsame Weise die Orientierung verloren. Ich setzte mich an den Küchentisch. Dann stand ich auf und setzte mich aufs Bett. Ich stand wieder auf und setzte mich erneut. Ich legte meine Handflächen aneinander, aber ich spürte die Hände nicht. Ich spürte Leonies Gesicht, das an ihnen haftengeblieben war. Ich weiß nicht, wie lange ich da saß. Ich legte mich ins Bett. Mein rechter Arm brannte wie Feuer.

Als wir nach dem gemeinsamen Tag vor meiner Haustür standen und uns verabschieden wollten, war sie mit einem Mal sehr nahe.

›Bis bald‹, sagte sie.

Und dann haben wir uns plötzlich geküsst. Danach hat sie sich wortlos umgedreht und ist gegangen. Ich hörte ihre Schritte auf dem Gehweg. Ich atmete schwer. Ich drehte mich um, schloss die Tür auf und betrat das Haus. Nun lag ich im Bett. Bei diesem Kuss, der erste Kuss meines Lebens, hatte ich ihren Busen an meinem Arm gespürt. Die Stelle kurz über dem Ellenbogen brannte wie Feuer, die Flammen schossen regelrecht heraus. Ich hatte das Gefühl, im Bett zu verbrennen.

Da Leonie Urlaub hatte, wollten wir die kommenden Tage

gemeinsam verbringen. Das taten wir dann auch und am Ende dieser Woche, am schönsten Morgen meines Lebens, verstand ich, was ich am ersten gemeinsamen Tag, als ich allein im Bett lag und das Feuer aus mir herausloderte, bereits geahnt hatte: dass man solche Brände nicht löschen kann. Es gibt nur eine einzige Möglichkeit, mit ihnen umzugehen: man muss sie anfachen.

Leonie hatte von einer ganzen Woche am Wasser gesprochen, es sind aber nur sechs Tage geworden. Später habe ich mich über den fehlenden Tag beklagt.

›Der siebente Tag‹, sagte sie, ›kommt noch. Das wird eine Überraschung. Außerdem brauche ich deine Fotos dazu.‹

›Meine Fotos?‹

›Ja.‹

›Was willst du damit?‹

›Das ist eben die Überraschung‹.

Es dauerte beinahe noch ein ganzes Jahr, bis es soweit war.

Zu Anfang wusste ich überhaupt nicht, was ich eigentlich fotografieren wollte. Ich hatte ja keine Motive außer dem einen großen Motiv, meiner Blindheit zu entkommen. In den ersten Monaten mit der Kamera, als ich feststellte, dass ich nicht alles sehen konnte und etwas ganz Spezielles nicht hatte sehen wollen, entschied ich mich für etwas Drittes: das dazwischen Liegende. Ich wollte keine Objekte fotografieren. Die konnte ich sowieso nicht sehen. Ich wollte nicht etwas und ich wollte nicht nichts fotografieren. Ich wollte nicht das Sehen und auch nicht die Blindheit abbilden. Deswegen habe ich mich für das Dazwischen entschieden. Ich wollte die Zwischenräume fotografieren. Für Räume habe ich ein gutes Gespür. Das Ergebnis können Sie nun betrachten. Ob Sie allerdings das von mir Erzählte erkennen, ob Sie das Entgegengesetzte erkennen oder möglicherweise ebenfalls ein Dazwischen, das wird sich zeigen.

Damit ist diese Ausstellung eröffnet. Ich danke Ihnen für Ihre Aufmerksamkeit und möchte Sie auffordern, sich jetzt den Fotografien zuzuwenden. Ich hoffe, Sie werden nicht mit einem Wimpernschlag übergehen, wozu ich einen Horizont habe anheben müssen.«

Das Paradies im Zentrum von Mărginime

Nach den letzten Worten Marijans gibt es lauten und anhaltenden Beifall. Leonie kommt auf ihn zu und gratuliert ihm überschwänglich. Sie schließt ihn in die Arme.

»Das hast du sehr gut gemacht!«

Marijan strahlt sie an.

»Ich hatte auch ein gutes Gefühl dabei. Es ist vielleicht ein bisschen zu lang geraten.«

Der Galerist steht neben ihnen. Er ist auf der Suche nach der Situation angemessenen Worten. Er steckt die Hände in die Hosentaschen, dann in die Jackentaschen. Er findet Worte, die er sich bei anderen Gelegenheiten in die Taschen gestopft hat, aber es ist kein einziges dabei, das er jetzt gebrauchen könnte. Stühle werden gerückt. Marijan hört, wie sich die Leute im Raum verteilen. Er hört, wie sie sich nach ihm umdrehen und ihn anschauen. Er kann das nicht hören. Er weiß, dass er sich das einbildet. Aber er hört es dennoch. Leonie steht neben ihm. Sie spricht mit einem Mann. Marijan kennt die Stimme nicht. Man steht dicht gedrängt. Es scheinen sich mehr Menschen im Raum zu befinden als hineinpassen. Er spürt einen Arm in seinem Rücken. Eine Frau spricht ihn an. Er riecht ihr Parfum. Ein älterer Herr mischt sich ein. Er sagt etwas über Fotografie, das Marijan nicht versteht. Er stellt sich vor, dass der Mann weiße Haare hat, auch wenn er sich nicht genau erinnern kann, wie Weiß aussieht. Seine Stimme klingt weißhaarig. Marijan wendet seinen Kopf während des Gesprächs in die eine und in die andere Richtung. Er weiß, dass die Leute das als

Aufmerksamkeit deuten. Einer macht ihm Komplimente zu dem Vortrag. Ein anderer spricht von Mut und Courage. Er empfindet solche Bezeichnungen als unzutreffend. Er lächelt. Er weiß nicht, was er anderes tun soll.

Leonie ist wieder an seiner Seite. Marijan spürt, dass sie von allen angesehen wird. Von Männern vor allem. Sie ist sicher sehr schön. Er spürt das an den Blicken der anderen. Das stört ihn. Er will nicht, dass sie schön ist. Oder er will ihre Schönheit für sich allein. Aber wäre sie es dann noch, wenn nur er es bemerken könnte?

Tilli und Maddox kommen dazu. Leonie lächelt. Marijan hört das daran, wie sie spricht. Er hört das an ihren Worten und an ihren Lippen, die sich öffnen, um die Worte hindurchzulassen.

»Tilli, ihr seid ja ein hübsches Paar«, sagt sie zu den beiden.

»Na, ihr aber auch«, antwortet Tilli.

Leonie hat sich angewöhnt, Marijan darauf hinzuweisen, wen sie anspricht.

»Maddox, wie hast du eigentlich die Fotos für diese Ausstellung ausgewählt? Das waren doch abertausende Bilder. Warum hast du gerade die genommen, die jetzt hier zu sehen sind?«

Marijan wundert sich, dass er noch nicht auf diese Frage gekommen ist. Die Leute sehen nur ein Tausendstel von dem, was er gemacht hat, aber sie sehen alles, was Maddox ausgesucht hat.

»Was meinst du mit ›ausgewählt‹?«, fragt Maddox.

»Du musst doch ein Kriterium gehabt haben.«

»Was denn für ein Kriterium?«

»Ein Kriterium, wonach du entscheidest, welche Bilder du wählst und welche nicht.«

»Ich hatte kein Kriterium.«

»Aber du hast doch einige Bilder gewählt und andere nicht?«, sagt sie.

»Nein.«

»Natürlich hast du das getan!«

»Nein, ich habe nicht ausgesucht.«

»Das geht nicht.«

»Ich habs aber so gemacht.«

Marijan stellt sich vor, dass Maddox dabei heftig mit dem Kopf nickt.

»Man wählt immer. Man kann nicht nicht wählen. Selbst wenn man nicht wählt, wählt man zwischen wählen und nicht wählen. Also kann man nicht nicht wählen«, sagt Leonie.

»Ich weiß gar nicht, wie das geht«, sagt Maddox.

Marijan stellt sich vor, dass er jetzt ebenso heftig den Kopf schüttelt.

»Ob du es weißt oder nicht: Du hast es dennoch getan«, beharrt Leonie.

»Ich habe das genauso gemacht wie Marijan auch. Ich weiß nicht, wie man wählt, weil Marijan nicht weiß, wie man fotografiert. Ich habs ihm einfach nachgemacht.«

Leonie und Tilli lachen. Marijan lacht auch. Es kommen erneut Leute, die mit ihnen reden wollen. Auch dieses Mal geht es ums Fotografieren. Marijan hätte gerne den Mann eingeladen, der ihm vor zwei Jahren die Kamera geschenkt hatte. Er würde ihn gerne herumführen und ihm die Bilder zeigen. Er stellt sich vor, wie er ihn am Arm nimmt und von Foto zu Foto führt und zu jedem einzelnen etwas sagt. Er weiß, dass er das nicht kann. Aber er kann es sich vorstellen.

Leonie ist die ganze Zeit dabei, vermittelnd und verstehend. Dann zieht Marijan sie beiseite. Das ist in dem vollen Raum fast unmöglich.

»Weißt du, was ich während des Vortrages gedacht habe?«

»Was hast du gedacht?«

»Dass Krisztina da ist. Ich habe ein sehr genaues Bild von ihr, aber ich kann es nicht beschreiben. Ich habe es nur, wenn ich es nicht beschreibe. Sobald ich nach einem Wort suche, ist das Bild weg. Ich denke seit vergangenem Jahr oft an sie.«

»Ja«, sagt Leonie tonlos.

Es kommt jemand, der sie auf die Seite bittet. Marijan spürt, wie sie weggeht und wie ein Loch neben ihm im Raum entsteht. Er hat sie mit seinen Worten verletzt. Das wollte er nicht. Er wollte genau das Gegenteil. Er wollte sagen, dass die alten Wunden dabei sind zu verheilen. Dass Krisztina, wenn er an sie denkt, nicht vollkommen verschwunden ist. So wie sie es war, als er nicht an sie gedacht hatte. Manchmal stellt er sich vor, dass sie auf einem seiner Bilder zu sehen ist. Sie lacht oder sie ist traurig. Sie freut sich auf etwas. Sie denkt an ihre Eltern. Sie ist inzwischen selbst Mutter. Sie streichelt ihren Kindern übers Haar. Sie liest ihnen etwas vor und wartet dann an ihren Betten, bis sie eingeschlafen sind. Sie küsst sie auf die Stirn und geht leise aus dem Zimmer. Sie dreht sich noch einmal um. Sie schaltet das Licht aus. Sie lächelt wehmütig. Manchmal weint sie. Sie schaut aus dem Fenster und dann kommen ihr die Tränen.

Marijan hört Maddox und Tilli in der Nähe. Er hört nur die Stimmen, die Worte kann er nicht verstehen.

»Was willst du denn tun, jetzt, wo du dein Geschäft aufgegeben hast?«, fragt Tilli.

»Ich mache etwas Neues. In Berlin gibt es unendlich viele Möglichkeiten. Ich mache vielleicht ein Geschäft für Kunstschnee auf.«

»Was ist das denn für eine Schnapsidee?«

»Kunstschnee hat gegenüber echtem Schnee erhebliche Vorteile. Er bleibt immer schön weiß und schmilzt nicht. Im Sommer, wenn man auf dem Balkon liegt, kann man ihn sich auf die Stirn legen. Oder man baut im Garten eine Piste und fährt Ski.«

»Das ist Unsinn.«

»Dann mache ich ein Reisebüro auf. Ich transportiere die Leute ins Paradies.«

»Es gibt kein Paradies.«

»Doch, gibt es wohl! Das Paradies im Zentrum von Mărginime«, sagt Maddox.

»Wieso Mărginime?«

»Wieso nicht?«

»Das ist der Name des Dorfes aus dem Marijan kommt«, sagt Tilli.

»Woher willst du das wissen?«

»Das hat er gesagt.«

»Nein, hat er nicht. Das bildest du dir ein.«

»Das bilde ich mir nicht ein«, antwortet Tilli.

»Selbst wenn: Das hat mit dem Mărginime, von dem ich rede, nichts zu tun. Mein Mărginime ist weit weg. Möglicherweise gibt es zwei verschiedene. Genauso wie es zwei Varianten gibt.«

»Was denn für Varianten?«, fragt Tilli.

»Jetzt hast du nicht zugehört. Die beiden Varian-Brüder, von denen Marijan erzählt hat, sein Vater und der Zwillingsbruder.«

»Marijan hat kein Wort von seinem Vater oder dessen Zwillingsbruder erzählt. Das bildest du dir ein.«

»Das bilde ich mir nicht ein.«

»Doch. Und was das Reisebüro betrifft: Das wird doch bestimmt wieder so ein Schuss in den Ofen wie dein letzter Laden.«

»Ein Paradies in Mărginime: Das ist doch ein grandioses Konzept.«

»Dein Paradies liegt zwischen meinen Brüsten und sonst nirgendwo. Ich sag dir mal, was ein grandioses Konzept ist. Ich zieh mich jetzt aus und du machst mir ein Kind. Da drüben auf der Tischplatte. Vor allen Leuten.«

»Ich weiß gar nicht, wie das geht«, sagt Maddox und schüttelt vorsichtig den Kopf.

»Aber ich weiß es. Und ich kann es dir zeigen.«

»Dann kannst du es ja gleich selbst machen.«

»Das kann ich nicht. Und selbst wenn ich es könnte, ich würde es nicht wollen.«

»Was willst du denn eigentlich mit einem Kind?«

»Anschauen. Einfach nur anschauen.«

Marijan hört jemanden lachen. Dann hört er die Stimme des Galeristen. Die Leute unterhalten sich. Eine Frau fragt ihn, ob sie ein Interview mit ihm machen könne, sie sei von einer Berliner Tageszeitung. Marijan lächelt und nickt. Er bittet sie, sich an Leonie zu wenden. Die Frau geht offenbar wieder. Er weiß nicht, ob sie weiß, wer Leonie ist, und ob sie sich wirklich an sie wenden wird. Ein Glas klirrt. Dann fällt etwas zu Boden. Jemand hustet, es husten viele, dann ist es vorbei. Er hat das Gefühl, in der Mitte des Raumes zu stehen. Aber vielleicht steht er auch am Rand. Es wird Musik gespielt.

Jetzt ist Leonie wieder an seiner Seite. Sie berührt ihn an der Schulter. Er neigt seinen Kopf in ihre Richtung. Ob sie noch verletzt ist? Ob er ihr das erklären soll?

»Es hat gerade jemand ein Bild gekauft«, sagt sie.

»Wirklich? Einer hat es gekauft?«, fragt er ungläubig.

»Sie hängen hier zum Verkauf.«

»Ach so. Was kostet denn so ein Bild?«

»Hundertzwanzig Euro.«

»Hundertzwanzig Euro! So viel Geld für ein Foto?«

»Das ist nicht viel. Außerdem bekommt der Galerist die Hälfte.«

»Die Hälfte? Das ist viel.«

»Wenn das Ganze nicht viel ist, kann es die Hälfte erst recht nicht sein.«

»Da bleibt ja fast nichts mehr übrig.«

»Doch, die andere Hälfte. Und wenn die eine Hälfte entgegen meiner Behauptung doch viel sein sollte, dann ist es die andere auch.«

»Wenn ich die Hälfte bekomme, dann müsste ich ja zwei Bilder verkaufen, um mir eines kaufen zu können. Das ist doch absurd.«

»Alles, was mit Geld zu tun hat, ist absurd. Darüber streiten meine Eltern schon ihr ganzes Leben lang.«

»Ich weiß, dass sechzig die Hälfte von hundertzwanzig ist. Aber es klingt, als sei es das Doppelte.«

Leonie lacht.

»Dann nimm du dir die doppelte Hälfte und gib dem Galeristen den Rest.«

»Weißt du schon, was du mit deinem ersten Geld machen wirst?«

Tilli steht wieder bei ihnen. Er hat nicht bemerkt, dass sie gekommen ist. Sie hat offenbar das Gespräch mitgehört.

»Ja, das weiß ich sogar genau. Ich will mir einen Schnorchel und gelbe Schwimmflossen kaufen.«

»Ich glaube nicht, dass sie gelb sind. Schwimmflossen sind schwarz«, sagt Tilli.

»Waren die gelb, die wir im vergangenen Jahr hatten?«, fragt Marijan Leonie.

»Ich kann mich nicht erinnern.«

»Aber ich! Ich kann mich sogar sehr gut erinnern. Es war ein sehr schönes, intensives Gelb. Solche will ich haben. Ich sehe mich schon, wie ich mit dem Schnorchel im Mund und den Schwimmflossen an den Füßen, mit meiner Sonnenbrille auf der Nase und der Kamera um den Hals durch die Stadt laufe.«

»Du und Maddox, ihr wärt ein gutes Team.«

»Wo ist Maddox?«

»Er steht am anderen Ende des Raums mit Tilli zusammen.«

»Aber Tilli war doch gerade noch hier.«

»Sie ist wieder gegangen.«

»Sie hat sich nicht verabschiedet. Es ist zu laut. Ich höre nichts, wenn es so laut ist.«

Daran hat Marijan sich schon lange gewöhnt. Plötzlich sind die Leute nicht mehr da. Sie verabschieden sich nicht. Sie sind aus dem Umkreis, den er begreifen kann, aus diesem halben Meter Nähe, spurlos verschwunden. Manchmal zweifelt er, ob sie überhaupt dagewesen sind.

»Sie kommt sicher auch noch mal wieder. Sie ist nur kurz zu Maddox rübergegangen, um mit ihm rumzuknutschen.«

»Sind die beiden ein Liebespaar?«

»Ja, das sind sie. Auf den ersten Blick passen sie nicht zusammen. Maddox ist äußerst vorsichtig und Tilli äußerst unvorsichtig.«

»Bleiben sie zusammen?«

»Das weiß man bei Tilli nicht so genau. Solange Maddox ihre Brüste gefallen. Und es sieht so aus, als wäre das der Fall. Jedenfalls hat Maddox Stielaugen. Und Tilli steht auf Männer mit Stielaugen. Mehr als auf alles andere.«

»Und wir? Bleiben wir zusammen?«

Marijan Stimme klingt rauer als sonst. Leonie kommt ganz nah an ihn heran. Sie legt seinen Arm um ihre Hüften und drückt ihn an sich.

»Was machst du?«, fragt er.

»Wir tanzen. Wir tanzen gemeinsam zur Musik.«

»Ich kann nicht tanzen.«

»Das ist Tango. Ich führe dich. Dann kannst du tanzen. Dann kannst du alles.«

Marijan lächelt. Leonie lächelt auch. Sie legt ihren Kopf an seine Wange. Sie bewegen sich langsam zur Musik.

»Bei Tilli weiß man nie, ob sie mit jemandem zusammenbleibt. Aber bei mir weiß man das.«

»Was weiß man?«

»Dasselbe wie bei Tilli.«

Marijan lächelt.

»Solange du meine Brüste schön findest. Und meine Schlüsselbeine. Ich habe nämlich ausgesprochen schöne Schlüsselbeine.«

»Ja, ich weiß.«

»Und schöne Füße mit schönen Zehen.«

Sie tanzen schweigend.

»Und ich?«, fragt Marijan nach einer Weile. »Habe ich auch Stielaugen?«

»Nein!«, sagte Leonie bestimmt.

»Nein?«, fragt er enttäuscht.

»Du hast keine Stielaugen, du hast Glotzkorken. Schöne dicke gelbe Glotzkorken.«

Die Musik verklingt. Sie bleiben stehen. Marijan weiß nicht, was Glotzkorken sind, aber es hört sich gut an. Er versucht sich das vorzustellen. Er legt sich die Hände an die Augen. Leonie geht beiseite. Marijan denkt an seine Mutter. Sie wäre sicher an so einem Tag stolz auf ihn. Er denkt an Nicolae und an seinen Vater. Dann denkt er wieder an Krisztina. Da ist so einiges, das er in seinem Vortrag ausgelassen hat. Er konnte nicht alles erzählen. Das wollte er auch nicht. Das sind sehr persönliche Dinge und die Zuhörer sind wildfremde Menschen. Sie ahnen sicher, dass er vieles nicht gesagt hat. Sie erinnern sich womöglich noch an seine einleitenden Sätze, dass zwischen den Fragmenten eines Blinden sehr viel Platz ist. Platz für eigene Fantasien. So wie zwischen den Worten seines Vortrags Platz war. Wie das bei Worten eben ist. Worte sind auch nur Fragmente. Vor allem, wenn es die Worte anderer sind. Bei fremden Worten schiebt man unmerklich seine eigenen dazwischen.

Genau das tun die Leute hier auch. Sie haben es bereits während des Vortrags getan oder sie werden es auf dem Nachhauseweg tun. Oder womöglich erst morgen, wenn sie an den Abend zurückdenken. Sie können dann nicht unterscheiden zwischen dem, was er gesagt und was er nicht gesagt hat. Sie werden sich das Dorf und seine Bewohner vorstellen können. Sie werden sich erinnern. Sie werden sich an Umstände und Personen erinnern, von denen er nichts erzählt hat. Sie werden das Dorf vor sich sehen, als seien sie schon einmal dort gewesen. Als hätten sie dort Urlaub gemacht. Sie stehen auf der Anhöhe. Von dort hat man einen guten Blick über das Dorf. Die Sonne scheint, es wird ein warmer Tag. Sie sehen Silvana im Lehnstuhl sitzen, die trotz des Wetters eine Decke um die Füße geschlagen hat. Sie sehen Clara vor die Tür des Schulhauses treten. Sie schaut auf ihre Uhr, die mal wieder stehen geblieben ist. Sie sehen Ioan und Emil auf einer Bank sitzen, sie sehen die Berge im Hintergrund aufragen und den Friedhof mit den hohen weißen Steinplatten auf der Anhöhe davor. Aus der Ferne sieht es aus, als würden hier die Toten im Stehen beerdigt. Die Besucher dieser Ausstellung werden nicht mehr wissen, was er gesagt hat und was sie sich einbilden. Was man sich im Leben eben so einbildet, um nicht zu erblinden.

Marijan hört Tilli laut lachen. Er stellt sich vor, dass sie und Maddox im hinteren Teil des Raumes einander in den Armen halten, sich küssen und damit beginnen, einander auszuziehen. Er stellt sich vor, dass die beiden für immer zusammenbleiben. Leonie ist jetzt neben ihm. Sie sagt nichts. Sie schaut ihn an. Sie weiß, dass er das bemerkt. Er lächelt und er weiß, dass sie ebenfalls lächelt. Ihr Lächeln ist sogar intensiver als sein eigenes, das er nur im Gesicht spürt. Leonies Lächelns spürt er am ganzen Körper.

Erneut erklingt Musik. Das Stück beginnt sehr verhalten, ruhig und leise. Marijan beugt sich zu Leonie hinüber und küsst sie auf die Wange. Sie lehnt ihren Kopf an seine Schulter. Die Musik wird langsam lauter.

Inhalt